KB154465

서동익 장편소설

애드벌룬

서동익 장편소설

애드벌룬

JMG

차 례

차 례

주요 등장인물

─주인공 장평산 가족 계보

■ 주요 등장 인물
 - 주인공 장평산 가족 계보

○ 장진관(張鎭寬) : 주인공 장평산의 할아버지
 - 1905년생. 옥산 장씨 31대손. 광복 전 룡천벌 대지주. 1946년 3월 5일 토지개혁 전까지 평안북도 룡천군 남시면 쌍룡리에 거주. 당시, 장남 장용복이 신의주동중학교 재학 중 1945년 11월 23일 발생한 신의주학생의거사건 시위 주동자로 지목되어 조선공산당 북조선 분국 공산당원들과 소련 군정 당국의 주동자 색출 포고령에 따라 쫓기는 몸이 됨. 그 아들의 요청에 따라 신의주학생의거사건 전부터 암암리에 신의주 학생의거단체와 학교에 의거 자금을 제공했다는 사실이 발각되어 수차례 소련 군정청에 불려 다니며 조사를 받음. 마침내 그 조사를 이겨내지 못해 1946년 3월 8일 둘째 아들 장용덕에게 유서를 써놓고 대들보에 목을 매어 자진함.

○ 경주 김씨(慶州 金氏) : 주인공 장평산의 할머니
 - 1906년생. 장진관의 처. 1946년 장남 장용복 관련 신의주학생의거사건으로 소련 군정청에 여러 차례 불려 다니며 조사를 받음. 조사 중 공산당원들의 겁박에 시달리다 정신적 충격을 받아 인사불성이 된 채로 사경에 빠짐.

○ 장용복(張鏞福) : 주인공 장평산의 큰아버지
 - 이란성 쌍둥이 중 남자로 출생한 1928년생. 신의주동중학교 재학 중 신의주학생의거사건 주동자로 수배되어 중국으로 도피함. 그러다 북한공산정권 수립 후 고향으로 돌아갈 수 없어 상해에서 독립운동가로 활동하던 민족지도자의 도움으로 미국으로 건너가 미국인 양부모님 밑에서 비교적 안정된 생활을 함. 생명공학 분야에 투신하여 현재 세계적인 명성을 얻고 있는 난치병 신약 개발에 성공한 인물. 본 작품 속에서는 고인으로 등장하지만 생존 시에는 미국 플로리다 주는 물론 재미 동포사회에서 입지적인 인물로 회자된 한국인.

○ 장동기(張東基) 목사 : 주인공 장평산의 사촌 형

- 1961년생. 장용복의 맏아들. 미국에서 출생해 플로리다 주 한인교회 목사로 활동 중. 아버지의 유언에 따라 1백억 원이 넘는 거금을 대북전단날리기 단체에 기부함.

○ 장용임(張鏞任) : 주인공 장평산의 첫째 고모

- 이란성 쌍둥이 중 여자로 태어난 1928년생. 첫째 고모. 1951년 1.4 후퇴 때 진남포에 살다가 남쪽으로 피난 옴. 1983년 6월 30일 KBS TV가 이산가족찾기 생방송을 시작하고 한 열흘쯤 지났을 때 김동건 아나운서와 신은경 아나운서가 1946년 3월 이남으로 내려간 '동생 장용순과 제부 신상우를 찾는다.'라고 안내 방송을 한 다음 날, 동생 부부와 상봉하게 됨.

○ 장용순(張鏞順) : 주인공 장평산의 둘째 고모

- 1931년생. 1946년 3월, 신의주 용암포에서 남편 신상우와 함께 월남함. 1983년 6월 30일 KBS TV 이산가족찾기 생방송을 통해 언니 부부와 상봉하게 됨. 이때까지 장용순은 친정 소식과 동생들 소식을 듣지 못하고 있다가 언니 부부를 통해 친정 남동생이 '아버지 유서에 적힌 대로 땅문서를 모두 농민위원회에 갖다 바쳤다는 것'을 알게 됨. 또 새로운 권력층으로 부상한 룡천벌 논들의 마름들을 찾아가 뇌물을 고이고, 과거 지주 아들로 살던 시절의 잘못된 행적을 스스로 들추어내어 용서를 빌었다는 소식까지 듣게 됨. 그뿐만 아니라 인민반 회의에 나가 사회주의 조국 건설을 위해서는 그 어떤 일도 앞장서겠다고 한 맹세가 반영되어 1953년 7월 27일 휴전협정 체결될 때까지 룡천에서 협동농장원으로 계속 살았다는 소식까지 전해 듣게 됨. 그러다 2006년 6월, 주인공 장평산이 정부합동조사기관의 조사를 받으며 본인이 작성한 자필진술서에다 "어릴 적 아버지를 통해 1.4 후퇴 때 월남한 두 고모가 있다는 이야기를 들은 적이 있다."라는 말을 적어낸 것이 계기가 되어 주인공 장평산과 처음 대면하게 됨. 이때 주인공 장평산은 장용순의 얼굴을 한 번도 보지 못한 채 성장한 몸이라 그녀의 얼굴을 알아보지 못했으나 둘째 고모 장용순은 대번에 "어캐 네 애비 소싯적 모습을 그대로 빼다 박았네? 기러니까니 씨도둑질은 못하는 기야……." 하면서 분단 전 평안북도 룡천군 지주 아들이었던 친정 둘째 남동생 장용욱의 2남 3녀 중 맏아들인 장평산을 한눈에 알아봄. 2007년 1월, 그녀는 장평산의 보호자 역할을 자청하면서 바쁘게 정부합동조사기관을 찾아다니다 탈북 전 3급운전공이었던 장평산이 하나원을 수료하고 나오자마자 운전면허증을 다시 따게 함.

○ 장용덕(張鏞德) : 주인공 장평산의 둘째아버지

- 1934년생. 형 장용복이 신의주학생의거사건 주동자로 수배되어 중국으로 도피하자 형을 대신해 아버지를 도우며 사실상 집안의 가장 역할을 함. 소련 군정청에 불려 다니며 조사를 받다가 아버지가 유서를 써놓고 1946년 3월 8일 대들보에 목을 매어 자진하자 그는 아버지가 유서를 통해 밝힌 대로 아버지 명의의 땅문서를 모두 북조선 농민위원회에 갖다 바치고 새로운 권력층으로 부상한 룡천벌 논들 마름들을 찾아가 뇌물을 먹이고, 과거 지주 아들로 살았던 시절의 잘못한 행적을 스스로 들추어내어 용서를 빔. 아버지 장례 후 둘째 고모부 신상우가 그를 불러 앉혀놓고 "토지고 뭐고 다 포기하고 저 원수 놈들 보지 않는 곳에 가서 하루라도 마음 편히 살자."라고 권유했으나 "사경을 헤매고 있는 어머니를 여기 그대로 놓아두고 나만 살겠다고 매형 뜻을 좇을 수는 없다."라고 거부함. 그의 처마저 갓 결혼한 직후라 부모 형제 다 이북에 남겨두고 이남으로 도피한다는 것을 아주 못마땅해 하자, 둘째 고모부는 "평양감사도 제가 싫으면 못 하는 법인데 어쩌겠나?" 하며 그들 가족만 북한을 떠나옴. 그 후 장용덕은 인민반 회의에 나가 사회주의 조국 건설을 위해서는 그 어떤 일도 앞장서겠다고 맹세하여 1953년 7월 27일 휴전협정 체결 때까지 룡천군 협동농장원으로 살아옴. 그러다 1958년 5월 30일 조선로동당 중앙위원회 상무위원회에서 〈반당·반혁명 분자와의 투쟁을 전당적·전인민적으로 전개할 데 대하여〉라는 5·30 결정에 따라 중앙당집중지도사업이 북조선 전역에서 대대적으로 실시함. 2년 후, 그 사업 결과 후속으로 나온 〈내각 결정 149호〉에 의해 산간벽지로 추방됨.

○ 장용화(張鏞和) : 주인공 장평산의 막내 고모

- 1940년생. 1945년 행방 당시 만 5세. 줄곧 둘째 오빠 장용덕과 함께 살아오다 1983년 6월 30일 KBS TV 이산가족찾기 생방송 이후 함경북도 온성군 독재대상구역으로 추방되어 장용욱 오빠네 가족과도 영원히 헤어짐.

○ 장용욱(張鏞郁) : 주인공 장평산의 아버지

- 1937년 1월생. 조국 광복 전 평안북도 룡천군 대지주 막내아들로 태어나 고생 없이 성장함. 그러다 1946년 3월 북한의 토지개혁 당시 불로지주 아들로 판명되어 위기에 몰렸으나 둘째 형 장용덕이 아버지의 유서대로 조상 대대로 물려받은 토지 전부를 농민위원회에 갖다 바치면서 용서를 빌어 간신히 죽음의 위기에서 벗어나 1953년 7. 27일 휴전 당시까지 룡천군 협동농장에서 농장원으로 살아옴. 그러다 1958년 5월 30일 조선로동당 중앙위원회 상무위원

회에서 〈반당·반혁명 분자와의 투쟁을 전당적·전인민적으로 전개할 데 대하여〉라는 5·30 결정에 따라 중앙당집중지도사업이 북조선 전역에서 대대적으로 실시됨. 2년 후, 그 사업 결과 후속으로 나온 〈내각 결정 149호〉에 의해 함경북도 연사군 삼포리로 추방됨. 이때 장용욱의 나이는 21세, 막내 장용화는 19세임. 그 후 장용욱은 1972년 5월 함경북도 연사군 삼포리 작업반장 딸 최임순과 혼례를 올리고 1976년 상단산 계곡에서 살면서 장녀 장선실, 장남 장평산, 둘째딸 장선영, 셋째딸 장선옥, 막내아들 장철산을 낳음. 1984년 9월, 보위부에서 찾아온 사람이 그를 불러낸 뒤 남조선 KBS TV가 이산가족찾기 생방송을 했는데, 거기서 큰 누님과 둘째 누님이 서로 만나 얼싸안고 울고 있는 모습을 사진에 담아 들고 와서 보여주며 조사할 것이 있으니까 보위부까지 좀 가자고 해서 불려 감. 그때 장용욱은 남쪽에 큰 누님, 둘째 누님이 살아있다는 것을 처음 알게 됨. 또 KBS TV와 라디오 방송이 이산가족찾기 방송을 하면서 중국 라디오 방송의 도움으로 그때까지 실종상태로 묻혀 있었던 큰형까지 찾아내어 헤어진 지 30여 년 만에 3남매가 서로 상봉할 수 있게 되어 남조선에서는 지금 눈물바다를 이루고 있다."라는 소식도 듣게 됨. 그리고 한 달 후인 1984년 10월 그들 가족은 함경북도 회령시 22호 관리소로 실려 감. 그때 그들 가족은 둘째 형 가족과도 헤어짐.

○ 최임순(崔任順) : 주인공 장평산의 어머니

- 1942년생. 1972년 5월, 그녀 나이 30세 때 함경북도 연사군 삼포리 작업반장이었던 아버지의 주선으로 장용욱과 혼인해 1976년 상단산 계곡에서 장녀 장선실, 장남 장평산, 둘째딸 장선영, 셋째딸 장선옥, 막내아들 장철산을 낳음.

○ 장선실(張善實) : 주인공 장평산의 누님

- 1974년생. 36세. 1998년 11월, 백암탄광 굴진공 이태곤과 결혼함. 결혼 후 아이도 하나 태어나기 전인 1999년 7월 낙반 사고로 남편 이태곤을 잃음. 젊은 미망인으로 살아오다 3년째 〈미공급〉이 계속되자 남편 친구 부인과 황해도 재령벌로 식량을 구하러 간다는 말을 남기고 집을 나간 이후 종무소식임.

○ 이태곤(李泰坤) : 주인공 장평산의 매형

- 1972년생. 38세. 백암탄광 굴진공. 1998년 11월 장선실과 결혼해 1999년 7월 백암탄광 낙반사고로 사망함.

○ 장평산(張平山) : 이 소설의 주인공이자 장용욱의 장남

 - 1976년생. 34세. 본적 및 출생지 : 함경북도 연사군 삼포리 ○○번지. 주소 : 인천광역시 남동구 논현동 ○○번지 범마을 아파트 202동 2008호. 2005년 2월 두만강을 건너 북한을 탈출. 중국과 제3국에서 도피 생활을 하며 유랑하던 중 2006년 6월 대한민국으로 귀순. 이후 대한민국 정부합동조사기관에서 신체검사와 건강검진을 받던 중 몽골 국경선에서 철조망을 타 넘다 겁먹은 일행의 실수로 철조망 가시에 왼쪽 눈을 다쳤는데. 이때 안구 시신경 및 혈관이 파열된 상태를 처음 알게 됨. 도피 기간 중 동 상태를 장기간 치료하지 않은 관계로 왼쪽 눈의 시력이 이미 실명된 상태에서 안구 후면 화농이 계속 진행됨. 화농 상태가 정부합동조사기관의 조사를 받을 수 없을 만큼 심각해 관계기관의 주선으로 왼쪽 안구 의안(義眼) 삽입 수술부터 받음. 동 수술을 받기 위해 정밀신체검사를 받던 중 어린 시절 부모와 함께 함경북도 회령 22호 관리소(정치범수용소)에 감금되어 수용소 생활을 했던 1986년 8월. 관리소 보위원이 "너 같은 악질반동 지주 쌔끼는 수령님의 교시대로 3대에 걸쳐 씨를 말려야 한다."면서 군홧발로 고환을 걷어차서 주인공은 본인의 자술서에 "어릴 적에 불알이 터져 외고환 장애자"가 되었다고 진술함. 왼쪽 안구 의안 삽입 수술 후 정부합동조사기관의 조사를 다시 받으며 본인이 작성한 자필진술서에다 "어릴 적 아버지를 통해 1.4 후퇴 때 월남한 두 고모가 있다는 이야기를 들은 적이 있다."라는 내용을 적어낸 것이 계기가 되어 1945년 8.15 이후 신의주 용암포에서 월남해 인천에서 해산물 운송업체를 운영해 온 둘째 고모 장용순을 만나게 됨. 이후 둘째 고모의 지극한 보살핌으로 주인공은 〈하나원〉을 수료한 지 석 달 만에 인천지방경찰청이 발급하는 1종 보통 자동차운전면허증까지 취득하며 대한민국 인천광역시 남동구민으로 순탄하게 정착하게 됨.

○ 장선영(張善英) : 주인공 장평산의 여동생이자 장용욱의 둘째 딸

 - 1979년생. 31세. 운흥예술전문학교 무용과를 졸업하고 운흥기계연합기업소 선전선동부 예술 소조에 적을 두고 위문공연을 다니다 어지럼증 때문에 장기결근계를 내고 집에서 요양하고 있음.

○ 장선옥(張善玉) : 주인공 장평산의 둘째 여동생이자 장용욱의 셋째 딸

 - 1982년생. 28세. 고등중학교 졸업 후 직장을 배치받지 못해 집에서 어머니를 도와주다 장평산 오빠가 탈북해 남조선으로 내려간 뒤부터는 줄곧 오빠를 대신해 가정을 지킴. 바로 위의 언니처럼 얼굴도 예쁘고 몸매도 고와 운흥예술전문학교에 들어가 가수가 되고 싶었던 꿈 많은

처녀였으나 〈고난의 행군〉으로 인해 식량 배급이 중단되자 어머니 최임순과 같이 두부를 만들어 장마당에 내다 팔며 병중에 있었던 아버지 병구완까지 하면서 억척스럽게 위기에 처한 가정을 지켜옴.

○ 장철산(張喆山) : 주인공 장평산의 남동생이자 장용욱의 막내아들

- 1985년생. 25세. 어린 시절, 3년째 미공급(식량배급중단)이 계속되자 배고픔을 견디지 못해 또래 친구들과 어울려 다니며 꽃제비생활을 함. 그때 중국 딸보꾼(중국 거주 교포 보따리장사)들의 꼬임에 빠져 고려 시대 문화재를 밀반출하는 배낭을 메고 운반해주다 딸보꾼과 함께 사회안전부에 잡혀 들어가 3년 교화형을 선고받고 사리원교화소에서 교화 노동을 함. 출소해 어머니의 도움으로 남조선으로 내려간 형 장평산처럼 3급 운전공이 되어 새운흥군 록화사업소 시체처리반에서 복무하고 있음. (편집자)

인천 범마을, 2010년 3월

제1화
인천 범마을, 2010년 3월

100여 미터 남짓한 산봉우리 다섯 개가 서쪽 바다를 가로막으며 우뚝 솟아 있다. 이곳 사람들은 이 다섯 개의 산봉우리를 오봉산(五峰山)이라 불렀다. 오봉산은 해안의 동서 방향으로 길게 녹지축을 이루며 방벽처럼 뻗어 나갔다.

오봉산 남쪽에 소래포구(蘇萊浦口)가 있다. 1960년대 말경 관광어항으로 조성된 이 포구 서쪽에 200여 호 남짓한 자연부락이 형성되어 있다. 논현동이다. 마을에 중대사가 있을 때마다 원로들이 마을 위에 있는 망월산 넓은 공터에 모여서 의논을 했다고 하여 의논할 논(論) 자와 산 이름 현(峴) 자를 사용해 마을 이름으로 명명했다.

이 논현동(論峴洞) 옆에 호구포(虎口浦)가 있다. 포구의 자연 형상이 마치 범이 크게 입을 벌리고 있는 형국이라 하여 일명 '범아가리 나루'라 불리기도 했다. 호구포는 아득한 옛날부터 중국의 청도나 대양으로 나가는 인천 연안의 중요한 출항지다. 또 강화도 옆 바닷길을 통해 소금과 곡물을 실은 배가 한양으로 들어가는 길목 구실을 하기도 했다. 그래서 군사적 요충이기도 했다. 서구 열강들의 개항 압력에 시달려오다 발발한 병인양요와 신미양요를 거치면서 경기 연안의 군비 강화 필요성을 절감한 조선 조정은 서기 1879년 서해안을 통해 한양으로 들어오는 외세를 방어하기 위해 당시 어영대장이었던 신정희(申正熙)와 강화유수 이경하(李景夏)에게 명하여 이 호구포 뒤에다 군사용 포대를 설치했다. 포대를 축조할 당시에는 호구포대(虎口砲臺)라 명명했으나 현재는 논현포대로 불러오고 있다.

이 논현포대 옆에 대단위 국민임대주택단지가 들어섰다. 휴먼시아 범마을 아파트단지. 남동국가산업단지(남동산단) 옆에 조성한 이 아파트단지는 서울─인천 간 경인고속도로, 서울외곽순환고속도로, 인천─목포 간 제1서해안고속도로, 제2서해안고속도로, 영동고속도로, 경부고속도로, 인천지하철, 서울─인천 간 경인전철, 수원─인천 간 수인전철 등 집을 나서면 10분 안에 전국 어느 곳으로든 고속도로나 철도망으로 연결되는 사통팔달의 교통망을 갖추고 있다. 거기다 사시사철 짙푸른 숲으로 이어지는 오봉산 산자락 밑에 조성되어 있어 건설 초기부터 수도권 시민들에게 핵가족시대의 모델형 주택단지로 눈길을 끌었다.

이곳에는 북한이탈귀순동포 집성촌이 있다. 천신만고 끝에 자유를 찾아 남으로 내려온 북한이탈귀순동포들에게 통일이 되어 정든 고향으로 돌아가는 날까지 그동안의 기막힌 사연과 응어리진 가슴속 한을 달래며 탈북민으로서의 제2의 인생을 설계해 보라고, 정부가 아파트 몇 동을 떼어내어 대한민국 내에서는 제일 큰 북한이탈귀순동포(혹은 〈탈북자〉, 〈탈북민〉, 〈새터민〉이라고도 한다.) 집성촌을 조성해 주었다. 그때부터 이 〈휴먼시아 범마을 아파트단지〉는 국내 언론으로부터도 여러 차례 조명을 받은 바 있다.

아마 202동 2008호일 것이다.

굳게 닫힌 실내는 조그마한 다탁과 벽면에 붙여놓은 소파, TV와 컴퓨터 책상 따위가 놓인 거실 옆에 부엌과 세면장이 아기자기하게 단장되어 있다. 그 맞은편으로는 큰방과 작은방이 나란히 붙어 있다.

거실은 아직도 새벽이다. 커튼이 드리워진 거실에는 냉장고에서 들려오는 모터 돌아가는 소리가 이따금 실내를 흔들다 사라진다. 훈훈한 온기가 감도는 큰방 침대에서는 사내의 코 고는 소리가 낮게 흘러나오고 있다.

이윽고 사내가 누운 침대 머리맡에 놓인 손전화에서 6시를 알리는 음악 소리가 흘러나왔다. 사내는 깊은 꿈속을 헤매다 음악 소리에 눈을 떴다. 그리고는 벌떡 상체를 일으켰다. 깊은 꿈속을 헤매던 자신의 의식을 갈기갈기 찢어놓은 듯한 음악 소리가 머리맡 손전화에서 계속 울려 퍼지고 있다는 사실을 감지하고는 손전화 폴더를 열어 〈확인〉 버튼을 눌러버린다. 시끄럽게 울려 퍼지던 음악 소리가 금세 뚝 끊어지면서 방 안에는 다시 고요한 정적이 온기 속으로 감겨들었다.

사내는 입이 찢어질 듯 하품을 해댔다. 그러다 어깨를 툭툭 치기도 했다. 아직도 몸은 찌뿌둥했으나 침대에서 내려왔다. 일요일이라 좀 더 누워 있어도 되는 날이다. 그렇지만 아랫도리를 탱탱하게 부풀려놓은 듯한 요기 때문에 다시 누울 수가 없었다. 사내는 큰방을 나와 부엌 옆 화장실로 들어갔다.

큰 거울과 세면대가 놓여 있다. 세면대 우측에 양변기가 놓여 있다. 사내는 아직도 잠이 덜 깬 듯 거울에 비친 자신의 모습을 멀거니 바라보다 거시기를 꺼내 양변기 속을 조준해 오줌발을 내갈겼다. 거울 속에는 어깨걸이 러닝셔츠와 사각팬티만 걸친 사내가 자신의 거시기를 거머쥔 채 오줌을 내갈기고 있는 옆모습이 우스꽝스럽게 비추어졌다……

이 무렵, 아파트단지 내에 거주하는 북한이탈귀순동포의 신병 안전과 보호 관찰을 책임지고 있는 관할 경찰서 보안계 야간당직자는 전날 들어온 새터민도우미의 정착지원활동 월보를 살펴보고 있다. 야간근무를 하면서 찬찬히 월보를 지켜보던 야간당직자는 잠시 후 근무교대 때 새터민도우미들의 북한이탈귀순동포 정착지원활동을 상급자에게 보고할 준비를 하고 있다. 이 보고용 월보에는 사내에 대해 다음과 같은 내용이 기록되어 있다.

1) 성명 : 장평산(張平山)
2) 주민등록번호 : 760910 - 1○○○○○○(만34세 / 성별-남자)
3) 호주 및 관계 : 호주 - 장평산, 관계 - 본인
4) 본적 및 출생지 : 함경북도 연사군 삼포리 ○○번지

5) 주소 : 인천광역시 남동구 논현동 ○○번지 범마을아파트 202동 2008호

6) 북한 또는 제3국 체류시 결혼 여부 : 미혼

7) 관할 보호기관 및 새터민도우미 정착지원활동 특이 사항 :

2005년 2월 두만강을 건너 북한을 탈출. 중국과 제3국에서 도피 생활을 하며 유랑하던 중 2006년 6월 대한민국으로 귀순.

귀순 후 대한민국 정부합동조사기관에서 신체검사와 건강검진을 받던 중 몽골 국경선에서 철조망을 타 넘다 겁먹은 일행의 실수로 철조망 가시에 왼쪽 눈을 다쳐 안구 시신경 및 혈관 파열됨. 도피 기간 중 동 상태를 장기간 치료하지 않은 관계로 왼쪽 눈의 시력이 이미 실명된 상태에서 안구 후면 화농이 계속 진행되고 있었음. 동 상태를 장기간 방치해 둔 관계로 왼쪽 눈의 화농이 계속됨.

정부합동조사기관의 조사를 받을 수 없을 만큼 화농상태가 심각해 관계기관의 주선으로 왼쪽 안구 의안(義眼) 삽입 수술부터 받음. 동 수술을 받기 위해 정밀신체검사를 받던 중 어린 시절 부모와 함께 함경북도 회령 22호 관리소(정치범수용소)에 감금되어 수용소 생활을 했던 1986년 8월, 관리소 보위원이 "너 같은 악질반동 지주 쌔끼는 수령님의 교시대로 3대에 걸쳐 씨를 말려야 한다." 하면서 군홧발로 음낭을 걷어차서 진술자는 "어릴 적에 고환수술을 받은 적이 있다."라고 자술함.

왼쪽 안구 의안 삽입 수술 후 정부합동조사기관의 조사를 다시 받으며 본인이 작성한 자필진술서에다 "어릴 적 아버지를 통해 1.4 후퇴 때 월남한 두 고모가 있다는 이야기를 들은 적이 있다."라는 내용을 적어낸 것이 계기가 되어 1946년 3월 신의주 용암포에서 월남해 인천에서 해산물 운송업체를 운영해 온 둘째 고모 장용순과 대면하게 됨.

고모의 얼굴을 한 번도 보지 못한 채 성장한 진술자는 처음 대면한 둘째 고모를 알아보지 못했으나 둘째 고모 장용순은 대번에 "어캐 네 애비 소싯적 모습을 그대로 빼다 박았

네? 기러니까니 씨 도둑질은 못하는 기야……." 하면서 분단 전 평안북도 룡천군 지주 아들이었던 친정 둘째 남동생 장용욱의 2남 3녀 중 맏아들인 장평산을 한눈에 알아봄.

2007년 1월, 장용순은 장평산의 보호자 역할을 자청하면서 바쁘게 정부합동조사기관을 찾아다니다 탈북 전 3급운전공이었던 장평산이 〈하나원〉을 수료하고 나오자마자 운전면허증을 다시 따게 함. 둘째 고모 장용순의 지극한 보살핌으로 장평산은 하나원을 수료한 지 석 달 만에 인천지방경찰청이 발급하는 1종 보통 자동차운전면허증을 취득하게 됨. (이하 중략)

2008년 11월, 둘째 고모의 주선으로 2년 넘게 전임 KGB택배 인천남동영업소 영업팀장 조수로 따라다니며 길을 익히고, 남쪽 말과 택배 화물 영업 요령을 익혀오다 전임 영업팀장이 지병으로 회사를 그만두자 그 자리를 물려받게 됨. (이하 중략)

2009년 1월, 장평산의 둘째 고모는 총각 나이로 '서른다섯'은 좀 많은 나이지만 그래도 참한 색시 만나 가정을 일구어야 남자는 사람 구실을 할 수 있는데 그러기 위해서는 우선 거처(居處)부터 마련되어야 한다면서 주식회사 KGB택배 인천남동영업소 소장으로 재직하고 있는 장평산의 고종사촌 형 신인철 이사를 앞세워 내집마련자금을 대출받아 인천광역시 남동구 휴먼시아 범마을아파트 202동 2008호를 마련해 줌.

2009년 3월, 장평산은 둘째 고모 장용순의 집에서 동거인으로 거주하다 휴먼시아 범마을 국민임대주택단지 독신자세대 세대주가 됨.

2009년 4월, 탈북자동지회에 입회해 대북 전단(삐라)날리기 탈북자 연대 행사에 자원봉사자로 활동함. (이하 중략)

2009년 5월, 〈주식회사 KGB택배 인천남동영업소 간석2동 영업팀장〉으로 승진됨. (이하 중략)

2010년 3월, 현재까지 새터민도우미 정착지원활동 결과 별 이상 없이 남한 사회에 순탄하게 잘 정착하고 있는 것으로 판단됨.

줄기차게 쏟아지던 오줌 줄기가 점차 약해졌다. 평산은 자신의 거시기를 툭툭 털어 사각팬티 속으로 집어넣었다. 탱탱하게 부풀어 있던 오줌보가 잠깐 사이에 홀쭉해진 느낌이다. 몹시 개운했다. 팬티를 끌어 올리며 세면대 거울 앞으로 다가왔다. 그리고는 버릇처럼 의안(義眼: 인조안구) 삽입 수술을 받은 왼쪽 안구 눈꼬리 밑을 유심히 살펴보았다.

의안을 삽입하기 전에는 왼쪽 안구에서 화농된 고름이 눈물처럼 흘러나와 눈곱이 끼는 날이 많았다. 그런 신체적 결점 때문에 그는 세면장이나 화장실을 드나들 때마다 자신의 왼쪽 안구를 점검하는 것이 버릇처럼 되어있다. 그런 버릇은 의안 삽입 수술 후에도 계속되었다. 옛날처럼 덕지덕지 눈곱이 끼는 현상은 거의 사라졌으나 아직도 몸이 고단한 날 아침에는 자신도 모르게 눈곱이 끼어 있는 것을 발견할 때가 있었다.

오늘 아침에도 그는 습관처럼 거울 속에 비친 자신의 왼쪽 의안을 살펴보며 눈동자를 움직여보았다. 다치지 않은 오른쪽 동공은 자신의 의지대로 상하좌우로 잘 따라 움직여주었다. 그러나 의안 삽입 수술을 받은 왼쪽 동공은 그냥 정면만 응시하고 있다. 평산은 자신의 얼굴에서 드러나는 이런 장애와 결점을 감추기 위해 자기 눈동자의 움직임을 다른 사람들이 알아보지 못할 정도로 색깔이 옅은 갈색 보안경을 끼고 생활했다.

그런데 오늘 아침에는 한동안 요모조모 살펴봐도 왼쪽 안구 눈꼬리 밑에 눈곱이 끼어 있지 않았다. "시간이 지나면 점차 눈곱이 끼는 현상이 줄어들 겁니다."라고 설명해 주던 의사의 말이 정말로 맞아들어가는 것 같다. 기분이 좋다. 잠자리에서 일어나 세면장으로 들어올 때까지만 해도 어깨가 뻐근하고 온몸 전체가 몹시 무거웠는데 소변을 보는 사이 찌뿌둥한 몸이 새털처럼 가벼워진 느낌이다.

상체를 두어 번 비틀면서 평산은 화장실을 나왔다. 방으로 들어와 잠자기 전에 벗어놓은 단복(체육복)을 입었다. 그리고는 맑은 아침 공기를 마실 듯 거실의 커튼을 밀치고 유리문을 열었다. 상쾌한 바깥 공기와 함께 맑게 갠 하늘이 눈에 들어왔다. 불그스름하게 동녘이 트이는 하늘이다. 두어 번 동녘 하늘을 바라보며 큰 숨을 들이쉬던 그는 천천히 발코니로 내려섰다.

2009년 1월, 둘째 고모님 댁에서 이곳으로 이사를 올 때만 해도 아파트단지 인근에 설계해 놓은 〈논현포대 근린공원〉이나 그 옆의 체육시설, 상가, 종교시설은 공사가 완료되지 않은 상태였다. 거기다 소방도로와 간선도로마저 포장이 완료되지 않아 겨우 도시설계만 해놓은 건설공사장 한가운데에 고층 아파트만 덜렁 지어놓은 듯한 느낌이었다. 주변 경관도 녹화사업이 끝나지 않아 아파트단지는 몹시 어수선하고 불안전해 보였다.

그러나 거지와 친일, 친미 모리배들만 득시글거린다고 세뇌교육을 받으며 성장한 그로서는 남조선 사회가 마치 기묘한 괴력을 지닌 사회 같이 느껴졌다. 공화국처럼 누구 하나 나서서 감시하는 사람도 없었고, 학교나 운동장에 인민들을 모아놓고 그 수많은 사람들이 보는 앞에서 산 사람을 공개적으로 총살하는 군인이나 보안서(경찰서)도 없었다. 그런데도 이 사회는 하룻밤씩 잠만 자고 나면 사회 구석구석이 별천지처럼 변해 버리는 것이 그는 아직도 수수께끼처럼 느껴졌다.

그가 5년 남짓 살아본 남조선 사회는 공화국 사회처럼 떼거리로 인민들은 강제 동원하거나 노력동원을 강요하는 사회는 분명히 아닌 것 같았다. 그런데도 어디서 굴러오는지, 처음에는 이름도 제대로 못 들어본 포클레인, 덤프트럭, 불도저, 도로포장용 롤러 카, 사다리차, 지게차 같은 장비를 장착한 특수 차량들이 나타나 아파트단지 곳곳을 파고, 까뭉개고, 고르고, 밀고, 다지면서 비만 오면 붉은 황토물이 흘러내리던 진흙 길을 불과 며칠 만에 말끔한 아스팔트 길로 바꾸어 놓았다.

또 어느 날은 보기 흉하게 공터로 남아있던 아파트단지 이곳저곳에서 불꽃 튕기는 굉음과 용접 불빛이 눈을 못 뜨게 만들더니 며칠 밤 자고 나니까 어린이놀이터, 팔각정, 배드민턴코트, 테니스코트, 배구코트, 꽃밭, 주차장 같은 시설물들이 하루가 다르게 들어섰다.

평산은 이런 모습들이 너무 신기하게 느껴졌다. 흡사 별천지에 와 있는 듯한 느낌이 들기도 했다. 그는 단복(운동복) 차림으로 발코니 난간에 몸을 기댄 채 멀리 서쪽 바다에서 불어오는 바람의 세기를 피부로 감지해 보았다. 그러면서 한 폭의 그림 같이 잘 꾸며진 아파트단지 내의 각종 시설물과 며칠 새 새로 나붙은 듯한 현수막들을 두루두루 살펴보았다.

이제는 아침 시간의 이런 일상적 습관들이 리빙 사이클이 되었다. 그가 살고있는 202동 2008호 발코니는 하루하루 변해 가는 휴먼시아 범마을 아파트단지 이곳저곳을 살피며 남조선 사회가 남 보지 않는 사이에 괴력을 발휘해 주택단지 전체를 그림같이 바꾸어 나가는 과정을 자기 눈으로 하나하나 확인할 수 있게 해주는 전망대 같은 느낌도 들었다.

대한주택공사 관리사무소, 근린생활시설, 중앙광장, 휴게소, 어린이놀이터, 유아놀이터, 주민운동시설, 쉼터, 경비실, 범마을경로당, 공립호구포어린이집, 범마을토요일알뜰장터, 민 음악학원, 미가헤어, 구두수선광택, 논현제일교회, 굿모닝할인마트, 굿모닝정육점, 장터뼈해장국집, 해주순대국집, 치킨신드롬, 돈가스파티, 주공세탁소, 논현축산물백화점, 어르신을 위한 자장면 및 위로공연잔치, 논현포대근린공원, 하나비전교회, 근린체육시설, 주차장, 생활쓰레기분리수거장, 7080노래방, 뚜레쥬루…….

그가 하나뿐인 외쪽 눈을 가지고 아파트 발코니에서 볼 수 있는 안내판이나 간판들이다. 이제 영어와 한국말이 함께 붙은 안내판이나 간판을 봐도 가슴이 떨린다거나 막막한 느낌은 그렇게 심하게 밀려오지 않는다. 그렇지만 얼마 전까지만 해도 그는 굿모닝할인마트나 굿모닝정육점 같은 간판을 보면 저절로 가슴이 답답해 왔다. 저곳에서는 무얼 파는 곳인지, 정육점은 분명히 고깃간 같은데 거기다 굿모닝은 왜 붙여놓았는지, 쳐다보기만 해도 얼굴에 열이 뻗쳐오르면서 남조선 인민들로부터 자신이 계속 조롱을 당하고 있다는 느낌도 들었다.

그러나 이제는 그런 증상이 많이 사라졌다. 그렇지만 아직도 미가헤어, 치킨신드롬, 돈가스파티 같은 말은 무슨 말인지, 무엇을 파는 곳인지, 도무지 이해가 되지 않았다. 어느 때는 지나가다가 한번 들어가 보고 싶은 생각이 들 때도 있었다. 그러나 그런 생각은 잠시뿐. 공화국에서 살 때 보위부 사무실 앞을 지나갈 때처럼 저절로 온몸이 자지러들면서 그들과 자신은 영원히 상종하지 못할 단절의 벽 같은 것에 가려져 있다는 생각이 들었다. 평소의 그런 고정관념이나 피해의식 때문인지는 모르겠으나 지금도 그는 자신이 확실히 모르는 기업소나 상점 안으로는 고개조차 내밀기 싫었다. 단순한 호기심이나 궁금증에 끌려 고개를 내밀었다가 또다시 무슨 봉변을 당할 것 같은, 정말 얼토당토않는 공포감이 밀려와서 자신도 모르게 몸이 떨리기 때문이었다.

저 앞의 미가헤어, 치킨신드롬, 돈가스파티 같은 상점들이 아니더라도 남조선 사회 각 거리마다 매달려 있는 크고 작은 안내판과 상업용 간판들. 그 수많은 간판 위를 수놓은 듯한 영어와 각종 외국말을 소리 나는 대로 적어놓은 알록달록한 간판들을 언제 다 요해(이해)할 수 있을까? 택배 화물 배달을 위해 급히 차를 몰다가도 그는 조선 글자 한 자 없이 순전히 영어로만 적어놓은 듯한 간판들을 지켜보면 자신이 막막한 수렁 속으로 끌려 들어가는 듯해 그냥 땅바닥에 풀썩 주저앉고 싶을 때도 많았다. 저 수많은 외국말과 영어로 쓴 간판들을 언제 다 익혀, 하루 한 차씩 배당되는 자기 몫의 택배 화물들을 저렇게 국적 불명의 외국말 간판과 영어로 쓴 간판을 매달아 놓은 상가나 사무실 속으로 틀림없이 배달해주면서 확인증에다 서명을 받아올 수 있을지, 그가 하루하루 처리해야 할 회사 업무만 생각하면 갑자기 머리가 아파 왔다. 그리고 이 사회에서도 그는 영원히 타 넘을 수 없는 단절의 벽을 보는 듯해 가슴 한구석이 자신도 모르게 공허해졌다.

이런 절망감과 허탈감에 시달릴 때마다 평산은 신인철 소장의 훈시를 생각했다. 신인철 소장은 주식회사 KGB택배 인천 남동영업소 내에서는 제일 높은 사람이다. 개인적으로는 고종사촌 형님이기도 하다. 신인철 이사는 그가 남한 사람들의 언어와 생활문화에 서툴러 종종 실수를 연발하며 겁을 집어먹자 "무엇이든 처음부터 잘하는 사람은 없다. 답답하고 모르는 것이 있으면 컴퓨터를 켜고 다음(Daum)이나 네이버(Naver) 검색창에다 네가 알고 싶은 영어단어나 외국말을 쳐넣어라. 그러면 컴퓨터는 언제나 상세히 설명해 준다. 그리고 분명하게 명심할 것은 컴퓨터는 그 어떤 경우에도 평산이 네가 북한 출신이라고 차별하거나 무시하지는 않을 것이다……." 하면서 외국말 간판을 읽고 해석하는 요령을 가르쳐 주었다.

오늘 아침에도 평산은 고종사촌 형님의 얼굴을 떠올리며 다시 용기를 냈다. 기래, 남조선 사회에서 나는 아직 다섯 살밖에 안 된 유치원생일 뿐이야. 모르는 것은 컴퓨터한테 물어보거나 형님한테 물어보면 돼. 문제는 모르는 것을 귀찮다고 그냥 덮어버리는 것이지, 형님 말씀처럼 외국말을 모르고 있었다는 것 자체가 문제는 아니야…….

회사에서 고종사촌 형님이 자상하게 컴퓨터를 가르쳐주던 모습을 되새겨보며 평산은 힘들게 우울한 감정에서 벗어났다. 그때 거실 탁자 위에 올려놓은 손전화가 울렸다. "전화 왔어요." 하고 소리치는 여자아이의 목소리가 자못 앳되게 들려왔다. 회사 화물접수부의 엄 양이 손전화 신호음을 내려받아 바꾸어준 후부터 그는 남조선에 와서 예쁜 꼬마 여동생을 하나 둔 것 같은 느낌이 들어 절로 웃음이 나왔다. 남조선 사람들은 어떻게 그런 기발한 생각으로 돈을 벌 생각을 다 했을까? 그는 엄

양이 다음 달 손전화 요금에 신호음 내려받은 계산서가 동봉될 것이라는 말을 떠올리며 방으로 들어와 전화를 받았다.

"야, 전화 좀 날래 받으라우. 아직도 자는 기야?"

손전화 폴더를 열자마자 불같은 둘째 고모님 목소리가 들려왔다. 내년이면 여든이 된다는 노인네 목소리가 어찌 저래 열차 화통 같단 말인가? 평산은 자신도 모르게 고개를 절레절레 흔들며 "아니라요, 아파트 발코니에서 바람 쐬고 있었시요." 하면서 급히 전화를 받지 못한 정황을 설명했다. 그러자 그의 고모는 그런 자질구레한 정황 설명 따위는 다 들을 필요가 없다는 듯,

"날래, 이쪽으로 건너 오라우. 같이 아침 먹게서리. 오늘 고모부 생신이라 네가 좋아하는 잡채와 미역국도 많이 끓여놨어. 날래 오라우. 근데, 왜 또 고모 말 듣지 않고 이북 말 쓰네? 집에 올 때 천 원짜리 한 장도 같이 들고 오라우. 알간?"

평산은 전화 통화를 하면서도 한 손으로 이마를 쳤다.

"아이쿠!"

택배 화물을 거두러 다니면서 북한 말을 사용하면 회사 이미지가 실추된다고 했다. KGB택배가 탈북자를 저임금으로 고용해 쓰는 회사라고. 다 그런 것은 아니지만, 또 일부 고객들은 불안해하기도 한다고 했다. 남쪽 지리와 생활문화에 어두운 사람들한테 화물을 맡겨 제대로 배달이나 될까 싶은 걱정 때문에 말이다.

하기야 그런 선입견이 다 틀린 것은 아니다. 그도 처음에는 대한민국 행정구역체계와 주소지 지번체계를 잘 몰라 수없이 사고를 쳤으니까 말

이다. 어느 때는 본의 아니게 엉뚱한 집에다 택배 화물을 배달했다가 다시 찾아와 제대로 배달해주느라 회사에 이중삼중으로 손해를 끼친 적도 있었다. 또 어느 고객에게는 하루 만에 배달해 줄 수 있는 화물을 이틀 만에 배달해 준 사례도 두어 번 있었다.

그런 우려와 눈에 보이게 드러나는 취약점을 불식시키기 위해 그의 둘째 고모는 일방적으로 북한 말을 사용하지 못하게 했다. 만약 그런 주의 사항을 잊고 자기 앞에서 북한 말을 사용하면 무조건 벌금으로 현금 1,000원씩을 월급에서 공제하겠다고 했다. 물론 하루빨리 남쪽 말과 억양을 익히라는 고모님의 깊은 뜻을 그가 모르는 바는 아니다. 그러나 태어나서 20여 년간 사용해 온 북한 말과 억양을 하루아침에 바꾼다는 것은 말처럼 쉽지 않았다. 마음으로는 고모님이 시키는 대로 거부감 없이 받아들이며, 회사에서 퇴근해 집에 들어와서도 남쪽 사람들이 하는 말을 유심히 귀 기울여 듣고 입으로 중얼거리면서 어투를 고치려고 5년 넘게 노력해 왔으나 부지불식간에 튀어나오는 북한말은 참으로 막을 수 없었다. 그것은 마치 바지 주머니에 넣어놓은 송곳 같았다. 틈만 있으면 자신도 모르게 뾰족하게 튀어나와 사람을 무안하게 만들었다. 오늘 아침에도 얼떨결에 고모가 사용하지 말라는 이북 말을 사용한 것이다. "고모는 꿈에서도 그리던 고향 말을 60년 넘도록 사용하면서 왜 저한테는 고향 말을 못 쓰게 합네까?" 하고 어느 날은 우스갯소리로 따지면서 대드니까 "어제같이 남쪽으로 내려온 네놈하고 내가 같으네? 잔말 말고 내 시키는 대로 하라우! 남쪽에서 살아남는 법은 내래 네놈보다는 한 참 스승이야……." 하면서. 그때부터 평산은 순식간에 안색이 달라지는 둘째 고모님의 표정이 무서워 여태까지 찍소리 못하고 그 약속을 준수해 오고 있었는데, 이럴 때는 빨리 자신의 실수를 인정하고 받아들이는 것이 상책이었다. 그는 무조건 "예!" 하고 전화를 끊으며 눈 밑을 훔쳤다.

"혈육이란 무엇이고 그 피의 흐름이란 또 무엇일까?"

평산은 혼자 입속말로 재차 그 말을 되씹어보았다. 이 세상에 태어나 얼굴 한번 보지 못하고 만 34년을 살아온 자신에게 둘째 고모님의 존재는 그냥 오래전부터 전해져 내려오던 사회적인 행정 문건 속에서만 남아있던 아버지 장용욱의 둘째 누님일 뿐이다. 그런데도 대한민국에 와서 국가정보원 소속 이 사무관의 도움으로 고모님을 처음 만난 이후부터 지금까지 한 4년 정도 같이 살았는데, 현재의 둘째 고모님은 자신을 낳아 키워준 아버지와 진배없고, 또 한편으로는 어머니 같은 생각도 들었다. 어디 그뿐인가? 고모가 도수 높은 돋보기안경을 끼고 바느질을 하고 있는 모습을 보면 아주 어린 시절 아버지가 자주 쳐다보시던 색 바랜 사진 속의 할머니 모습을 본 것 같은 느낌도 들어 자신도 모르게 그만 눈물이 주르르 흘러내렸다.

"어쩌면 내 가슴속으로 흐르는 이 피의 흐름과 뜨거움 때문에 오늘 임진각에 모이는 25개 탈북자단체 소속 동지들도 그렇게 목숨을 내놓고 〈삐라날려보내기〉 운동에 열성을 보이는지도 몰라……."

공화국에서 살 때, 그렇게 입고 싶어 했던 단복(체육복)을 벗어놓고 평산은 화장실로 들어갔다. 세면대 거울 위에 걸려있는 벽시계는 6시 30분을 가리켰다. 세면을 끝내고 고모님 댁으로 건너가 아침밥을 얻어먹으며 오전 내내 쉬다가 오후 1시쯤 출발한다고 해도 바람결이 세어지는 오후 3시까지는 충분히 임진각에 도착할 수 있겠다는 생각이 들었다. 마음 같으면 소파에 드러누워 텔레비전이나 보며 꼼짝달싹 않고 그냥 쉬고 싶었다. 그렇지만 날래 건너오라고 전화까지 한 고모님의 말씀을 그의 힘으로는 거역할 재간이 없었다.

이유 불문하고 고모님 댁으로 건너가야 한다. 그것이 그가 현재 몸담고 있는 피할 수 없는 현실이다. 그런데도 평산은 그냥 맨손으로 가기가 낯간지러운 생각이 든다. 저지난해 이맘때, 성대하게 산수연(傘壽宴)을 맞은 고모부가 아니던가? 그때는 미처 알지 못해 자신의 마음을 전할 수 있는 생신 선물은 장만하지 못했으나 이제는 서른다섯 살이라는 나잇값은 좀 해야 될 것 같다. 그래야 아주머니나 조카들한테도 체면이 설 것 같다. 평산은 답답하면 무엇이든 컴퓨터에게 물어보라던 고종사촌 형님의 말을 떠올리며 책상 앞으로 다가갔다. 범마을아파트 입주 기념으로 형님이 마련해준 컴퓨터가 책상 위에 놓여 있다.

스위치를 누르자마자 패널형 모니터 위에 마이크로소프트 윈도우 XP 버전의 초기화면이 부팅되기 시작했다. 알지도 못하는 영어단어가 급하게 시꺼먼 화면 위를 오르내리면서 몇 차례 바뀌더니 그새 하얀 민들레꽃과 토기풀꽃, 씀바귀 같은 1년초들이 꽃씨를 날리는 푸른 초원이 전개되었다. 그리고는 고종사촌 조카 상민이가 와서 깔아주고 간 각종 프로그램의 아이콘들이 나타났다.

평산은 오른손으로 마우스를 움켜쥔 채 인터넷 익스플로러 아이콘을 따닥! 두 번 클릭했다. 시작 페이지로 설정해 놓은 다음(Daum) 초기화면이 나타났다. 평산은 고종사촌 형님이 가르쳐준 대로 검색창에다 〈제과점〉이라는 키워드를 처넣은 뒤 엔터 키를 눌렀다. 수많은 제과점의 이름이 한순간에 나타나더니 국어사전 난에서 "제과점(製菓店): 명사, 과자나 빵을 만들어 파는 가게."라는 설명문이 나타났다.

평산은 그때서야 회사 사람들로부터 수없이 들었던 '제과점'이라는 단어의 의미를 정확히 요해(이해)했다. 남조선에서는 빵 파는 상점을 제과점이라고 하는구먼…… 그는 혼자서 고개를 끄덕이며 다시 '뚜레쥬르 인천점'이라고 처넣었다. 그러자 22인치 패널형 모니터 중간쯤에 "뚜레쥬르 검색 결과입니다"라는 안내문이 나타나면서, 그 아래 인천광역시 지도와 함께 여남은 개의 뚜레쥬르 영업점 위치와 전화번호, 지역명이 나타났다.

평산은 다시 휴먼시아 범마을 아파트단지 상가 안에 있는 뚜레쥬르 제과점을 클릭했다. 주소와 전화번호, 약도가 나타났다. 그는 오늘이 공휴일이고 너무 이른 시각이라 혹 영업을 하지 않을지도 모른다는 생각이 들어 전화부터 먼저 걸어보았다. 아니나 다를까, 오전 10시에 문을 여니까 24시간 영업을 하는 〈뚜레쥬르 인천논현24시점〉으로 연락해보라고 안내해준다. 평산은 메모지에다 〈뚜레쥬르 인천논현24시점〉의 주소와 전화번호를 적었다.

그다음에는 장애자 주차장 옆에 세워놓은 그의 1.5톤 포터 트럭 탑차에 실려있는 박스 표면에 영어로 인쇄되어 있는 〈adballoon〉이라는 단어를 떠올렸다. 어제 오후, 그 박스를 받아 탑차에 실으면서도 그는 〈adballoon〉이라는 영어단어의 뜻을 몰라 몹시 궁금해했다. 그렇지만 포장 테이프로 단단히 밀봉해놓은 박스를 그가 멋대로 뜯어 내용물을 두 눈으로 확인해 볼 수는 없었다. 그가 맡은 주 임무는 단지 그 〈adballoon〉이라는 영어단어가 인쇄된 포장박스 10개를 오늘 행사가 열리는 임진각까지 안전하게 옮겨주는 일뿐이었다. 내용물이 무엇인지는 그가 알 필요가 없었다. 그러나 마음속으로는 궁금해서 견딜 수가 없었다. 그와 같은 처지에 있는 후배 탈북자들이 "형님, 그 〈adballoon〉이라고 적은 미 제국주의 아새끼들이 쓰는 말의 뜻이 무어요?" 하고 물으면 박스 수송의 임무를 맡은 자신이 대답을 해줘야 남조선에 먼저 온 선배로서의 체면과 권위가 선다. 그는 그런 순간을 대비해 검색창에다 〈adballoon〉이라는 영어단어를 처넣었다. 컴퓨터가 이내 한글로 〈애드벌룬〉이라고 쓴 한국말과 영어로 쓴 〈adballoon〉이라는 영어단어를 화면에다 띄워주며 "①광고하는 글이나 그림 따위를 매달아 공중에 띄우는 풍선. ②같은 말 : 광고기구. ③광고풍선으로 순화." 한다고 말뜻과 용례를 알려 주었다.

평산은 혼자 고개를 끄덕이며 다시 〈Timer〉라는 영어단어를 처넣었다. 컴퓨터가 다시 한글로 쓴 〈타이머〉라는 말과 영어로 쓴 〈Timer〉란 단어를 화면에다 띄워주며 "①운동경기 따위에서 시간을 재는 사람. ②같은 말 : 타임스위치. 셀프타이머. 시간조절장치. ③시간조절기로 순화."한다고 알려주었다. 평산은 그때서야 자신의 트럭에 실려있는 〈애드벌룬〉 박스와 〈타이머〉 박스 속에 든 물품들이 어떤 용도를 지닌 물품인지를 정확히 이해하며 자신도 모르게 회심의 미소를 머금었다. 마치 대단한 비밀의 코드를 자신이 애써 풀어낸 기분이었다.

평산은 다시 컴퓨터 자판의 〈Caps Lock〉 키를 눌렀다. 그리고는 영어 대문자로 〈GPS〉를 처넣고 엔터 키를 눌러보았다. 화면에 〈Global Positioning System〉의 앞글자를 따서 만든 신조어이며 "위성위치확인시스템"이라고 알려주었다.

평산은 '위성위치확인'까지는 조선어라서 우선 눈에 들어왔다. 그러나 그 뒤에 붙은 '시스템'이라는 말은 무슨 뜻인지 도무지 이해가 되지 않았다. 그래서 다시 세부 설명란의 내용을 읽어 내려갔다. 세부 설명란에는 "〈GPS〉는 지구를 도는 인공위성이 현재의 위치를 시시각각 알려주어 목적지까지 인도해 주는 체계(體系)이다. 1970년 초 미국 국방성에 의해 개발되기 시작했는데 요사이는 비행기, 배, 자동차의 운행에 널리 이용될 뿐 아니라 토목의 측량이나 등산길 안내 따위에도 유용하게 사용된다."라고 적혀 있다.

평산은 그때서야 고개를 끄덕였다. 자유북한운동연합의 송효상 대표와 애드벌룬팀장 이상학 동지, 그리고 기독탈북인연합회 김광식 대표, 자유북한인협회 박유천 대표가 북으로 날려 보내는 애드벌룬에다 〈타이머〉와 〈GPS〉를 장착해 날려 보내기 때문에 황해도, 평안도, 함경도 지역까지 애드벌룬에 매단 전단지 마대를 정확히 날려 보낼 수 있다고 한 말을 이제사 요해(이해)할 수 있을 것 같다. 또 투하된 지역까지 〈GPS〉가 자세히 알려주기 때문에 북한지역 곳곳에 거주하는 인민들에게 지구촌 소식을 수시로 전해줄 수 있다고 한 말뜻도 이제는 공감할 수 있었다.

기분이 좋다. 그는 컴퓨터를 끄고 외출복으로 갈아입었다. 그리고는 엘리베이터를 타고 1층으로 내려왔다.

1층 현관에서 우편함을 살펴보았다. 오늘은 편지가 온 것이 없다. 그는 우편함 옆에 걸린 거울 속의 자기 옷매무새를 한번 살펴본 후 현관을 나왔다.

하늘은 애드벌룬을 날리기 좋을 만큼 맑고 쾌청했다. 그는 옆구리에 달고 다니는 열쇠고리에서 자동차 키를 빼내며 주차장으로 걸어갔다. 아파트 현관 이만치에 구획선을 그어놓은 장애자 주차장엔 KGB택배 회사의 로고가 크게 그려진 1.5톤 탑차가 주차되어 있다.

그는 탑차의 도어를 열고 운전석으로 올라탔다. 키 박스에 키를 꽂고 몇 초 정도 지나자 예열판 시그널이 꺼졌다. 그는 그때서야 고종사촌 형님이 가르쳐준 대로 운전대 키 박스 스위치를 돌리며 시동을 걸었다. 브르릉 하고 시동 걸리는 소리와 함께 운전대 앞에 장착된 네비게이터도 덩달아 부팅되었다. 평산은 네비게이터 주소창에다 〈경기도 파주시 문산읍 사목리 494-1〉을 쳐넣었다. 오늘 그가 임무를 수행해야 할 행사장까지의 거리와 자신의 탑차로 달려갈 경우 어느 정도의 시간이 소요되는지를 정확히 알아야만 고모님 댁에서 동생들과 놀다가 나올 시간을 결정할 수 있었다. 주소를 다 쳐넣고 검색 단추를 누르자 아리따운 여자의 목소리와 함께 그가 살고있는 범마을 아파트단지에서 임진각 망배단까지는 69.6㎞이고 서울외곽순환고속도로와 자유로를 이용해 임진각으로 갈 경우 1시간 5분이 소요된다고 했다. 또 고속도로 통행요금은 900원이 필요하다고 미리 일러주었다.

평산은 메모지에다 거리와 소요시간, 고속도로 통행요금을 적어놓고 그 화면을 지웠다. 그리고는 다시 네비게이터 주소창에다 〈인천광역시 남동구 논현동 600-1번지 주공상가 105호)를 쳐넣었다. 화면 위에 다시 약도가 펼쳐졌다. 그곳까지 가려면 10분이 소요된다는 설명이 나왔다. 평산은 그때서야 차의 기어를 넣으며 천천히 범마을 아파트단지 주차장을 빠져나왔다.

참으로 요지경 속 같은 세상이고 꿈 같은 세월이다. 공화국(북한)에 그대로 눌러앉아 있었으면 어찌 이런 세상을 구경할 수 있었으랴. 그리고 어찌 이 마술 같은 세월을 손수 누려보며 자신이 살아있다는 존재감을 느껴볼 수 있었으랴! 아니 상상이라도 할 수 있었겠는가? 들판의 풀과 나무껍질로 배고픔을 면해보다 그마저 거덜 나서, 아버지의 유언대로 두만강을 건너간 것이 백번 잘한 것 같은 생각이 들었다. 그리고 오늘 오후 3시, 임진각 망배단 앞에 모여 수많은 탈북자들의 부모 형제가 살고있는 황해도, 평안도, 량강도, 자강도, 함경도 지역에 삐라를 날려보내기로 약속한 25개 탈북자단체연합회 소속 동지들도 그와 똑같은 심정일 것이라 생각했다. 인민들의 눈과 귀를 막아놓은 북녘땅에서, 이러지도 못하고 저러지도 못한 채 발이 묶여 있는 인민들의 기막힌 심정과 형편을 모르는 바는 아니다. 그렇지만 형편이 그렇다 하더라도 한층 더 지혜와 용기를 짜내어 하루라도 빨리 그곳을 빠져나오라고, 그리고는 단 며칠이라도 자유의 몸이 되어 자신이 태어나 잔뼈가 여물은 두고온 그 고향 땅을 최소한 사람이 살 수 있는 땅으로 변화시키는 데 다 같이 힘을 모아보자고 호소하며, 그동안 자신들이 먼저 체험한 세상 풍경과 다른 나라 인민들이 사는 모습을 고향 땅 인민들에게 전해주고 싶은 마음이 자신도 모르게 또다시 불쑥 치솟았다.

누가 시켜서 이 일을 시작한 것은 아니었다. 자발로(자기 스스로) 화물차를 끌고 나가 무슨 일이라도 돕겠다고 그는 자유북한운동연합 탈북자동지회에 가입한 것이다. 그리고 자신이 아직 죽지 않고 살아있다는 존재감을 확인해 보고 싶어서, 지난 1년 동안 회사가 쉬는 날은 삐라를 날리는 탈북자단체 동지들을 따라 다니며 자원봉사를 해 온 것이 한편으로는 자랑스럽기도 했다.

더구나 오늘은 그의 누님이 식량을 구하러 내려갔다가 온데간데없이 소식이 끊어진 황해도 재령평야와 평안북도, 그리고 량강도 새운흥군으로 삐라를 날려 보내는 날이 아닌가? 수소가스를 탱탱하게 넣은 애드벌룬에다 각종 소식과 먹을거리, 돈과 일용품 따위를 골고루 넣은 삐라 부대를 세 개씩 매달아 봄철 내내 불어오는 남서풍을 이용해 북녘 하늘로 애드벌룬을 날려 보내는 일은 상상만 해도 즐겁고 힘이 솟았다. 그 시간이 몹시 기다려지기도 했다. 회사가 쉬는 날마다 어디를 갔다 온다는 말도 없이 하루 종일 집을 비우는 자신의 행적을 걱정하는 고모와 고모부에게 오늘은 무슨 핑계를 둘러대면 좋을까?

평산은 잠시 궁리해보다 주공상가 105호로 들어가는 길로 급히 핸들을 돌렸다.

평북 룡천, 1946년 3월

제2화
평북 룡천, 1946년 3월

뚜레쥬르 인천논현24시점에서 고모부 생신 축하 케이크를 하나 사들고 평산은 고모님 댁으로 달려갔다. 고모님 댁은 오봉산 약수터 입구에 있다. 소래포구 인근의 논현동이 주택단지로 개발되기 전에는 소래포구 〈산뒤마을〉 어귀 단독주택에서 살았다고 하셨다. 그런데 몇 년 전이곳 전체가 대단위 주택개발단지로 수용될 때 오봉산 약수터 입구 배밭과 그에 딸린 구 가옥을 웃돈을 얹어주고 매입해 고종사촌 형님이 손수 전원주택 모델로 신축했다고 들었다. 그래서 그런지, 아직도 고모님 댁으로 들어가는 마을 길 어귀에는 옛날 과수원 울타리로 심어놓은 탱자나무와 측백나무, 또 사철나무 울타리들이 시골길 같은 분위기를 풍겨주었다. 평산은 경운기 한 대가 겨우 지나가는 마을 길로 조심스레 차를 몰아넣으며 고모부가 들려주셨던 옛날이야기를 떠올렸다.

고모부는 1946년 3월, 북조선에서 〈토지개혁〉 광풍이 한창 몰아쳤을 때 신의주 룡암포에서 어선으로 쓰던 개인 발동선을 매수해 심야에 전 가족이 남쪽으로 피신해 온 탈북자 1세대였다. 이남으로 피난 오기 전에는 평안북도 룡천벌 대지주의 아들이었던 평산의 큰아버지(伯父), 둘째아버지(仲父), 아버지(父)와 함께 오랜 옛날부터 평안북도 렴주벌에 수만 평의 땅마지기를 지니고 대대로 부농으로 살아온 대지주의 후손이었다. 그래서 일제시대 때부터 도내 지주들끼리 힘을 합쳐 동척(東洋拓殖株式會社의 약칭)이나 일해흥업주식회사 같은, 일본 본토에서 진출한 조선토지매입회사들과 저항하는 모임이 있을 때마다 자주 만나 조선인 지주들끼리의 권익을 도모하다 할아버지 생존 시에 집안 간 교류가 시작되었고, 고모부 신상우 씨와 둘째 고모 장용순 여사 간의 혼인이 성사됨으로써 사돈 지간의 인척 관계가 형성되었다.

　고모부가 둘째 고모와 혼인을 할 당시 평산의 집안은 아주 번성한 집안이었다. 룡천벌 대지주였던 할아버지 할머니 사이에 이란성 쌍둥이로 출생하신 큰아버지(伯父)와 큰고모, 둘째 고모, 둘째아버지(仲父), 아버지(父), 막내 고모, 이렇게 장평산의 할아버지는 3남 3녀를 낳으셨다. 2009년 1월, 범마을 아파트단지로 이사 올 당시 장평산의 집안 어른들의 연세는 북에 그대로 생존해 있었다면 이란성 쌍둥이로 출생한 큰아버지와 큰고모가 1928년생이니까 여든하나이고, 둘째 고모가 1931년생이니까 일흔여덟이다. 그다음 둘째아버지가 1934년생이니까 일흔다섯이고, 그의 부친은 1937년생이니까 일흔둘이다. 막내 고모는 1940년생이니까 예순아홉이고, 고모부는 둘째 고모보다 세 살 위니까 여든하나가 되는 셈이다.

고모부 신상우 씨 친가는 선대 할아버지가 나라에 큰 공을 세워 임금으로부터 전답을 하사받아 대대로 대물림해 온 조선 선비 집안이다. 6대째 이어져 오는 렴주군 대지주 집안이라 고모부의 선친은 발이 넓고, 사랑채에는 전국 각처의 식객들이 끊어질 날 없이 드나들었다. 그러다 보니 해방 직전, 소련 제2극동군 예비대 소속 25군이 웅기 · 경흥 · 나진 · 청진 · 함흥 · 원산 등지의 조선반도 북변 항구 도시를 대상으로 기습 상륙전을 펼치며 침공해 와서 북한 전역을 불과 십여 일 만에 완전히 점령한 뒤 〈조선인민에게〉라는 포고문을 발표하며 군정을 시작할 당시부터 렴주벌의 토지를 버리고 이남으로 도피해야만 가족의 생명을 보존할 수 있다는 결단을 내릴 만큼 국제정세 파악과 시국 돌아가는 형편을 남달리 빨리 짚어내는 집안이었다.

그래서 남쪽으로 내려와서도 발동선을 함께 타고 내려온 고향 사람들과 계속 이곳저곳을 살피며 통일이 되어 고향으로 돌아가는 날까지 임시로 터 잡고 살 장소를 물색했다고 했다. 그러다 전쟁이 휴전되자마자 인천을 근거지로 뿌리를 내리며 경기 연안이나 근해에서 잡아 올린 어획물을 목적지까지 운반해 주는 해상운송사업, 소금과 곡물이 주종을 이루는 육상운송사업으로 매일매일 들어오는 현금을 모았다고 했다. 그러다 어느 정도 현금이 모이면 새우젓, 밴댕이젓, 토하젓 같은 염장 젓갈류와 건어물 같은 비교적 장기 저장이 용이한 근해어업 특산품을 대량으로 거두어 지하 움막이나 토굴 같은 데 저장해 두었다가, 소래포구가 관광어촌으로 재개발될 때부터 건어물과 새우젓을 소래포구 어시장에 공급하는 〈의주상회〉를 운영해 왔다고 했다.

일본이 항복하기 직전, 조선이 처한 국제적 현실과 그 이후 피압박약소민족 앞으로 다가온 절체절명의 위기 앞에서, 자신과 가족을 안전하게 구출해 낼 수 있는 방책과 발 빠른 운신으로 그 많은 인명이 희생된 6·25전쟁을 겪으면서도 가족 한 사람 희생시키지 않고 남쪽으로 이주해 온 고모부의 혜안과 용의주도한 면모는 그 누구도 따를 수 없을 만큼 비범했다는 평을 받고 있다. 더구나 평안북도 렴주벌의 그 수백만 평의 땅마지기를 미련 없이 버릴 줄 아는 용단은 지금 생각해도 전설 같은 이야기다.

그런데 평산의 할아버지와 둘째아버지, 아버지는 왜 그 땅에 머물러 있다가 새로운 점령군으로 변한 소련군과 그들의 비호를 받으며 신흥지배세력으로 군림한 항일 빨찌산 1세대들에게 그렇게 무참하게 멸문지화(滅門之禍)를 당했을까?

고모부네 가족이 살았던 옛날 배밭골 입구까지 차를 몰고 오면서 평산은 자기 집안이 겪어야만 했던 과거사를 생각하고 또 생각해 봐도 도무지 자신의 머리로서는 답이 나오지 않았다.

"고모부 말씀처럼 남북으로 갈라진 조선이 하나로 합쳐지면 룡천벌 그 넓은 벌방에 널려 있던 우리 할아버지 명의의 옛날 논들을 다만 몇 떼기라도 되찾을 수 있을까?"

평산은 맞은편에서 다가오는 승용차와 교행하기 위해 길옆 공터 쪽으로 차를 붙여주며 혼잣말로 중얼거렸다. 그러다 "할아버지가 돌아가신 후, 아버지와 어머니를 비롯해 둘째아버지와 고모들까지 산 설고 물설은 회령 22호 관리소(정치범수용소)로 몰아넣은 그 인간 백정 같은 놈들이 옛날 땅문서의 기록들을 가만히 놓아두기나 했을까? 다 지워버렸거나 없애버렸겠지…….”

하면서 다시 차를 출발시키며 심하게 고개를 흔들었다.

“아니야. 나와 내 동생을 악질반동 지주 새끼라고 욕질하며 관리소에서 풀려나온 뒤에도 계속 내 뒤를 살피며 감시하고 다니던 보위부 그 아새끼들의 행동을 돌이켜 보면 우리가 옛날 룡천벌 대지주였다는 근거를 지우지는 않았을 거야. 근데, 고모부는 어떻게 그 많은 땅문서를 하나도 유실하지 않고 지금까지 고스란히 보관하고 계실까?”

평산은 지난달 고모부가 병원에 입원해 계시다 퇴원하던 날, 인사차 고모부 댁을 방문했을 때 고모와 고모부가 옛날 땅문서를 내놓고 렴주벌 어느 논들에서는 소출이 얼마나 났고, 물 건너 웃배미 논벌에서는 소출이 얼마가 났다면서 마치 2~3년 전의 일을 회고하듯 해방되던 그해의 일들을 그대로 기억하고 있던 모습을 보고는 엄청 놀란 적이 있었다. 자신은 아버지와 어머니 그리고 여동생들과 남동생을 괴롭힌 보위부 간부들과 보위원, 보안서원(경찰서 순경), 그 보안서원의 끄나풀 역할을 하던 정보원들의 얼굴을 생각하면 금방이라도 찾아가 복수를 하고 싶어 몸이 떨렸다. 또 그 집에다 불이라도 질러버리고 싶은 발작 증상을 가누지 못해 부지불식간에 감정을 드러내다가 겪지 않아도 될 고생을 많이 했다.

“죽지 못해 목숨만 연명해 온 몸인데 지금 와서 그 전설 같은 룡천벌 땅문서나 논벌이 무슨 소용이 있단 말인가?”

더이상 옛날 일들은 생각하지 말아야 한다고 몇 번이고 자신에게 다짐하며 평산은 고모부 신상우 씨의 문패가 붙은 대문 앞 넓은 공터에다 탑차를 세웠다. 회사에서 소장으로 재직하고 있는 고종사촌 형님 외 혼인해서 인근의 수원, 안산, 시흥에 사는 고종사촌 형제들과 조카들, 그 외 다른 친인척들이 고모부의 생신을 축하하기 위해 찾아왔는가? 대문 앞 공터에는 형님이 모는 승용차 외에도 세 대의 낯선 승용차가 더 주차되어 있다.

"오늘은 누구누구가 오셨을까?"

평산은 차에서 케이크 상자를 꺼내 들고 쪽문을 통해 대문 안으로 들어갔다. 대문 안쪽 양지바른 곳에 꾸며놓은 화단 앞에서 조경수를 손보고 있던 고종사촌 형님이 반갑게 맞아주었다.

"어서 와!"

고종사촌 형님은 조경수 잔가지를 자르고 있던 전지가위를 잠그며 먼저 앞장서서 현관으로 들어섰다. 최신식 알루미늄 색조주물로 만든 현관문 안 신발장 밑에는 발 들여놓을 틈이 없을 만큼 많은 신발이 가득 놓여 있었다. 고종사촌 형님은 어른들이 신는 구두 몇 켤레를 신발장으로 올려놓으며 신발을 벗고 거실로 들어설 수 있게끔 설 자리를 만들어주었다. 평산은 앞서 들어간 고종사촌 형님이 했던 것처럼 자신의 신발을 벗어 신발장에 올려놓으며 거실로 들어섰다.

"고모, 저 왔습니다."

인사를 하고 거실문을 밀치는데 둘째 고모가 그를 반기며 놀라는 표정을 지었다.

"날래 오라. 긴데 들고 있는 기건 무스기니?"

"고모부, 생신 축하 케이큽니다."

"뭐이야? 아침도 먹지 않은 이른 시간에 어디 가서 기런 케이크를 샀단 말이네. 너 이제 보니 엄청 소견머리가 틔었구나, 야?"

"아, 그럼요. 저도 이제 고모 곁에서 생활한 지 햇수로는 다섯 해입니다."

"그 정도로 남조선 생활에 적응되었으면 날래 참한 색시 만나 장가들라우. 내래 색시한테 줄 패물과 예단은 죄다 마련해 줄 테니까니."

"장가 같은 건 아직, 일없어요."

평산은 장가들라는 둘째 고모의 권유에 그만 얼굴이 뻘게졌다. 그는 잠시 몸 둘 바를 모른 채 안절부절못했다. 그러다 고모가 소개해 주는 고종 형제들과 인사를 나누며 조카들을 소개받았다.

"날래 2층으로 올라가 고모부한테도 인사드리라우. 수원 셋째네 도착하면 같이 아침 먹게서리."

고모부한테 인사를 드리지 않았다는 것을 깨달으며 평산은 2층으로 올라갔다. 1층을 큰아들 내외에게 내어주고 2층에다 고모부와 고모가 사용하는 침실과 거실을 만들어 놓은 복층 구조의 양옥이다. 2층은 북쪽과 서쪽만 붉은 내화벽돌로 축을 쌓듯 벽을 만들고, 남쪽과 동쪽은 대형 통유리로 조립해 놓아 집안 전체가 따스한 온실 같다. 거실로 들어서자 사방이 한눈에 들어왔다.

평산은 2층 거실에서 잠시 바깥 정경을 바라보다 북쪽 벽 쪽으로 다가섰다. 공화국에서는 구경도 못할 신식 벽지로 말끔하게 도배해놓은 북쪽 넓은 벽면에는 고모부의 아버지, 어머니, 그리고 고모부가 산수연

(傘壽宴) 때 찍은 초상화가 걸려있다. 기역 자로 꺾어진 서쪽 벽면에는 고모부의 처가 쪽 장인과 장모, 그러니까 평산의 할아버지와 할머니의 묶은 사진을 확대해 만든 초상화가 걸려있다. 또 그 옆에는 어디서 구해왔는지, 고모부의 친인척들이 해방 전후에 찍은 색 바랜 사진들이 누렇게 변색된 채 큰 액자 속에 함께 끼어 있다.

다음 주에는 고모부께 허락을 받아 그의 할아버지와 할머니, 큰아버지(伯父), 둘째아버지(仲父), 아버지(父), 막내 고모 사진을 빼내 여러 장 크게 확대해 그의 범마을아파트 벽에다 걸어놓고 싶은 생각이 들었다. 그런 생각을 하자 벽에 걸려있는 사진들이 새삼스럽게 아주 소중한 보물 같은 생각이 들었다. 그는 다시 할아버지와 할머니의 사진을 요모조모 뜯어보다 안락의자와 흔들의자가 놓여 있는 북쪽 벽면으로 잇대어 있는 방으로 들어갔다. 고모부가 서재로 사용하는 방이었다.

"고모부, 저 왔습니다."

노크를 하고 방으로 들어가자 고모부가 멀리 집을 떠나 있다 귀가한 자식을 대하듯 부드럽게 미소를 지으며 평산을 맞이했다.

"왔는가?"

"절 받으시라요."

평산은 고모부가 방바닥으로 내려앉으며 정좌하자 두 손을 모으고 엎드려 절을 올렸다.

"요사이는 어드런가? 아직도 술을 먹어야만 잠을 이루는가?"

"아닙니다. 요사이는 형님이 가르쳐주신 대로 컴퓨터 공부에 전념하며 술은 자제하고 있습니다."

"기래야지. 형님은 직장에서 잘 대해주는가?"

"네. 저쪽 범마을 새 아파트 집에 컴퓨터도 새로 장만해 주셨고, 직장에서 모르는 것 있으면 컴퓨터에게 뭐든지 물어보라며 아주 쉽게 요령을 가르쳐 주어 요사이는 회사생활도 별로 막히는 것 없습니다."

"남쪽 말 공부도 여전히 잘 하고 있고?"

"네. 고모가 북한말 한번 사용할 때마다 벌금 1,000원씩을 받기 때문에 북한말을 가능하면 쓰지 않으려고 많은 노력을 하고 있습니다."

"허허. 기거 잘하는 일이구먼. 남쪽 생활에 익숙해질 때까지 잊으라우. 잊어야만 살아."

"저도 공화국과 연관된 것은 잊으려고 많은 노력을 하고 있습니다만 기거이 마음먹은 대로 잘되지 않습네다."

"기렇지. 기거이 사람이야. 내래 이 나이 먹도록 살아오면서 하나 잊을 수 없는 것이 있다면 해방되던 그 이듬해, 기러니까 설라무네 서기 일천구백사십륙년 정초에 룡천으로 올라가서 평산이 자네 할아바이와 큰아바이에게 소련 군정의 3·8 리북지역 친소비에트 정부 수립 청사진을 설명해 주면서 룡천벌 논벌을 빨리 포기하도록 좀 더 끈질기게 설득시키지 못한 것이 지금도 한이 돼……."

"고모부는 지금도 옛날 저희 할아버지와 아버지가 살았던 룡천 고향집을 기억하십니까?"

"기럼. 내가 거기서 혼례를 올리고 성가(成家)를 했는데 기걸 잊을 수 있는가? 지금도 눈에 선한데."

"저는 보지도 못하고 듣지도 못했는데 옛날 저희 할아버지와 아버지가 살았던 고향 집은 룡천 어데쯤 있었습니까?"

"법흥산 자락이 끝나는 쌍룡리에 있었지. 집 뒤로 법흥산이 북풍을 막아주는 방벽처럼 솟아 있었고, 집 앞으로는 그렇게 넓지 않은 개천이 흐르는 배산임수형의 남향집이었지."

"집이 넓었습니까?"

"기럼! 신작로에서 마을로 들어가는 길을 따라 잠시 걸으면 약간 언덕진 마을 동편에 기와집과 초가가 서너 채 우뚝 솟아 있었지. 그중 본채와 사랑채는 기와집이고 늦게 지은 아랫채는 미처 기와를 구할 수가 없어 우선 이엉으로 지붕을 덮은 초가였어. 안마당도 넓었지만 바깥마당이 학교 운동장처럼 엄청 더 넓었지. 옛날부터 가세가 좋은 집들은 흙담이나 돌담으로 본 채, 사랑채, 아래채를 에워싸고 있고, 그 아래나 옆에다 곡식을 거두어 타작하는 바깥마당이 딸린 곡간 채나 방앗간 채를 지어놓는데 내 처가는 바깥마당이 엄청 넓었어. 옛날 렴주벌 우리 고향 집에 비하면……."

"고모와 혼례 후 저희 할아버지 댁에 자주 갔습니까?"

"그 당시 내가 고모와 혼인을 한 몸이지만 중국 상해에 있는 동방대학을 다닐 때라 자주는 못 갔더랬어. 방학이나 되어야 한 번씩 찾아뵈오며 인사를 드렸으니까……."

"저희 할머니도 고모부가 찾아가면 좋아하셨습니까?"

"기럼! 그 사랑은 말로 다 형용할 수 없을 만큼 지극하셨지. 더구나 나는 그 당시 신의주에 나가 공부하던 자네 큰아버지하고 신의주동중학교 선후배지간이라 그 사랑이 더 지극하셨지……."

"그때는 사위가 찾아오면 딸을 둔 가시어머니는 주로 어떤 음식을 만들어 대접했습니까?"

"지금의 룡천이나 렴주는 해방되기 전에는 다 평안북도 룡천군 남시면에 속해 있었더랬어. 1952년 북한 공산당 정권이 행정구역 개편을 하기 전에는 말이야. 바다와 인접해 있던 고장이라 집안에 귀한 손님이 찾아오면 산해진미가 다 상위에 올라오지. 당시 룡천 나의 처가에는 본 채 뒤에 우물과 장독대가 놓여 있었는데 그 뒤란에는 부엌에서 쓰는 잡다한 세간들이 툇마루에 놓여 있거나 벽에 걸려 있었더랬지……."

"뒤란에 우물과 장독대가 있었습니까?"

"기럼. 우물가에 감나무와 큰 앵두나무가 두 그루 서 있던 뒤란이 아주 넓었지. 내가 방학을 맞아 술병이나 중국에서 유행하던 일본 과자를 사 들고 인사드리러 가면 평산이 자네 할머니, 기러니까 나에게는 장모가 되는 곱상한 분이 그 뒤란에서 바쁘게 닭을 잡아 털을 뽑기도 하고, 사위 대접하겠다고 솥뚜껑을 내다 걸고 고소한 들기름 냄새를 풍기며 부침개를 부치고 있던 모습이 아직도 눈에 선하구먼."

"저희 할아버지는 어떤 모습이셨습니까?"

"전형적인 백의민족의 후손이었지. 늘 한복 바지저고리 차림으로 사랑채에서 생활하셨지. 볕이 좋은 날은 옛날 노익장들이 꼈던 동그랗고 새까만 뿔테 돋보기를 끼고 긴 장죽을 문 채 사랑채 문을 열어놓고 바깥을 내다보시다 내가 모처럼 찾아가면 갑자기 흥감해져서 어흠, 어흠, 하시면서 잔기침을 수도 없이 하셨던 분이지. 절도 올리기 전에……."

"혼인 후 처가에 다니러 가면 꼭 가시아버지와 가시어머니께 절을 올려야 합니까?"

"기럼. 리북말로 가시아바지와 가시오마니도 부모인데……. 기렇게 인사를 올리고 편히 앉으라 해서 앉으면 그때서야 당신 따님이 보고 싶은지 자네 고모의 안부를 물으며 심중의 근심을 내보이셨지."

"심중의 근심이라뇨?"

"대동아전쟁시기, 일본 놈들의 공출이 하도 지겹고 몸서리나서 하루 빨리 카이로회담과 포츠담 선언에서 발표된 대로 우리 조국이 해방되기를 고대해 왔는데 정작 해방되고 보니 나라 꼴이 조선 인민들이 그토록 갈구하던 것과는 전혀 다른 곳으로 끌려가고 있었단 말이야. 그것이 어쩌면 힘없고 강력한 지도자 없이 분열되어 있던 약소민족의 필연적인 운명인지도 모르갔지만."

"하나원에서 남조선 사회 정착지원교육을 받을 때 보니까 제가 공화국에서 배운 조선현대사와 남조선에서 가르쳐주는 조선현대사가 많이 다릅디다. 고모부는 조선이 해방되던 그 시기의 일들을 지금도 기억하십니까?"

"많이 잊어버리기도 했지만 큼직큼직한 사건 사고들은 한창 젊을 때 겪었던 일들이라 웬만한 것은 다 기억하지……. 뭐가 궁금한가?"

"하나원 강사님은 〈카이로회담〉이라고 가르쳐 주던데 어느 날 텔레비전에 나온 어떤 교수님은 〈카이로선언〉이라고 합디다. 어느 게 맞습니까?"

"카이로회담 다음에 카이로선언이 나왔으니까 어느 것이 틀렸다고 말할 수는 없지."

"그럼 카이로선언이란 게 대체 우리 조선 민족에게 무슨 의미가 있었습니까?"

"카이로회담은 1943년 11월 22일부터 26일까지 이집트의 카이로에서 미국 대통령 루즈벨트 하고, 영국 총리 처칠, 그리고 중국 총통 장제스(장개석)가 참석하여 일본을 상대로 한 제2차 세계대전 종전수행 협력과 그 전쟁이 끝난 후의 영토에 관해 의논한 회담을 카이로회담이라고 말해. 기러구 카이로회담 내용을 그다음 날인 11월 27일 전 세계에 발표하였는데 그걸 〈카이로선언〉이라고 하지. 그날 발표된 내용은 태평양상의 모든 일본령 섬들의 박탈, 그리고 일본이 중국에서 빼앗은 전 영토의 반환, 그다음 일본이 36년간 강점해 온 조선의 독립을 보장하며 연합국은 일본이 무조건 항복할 때까지 협력하여 싸울 것 등을 전 세계에 분명하게 밝힌 거야……."

"그럼 〈얄타회담〉이란 것과는 무슨 연관성이 있습니까?"

"얄타회담은 카이로회담보다 약 14개월 후인, 기러니까 제2차 세계대전 말기인 1945년 2월 4일부터 11일까지 당시 미국 · 영국 · 소련의 수뇌였던 루스벨트, 처칠, 스탈린이 크림반도의 얄타에서 전쟁 수행과 전후처리문제, 국제연합창설 등에 관한 중대한 사항을 결정한 회담을 말하지. 이 회담에서 독일에 관해서는 첫째 승전국이 분할 점령한다는 것, 둘째 비무장화한다는 것, 셋째 전쟁범죄자의 처리 문제가 확인되었지. 그다음 폴란드에 관해서는 신정부 수립을 소련이 지지하는 루블린 소재 폴란드 인민해방위원회와 영국 · 미국이 지지하는 런던 망명정부의 교섭에 맡기기로 하였고. 또 소련의 대일참전(對日參戰)에 관한 비밀협정도 체결되었어. 이것이 아주 중요해. 소련은 이 회담에서 독일 항복 후 3개월 이내에 대일전(對日戰)에 참가하는 대가로 사할린(樺太)과 치시마 열도(千島列島)를 획득하고 일본의 보유지 처리와 관련하여 다롄항(大連港)의 국제화, 소련의 뤼순(旅順) 조차권의 회복, 만주철도의 중·소 공동운영 등의 권익을 보장받았다는 내용이 나중에 밝혀졌어……."

"그럼 얄타회담은 우리 조선과는 직접적인 관계가 없네요?"

"직접적으로 우리 조선을 어떻게 하겠다는 내용은 없었지. 그렇지만 카이로회담에서 밝힌 조선의 독립을 확실하게 보장하기 위해 그때까지 중립을 견지해 오던 소련을 대일본전에 참여시켜 혹시라도 오래 걸릴지 모르는 일본을 상대로 하는 제2차 세계대전 종전처리 시기를 앞당기자고 참전의 대가를 분명하게 제시하며 소련이 가지고 있던 엄청난 무장력을 대만·중국·만주·한국 등지에 주둔하고 있던 일본 관동군을 궤멸하는 데 마지막으로 투입하기로 스탈린으로부터 확약을 받아낸 회담이었지. 회담 직후 소련의 대일참전 내용은 비밀협정이라 그 당시에는 백일하에 공식적으로 발표되지는 않았으나 소련으로서는 화평조약을 맺고 있던 일본과의 관계를 중간에 일방적으로 파기하고 연합국 편에 달라붙으며 종전 후 자기네 국가가 제2차 세계대전을 승리로 이끈 승전국의 일원으로서 보장받을 대일본전 참여의 보상 범위를 속으로는 철저하게 계산하고 있었던 능구렁이 같은 존재였지. 그때 이미 조선반도는 소련의 점령지 관할 하에 두는 공산화 계획에 따라 1944년 봄부터 소련 극동군사령관의 지휘를 받는 재소 고려인 출신 첩보원들을 북조선 전역에 암암리에 밀파시켜 일본 관동군의 주둔 현황, 치안 현황, 산업시설

현황, 민생 실상 등을 깡그리 조사해 들어가 일본 항복 후 38도선 이북 지역에다 친소비에트 정부를 구축하겠다는 것이 스탈린과 그 수하들이 가지고 있던 한반도의 청사진이었어. 기러고 설라무네, 카이로회담의 결정 내용대로 제2차 세계대전이 일본의 항복으로 종결되는 가상시점을 지정해 놓고 대략 6~7개월 전부터 도상훈련과 예행연습을 강도 높게 해댔지. 기러다 일본이 항복선언을 하면 미국이나 다른 연합국이 손도 쓰기 전에 38도선 이북지역을 도상훈련을 한 그대로 기습 침투하여 자생적 공산주의 세력이든, 해외에서 구국투쟁을 한 항일 빨찌산 세력이든, 그들과 호흡을 맞추면서 창조적으로 친소비에트 정부 수립에 적극 협조할 수 있는 인물을 전면에 내세워 중국 쪽 항일 공산 세력들과는 겉으로는 연대를 취해 외적 정치세력을 확장해 민주주의국가 건설에 활용하고, 속으로는 철저히 견제하면서 실세의 자리를 자신들이 차지한다는 강령이 제25군 지휘관들에게 비밀리에 하달되어 있었더랬지……."

"고모부는 그 당시 국제정세와 소련 제2극동군 예비대 소속 25군 88여단 내에서 추진했던 일들을 어떻게 그렇게 잘 알고 계십니까?"

"지난 1948년 겨울, 서울 큰댁에서 작고하신 인철이 할아버지 인덕 (人德) 때문이지……."

"인덕이 무슨 뜻입니까?"

"기거이 사람 경영에서 올라오는 소득이라고도 볼 수 있는데 기러니까 대(大) 자, 석(錫) 자를 휘(諱)로 사용하신 평산이 자네 고종사촌 형님의 할아버지께서는 생전에 렴주벌에서 올라오는 소출을 매년 6등분하여 제일 먼저 민족진영 독립운동조직에 자금을 대어주었디. 그다음은 카프

(KAPF : Korea Artista Proleta Federatio) 진영 독립운동조직에도 자금을 대어주었다. 그다음 세 번째 몫은 집안 살림을 꾸리는 우리 오마니한테 주었고. 기러구 네 번째 몫은 우리 렴주벌 토지를 경작하는 소작농들에게 골고루 나누어주었지. 농사 다 짓고 결산분배가 끝난 다음 집집마다 돌아다니며 내년 농사도 열성적으로 잘 지어보라고 주는 격려금이었지. 그다음 다섯 번째 몫은 관청에서 행정 실무를 보는 일본놈들이나 조선사람들을 찾아다니며 금년 한 해도 잘 돌봐 줘서 고맙다면서 내년에도 올해처럼 잘 거두어 달라고 부탁하며 미운 놈 떡 한쪽 더 주라는 옛날 어른들의 말씀을 실제로 몸으로 행하셨지. 기러구 나머지 몫은 학교나 종교단체 같은 데서 우리 조선 어린이들과 청년들 교육에 애쓰는 사람들을 찾아다니며 소리소문없이 해마다 후원을 해 왔더랬지. 기것도 한두 해가 아니라 내가 보통학교에 들어가던 해부터 돌아가시기 직전까지 수십 년간. 기가 막히는 것은 길케 수십 년 동안 기런 일을 해 오시면서도 가족이나 식구 중에 그런 내막을 알고 있는 사람은 다섯 손가락 안쪽일 만큼 오른손이 하는 일을 왼손이 모를 만큼 철저히 비밀에 가려져 있었지…….”

“그럼 오랫동안 그런 일을 해오시면서 무슨 덕을 본 것이 있었습니까?”

“요로 요로에서 일하는 사람들이 인철이 할아버지한테서 기부금이나 후원금을 받아갈 때마다 앞으로 세상이 어떻게 바뀔 것이라는 국제정세와 그 와중에서 인철이 할아버지나 가족이 선택할 수 있는 미래를 위한 방책을 일러주고 갔다고 해. 가령 대동아전쟁 말기, 스탈린이 미국과 밀착해 협상을 통해 밀고 당기면서 대일전 참전시기를 최대한 미루지. 자국 군대의 병력 손실을 최대한 줄이기 위해서 말이야. 그러나 실상은 그 협상기간 동안 시베리아 철도를 이용해 연해주와 두만강 인근까지 병력을 계속 남진시키고 있었다는 것이 후일 드러났었잖아? 당초 70여만 명이든 주둔 병력을 158만여 명으로 증강하면서 말이여. 기러다 1945년 7월 17일부터 미국, 영국, 중화민국의 수뇌들이 독일 포츠담에 있는 체칠리헨호프 궁전에 모여 회담을 하는데 이걸 신문 지상에서는 〈포츠담회담〉이라고 불러. 이 포츠담회담에서 결정된 13개 조항을 7월 26일 전 세계에 공표하며 일본의 무조건 항복을 독촉하지. 이때 일본의 무조건 항복 이후의 대만, 중국, 만주, 조선의 독립문제, 쿠릴열도의 소련 귀속문제 등 카이로회담에서 결정된 사항들의 조속한 이행을 마지막으로 촉구하며 일본의 앞날까지 앞으로 어떻게 변화될 것이라는 청사진까지 분명하게 그려주지……. 그러니 나라 없는 약소민족으로 36년간을 일본으로부터 압박과 약탈을 당하며 살아온 우리 조선 민족의 심정이 어떻겠는가? 나라 힘이 미약해 일본을 우리 자체의 힘으로 짓눌러 항복을 받아낼 수 없는 처지인데 연합국이 우리 조선 민족의 심정을 헤아리듯 포츠담선언을 통해 그런 희망찬 약속을 세계만방에다 해대고 있으니 귀 달리고 눈 달린 사람은 죄다 일본 항복 후 우리 조선 민족 앞으로 펼쳐질 미래를 제 나름대로 그려보며 희망에 부풀어 있었던 것은 불문가지였지……."

"포츠담선언이 나온 이후 일본은 정말 항복했습니까?"

"턱도 없지. 일본 군국주의자들이 어떤 놈들인데. 그놈들은 본토 결사 항전까지 천명하며 끝까지 거부했지. 기러자 8월 4일 오후인가, 그 다음 날 오전인가, 정확히 기억은 나지 않는데 여하튼 일본 히로시마 상공에 난데없이 제트 비행기 편대가 날아들지. 그런데 히로시마 상공을 비행하던 그 제트 비행기 편대는 헤아릴 수 없이 많은 하얀 삐라를 공중에다 날리고 수평선 넘어 어디론가 사라져 버렸어. 히로시마 시민들은 그때부터 땅바닥으로 내려앉은 삐라를 주워들고 우왕좌왕하며 갈피를 잡지 못했다고 해. 왜냐하면 그들이 주워 본 그 조그마한 종이쪽지는 미국 공군이 만들어 뿌린 삐라인데 도피하라는 경고의 글이 적혀 있었거든."

"뭐라고 적혀 있었는데요?"

"히로시마 시민에게 경고한다! 모든 시민은 8월 6일 아침 00시까지 50리 밖으로 대피하라! 하고. 기렇지만 자세한 영문을 모르는 히로시마 시민들은 그 삐라에 적힌 경고에 대하여 '공갈이다', '거짓말일 것이다' 하고 각기 나름대로 안이한 해석을 하며 수군거렸다고 해. 내가 그 현장에서 직접 보지는 못했지만. 거기다 어떤 축은 '그때 가봐야 알지 않겠느냐?' 하며 그 마지막 경고를 받고도 꼼짝달싹하지 않았다고 해. 물론 그중 일부는 급히 가산을 정리하고 가족과 함께 정든 히로시마를 작별하고 50리 밖으로 시급히 도피한 사람도 없지는 않았지만……."

"그다음 날 진짜 미국은 약속을 지켰습니까?"

"지켰지. 1945년 8월 6일 아침, 히로시마 시민들은 과연 오늘 무슨일이 일어날 것인가? 하는 초조한 마음으로 빨리 그 시간이 아무 일 없이 지나가기 만을 바랬지. 그러나 미국 공군은 자기네들이 헛말을 하지 않았다는 것을 보여주듯 히로시마 서쪽 하늘 위로 비행기를 날려 보냈어. 히로시마 시민들은 다가오는 하늘의 그 비행기를 두 눈으로 확인하고는 한층 더 두려움에 질린 눈으로 몸을 떨며 좌절감에 빠지게 되었다고 해. 곳곳에서는 어린아이들의 울부짖음과 죽음에 대한 공포감에 휩싸이면서. 그러나 그때는 이미 구원의 길은 막혀버렸지. 뒤늦게나마 피할 기회조차 없다는 것을 뼈저리게 느끼며 그들은 결국 천추의 한을 남기게 되지……."

"다가온 비행기가 인차 원자탄을 투하했습니까?"

"기럼. 뉴스를 통해 들은 그 당시 정황을 보면 다가온 비행기는 상공을 두어 번 선회하더니 오전 8시 15분 시커먼 물체를 하나 떨어뜨렸다고 해. 순간 폭음과 함께 시커먼 죽음의 구름이 히로시마 상공에다 버섯구름을 일구며 시가지 전체를 뒤엎어버리는 듯했다고 해. 마지막 시간까지 경고를 받아들이지 않았던 불신의 대가는 결국 히로시마 시민들의 생명과 재산을 순식간에 잿더미로 만들고 말았지……."

"그때 몇만 명이 죽었지요?"

"몇만 명이 무어니. 히로시마만 공식 집계된 사망자가 140,000명이라고 밝혀지고 있는데 그 이후 수십 년간 히로시마 시민들과 나가사키 시민들이 떠안아야 할 직접 피해와 핵 방사능 후유증 같은 간접피해까지 감안하면 일본 군국주의 놈들이 제 나라 국민과 아시아 전체 여러 나라 인민들에게 얼마만큼 큰 피해를 안겨주었다는 것을 가늠할 수 있지. 그런데도 이 일본 놈들은 오늘날까지 아시아 여러 나라 국민들에게 제 놈들이 한 죄과를 인정하지 않고 있잖아. 요사이 일본 대사관 앞에서 시위를 하고 있는 데이신따이(정신대) 할머니들의 시위도 그때 모두 저질러진 죄악이고 그 증인들이 여태 제 놈들의 죄과를 인정하라고 외치고 있는데도 말이야······."

"기럼, 참전을 미루어오던 소련군은 그 이후 어드렇게 되었습니까?"

"포츠담회담에 참석했다가 일본 히로시마에 원자폭탄이 투하되어 140,000명의 목숨이 한순간에 불귀의 객이 되었다는 소식을 접한 스탈린(Joseph Vissarionovich Stalin)과 몰로토프(Vyacheslav Mikhailovich Molotov)는 급히 모스크바로 귀환하지. 이날 일본 외상 도고 시게노리(東鄉茂德)는 소련 주재 사토 마사루(佐藤 優) 대사에게 잇따라 화평교섭의 중재역을 소련에게 맡기라고 급전을 보내지. 그렇지만 이튿날 사토 마사루 대사가 도고 시게노리 외상에게 보낸 것은 소련의 선전포고문이었다고 해. 그리고 이틀 후인 1945년 8월 9일부터 소련은 일본과 전쟁상태에 들어간다고 선전포고를 하지. 이 포고문을 함께 받은 주일 소련 대사 말리크(A. Malik)는 도고 시게노리 외상을 찾아가 급히 면회 신청을 하지만 도고 시게노리 외상은 이 면회 요청을 거부하고 오전 11시로 면회 시간을 연장해 놓지······."

"왜요?"

"공식적인 선전포고문을 잠시라도 늦게 받으면서 소련군의 본격적인 전쟁 개시 시간을 지연시키려는 속셈이었지."

"나라끼리 전쟁을 하면서도 외교 부문에서는 그런 밀고 당기는 두뇌 싸움이 있었군요."

"있고말고. 어쨌든 소련은 외교 라인을 통해 그런 형식적인 전쟁 개시 절차를 밟으면서 1945년 8월 8일 자정(0시)을 기해 만주 주둔 일본 관동군을 향해 기습전을 전개하지. 제1극동전선군과 제2극동전선군은 만주를, 그리고 비상시를 대비해 예비대로 편재해 놓은 제25군은 조선 반도 북변 항구인 경흥 · 웅기 · 나진 · 청진 · 흥남 · 원산 등지로 기습적인 침공작전을 동시에 전개하지…….'

"그때 고모부님은 고향에 있었습니까?"

"아니. 나는 그때 중국 상하이에 있었더랬어."

"그럼 고모부님은 언제 귀국하셨습니까?"

"신의주학생의거가 일어나기 이틀 전이니까 아마 1945년 11월 21일 거야. 소련 극동군이 일본에 선전포고를 하면서부터 만주 서부와 동부 그리고 북동부에 동시 협공작전을 전개하면서 기습전을 펼쳤기 때문에 만주 관동군 지역은 모두 전시 체제로 바뀌면서 분위기가 살벌했더랬어. 거기다 소련 극동군 소속 첩보부대 요원들이 만주 주둔 일본 관동군 부대로 통하는 통신선을 차단하거나 통신방해공작을 전개해 일본 본토와 관동군, 관동군사령부와 예하 부대 간의 교신도 두절되어 있는 데가 많아 일본 천황 히로히토가 8월 15일 정오를 기해 무조건 항복선언을 하는 방송을 여러 차례 내보냈는데도 만주 주둔 관동군 일부 부대 지휘관들은 '미군과 소련군이 기만전을 하고 있다.'라고 믿으며 결사항전을 고집했었지. 그래서 소련 극동군과 사생 결판을 내는 국지전이 계속되고 있는 곳도 많았어. 한쪽에는 피난 행렬이 줄을 잇고 있고. 거기다 관동군의 병력 이동이나 군수물자 수송을 막기 위해 만주 거주 중국 공산당 소속 항일 빨찌산들이 지역 내 요충지 도로나 철로를 두절시켜 열차 운행을 못 하게 해버렸기 때문에 만주는 그야말로 인간 지옥 같은 아수라장이 되어있었더랬어. 일본 천황의 무조건 항복 방송을 듣고 소련 군을 피해 중국 땅을 떠나가는 피난민 행렬, 관동군 포로 행렬이 조선반도 쪽으로 인산인해를 이루며 밀려왔지. 특히 철도교통이 두절되다시피 해서 누구나 다 도보로 피난을 가야 하는 형편이니 그 모습이 어떠하였겠는가?

나는 그때 방학이 되어도 선친의 심부름으로 중국 상하이의 선친 친구분 댁을 찾아가 중요한 서신을 직접 전달하고 그쪽에서 답신을 주면 받아오라고 하는 전갈을 받았기 때문에 조국이 해방되었다고는 해도 바로 들어오지 못하다 11월 20일 저녁 무렵 안동(지금의 단동)을 거쳐 신의주로 들어오니까 평안북도 주요 시·군·면 소재 강당이나 학교 마당 같은 곳에는 이미 중국 거주 일본 피난민, 무장해제당한 관동군 포로와 군속, 군수사업자 같은 일본인들이 피난 와서 우글거리며 중국보다 더 어수선한 분위기였더랬어. 군 보안서나 보안분서, 그 밑의 분주소 같은 치안 담당 기관에는 소련군이 중무장한 채 쫙 깔려있었고……. 평안북도 도청 마당에는 더 많은 소련군이 집결해 있었고. 그러다 밤이 되면 온 천지가 무법천지로 변하는 거야. 자치대, 적위대, 치안대 등 언제부터 그런 지하활동을 했는지 전탕 독립운동가들이고 공산주의 운동가들이야. 우리 집으로 찾아오던 안면 있던 사람들이. 게다가 나는 너희 고모와 열다섯에 혼인한 후 줄곧 중국에 나가 공부하느라 아이도 하나 태어나지 않았을 때인데 밤에 잠시 어디를 다녀오려면 너희 고모가 울며불며 한사코 매달리는 거야. 당신 지금 나가서 사람들과 어울리다 혹시라도 잘못되면 자기는 평생 과부 신세 된다면서…….

이거 참, 난감하드만. 성질을 낼 수도 없고 그렇다고 모지락스럽게 뿌리칠 수도 없고 말이야. 그래서 몇백 리를 도보로 걸어온 노독도 풀 겸 해서 평산이 자네 고모의 간호를 받으며 며칠 집에서 쉬었더랬어. 그때 자네 큰아버지가 소련군과 좌익분자들한테 쫓기는 몸이 되어 한밤중에 나를 찾아왔어. 시계를 보니까 자정이 가까웠는데 말이야. 어쩌겠나. 얼른 선친이 주요 요인들을 만나는 아래채 외딴 방으로 데리고 가서 찾아온 사연과 자초지종을 물어봤지. 기러니까 자네 큰아버지가 신의주 학생의거 주동자 리스트에 올라가 있는데 지금 체포되어 소련 군정청에 넘겨지면 바로 총살이라는 거야. 그래서 이런 급박한 순간을 피하기 위해 중국으로 피신해야겠는데 현재 압록강 두만강 일대 검문소는 소련군들이 중무장을 하고 있고, 자체 적위대와 함께 밤낮으로 검문검색을 하고 있어 중국으로 건너갈 수가 없다는 거야. 참 난감한 입장이야. 그래서 내가 선친과 의논해서 방도를 찾아볼 테니 우선 옷부터 갈아입으라면서 내가 입던 옷가지를 건네주고 좀 자게 했었지. 사람이 완전히 초죽음이 되어있는 몰골이었으니까. 그리고 그 이튿날 심야에 우리 선친이 부탁해 몇 번 독립운동가들을 중국으로 암암리에 호송한 경험이 있는 민간 고깃배를 하나 물색해 자네 백부를 내가 잘 알고 있던 중국 상하이 내 친구 집으로 도피시켰지. 내가 급히 몇 자 적은 편지를 손에 쥐어주면서…….”

“그때 만약 저희 큰아버지가 소련군들에게 붙들려 군정청에 넘겨졌다면 진짜로 총살될 형국이었습니까?”

"기럼. 그때는 이미 12만 5천여 명의 소련군이 북조선 전역에 쫙 깔려 소련군 세상이 되어있었던 시기라 코에 걸면 코걸이고 귀에 걸면 귀걸이니 총살도 식은 죽 먹기였지. 요사이 북한 젊은이들은 그 사건의 시대적 분위기나 원인을 잘 모르고 있는데 신의주학생의거사건 주동자들의 제1성이 '소련군 물러가라!'는 것이었어. 그것이 신의주 시내 중학생 이상의 학생들에게 공감대를 형성했기 때문에 그 많은 학생들이 들고일어난 거야. 붉은 군대가 조선을 해방하러 왔다고 포고문까지 내붙이고 선전 선동하면서도 밤만 되면 조선 땅의 양곡과 산업시설의 주요 기계 설비, 광물자원 등등 조선의 주요 자원을 약탈하듯 빼내서 시베리아로 반출하는 것을 막고, 짐승 같은 소련 병사들의 조선 부녀자 폭행, 겁탈 피해가 하루가 다르게 늘어나는 것을 보다못해 신의주 학생들이 세계만방에다 호소하며 도와 달라고 일어난 봉기가 바로 신의주학생의거사건이었으니까……."

"진짜 소련군대가 조선 부녀자들을 끌고 가서 겁탈까지 했습니까?"

"소련 병사 전체가 다 그랬다는 것은 아니고, 대일본전 참전을 위해 교육 수준이 낮은 청년들까지 급히 소집해 군사훈련만 마친 채로 조선으로 파병을 하다 보니 시베리아에서 내려온 성질 포악한 하급 병사들이 주둔 초기에는 성에 굶주린 짐승처럼 조선 부녀자들을 많이 겁탈했더랬어."

"그런 게 실제 증거가 있습니까?"

"기럼. 지난 1983년 2월, 리웅평이란 북한공군 대위가 미그기를 끌고 내려온 뒤 동아일보에다 자기 어린 시절 이야기를 한 것 보니, 그 당시 소련군대는 동네 민가에 들어가 큰 함지박에다 술을 부어놓고 빙 둘러서서 서로 어깨를 껴안고 춤을 추면서 밤늦게까지 노는 모습을 실제로 보았다는 글을 나도 읽은 기억이 있는데……여하튼 그 당시 성에 굶주린 소련 병사들 일부는 할머니들의 나이도 분간하지 못한 채 70 고령의 노파들까지 강제로 끌고 가서 겁탈하는 사건이 발생해 젊은 아낙들과 처녀들은 좀처럼 바깥출입을 할 수 없는 지경에까지 이르렀지. 주민들의 원성도 연일 터져 나오고. 나중에는 소련군사령부 민정당국까지 그 사실을 확인하고는 "아직 떠나지 않은 적국(일본군) 부녀자인 줄 알고 사고를 낸 것이다……'라고 궁색한 변명을 하면서 조선인 주택에는 〈까레이스키 돔〉이라고 표시를 해놓으라고 포고문까지 내렸어. '까레이스키 돔'이라는 말을 조선어로 번역하면 '조선사람의 집'이라는 뜻인데 이로어(露語)로 된 표지를 집집마다 대문에 붙이고 소련 군인들의 침입을 경계하면서 하루하루를 불안하게 보내고 있던 1945년 11월 23일 신의주 학생의거사건이 터진 거야. 그날은 유난히 북풍한설이 몰아치고 신의주 시내 전역이 백설로 뒤덮여 있던 날이었어. 나는 자네 고모가 울며불며 매달려 자네 큰아버지 또래의 후배들이 여러 차례 만나자고 전갈을 보내도 결국은 못 나갔지. 이미 신의주동중학교를 졸업하고 중국으로 건너가 유학을 하고 있던 몸이라 내 처지가 후배들과 연계를 가질 만한 형편도 못 되었고……."

"저는 공화국에서 30년을 살다가 왔어도 신의주학생의거사건에 대해서는 말만 몇 차례 들었을 뿐 사실 자세한 내막은 모르고 있습네다. 고모부님은 지금도 그 사건을 기억하고 계십네까?"

"기럼! 나도 자네 고모가 붙들고 늘어지지만 않았으면 당연히 가담해야 되는 조선인의 재산과 권익을 되찾기 위한 궐기인데 모를 리가 있나?"

"어드렇게 시작되었습니까?"

"자네 백부의 말로는 1945년 11월 16일이었다고 해. 이날 평안북도 룡암포(龍巖浦)에서는 기독교사회당 지방대회가 개최되었다고 해. 이 대회장에서 평안북도 자치대 룡암포 대표가 당시 폐교 조치되어 공산당 정치훈련장으로 사용되고 있던 신의주수산기술학교의 복구를 요구하면서 조선공산당 룡암포 대장이었던 이종흡(李宗洽)의 만행을 규탄하는 연설을 했다고 해. 이 연설을 듣고 있던 학생들이 격분해 만세를 외치며 학원의 자유와 공산당 타도를 외쳤다고 해. 그러자 공산군과 소련군은 경금속 공장의 노동자들을 사주(使嗾)해 이들의 행동을 저지하며 대응했다고 해. 이 저지 과정 중에 신의주 평안교회 홍 장로가 노동자들에 의해 현장에서 살해되고 학생과 시민 12명이 중상을 입었다는 거야. 이런 서럽고 안타까운 소식이 신의주시에 있는 평안북도 학생자치대 본부에 전해지자 신의주시 여섯 개 5~6년제 남녀중학생들이 11월 23일 오전 9시 학교 강당에 집결해 공산당 타도를 결의했다고 해. 그리고는 3개 조로 나뉘어 1조는 평안북도 인민위원회를, 2조는 평안북도 공산당 본부를, 3조는 신의주 보안서를 공격하기로 결정하고 오후 2시에 일제히 행동에 들어간 거야."

"진짜 조를 짜서 말입네까?"

"기럼, 그때는 이미 결의대회까지 하고 되돌아갈 수 없는 선까지 넘어버렸는데 그냥 유야무야될 수는 없었지. 전날 결정한 대로 학생의거대 제1조는 신의주동중학교와 제일공립공업학교 학생들로 조직되었다고 해. 이들이 평안북도 인민위원회에 도착하자마자 인민위원회를 지키고 있던 보안부가 겁을 집어먹어서 그랬는지는 모르지만 비무장한 학생들을 향해 대번에 기관총을 난사했다고 해. 이 과정에서 상호 간에 한동안 공방전이 전개되었다는데, 이때 자네 큰아버지는 천운으로 기관총을 맞지 않았으나 학생 13명이 현장에서 사망하고 수백 명이 부상을 입었더랬어. 그리고 2조는 사범학교와 제2공립공업학교 학생들로 조직되었는데, 이들은 평안북도 공산당 본부 앞뒷문을 부수고 당사로 진입했다고 했어. 이들이 공산당 본부로 진입하자 공산당원들은 밀려 나가면서 무차별로 사격을 가했는데, 학생들은 그렇게 총을 맞아가면서 끝내는 공산당 본부 당사(黨舍)를 점령했다고 해. 2조 역시 10명의 사망자와 수십 명의 부상자가 발생했다고 해. 마지막 3조는 평안중학교와 신의주공립상업학교 학생들로 조직되었는데, 이들은 목표 지점이었던 신의주보안서를 향해 시위행진을 하면서 이동하기 시작했는데 이를 본 소련군이 몰려와 비무장한 학생들을 향해 과녁을 쏘듯 집중사격을 가한 거야. 기러니 학생들이 견뎌날 수가 없지. 소련군의 집중사격을 받으며 학생들이 피투성이가 된 채로 길바닥에 쓰러지고 한쪽에서는 뒤로 밀리면서 아우성을 치기 시작하자 신의주 시내는 순식간에 전쟁터를 방불케 하는 아수라장으로 변하고 말았어. 이 처참한 광경을 목격한 신의주사범학교 부속 강습생과 신의주 남공립여자중학교 학생들이 격분해 계획에도 없던 학생의거에 가세하기 시작한 거야. 이들은 신의주시 인민위원회를 습격해 공산당원들이 작성해 놓았던 민족지도자들의 명단과 그 외의 기밀문서를 뺏으며 인민위원회를 지키고 있던 공산당원들을 사로잡아 무릎을 꿇리게 하며 끝내는 이들로부터 자신들의 과오에 대한 사죄까지 받고 돌아왔다고 해."

"학생의거사건 때 죽은 사람이 많았습니까?"

"자네 큰아버지 말로는 시위장에는 미처 눈을 치우지 못해 운동장 전체가 하얀 눈으로 뒤덮여 있었는데 새까만 학생 교복을 입은 신의주 시내 재학생 3,500여 명이 모여 학생대표의 호소문 낭독에 이어 시위운동을 벌였다고 해. 학생들은 호소문을 통해 '공산당은 소련군의 군사력을 악용하여 약탈, 강권발동, 불법, 기만 등 갖은 학정을 자행하고 있고, 보안대는 공산당의 지령을 받아 도민들의 생명과 재산을 빼앗고 있다. 또 공산당은 적색제국주의의 침투를 위하여 민족문화를 말살하려고 획책하고 있다. 이에 우리 학생들은 이를 좌시할 수 없어 궐기한다.'라고 밝히면서 '공산당을 몰아내자', '소련군 물러가라', '학원의 자유를 쟁취하자!'라는 구호를 외치면서 시가지를 행진하였다고 해. 이런 학생들의 궐기에 당황한 북조선 공산당과 소련군은 기관총·따발총·권총 등으로 학생들에게 발포하고 전차와 비행기까지 동원하여 그 어린 시위 학생들을 과녁으로 삼아 기총소사까지 하였다고 하니 그게 도대체 말이나 될 법한 소린가. 살인마도 아니고. 나중에 알았지만 이 사건으로 인해 현장에서 죽은 피살자가 23명, 부상자가 700여 명이나 발생하였다고 해. 또 1,000여 명이 넘는 학생과 시민들이 체포·구속되고, 학생들의 궐기를 배후 조종하거나 교사(敎唆)하였다는 죄목으로 많은 애국지사와 민족진영의 간부와 종교인들까지 체포해 가서 시베리아로 유형을 보냈어…….
그러니 그 정황을 두 눈으로 직접 목격한 학생들의 부모와 시민들의 심
정이 어떠했겠어? 하얗게 눈이 내린 운동장과 길바닥 곳곳에 새까만 교
복을 입은 학생들이 쓰러져 있고, 그들의 몸에서 흘러나온 붉은 선혈이
운동장과 도로를 붉게 물들였다고 하니 조선사람들이 그 광경을 보면
눈알이 뒤집어지지. 36년간 일본 놈들의 학정과 공출이 진저리나서 목
이 터져라 외쳤던 '대한독립만세!'였는데 불과 3개월 만에 로스께 군대
한테 공중에서 비행기를 타고 내리퍼붓는 기총소사에 의한 살육극까지
당하는구나 싶어 뜻하지 않게 자식을 잃은 피해자 부모들은 원통하고
분해서 못 살겠다고 한탄하다 스스로 목숨을 끊은 부모도 한두 사람이
아니었다고 해…….”

“신의주학생의거사건이 그렇게 공산군과 소련군과 투쟁한 큰 사건인
줄은 저는 여태까지 모르고 있었습네다.”

“당시 소련 군정 당국은 김일성이까지 급파해 이 사건을 하루라도 빨
리 수습하기 위해 안간힘을 썼다고 했어. 그런데 이 사건이 제대로 마무
리되기도 전에 인철이 할아버지와 자네 할아버지의 목줄을 죄는 숨 막
히는 위기가 또 몰아닥쳤어.”

“그게 무슨 말씀입네까?”

“소작쟁의 다음날 본 기가 막힌 일 때문이었지…….”

“기가 막힌 일이라뇨?”

“지금도 고향 사람들을 만나 같이 점심을 먹다 보면 80 평생을 살아
오면서도 해방되던 그해 가을만큼 행복했던 시절이 없었다고들 해. 왜

냐면 우선 조국이 해방되었거든. 거리와 마을을 휩쓸면서 지나간 광복의 열기가 좀 가라앉을 때쯤 논벌에 나가보니까 통통하게 알이 여물은 벼가 금방 이삭이 꺾어질 만큼 알차게 매달려 고개를 숙이기 시작했어. 다른 지방은 어땠는지 잘 모르지만 평안북도의 렴주벌과 룡천벌은 오랜만에 맞는 대풍이야. 구성·태천·녕변·박천·정주군도 들려오는 소리는 매한가지야. 이러니 들판을 바라보는 농부들의 마음이 어드렇겠는가?

기런데다 해방이 되니 당장 그 지긋지긋하던 공출이란 말 자체가 사라지는 거야. 해마다 그맘때쯤 되면 군이나 면에서 서기 놈이 날건달 같은 왜놈들 대동하고 나와 이 논벌 저 논벌 돌아다니며 벼 이삭을 꺾어 그 벼 이삭에 매달린 낱알 수를 세어 공출미 계산하느라 분주할 때인데 해방되던 그해는 당장 그게 없어졌단 말이야. 크어! 요사이 사람들 세금 내는 거 지겹다고 하지만 왜정시대 농민들 공출미 갖다 바치는 거만큼 진을 빼는 일이 또 있었을까? 정말 진저리났거든. 거기다 수리조합에서는 수세까지 면제해주는 거야. 정말 살판났지. 마을마다 소 잡고 돼지 잡아 몰래 담가 논 밀주 동이째 들고나와 잔치 벌여도 어느 누구 잔소리하는 사람마저 없으니 다들 흥겹고 희망에 부풀었지…….

기런데 웬걸, 조국 광복의 물결이 채 가시기도 전에 소련군대가 땅크 앞세우고 쳐들어와 보안서, 분소, 주재소는 물론 도청, 시청, 군청 앞에 기관총까지 내다 걸며 소련군대 주둔시키더니 친일 매국노, 왜놈 앞잡이들 군중 재판을 한다는 소리가 들려오며 저녁마다 사람을 불러내요. 기러다 농촌에서는 불로지주, 부재지주, 친일 앞잡이 악질지주를 처단하라는 북조선 공산당 아쌔끼들이 이마에 붉은 띠 두르고 팔뚝에 완장 찬 놈들과 돌아다니며 민족진영 계열의 우익 패거리들하고 백주 대낮에 도 박 터지게 싸우는 시절이 순식간에 덮치는 거야.

어느 날은 우리 어른이 신의주에 나갔다 오시다 우리 논들을 떠맡아 수십 년씩 소작농으로 살아온 사람들이 두 패로 갈라져 다투다 많은 사람이 다쳤다는 소식을 들으셨다는 거야. 그러면서 나더러 한번 가보고 오라고 하셔. 그래서 어른이 일러주신 곳으로 달려가서 보니 우리 어른과 각별한 사이였던 몇 사람한테 공산당 놈들이 공출할 때 쓰던 마대를 거꾸로 덮어 씌어놓고 몽둥이로 몰매를 놓았다는 거야. 온 전신이 피투성이가 되어있는 사람들의 가족을 찾아 자초지종을 물어보니 금년 가을 추수 때 그들이 요구하는 3·7제 소작쟁의에 참석하라는 것을 자기는 평소 우리 어른한테 많은 도움과 은덕을 입은 몸이라 그 같은 일엔 참가할 수 없다고 자기 입장을 솔하게 털어놓았다는 거야. 그런데 그날 밤 누군가가 좀 보자고 하면서 불러내더니 사람을 저 모양을 만들어 팽개쳐 놓고 또다시 어디론가 우르르 몰려갔다는 거야. 하도 기가 막혀서 피해를 당한 집마다 찾아가 이런저런 사연을 들으며 알아보니 우리 어른이 4·6제든 3·7제든 알아서 조치해 줄 때까지 기다려야지, 먼저 들고 일어나 금년 가을 추수 결산을 3·7제로 결산해 달라고 하며 지금까지 쌓아온 지주와 소작농 간의 도리를 저버릴 수 없다고 자기 입장을 털어놓은 사람들을 모두 불러내어 몰매를 놓았다는 거야.

그런데 그렇게 불려 나가 봉변을 당한 사람 중 두 사람이 이틀 후에 죽어버렸어. 그 소식을 듣고 우리 어른이 얼른 집사를 대동하고 소 구루마에 곡식을 싣고 초상집을 찾아가 문상을 마치고 나온 뒤 우리 렴주벌 논들을 맡아 소작농으로 살아온 사람들 모두에게 소련 군정청과 면당(面黨) 농민위원회, 공청(共靑: 공산주의청년동맹)이 요구하는 대로 당장 3·7제로 가을 추수에 들어갈 테니 제발 한 논벌에서 수십 년씩 같이 일해 온 사람들끼리 싸우고 마대 덮어 씌어 생사람을 죽여놓는 인간 백정 같은 행위는 당장 그만두라고 꾸짖어놓고 왔다고 해. 북조선 공산당 사람들한테 누구네 소작농이 몰매 맞아 죽었다는 소문나면 우리 어른이 신의주 시내나 관공서에 얼굴 들고 다닐 수 없다면서.

근데 그 며칠 후에 전해 들은 이야기지만, 그런 일이 우리 렴주벌에서만 일어난 게 아니야. 자네 할아버지 소유의 룡천벌은 물론이요, 그 인근의 구성·태천·녕변·박천·정주군에서 들려오는 소리도 우리 처지와 별반 다를 바가 없어요. 사람이 죽거나 반신불수가 될 만큼 몰매를 맞아 사경을 헤매고 있다는 사람 숫자가 말이야.

그런데 그 기막힌 일들이 처리되지도 않았는데 이번엔 친일 앞잡이 노릇을 한 악질지주, 불로지주, 부재지주들을 끌고 나와 그들도 친일분자나 민족반역자들 가족처럼 군중재판에 붙여 돌로 쳐죽여야 된다는 거야. 게다가 그런 선전 선동 놀음을 하는 북조선 공산당원들의 목소리가 밤만 되면 우리 집 뒤, 골목에서 매일 고성방가처럼 들려오는 거야. 마치 우리 어른 들으라는 듯이. 더 기가 막히는 일은 우리 집에 일하던 그 순박한 마름들의 아녀자까지 불러내어 여성동맹에 가입시키며 선전 선동하고 있는 거야. 그야말로 세상이 말세가 된 듯했어. 불안하기도 하고. 근데 그렇게 설치는 놈들 뒤엔 꼭 소련 군정청 소속 고려인이나 골

수 공산당원들이 현장 지도하듯이 따라다니고 있다는 소문이 사실로 확인되었더랬어.

도무지 불안해서 견딜 수가 없었어. 소련 군정청의 조종을 받으며 밤낮없이 설쳐대는 북조선 공산당 놈들의 만행이. 참다 참다 못해 우리 어른한테 내가 단도직입적으로 말씀을 드렸지. 묵묵히 내 말을 듣고 계시던 우리 어른이 수년간 독립운동자금을 대준 소련 군정청 사람을 불렀어. 그때가 아마 1945년 9월 14일 소련 군정청이 〈인민정부 수립 요강〉을 발표하고 두어 달 지난 11월 중순쯤일 거야. 허가이 쪽 사람을 불러온 그날이. 그들을 우리 집 사랑채에다 초청해놓고 저녁을 대접하며 '요사이 우리 집 뒤에 와서 밤마다 들으라는 듯이 불로지주들을 끌고 와 군중재판에 붙여 쳐죽이라는 소리가 들리는데 이거 소련 군정청하고 짜고 하는 소리 아니냐?' 하고 물었지. 우리 어른이. 그러니까 허가이 쪽 사람이 '내년 새 농사철 시작되기 전인 2월께나 3월 초순경에 대대적인 〈토지개혁〉이 일어나니까 한발 앞서 토지를 처분하든지, 농민위원회에 맡기든지, 이것도 저것도 아니면 잠시 외국으로 나가 계시라.' 하는 거야. 그대로 있으면 본보기로 곤욕을 치를 수 있다고 하면서. 그런 말끝에, 소련 군정청에서는 현재 도내 농지 현황을 면밀하게 조사하고 있다는 거야.

근데 이 토지조사가 종결되면 제일 먼저 일본인과 친일파 토지는 무조건 몰수하고, 둘째는 조선인 지주와 종교단체 소유 토지도 몰수한다는 거야. 셋째는 5정보 이상 토지를 소유한 자경농 토지도 모두 농민위원회가 무상 몰수한다는 거야. 넷째는 그렇게 무상 몰수한 토지는 실제로 그 지역에서 오래도록 농사를 지어온 농민들 식구 수대로 환산해 무상으로 도로 나누어준다는 거야. 다섯째는 그동안 지주와 소작인 간의 해묵은 고리채도 이번에 모두 취소한다는 거야. 여섯째는 그동안 일본인들이 관리해 오던 관개시설과 산림 전부를 국유화하는 〈토지개혁법안〉을 기안해 놓았는데 국내 자생공산주의 세력의 실력자인 오기섭(吳琪燮)이란 인물이 일본인과 친일파 토지를 몰수하는 것은 동의할 수 있지만 조선인 지주와 5정보 이상의 조선인 자경농 지주의 토지마저 몰수하는 것은 동의할 수 없다고 반기를 들고 나와 그 당시 소련 군정청도 방향을 잃은 채 본국에다 심의요청서를 올려놓고 답변 오기만을 기다리고 있던 중이었어. 그런데 엊그제 본국에서는 오기섭 일파가 주장하는 안을 묵살하면서 그대로 강행하라는 소식이 내려왔다는 거야.

여기까지는 우리 어른도 이해가 된다는 듯 고개를 끄덕이셨어. 남북한 간 통일된 정부가 새 조국 건설을 위해 꼭 그렇게 하겠다면 땅 가진 사람도 따르겠다는 마음이었지. 그런데 그다음이 문제였어. 불로지주나 부재지주는 한 두럭의 땅도 주지 않고 다른 지방으로 이주시키는 안이 굳어져 그것도 본국 정부에 결재 중이라는 거야. 이건 공산당 사업에 협력하라고 오기섭이가 우리 어른 찾아와서 설득하던 말과는 완전히 다른 말이야. 악질지주, 불로지주, 부재지주의 토지를 모두 정부가 무상몰수해서 농민위원회의 승인을 받아 소작농들과 같이 무상 분배해 준다면 억울하고 섭섭하지만 그래도 받아들일 마음을 내어보려고 노력이라도 해볼 터인데 그게 아니라는 거야. 오기섭이가 자기 개인적 인기를 위해 기안 상태에 있는 토지개혁법령을 제멋대로 해석해 떠벌려온 통에 박천군 일대는 혼선이 일어나 부농과 지주들이 왕창 들고일어났다는 거야.

이 얼마나 기가 찰 노릇이야. 그 악독한 왜놈들 시대에도 부정한 수단으로 축재하지 않은 재산은 보호가 되었는데 하물며 대대로 물려받은 생명줄 같은 농지를 토지개혁이란 이름으로 무상몰수 무상분배한다는 거야. 거기다 문중재산까지 몽땅 뺏어 이차에 적산재산 처리하듯 모두 국유화한다는 거야. 그리고 과거 대지주 밑에서 소작농으로 일한 사람들에게 식구 수대로 일정 비율씩 공짜로 나누어주는 무상분배 토지는 개인적으로 팔거나 상속을 못하게 소유권은 죄다 국가가 갖는다는 거야. 말하자면 소련처럼 국유화해서 경작권만 실제 농사를 짓는 사람한테 무상으로 나누어준다는 거야.

그날 밤 군정청 사람을 대접해 돌려보내고 우리 어른이 나를 불렀어. 날이 밝으면 내 처가에 좀 다녀오라고. 왜 그러시느냐고 물으니 군정청 사람한테 들은 이야기를 전해주면서 북조선 공산당이 소련군대의 힘을 업고 통치하는 이 고향 땅에서는 우리 같은 지주들이 더이상 살 수가 없으니 당분간이 될지, 아니면 몇십 년이 될지는 모르겠으나 좌우간 앞으로 몇 년간은 이곳을 떠나 공산당의 힘이 미치지 않는 곳으로 피신해 있어야 할 시대가 곧 다가오니 마음에 준비를 단단히 하라면서 시국 돌아가는 형편을 미리 알려 드리라는 거야. 그리고 다시 기별할 때까지 가지고 있는 현금을 몽땅 금붙이로 바꾸어 언제라도 가족들과 같이 안전한 지역으로 피신할 준비를 비밀리에 하라는 거야. 그렇지 않으면 명대로 못 살고 백주 대낮에 소련 군정 하수인들한테 총살된 현준혁이처럼 생목숨 개죽음당할 수도 있다는 거야. 더구나 내 처가는 신의주학생의거주동자로 검거령이 내려져 있는 큰처남(장평산의 큰아버지) 때문에 절대로 이 난국을 무사히 피해 나갈 수 없다는 거야. 어쩌면 우리 집보다 더 혹독한 곤욕을 치를 수도 있다는 것을 꼭 알아들을 수 있게 전달해 드리라는 거야. 우리 어른이 방책을 마련해 다시 기별할 때까지.

이거야 정말 몸 떨리더군. 그래도 어쩌겠나. 이튿날 새벽 자네 고모한테는 이렇다 저렇다 말 한마디 못한 채 집을 나섰지. 어른 심부름 간다고. 그런 날은 으레 자네 고모도 '어른이 긴요한 밀명을 내렸구나' 하고 짐작은 하면서도 꼬치꼬치 묻는 법이 없었어. 네 큰아버지 중국 상해로 도피시킬 때도 이렇다 저렇다 말 한마디 없이 어른 시키는 대로 행한 뒤 나 혼자 입 꼭 다물고 말았으니까.

아나나 다를까, 쌍룡리 처가로 들어서니까 집안 분위기가 이상해. 육감에 우리 어른이 생각하는 것보다 더 심각한 상황이 도래했구나 하는 생각이 들더구먼. 그래도 집안일을 보는 아낙을 불러 렴주벌 고모부가 왔다고 일러 달라고 했지. 그러니까 잠시 후 자네 둘째아버지와 아버지가 사랑채에서 나오는데 보니까 눈이 퉁퉁 부어 있었더랬어. 하도 이상해 내가 '처남, 얼굴이 왜 이 모양이네? 집에 무슨 일 있는가?' 하고 마당에 선 채로 물었지. 그러니까 '방에 들어가서 말씀드릴 테니 어서 사랑으로 들어가자.' 하면서 자네 중부가 내 팔을 끌더구먼. 묵묵히 자네 중부를 따라 사랑으로 들어가니 방이 싸늘해. 방에 군불을 넣지 않으면 추워서 견딜 수가 없는 3월인데도 말이야. 그래서 내가 아랫목에 이부자리를 깔고 누워 계시는 자네 할아버지를 보며 '처남, 어른 거동하시는 방이 왜 이렇게 싸늘해? 아침에 불을 넣지 않았는가?' 하고 재차 물었지. 그러면서 자네 할아버지를 다시 살펴보니까 흰 창호지로 얼굴을 덮어놓았단 말이야. 순간적으로 놀란 얼굴로 내가 '처남, 어드렇게 된 거야?' 하고 되물으니까 자네 둘째아버지가 할아버지가 누워 계시는 옆에 놓인 반상을 윗목으로 밀어 올리며 나를 붙잡고 울음보를 터트리는 거야. '매형님, 나 어드렇게 하면 좋아요?' 하고. 자네 둘째아버지 뒤에 말 없이 앉아 있던 당시 아홉 살 난 자네 아버지도 퍽퍽 울기 시작하고."

"북조선에서 토지개혁 할 당시 제 아버지는 아홉 살이었어요?"

"기렇지. 1937년 정월생이니까."

"그럼 아버지 밑에 막내고모는 몇 살이었어요?"

"여섯 살이었지. 태어나고 다섯 해 만에 해방 맞았으니까."

"그럼 저희 할아버지는 고모부 아버님보다 젊은 분이셨어요?"

"아니지. 우리 어른은 일찍 혼인을 하셔서 자식을 일찍 얻었으나 자네 할아버지는 자식을 늦게 낳으신 데다 큰아버지와 큰고모를 이란성 쌍둥이로 같이 낳아 터울이 좀 길었지. 자네 큰아버지와 큰고모를 쌍둥이로 낳고 3년 만에 둘째아버지를 낳았으니 우리 어른보다는 자식들이 많이 늦었지. 자네 아버지는 중국으로 건너간 내 큰처남보다 10년이나 아래였고."

"그런데 제 둘째아버지와 아버지는 왜 고모부를 붙잡고 그렇게 우셨어요?"

"글쎄 말이야. 이타저타 말 한마디 없이 내 팔을 붙잡고 한동안 오열하던 둘째 처남이 자네 할아버지 얼굴을 덮어놓은 창호지를 벗기면서 오늘 새벽에 자네 할아버지가 돌아가셨다는 거야. 그 말에, 내가 소스라치게 놀라면서 '처남, 대체 무스기 소리야?' 이러면서 자네 할아버지 곁으로 다가가 진짜 숨결을 멈추셨는가 싶어 귀를 대고 확인해 보니 진짜 콧숨이 전혀 느껴지지 않았어. 하, 이거야 정말! 아닌 밤중에 홍두깨라더니 사람 환장할 일 아닌가? 내가 갑자기 사색이 되면서 '처남, 지금 무슨 생각을 하고 있는가? 집안에 어른이 운명하셨으면 얼른 가까운 일가 친척들한테 부고를 전하고 장례준비를 해야지? 처남 지금 뭐 하는가? 실성했는가?' 이렇게 닦달하며 내가 어처구니없는 표정을 지으니까 자네 둘째아버지가 갑자기 무릎을 꿇고 비는 자세로 '매형, 죽을죄를 지었습니다. 자초지종은 나중에 말씀드릴 테니까 우선 밖으로 말소리가 새어나가지 않게 목소리부터 낮춰 주세요.' 하고 사정하며 자네 할아버지가 1946년 3월 8일 새벽에 사랑채 대들보에 목을 매고 자진(自盡)하셨다는 게야. 토지개혁법령이 선포된 지 3일째 되는 날 새벽에 말이야."

"자진이 무슨 뜻입니까?"

"스스로 자(自) 자에다 다할 진(盡) 자를 쓰는 한자어인데, 쉽게 말하면 자살했다는 거야. 이거야 정말 갈수록 태산이라더니, 그렇게 정정하시고 세상일에 초연해 하시면서 공과 사를 분명히 해 오신 어른이 내 장인어른인데 무슨 그런 실망스러운 생각을 하셨는가 싶어 다시 물었어. 처남 지금 제정신이냐고? 그러니까 자네 둘째아버지가 또다시 주르르 뜨거운 눈물을 쏟으며 신의주학생의거사건 이후부터 집안사람들 전체가 소련 군정청과 주재소에 끌려다니며 자네 큰아버지 문제로 추달 받은 사연을 늘어놓는 거야. 근 석 달 동안 불려 다닌 그 기막힌 사연을 말이야. 근데 소련 군정청 수사관들의 집요한 심문과 수사기술에 덜미가 잡힌 집안의 어느 집사가 자네 큰아버지가 어디론가 피신해 있으라고 돈을 건네준 흔적이 드러났어. 거기다 신의주학생의거가 일어나기 전부터 자네 큰아버지가 내 장인어른한테 돈을 만들어 달라고 졸라서 주기적으로 목돈을 받아간 근거마저 드러났는데 그 돈이 몽땅 학생의거자금으로 사용되었다는 거야. 그러면서 마지막으로 집안일 보는 집사를 시켜 마련한 그 모갯돈을 누구에게 주었느냐고 최종적으로 자네 할아버지를 불러들여 집사와 대질시키며 이틀 밤낮으로 추달한 거야. 토지개혁법령이 공표된 1946년 3월 5일 끌고 가서.

그래도 내 장인어른이 끝까지 묵비권을 행사하며 인정하지 않은 탓에 소련 군정청 수사기술자도 대지주 집안의 큰 어른을 더이상 감금시켜 놓을 수가 없어서 일단은 자네 할아버지를 집으로 돌려보내 주었다고 하더만. 그렇지만 며칠 후 다시 부를 때는 더 확실한 입증 물건들을 찾아내어 놓을 테니까 그때는 순순히 자백하라고 회유작전을 쓰기도 했다고 해. 불로지주, 부재지주 소리를 듣고는 있지만 수십 년 동안 그 많은 동네 사람들이 자네 할아버지로부터 토지 경작권을 부여받아 소작농으로 살아오면서 목숨을 연명해 온 그동안의 민생구제 공적과 역할을 감안해 풀어준다는 거야. 그렇지만 2~3일 후 다시 명확한 입증자료를 찾아내어 구인할 때까지 계속 묵비권을 행사하면 신의주학생의거사건 배후 주동 자금책으로 수사결과를 보고하면서 시베리아로 아주 유형을 보내버리겠다고 협박까지 한 거야. 그런 협박을 받은 자네 할아버지의 판단으로는 '다시 불려 가는 날이 시베리아 유형에 처해지는 날이구나' 하고 낙심이 이만저만이 아니었겠지.

그렇게 누구에게 드러내 놓고 하소연도 못한 채 불안에 떠시다 '선대 조상이 그 어렵게 마련해 후대에게 물려주고 가신 그 광활한 토지를 내 대에 와서 지키지도 못한 채 자식 뒤를 봐 준 일이 꼬투리가 되어 2~3일 후 다시 끌려가는 날은 저 시베리아 땅으로 위리안치(圍籬安置)되는 신세가 되고 말았으니 참으로 서럽구나. 내 나라 내 조국이 일제에서 해방되면 이제 서럽고 억울한 나날은 없을 줄 알았는데 시절은 또 이렇게 조선사람들의 애간장을 녹이며 이내 몸마저 막막하게 만드는구나. 둘째야! 이 못난 애비 두 눈 뻔히 뜨고 선대 조상들이 대대로 물려준 저 넓은 룡천벌 논밭전지를 공산당에게 빼앗기느니 차라리 목숨을 걸고 사투했다는 말이라도 남기고 싶어 너한테 짐을 지어주고 먼저 간다. 내 죽었다고 슬피 울지도 말고, 만에 하나라도 도피 중인 네 형님이 다시 찾아오더라도 원망도 말아라. 네 형님도 우리 조선의 앞날과 선대로부터 물려받은 저 광활한 룡천벌 토지를 후대에게 고스란히 물려주기 위해서는 저 붉은 군대를 하루라도 빨리 이 조선 땅에서 떠나가게 해야 온전한 우리네 삶과 재산을 지켜낼 수 있다고 판단했기 때문에 그 어렵고 힘든 일을 이 못난 애비 대신해 앞장선 것뿐이란다. 그러니 슬퍼하지도 말고, 애통하다고 성대히 장례 치를 생각도 말아라. 그러나 꼭 하나 명심할 것은 이 애비 주검을 활용해 너와 네 동생들 살길을 찾아보도록 해라. 네 앞으로는 아직 한 평의 땅도 상속되지 않았으니 너는 그냥 지주의 피를 물려받은 자식일 뿐 북조선 공산당원들이 원수 취급하는 부르주아도 아니요, 불로지주는 더더욱 아니다. 그러니 내 명의의 땅문서를 모두 찾아내어 농민위원회에 네 손으로 갖다 바치고 이 못난 애비의 행적을 용서해 달라고 빌며 너희들 목숨만이라도 살려 달라고 매달려라. 내가 지난날의 행적을 뉘우치듯 자진했다고 하면서. 애비는 이번 일이 더 크게 악화되기 전에, 둘째 너와 네 누이동생, 그리고 도피 중인 네 형님 문제만 잘 봉합되면 룡천벌 땅문서와 그 외 땅문서까지 모두 농민위원회에 갖다 바치고 자식들 앞날만큼은 애비의 허물에 막히지 않도록 겉으로라도 용서를 빌며 선처를 호소하고 싶었으나 애비의 생각보다는 시국이 너무 빨리 변화무쌍하게 흘러가는구나. 둘째야, 정말 미안하다. 이런 무거운 짐을 내 손으로 말끔히 처리하지 못하고 떠나서……’라고 유서를 써 놓고 목을 매어 자진하신 거야.”

“그게 고모부님이 찾아가신 그날 새벽에 일어난 일입네까?”

“기렇지. 1946년 3월 8일 새벽에 있었던 일이야. 그렇게 선친을 잃은 자네 중부와 아버지는 복받쳐 오르는 슬픔을 감당할 수 없었지만 그래도 자네 할아버지의 유지를 받들기 위해 사랑채 대들보에 매달려 축 늘어진 자네 할아버지의 시신을 혼자서 풀어 내릴 수가 없어서 자네 할아버지 집에서 여러 해 동안 큰 마름으로 생사고락을 함께해 온 김 서방과 그 안해를 불러들여 놀라지 말라고 입단속부터 한 뒤 자네 할아버지의 시신을 풀어내려 요 이부자리를 깔고 편히 누이신 뒤 뻣뻣하게 굳어 버린 시신을 피눈물을 흘리면서 주물러 펴서 반드시 누워 주무시는 모습으로 만든 뒤 이불을 덮어놓고, 길게 혀를 빼문 모습을 감추기 위해 고깔처럼 창호지로 얼굴을 덮어놓은 채 집에 사람이 찾아오기 전에 자네 할아버지 유서의 글씨체를 흉내 내어 거짓 유서를 쓰고 있던 중이었어.”

"거짓 유서라뇨?"

"자네 할아버지가 유서를 통해 밝힌 대로 자네 큰아버지와 둘째아버지, 그리고 집에 남아있던 자네 아버지와 막내 고모의 앞날을 위해 아버지는 지금껏 조상이 남긴 토지를 지키기 위해 악덕지주 노릇도 서슴없이 해 왔고 붉은 군대와 북조선 공산당의 부름도 외면한 채 봉건적 사상에 사로잡혀 크나큰 실책을 저질렀다. 당신이 저지른 죄과를 용서받는 의미로 자네 할아버지 명의의 모든 토지를 농민위원회에 맡기고 자신은 지난날의 죄과를 용서받고 싶어 먼저 이 세상을 하직한다. 내 무덤에 돌팔매를 하고 침을 뱉더라도 아무 죄 없는 내 자식들에게만은 선대 할아버지가 기증한 농지를 무상으로 분여 받아 조국 해방을 위해 투쟁해 온 여러 사람들과 같이 해방된 내 조국과 공산주의 사회주의 조국 건설을 위해 간고한 혁명투쟁대열에 설 수 있도록 이끌어주기 바란다는 유서를 지어내고 있었다며 오열을 터뜨리는 거야. '매형! 저 이래도 괜찮은 가요?' 하면서……."

"그래서 뭐라고 하셨어요?"

"정말 가슴이 무너져 내려앉는 것 같았지. 그리고 갑자기 아무 생각도 나지 않으면서 머리가 멍멍해 오더라구. 나도 갑자기 그 순간은 말문이 막혀버린 사람처럼 그 어떤 말도 할 수가 없었어. 그러면서도 가슴이 메어 터질 것 같은 심정이었어. 그래서 자네 둘째아버지인 내 둘째 처남을 자네 할아버지 면전으로 다가앉게 한 다음 길게 혀를 빼문 채로 숨을 거두신 자네 할아버지의 입을 강제로 벌리라고 했어. 그리고는 자네 할아버지 혀부터 구강 안으로 강제로 밀어 넣은 뒤 입쌀을 물에 불려 한 그릇 가지고 오라고 했어."

"왜요?"

"바깥은 아직도 귀때기가 얼얼할 만큼 찬바람이 불어오는 3월이었지만 숨을 거두신 지 대여섯 시간 지난 뒤끝이라 시신에서 악취가 나기 시작하는 거야. 그것을 막기 위해서도 솜으로 콧구멍을 막고, 또 물에 불린 입쌀로 구강 내를 채워 시신의 내장 속으로 공기가 들어가는 것을 막는 일이 급했어. 그리고 얼이 빠진 자네 둘째아버지와 아버지를 대신해서 내가 호상이 되어 부고를 전하는 일도 시급했고."

"그럼 저희 할아버지는 토장을 했습니까?"

"그렇지. 당시는 화장이라는 것이 절에서나 하는 것일 만큼 일반화되지 않았을 때라 법흥산 산자락 양지바른 곳에다 묻어 드렸지. 그리고 토지개혁이 한창 무르익을 무렵, 아마 3월 20일 일 거야. 우리 선친이 토지개혁법령 공표되던 날 군(郡) 농민위원회에 사람을 보내 우리 선친 명의의 렴주벌 논들 전부를 새 조국 건설을 위해 바칠 생각을 하고 있으니 그 구체적인 세부 규정이 나오면 연락해 달라고 거짓으로 어른의 뜻을 전해놓고 등기소를 찾아다니며 그 당시까지 구비해 놓고 있지 않던 토지 등기부 등본을 모두 새로 떼어와 목록을 다 만든 뒤 1946년 3월 21일 심야에 신의주 용암포에서 미리 계약해 놓은 개인 발동선을 타고 남쪽으로 피신해 왔지. 렴주벌 우리 논들 등기부 등본과 값나가는 집안 진귀품을 대충 챙겨 그 배에 싣고."

"그때 제 둘째아버지와 집에 남은 아버지, 그리고 막내 고모는 왜 같이 오지 못했습니까.?"

"그때 자네 할머니도 소련 군정청에 여러 차례 끌려다니며 공산당원들한테 겁박을 당하며 시달려서 사경을 헤매고 있었어. 내가 장례를 다 치르고 난 뒤, 자네 둘째아버지와 아버지를 불러 앉혀놓고 토지고 뭐고 다 포기하고 저 원수놈들 보지 않는 곳에 가서 하루라도 마음 편히 살자고 권유했으나 사경을 헤매고 있는 어머니를 여기 그대로 놓아두고 나만 살겠다고 매형 뜻을 좇을 수는 없다고 했어. 거기다 둘째 처남댁도 갓 결혼한 직후라 부모 형제 다 이북에 남겨두고 이남으로 도피한다는 게 아주 못마땅한 눈치야. 자네 아버지는 그때 아홉 살밖에 안 된 때라 세상 물정에 어둡고. 제일 마음에 걸린 것은 자네 둘째어머니야. 결혼한 지 1년도 안 된 새댁인데 집안의 불운이 죄다 자네 큰아버지 탓인 것처럼 생각하는 방향도 많이 편향되어 있던 사람이야. 그런 자네 둘째어머니가 자기네 친정집 부모 형제 다 버리고 시집 식구 따라 이남으로 내려가는 것을 강력히 반대한다는 말을 나한테 직접 대놓고 하지는 않았지만 자네 둘째아버지가 참 거북해 하는 입장이었어. 그러니 어쩌겠나? 평양감사도 제가 싫으면 못 하는 법인데. 그래서 도리 없이 우리 가족만 떠나왔는데 자네 고모는 지금도 나를 원망하고 있네. 손위 매형이 되어가지고 설라무네 그 당시 손아래 처남 하나 꽉 틀어쥐고 설득하지 못했다고……."

"당시 불로지주와 부재지주는 어떤 차이가 있었습네까?"

"불로지주는 말 그대로 자기는 논들에 나가 농부들과 같이 어울려 농사짓지 않고 땅세(지대)만 챙겨서 생계를 잇는 사람, 기러니까 자기가 직접 농사를 짓지 않으면서 농지를 소유하고 있는 지주를 말하고, 부재지주는 땅임자가 논벌이 있는 지역에서 살지 않고 외지, 기러니까 그 당시 같으면 신의주나 서울, 일본, 중국 같은 곳에 나가 살면서 믿을 만한 관리인만 논벌이 있는 현지에서 소작인들과 같이 살게 하면서 농장을 관리하게 하는 지주를 부재지주라고 불렀어."

"그럼 고모부님 어르신은 그 당시 어떤 지줍네까?"

"내 어른이 직접 농사를 짓지 않았으니 불로지주인 셈이지."

"그럼 우리 할아버지는 어드런 지주였습네까?"

"불로지주도 되고 부재지주도 되고 자경지주도 될 수 있었어."

"왜요?"

"그 당시 처가는 룡천벌에만 토지가 있었던 게 아니라 인근의 의주와 천마군에도 토지가 많았어. 그래서 의주와 천마군의 토지는 전부 관리인과 마름을 두고 관리했고, 제일 넓었던 룡천벌 토지도 자네 둘째아버지가 농업학교를 다닐 때까지만 해도 마름을 두고 관리했었지. 그러다 자네 둘째아버지가 학교를 졸업하고 나온 해부터 소작을 주고 있던 룡천벌 논 몇백 마지기를 거두어들여 직접 소작농들과 어울려 농사를 지었어. 성가(成家)하면서부터는. 거기다 농한기 철에는 바깥마당 곡간채 넓은 방에다 야학을 설립해 마을의 글 모르는 사람들에게 언문과 농업기술을 전파하는 역할도 한동안 해왔고."

"당시 저희 할아버지가 그렇게 많은 토지를 가진 지주였습네까?"

"기림! 평안북도에서도 몇째 가는 부농이었으니까 대지주였지."

"고모부님, 갑자기 궁금한 게 하나 생겼습네다."

"뭐이가, 궁금한 게?"

"고모부님 댁은 선대 할아버지가 나라에 큰 공을 세워 임금님으로부터 렴주벌 논들을 하사받아 그것을 대대로 물려 받아오며 지주가 되었다는 말씀을 형님한테 들었습니다."

"기렇디. 인철이 선대 할아버지가 이름난 무장이었는데 나라에 큰 공을 세워 렴주벌 논들을 임금님으로부터 하사받았지. 그 문서가 우리 가문의 보물이야. 지금도 서울 인철이 큰아버지 댁에 가면 그 문서를 찍은 사진하고 사본을 잘 보관하고 있어. 원본은 나라에다 문화재로 바치고……."

"그럼, 우리 할아버지는 어캐 평안북도에서도 몇째 가는 대지주가 되었습네까?"

"평산이 자네, 아직 진(鎭) 자, 관(寬) 자를 휘(諱)로 쓰신 자네 친할아버지가 어드렇게 룡천벌 대지주가 되셨는지 그 가족사를 모르는가?"

"네. 저희 형제들은 어른들과 일찍 떨어져 살아서 그런 걸 물어볼 시간이 없었습네다."

"기럴 수도 있겠디. 기러니까 설라무네 시기적으로는 1800년대니까 조선조 말엽이지. 평산이 자네 5대조 할아버지께서는 의주에서 출생한 중인계급이었어. 기런데 태어난 안태고향이 청국과 가까운 의주이다 보니 소싯적에 친구들과 어울려 위화도나 청국 땅을 자주 건너다니며 청국 친구들과도 자주 만났다고 해. 그러다 보니 청국 말도 자연적 잘하게 되어 역관이 될 수 있었다고 해."

"진짜 저희 5대조 할아버지가 청국 말을 잘한 역관이었습네까?"

"기래."

"그런데, 역관이 어드렇게 지주가 되었습네까?"

"옛날 역관은 중인계급이었네. 기렇지만 늘 나라와 나라 사이에 조약이나 협상을 할 때는 사신들을 따라 상대국 역관들과 통역을 하면서 자기 나라의 사정을 알리고 상대 나라의 사정을 먼저 알아내어 임금이나 고관대작들에게 고하는 것이 본업이었지. 기런데 자주 외국에 나다니려면 여비나 숙박비가 많이 드는데 나라에서는 역관들에게 그 돈을 대주지 않았어. 그 시대는. 그만큼 조선 조정이 못 살고 국가 재정 상태가 열악하다 보니 역관들 스스로 머리를 써서 교역으로 돈을 벌어 자기가 써야 할 경비를 자기 역량껏 벌어 쓰면서 역관의 임무를 수행하라고 어명을 내려놓았지. 기래서 사신들을 따라다니지 않을 때는 청국이나 왜국을 나다니며 교역을 해서 큰돈을 벌면 나라에도 갖다 바치고 고관대작들에게도 갖다 바치면서 자기 생활을 꾸려 나갔는데, 평산이 자네 5대조 할아버지께서는 청국과의 교역에서 큰돈을 벌어 안태고향 옆 룡천벌에다 수백만 두락(마지기)의 땅을 마련해 지주가 되셨다는 내막을 고모와 내가 혼인을 하기 전에 이미 알고 있었지. 돌아가신 인철이 할아버지와 자네 할아버지는 일정시대부터 한쪽은 렴주벌 지주이고, 한쪽은 룡천벌 지주라서 교분이 두터운 사이였으니까. 기러다 양가가 자식을 주고받으며 혼인까지 하게 된 사돈지간이 되었지만 내래 자네 둘째아버지를 끝까지 설득시키지 못해 난세에 자네 가문이 멸문지화를 당하게 된 것을 생각하면 지금도 한이 맺혀 잠이 오지 않을 때도 많다네."

"그럼 토지개혁 후 우리 둘째아버지와 아버지는 어드렇게 되었습네까?"

"1946년 3월에 헤어진 이후로는 우리도 사뭇 자네 둘째아버지와 아버지 소식을 못 듣고 살았네. 그러다 1951년 1·4 후퇴 때 진남포에 살던 자네 큰고모가 남쪽으로 피난 나왔네. 그런데도 우리는 자네 큰고모가 1·4 후퇴 때 이남으로 피난 나온 것조차 모르고 살았더랬네. 원체 먹고살기 힘들었던 시절이었으니까. 그러다 1983년 6월 30일일 거야. KBS TV가 이산가족찾기 생방송을 시작하고 한 열흘쯤 지났을 때니까. 저녁 먹고 식구들과 같이 앉아 TV를 보는데 김동건 아나운서와 신은경 아나운서가 나와 1946년 3월 이남으로 내려간 동생 장용순과 제부 신상우를 찾는다고 안내 방송을 한 다음 카메라가 자네 큰고모 가슴팍에 매단 광고판에다 둘째 고모 사진과 내 사진을 떡 붙이고 나와 사방을 두리번거리고 있단 말이야. 처음에는 내 눈을 의심했지. 같이 고깃배를 타고 내려온 고향 사람들과 이남에 내려와 살면서도 북에 두고 온 가옥과 그 많은 논밭전지를 잊을 수가 없어 늘 이북5도청을 들락거리며 고향 소식에 귀를 모으고 살면서도 진남포에 살던 자네 큰고모가 전쟁 중에 이남으로 피난 왔다는 소식은 한 번도 듣지 못했거든.

그런데 이 무슨 마른하늘에 날벼락 치는 소린가 싶어 그다음 날 바로 자네 둘째 고모와 같이 서울 여의도 KBS TV 방송국을 찾아가 김동건 아나운서와 신은경 아나운서를 찾았지. 햐! 이거야 정말, 야단났어. 그 넓은 KBS TV 방송국 앞 광장 전체가 색색 가지 고깔모자 쓰고 가슴팍에 부모 형제 찾는 사람 사진과 이름을 붙인 이산가족들이 인산인해를 이루는 거야. 광장 바닥에다 돗자리를 깔고 앉아 몇 며칠씩 노숙을 하면서 혈육을 찾겠다고 소리소리 치는 사람들도 부지기수고.

그런 기막힌 사연과 혈육을 찾겠다고 노심초사하는 이산가족들의 모습을 보면서 초조하게 기다리는데 김동건 아나운서와 신은경 아나운서는 밤새 방송하고 잠시 쉬러 들어갔고, 교대로 나온 유철종 아나운서와 이지연 아나운서가 생방송 중이라며 자네 둘째 고모와 나를 방송국 스튜디오 쪽으로 오라는 거야. 그래서 안내원을 따라 스튜디오 옆 대기실로 들어가니까 자네 큰고모와 고모부가 먼저 알아보고 다가와 자네 둘째 고모와 나를 얼싸안드만. 용순아! 하고 오열을 터트리며.

하, 이거 참! 그때는 어찌나 가슴이 벅차오르든지 나도 자네 큰 고모부를 붙잡고 '형님, 이게 꿈인가요, 생시인가요?' 하며 자꾸 얼굴을 쓰다듬어 보며 그동안의 사연들을 다 토해낼 듯 무슨 말을 하는지도 모른 채 계속 중얼거리며 했던 말 또 하고 물었지. 두고 온 고향 땅 피붙이들 소식도 묻고 안부도 들으면서 두 자매 부부가 떨어질 줄을 몰랐지. 그때 알았는데, 자네 둘째아버지가 변조시킨 할아버지 유서에 적힌 대로 땅문서를 모두 농민위원회에 갖다 바쳤다는 것을. 그리고 인민위원회와 농민위원회에서 큰소리치며 새로운 권력층으로 부상한 룡천벌 논들의 마름들을 찾아가 뇌물을 먹이고, 과거 지주 아들로 살던 시절의 잘못한 행적을 스스로 들추어내어 용서를 빌었다는 것을. 또 인민반 회의에 나가 사회주의 조국 건설을 위해서는 그 어떤 일도 앞장서겠다고 맹세한 처신들이 참고가 되어 1953년 7월 27일 휴전협정이 체결될 때까지는 룡천에서 협동농장원으로 계속 살았다고 하더구만.

그러다 1985년 내가 이북5도위원회 평북 신의주 명예시장으로 임명되었을 때 과거 평북 룡천군 동하면 법흥리 처가 인근에 살던 수산일꾼 두 가족이 고깃배를 타고 이남으로 월남한 적이 있었어. 그 사람들을 만나 자네 둘째아버지와 아버지 그리고 막내 고모의 안부를 물으니까 1958년 5월 30일 조선로동당 중앙위원회 상무위원회에서 〈반당·반혁명 분자와의 투쟁을 전당적·전인민적으로 전개할 데 대하여〉라는 5·30 결정에 따라 중앙당집중지도사업이 북조선 전역에서 대대적으로 실시될 때 중앙당에서 내려온 〈집중지도그루빠〉한테 자네 큰아버지가 그때까지 〈실종〉 상태로 있었다는 점, 진남포 큰 고모부 내외와 우리 가족 전부가 해방 후와 6.25 후에 월남한 사실이 밝혀져 월남자 가족이라는 점, 자네 할아버지가 참회하는 유서와 함께 모든 전답을 농민위원회에 갖다 바쳤으나 해방 전에는 대대로 대물림해 온 대지주였다는 점이 모두 문건으로 명명백백하게 밝혀져 적대계층으로 분류되었다고 하더군. 당시 중앙당 집중지도구루빠가 가려낸 북한의 적대계층은 320여만 명에 이르렀는데 그중 6천여 명은 죄질이 매우 나쁘다며 인민재판을 통해 바로 처형했고, 나머지 310여만 명의 적대계층 중 7만여 명은 내각 결정 149호에 따라 산간벽지로 추방되었는데 자네 둘째아버지와 아버지는 그때 평안북도 도(道) 보위부 아쌔끼들이 심야에 떼거리로 몰려가 어디론가 강제 이주시켰다더군. 평산이 자네, 그때 자네 둘째아버지와 아버지가 어디로 추방되었는지 아는가?"

"아버지한테 들었는데 그 당시 우리 가족은 함경북도 연사군 삼포리로 추방되었다고 들었습네다. 그때가 둘째아버지 24살 때인데 그때는 할머니도 살아 계셨어요. 아버지는 21살 때이고, 막내 고모는 19살 때고요. 저는 이 세상에 태어나지도 않았고요……."

"기럼 평산이 자네는 어디서 태어났는가?"

"함경북도 연사군 삼포리 작업반장 딸과 아버지가 혼례를 올렸으니까 아마도 상단산 계곡이었겠지요."

"그곳에서 언제까지 살았는지 기억하는가?"

"1984년까지요. 제가 인민학교 2학년 올라가던 9월일 겁니다. 어느 날 제가 아버지 어머니가 가림복 차림으로 찍어놓은 사진을 보고 '이거 언제 찍은 거야?' 하고 물은 적이 있었어요. 그때 우리 오마니가 1972년 5월 네 아버지하고 결혼할 때 찍은 기념사진이야 하면서 누나, 저, 막내를 불러놓고 이상한 말을 했어요. 어쩌면 우리 가족이 연사군 삼포리에서 또 어디론가 쫓겨가야 될지 모르니 갑자기 떠나가더라도 빠르리지 않고 바로 들고 갈 수 있도록 책보자기와 옷 보따리를 잘 챙겨두라고. 그 말이 이상하게 들렸던지 누나가 '왜 우리가 또 쫓겨 가야 되는데?' 하고 되물었어요. 그러자 오마니가 보위부에서 찾아온 사람들이 아버지를 불러낸 뒤, 남조선 KBS TV가 이산가족찾기 생방송을 했는데 거기서 큰고모와 둘째고모가 서로 만나 얼싸안고 울고 있는 모습을 사진에 담아 들고 와서 보여주며 조사할 것이 있으니까 보위부까지 좀 가자고 해서 소환되어 갔다는 거예요. 아랫골에 사는 둘째아버지하고. 저는 그때 우리 아버지한테 큰고모와 둘째 고모가 있었다는 사실을 처음 알았고요.

그런데 보위부에 불려갔던 아버지가 돌아와서 하시는 말씀이 '남조선 KBS TV 방송과 라디오 방송 때문에 우리는 함경도 독재대상구역으로 추방될지 모른다.'라는 거예요. 누나가 독재대상구역이 무어냐고 물었어요. 그러자 아버지가 해방 전 지주 가족, 월남자 가족, 6.25 전쟁 당시 치안대 소속 가족들만 별도로 추방시켜 가두어 놓은 지역이 특별 독재대상구역이라고 했어요. 누나가 다시, '왜 우리가 그곳으로 추방되어 가야 하느냐?'라고 물으니까 신의주학생의거사건 때 실종된 큰아버지가 나타났다는 거예요. KBS TV 방송과 라디오 방송이 이산가족찾기 사업을 하면서 중국 라디오 방송의 도움으로 여태 실종상태로 묻혀 있었던 큰아버지까지 찾아내어 헤어진 지 30여 년 만에 3남매가 서로 상봉할 수 있게 만들어 주어 남조선에서는 지금 눈물바다를 이루고 있다는 거예요. 우리 형제들은 그분들 얼굴도 본 일이 없는데. 정말 억이(氣가) 막히는 것 같았지요. 그러고 한 달 후에 우리 가족은 함경북도 연사군 삼포리에서 추방되어 함경북도 회령시 22호 관리소로 실려 갔어요. 그때 우리 가족은 둘째아버지네 가족과도 헤어졌는데, 아버지 말씀으로는 둘째아버지는 아마도 온성군 독재대상구역으로 추방됐을 것 같다고 말하셨어요."

"그때가 몇 년도인가?"

"1984년 10월일 거예요."

"천벌을 받을 놈들! 그 어린것들이 무슨 죄가 있다고 연좌제를 덮어씌워 그 산 설고 물 설은 함경도 회령 땅까지 내쫓는단 말인가?"

고모부가 끼고 있던 안경을 벗은 뒤 잠시 눈 밑을 훔치는데 노크 소리와 함께 방문이 열렸다.

"이모부 저 왔어요. 생신 축하드려요."

30대 후반의 고운 여성이 들어와 인사했다. 고모부가 벗은 안경을 다시 끼고 큰고모의 막내딸 은정이 누님을 소개했다. 나이는 평산보다 세 살 위라고 하는데 오히려 그의 동생 같은 느낌이 들 만큼 젊고 발랄해 보였다. 평산은 네 살 많은 고종사촌 누님이라고 소개하는 고모부의 말이 믿어지지 않는 듯 자꾸 은정이 누님의 얼굴에서 나잇살을 찾으려고 눈길을 떼지 않았다.

"나 오늘, 평산이 동생한테 애기아빠 소개시켜 주고 싶어 같이 왔어. 동생, 남쪽에서 혼자 사니까 많이 외롭지? 어서 내려가 인사하고 이모부 생신 축하 노래 불러 드리자. 범마을 아파트로 이사 갔다는 말은 들었어도 한 번 찾아가 보지도 못하고 미안해!"

"큰고모님은 요사이⋯⋯?"

평산은 딱 한 번 얼굴을 본 큰고모 장용임 여사의 안부를 물었다. 은정이 누님은,

"올해 여든둘인 엄마는 퇴행성관절염이 악화되어 걷지를 못한다."
하면서 같이 오지 못한 까닭을 일러주었다. 평산은 다가오는 큰고모님 생신 때는 자신이 수원으로 찾아가서 꼭 인사를 올리겠다고 약속하며 네비게이터에 찍을 수 있는 주소를 알려 달라고 했다.

"은정아! 상 다 차렸다. 어서 내려오느라⋯⋯."

아래층에서 둘째 고모의 목소리가 들려왔다. 평산은 고모부와 은정이 누님의 뒤를 따라 아래층으로 내려왔다. 식당 방에서 풍겨오는 맛있는 음식 냄새 때문에 평산은 꼴깍! 하고 군침을 삼키며 시계를 보았다.

"여덟 시 반이라⋯⋯."

아직도 임직각 망배단에서 모일 오후 3시까지는 시간이 넉넉했다.

평산은 세면장으로 들어가 손을 씻은 뒤 콧등으로 흘러내린 갈색 안경을 밀어 올리며 식당 방으로 들어갔다.

임진각, 2010년 3월

제3화
임진각, 2010년 3월

쌀랑쌀랑 봄바람이 불어왔다. 이런 식으로 남풍이 계속 불어오면 황해도 재령 땅까지 삐라를 날려 보내는 데는 지장이 없을 것 같다. 그러나 이 정도의 바람에도 어머니와 누이동생들이 거주하는 량강도 새운흥군까지도 삐라를 날려 보낼 수 있을지는 의문이었다. 평산은 만수동 남문교 앞 사거리에서 우회전해 장수 IC 쪽으로 차를 몰았다.

내일모레면 개나리와 진달래가 곱게 피는 4월이 시작된다. 그런데도 뺨을 스치는 바람결은 아직도 쌀쌀했다. 평산은 내려놓은 차창을 밀어 올리며 라디오를 켰다. 그가 좋아하는 남조선 남자가수 하동진의 노래가 흘러나왔다.

"사랑을 한번 해보고 싶어요 / 매력 있는 여자를 만나 / 아무도 없는 무인도에서 / 그녀와 함께 있고 싶어요 / 가슴이 벅차 올라요 / 눈물마저 핑 도네요 / 지금까지 살아오면서 / 나를 위해 무엇을 했나 / 세월이 다 가기 전에 / 내 모습 변하기 전에 / 사랑하는 그대 그대와 둘이 / 지난날을 잊고 싶어요 / 지난날을 잊고 싶어요."

인천대공원 앞 큰길은 오늘도 여전히 차들이 밀렸다. 얼마 전 꽃망울을 맺은 인천대공원 벚꽃은 얼마나 피었을까? 평산은 한창 꽃망울이 터지는 길가 개나리꽃을 바라보며 인천대공원 앞 지하도로 들어서지 않고 공원 정문으로 향하는 노상 대로를 선택했다.

그러나 그 선택이 얼마나 잘못된 것인가를 금방 알아차렸다. 공원 정문으로 향하는 노상 대로는 꽃놀이를 나온 상춘객들의 차량이 뒤엉켜 완전히 주차장이 되어있는 듯했다. 평산은 버릇처럼 시계를 한번 힐긋 바라보고는 담배를 한 대 붙여 물었다. 오후 3시까지, 임진각 망배단 앞에 집결하기로 했으니 그곳에 도착하고도 시간은 한 30여 분 정도 여유가 있을 것 같다.

고종사촌 형님은 담배를 피우지 않고도 어떻게 그렇게 하루를 즐겁게 생활할 수 있을까? 평산은 고모부 댁에서 피우지 못한 담배를 다 찾아 피울 듯 맛있게 담배 연기를 빨아들였다. 꽉 밀어 올려놓은 운전석 안이 금방 뿌옇게 변하면서 담배 연기로 자욱해졌다. 그는 다시 차창을 내려 공기를 순환시키며 앞서가는 차의 꽁무니를 뒤따라 인천대공원 정문 앞 노상 대로를 통과했다.

이내 서울외곽순환고속도로로 들어가는 장수 IC가 나왔다. 〈장수〉라는 우리 말 지명 뒤에 붙은 〈IC〉란 말은 영어의 인터체인지(Inter Change)란 말의 앞글자를 따서 만든 신조어다. 이 외래어는 일반 국도에서 고속도로로 들어가거나 나가는 '나들목'을 뜻하는 말이다. 또 〈부천〉이란 지명 뒤에 나오는 〈JC〉란 말은 정션(Junction)이란 영어단어의 앞글자를 따서 만든 신조어로, 제2서해안고속도로를 달리다 부천으로 가는 도시고속도로나 일반 국도로 갈라지는 '분기점' 또는 합류하는 연결점을 뜻하는 말이다. 그다음 김포 톨게이트니, 남인천톨게이트니 하는 지명 다음에 붙은 〈톨게이트(Toll Gate)〉란 말은 고속도로 통행료를 받는 곳으로 우리나라 말로는 '요금소'란 뜻이다. 그렇지만 이 톨게이트란 말은 꼭 고속도로상에서만 사용하는 말은 아니다. 공원이나 관광지의 들머리 입장료를 받는 곳도 톨게이트라는 말을 사용한다. 혼돈하지 말고 꼭 외워 두었다가 직원들이 길을 가르쳐 줄 때 '장수 IC를 이용해 서울외곽순환고속도로로 들어가라'느니, '부천 JC를 이용해 인천대공원 쪽으로 빠져나오라.' 할 때도 실수 없도록 해라.

장수 IC로 들어와 2차선으로 차 머리를 집어넣고 보니, 얼마 전 인천광역시 주변의 고속도로와 일반 국도를 이용하는 법을 가르쳐 주던 고종사촌 형님의 말이 생각났다. 그때 평산은 정말 진땀께나 흘렸다. 고종사촌 형님이 가르쳐 주던 고속도로와 관련된 외래어를 몇 며칠을 두고 외우고, 쓰고, 큰소리 내어 암송하며 암기했다. 그런데도 돌아서면 그만 까만 감광지를 보는 것처럼 앞이 캄캄해졌다. 이렇게 어려운 외국말을, 아니 그가 그렇게 싫어하는 미 제국주의자들의 말을 남조선 사람들은 왜 그렇게 주체성 없이 입에 달고 살까? 쓰기 편한 조선말을 놓아두고. 또 그렇게 외국말을 입에 달고 살면 무어 달라지는 것이라도 있단 말인가? 어느 날은 고종사촌 형님이 가르쳐주는 외국말을 외우고 또 외워도 돌아서면 까맣게 잊어버리고 마는 자신이 싫고 한심한 생각이 들어 두 눈에 눈물을 글썽이며 정색을 하고 한번 물어본 적이 있었다. 고종사촌 형님한테.

그러자 고종사촌 형님은 상의 안주머니에서 남조선 사람들이 글씨를 쓸 때 사용하는 필기도구를 한 자루 빼내 그에게 보여주었다. 이것을 북한 사람들은 무엇이라고 하느냐면서. 그는 원주필(圓柱筆)이라 한다고 대답했다. 그러자 형님은 남한 사람들은 이것을 원주필이라 부르지 않고 볼펜(ballpen)이라고 부른다고 했다. 그러면서 형님은 이번에는 남한 사람들의 재산과 생명을 지켜주며 사회질서를 유지하여 주는 경찰서(警察署) 그림을 보여주며 북한에서는 이런 역할을 하는 곳을 무어라고 부르느냐고 물었다. 공화국 인민들은 보안서(保安署)라고 부른다고 대답했다. 그러자 형님은 이번에는 남한 사람들은 한 나라의 국적을 가지고 그 나라를 구성하는 최소의 기초성원 또는 개인을 국민(國民)이라고 부르는데 북한 사람들은 무어라고 부르냐고 물었다. 그는 인민(人民)이라 부른다고 대답했다. 그러자 형님은 남한 국민들은 태어나서 부모의 슬하에서 유년기를 마치고 모두 의무적으로 받아야 하는 기초교육을 받기 위해 유치원 다음 교육과정으로 초등학교(初等學校, 과거에는 국민학교)에 들어가는데 북한 사람들은 어느 학교에 들어가느냐고 물었다. 그는 소학교(小學校, 과거에는 인민학교)에 들어간다고 말했다.

그러자 형님은 이렇게 한 가지 물건이나 주제를 놓고 자신의 감정이나 생각을 표현하려고 할 때 말하는 사람이 제일 먼저 사용하는 단어나 어휘는 같은 사물, 같은 내용을 말하고 있는데도 사람에 따라 사용하는 어휘는 달라질 수 있다고 말했다. 또 지역과 국가에 따라서 달라질 수도 있다고 했다. 이처럼 똑같은 물건이나 똑같은 내용을 같은 장소에서 함께 보고 말하는 데도 사용하는 어휘는 사람마다 다르고 지역과 국가에 따라서도 달라질 수도 있는데 이것은 무엇 때문에 그럴까 하고 물었다. 그는 형님이 왜 이런 쓰잘데기없는 것을 골치 아프게 묻는가 싶어 아무 대답도 않고 그냥 시무룩하게 앉아 있었다.

그러자 형님은 이것은 사람이 이 세상에 태어나 갓난아기 시절부터 부모를 통해 모국어를 배우며 사용해 온 말과 글에 대한 몸에 밴 언어 습관이나 익숙해진 관습, 또는 그 지역의 풍속에 따라 말투나 어투가 부락단위, 지역단위, 국가단위로 비슷하게 굳어져 있기 때문이라고 했다. 이것을 남한 사람들은 일반적으로 〈언어문화〉라고 부른다고 했다. 다시 말해 남한 사람들과 북한 사람들은 한 가지 사물이나 주제를 놓고 자신의 감정이나 생각을 표현할 때 서로가 같은 물건을 가리키고 같은 내용을 말하고 있으면서도 〈언어문화〉가 다르기 때문에 제일 먼저 선택하는 단어나 어휘, 또 말투나 어조가 달라서 서로의 감정과 생각을 교환하는 의사소통에 답답함을 느끼며 어려움을 겪는다고 했다. 그리고 이런 답답함이나 어려움을 남한 사람들은 일반적으로 "언어문화생활이 다른 데서 오는 의사소통의 고통"이라고 말한다고 했다.

그러면서 형님은 〈현관 도어〉란 말을 한번 살펴보자고 했다. 형님이 말하는 〈현관 도어(door)〉란 "현관에 있는 도어"란 말을 줄여놓은 속어인데 〈현관〉이란 낱말은 한자어에서 유래된 말이고 〈도어〉란 낱말은 영어에서 유래된 말이라고 했다. 즉, 〈현관 도어〉란 말은 한자어와 영어로 조합된, 엄격히 말하면 두 낱말 모두 외국에서 들어온 말로 만든, 주인의식도 국가의식도 없는 사람들이 제멋대로 만들어 놓은 국적 불명의 조어(造語)에 불과한 말이라고 했다. 그런데도 불구하고 남쪽에서는 이 외래어가 대한민국 국민들의 일상생활 속에 너무 깊이 들어와 있고, 이제는 대한민국 국민들의 생활 속에서 지울 수 없을 만큼 '도어'란 물건을 집집마다 필수품으로 사용하고 있기 때문에 그 말조차도 영원히 버리기 어려운 형편에 놓여 있다고 했다.

특히 눈여겨보아야 할 것은 〈도어(door)〉란 외래어의 말뜻이라고 말했다. 이 도어란 영어단어 속에는 "문, 문짝, 현관, 대문간, 출입구, 한 채" 같은 여러 의미가 내포되어있는 다용도성 낱말이라고 설명했다. 그러므로 남한에서는 길에서 집 안으로 들어가는 대문이나 현관문조차 〈게이트(gate)〉란 말 대신 〈도어〉라고 부르는 사람이 많다고 했다. 또 현관문을 열고 건물이나 집 안으로 들어가 여러 사람이 함께 사용하는 거실, 마루, 대합실, 응접실, 복도 같은 공동 사용 공간에서 각 방으로 들어가는 출입문도 서양식으로 〈도어〉라고 부르는 사람이 많다고 했다. 그뿐만 아니라 큰 사무실 중앙에다 공동의 왕래 공간인 통로를 만든 다음, 그 통로 양쪽으로 여러 칸의 방이나 작은 사무실을 만들어 출입구를 내놓은 문도 〈도어〉라고 호칭하는 사람이 많다고 했다. 이렇게 다용도로 사용하는 〈출입문 잠금장치〉를 〈도어 록(door lock)〉이라고 호칭하고, 도어를 열고 닫을 때 손으로 잡는 〈도어 손잡이〉를 〈도어 노브(door knob)〉라고 외래어 그대로 호칭하는 사람도 많다고 했다.

북한이탈귀순동포의 입장에서 보면 남한 사회의 이런 모습이 도무지 이해가 되지 않을 것이라고 말했다. 〈도어록〉이나 〈도어노브〉란 말보다 훨씬 쓰기 편하고 듣기 좋은 우리말이 많은데도 불구하고 굳이 잘 알아들을 수도 없는 외국말을 그대로 사용하면서 평산이 같은 북한이탈귀순 동포들에게 소통상의 불편을 안겨주고 있으니까 말이다.

한국 사회 일각에서도 이렇게 외국어나 외국에서 들어온 말들을 번역하거나 그에 합당한 우리말을 찾아서 한글화하지 않고 외국말 그대로 사용하는 사람들을 업신여기거나 못마땅하게 생각하는 사람들도 많다고 했다. 형님 역시 이런 시각과 문화적인 의식에 반론을 펼 생각은 추호도 없다고 했다. 그런 의식과 시각은 지극히 당연한 것이고 우리말 우리 글을 자손만대까지 발전시킬 수 있는 최상의 가치이기 때문에 형님도 그런 생각을 갖는다고 했다.

한국에도 분명히 이런 시각과 의식이 존재하고 있는데도 불구하고 왜 굳이 이런 외국어나 외국에서 들어온 말들을 우리말과 우리 글로 번역해서 한글화하지 않고 〈도어〉라고 영어 그대로 사용하는 사람들이 많을까? 형님은 그렇게 물음표를 던지면서, 이제 자기 자신의 고정된 시각이나 생각에서 벗어나 다른 사람의 주장도 한번 귀 기울여 들어보는 자세를 가져 보라고 했다.

이것은 〈door(도어)〉라는 영어단어가 워낙 많은 뜻을 내포하고 있어 꼭 꼬집어서 한두 마디의 우리말로 번역할 수 없는 어려움이 첫째 원인이라고 했다. 이렇게 여러 가지 복합적 의미를 내포하고 있는 다용도성 외래어를 한두 마디의 비슷한 의미를 가진 한글이나 한자어 낱말로 대충 번역해서 사용하면 〈도어〉란 낱말이 가지고 있는 다용도성과 복합적 의미가 왜곡되거나 훼손되어 버린다고 했다.

또 그렇게 그 낱말이 가지고 있는 다용도성과 복합적인 의미가 훼손되어 버린 채로 굳어버리면 그 영어단어를 수천, 수백 년 동안 사용해 오던 본고장 사람들과 소통상의 문제가 발생할 경우도 많다고 했다. 그렇기 때문에 외국을 자주 드나드는 사람이나 외국인을 상시적으로 접대하는 사람들은 원어 그대로 사용하는 것이 관습이 되어 버려 한국 사회 대다수 국민들은 지금도 〈도어 잠금장치〉란 말 대신에 〈doorlock(도어록)〉이라는 영어단어를 그대로 사용하는 사람이 많고, 또 〈도어손잡이〉를 〈doorknob(도어노브)〉라는 영어단어를 그대로 사용하는 사람들도 많다고 했다.

형님은 그때, 한국 사회의 이런 언어문화현상을 북한이탈귀순동포들은 귀담아 들어두어야 한다고 했다. 이것은 옳고 그름을 떠나서, 한국 사회의 드러나 있는 언어문화현상을 이해하는 차원에서 받아들여야 한다고 강조했다. 이 말은 "로마에 가면 로마법을 따르고 공화국에 가면 공화국법을 따르라."는 말과도 상통한다고 했다. 형님이 생각해도 한국 사회의 언어문화현상 중 어떤 부분은 분명히 올바르지 못하다고 했다. 또 한국 사회 대다수 국민들도 그런 것을 거의 다 알고 있다고 했다. 그렇게 다 알고 있지만 서양문물과 감각적으로 또는 일상적으로 소통하면서, 국민 전체가 더욱더 발전하면서 잘 살 수 있는 행복권과 다양성을 국가가 헌법에 따라 보호해주기 때문에 전제적 통치가 이루어지는 북한 사회처럼 실정법으로 외래어 사용자들을 직접적으로 처벌하거나 통제하지는 않는다고 설명했다. 다만, 우리말 우리 글을 사랑하고 더욱더 현대적으로 발전시키자는 차원에서 시민 사회의 개인적 교양 문제로 넘기며 가급적 외래어 사용을 자제하자는 사회운동 또는 캠페인(campaign)만 전개할 뿐이라고 했다.

그러므로 한국 사람들의 일상생활권에 깊이 들어와 이미 생활언어문화로 굳어져 있는 이런 외래어들은 평소 자신이 잘 사용하지는 않더라도 뜻과 용도 정도는 알고 있어야만 소통이 가능하다고 했다. 이것은 지구상의 여러 나라들이 서로 이웃이 되어 문물을 교환하며 21세기를 함께 살아가는, 즉 지구촌시대의 현대인들 대다수가 갖추어야 하는 개인교양과 상식에 관계되는 문제라고 말했다. 그러므로 이런 기초적이고 상식적인 외래어들을 알아두지 않으면 자기 자신이 다급할 때 소통상의 불편과 위기를 피해 나갈 수 없을 만큼 손해를 볼 경우가 많다고 했다. 그러므로 한국에서 한 3년 정도 사회생활을 할 때까지는 힘들고 고통스럽더라도 형님이 시키는 대로 무조건 암기하라고 했다.

이것은 또 조금만 시각을 돌려 넓게 보면 대한민국 사회가 전 세계 여러 국가들과 서로 이웃처럼 소통하며 자유로우면서도 역동적으로 살아가는 증표라고 말했다. 그러므로 북한이탈귀순동포들도 폐쇄된 북한 사회에서의 생활을 마감하고 한국 사회에서 새로이 한국 사람들처럼 전 세계인들을 상대로 자유로우면서도 역동적으로 살아가는 법을 배운다는 차원에서 이런 생활언어문화 현상을 "일단은 옳고 그름을 떠나서 현상의 이해 차원에서 받아들여라." 하는 말을 고종사촌 형님은 여러 차례 강조했다.

평산은 고종사촌 형님이 그렇게 강조하는 말을 거역할 수 없어서 형님이 신문을 보면서 적어준 〈보톡스(Botox)〉, 〈베이글녀〉란 말을 컴퓨터 검색창에다 처넣고 컴퓨터가 가르쳐 준 대로 열심히 그 말뜻을 암기했다. 그러던 어느 날, 그와 같이 저녁을 먹고 신문을 뒤적이던 형님이, 2010년 한 해 동안 1,248만 명의 대한민국 국민이 해외로 나가 여행을 즐기면서 다른 나라의 문물과 정세를 보고 듣고 와서 그 실상을 주변 사람들에게 알려주었다고 했다. 전체 국민의 4분의 1 정도가. 또 외국인들도 879만 명이나 한국으로 여행 와서 남쪽 땅 곳곳을 돌아다니며 자기들이 평소 사용하던 외국말을 전파해 주고 갔다고 말했다. 그 때문에 2010년 한 해 동안 대한민국으로 유입된 외국어는 그 수를 헤아릴 수 없을 만큼 늘어났는데, 우리 국가의 언어정책을 실질적으로 전담하고 있는 〈국립국어원〉은 해마다 그렇게 많이 유입되는 외국말을 우리말로 번역해 순화시키는 업무를 계속해 오고 있다고 했다. 그렇지만 대한민국은 국가 간 교역 부문에서 2009년 기준으로 세계 9위의 수출액을 기록했고, 2010년 상반기 기준으로는 세계 7위를 기록할 만큼 전 세계 200여 무역 상대국과 교역을 하면서 문물을 교환하고 있으므로 한국 사회 내에는 국립국어원이 우리말로 번역해 한글화, 외래어화하지 못한 외국말도 부지기수로 많다고 했다.

여기서 북한이탈귀순동포들이 꼭 알고 넘어가야 할 것은 문물을 교환하고 자기 국가의 이익을 위해 교역을 하기로 "국가 간에 협정을 맺는다."라는 말의 의미를 이해하는 것이라고 했다. 그것은 결국 제일 먼저 외국말을 들여온다는 말과 마찬가지라고 했다. 대한민국 회사원이 어느 나라에 우리나라 상품을 팔기 위해 그곳 현지 담당 공무원이나 회사원과 상품을 팔기 위한 교섭을 벌일 때는 그 나라 사람들이 말하는 교역 조건을 모두 다 전해 들은 뒤, 밤이 되면 전 세계적으로 소통되는 국제통신망을 이용해 본국 회사 상사에게 낮에 우리나라 상품을 팔기 위해 교섭한 내용을 모두 보고한다고 했다. 그 보고서에는 우리말로 번역할 수 있는 말은 대개 번역해서 보고하지만, 적합한 우리말을 찾지 못해 번역할 수 없는 말은 그 나라에서 사용하는 현지 언어나 어휘를 소리 나는 그대로, 실례로 '북경(北京)'을 '베이징(北京)'으로 기록해 보고하기 마련이라고 했다.

그러면 본국에서 보고를 받은 상사는 그 보고서 내용을 들고 정부 관계자를 찾아가 우리나라 상품 수출과 관련된 보고서와 각종 증명서를 정부 관계자에게 보여주게 되고, 그렇게 외국과 수출 상품 수주 계약을 체결하고자 하는 국내 기업의 요청이나 수락신청서를 상사에게 보고하면 정부는 그 시기를 놓치지 않기 위해서도 곧장 답변을 해주어야 교역 행정이 원활하게 돌아간다고 했다. 또 그 보고서나 정부 간 협력 수락 요청서 따위에 적힌 외국말을 우리말로 번역해 순화시키거나 외래어로 선정하는 작업은 자연적 그다음 일이 되고 만다고 했다.

그런데 이런 일이 대한민국 내에서는 1960년대 이후 벌써 50년 이상 계속되어 오고 있다고 말했다. 대한민국 영토 안에 설립되어있는 수십만 개의 기업이 1년에 하나씩 외국어를 가지고 들어온다 해도 외국어가 수십만 개에 이른다고 했다.

이렇게 늘어난 수십만 개의 외국어 중 적합한 우리말을 찾지 못해 외국어 상태로 그대로 사용하는 외래어도 수만 개에 이른다고 했다. 대한민국 사회의 실정이 이러므로 처음 대한민국 땅을 밟은 북한이탈귀순동포들은 한국이 세종 임금이 창제한 훈민정음을 국어로 사용하는 동족임에도 불구하고 한국 사람들이 사용하는 말들을 못 알아듣는 경우가 허다하다고 말했다.

그러면서 고종사촌 형님은, 평산처럼 월남한 지 5년 미만의 북한이탈귀순동포들 대다수가 한국 사람들이 사용하는 일상어를 60% 정도밖에 못 알아듣는다고 했다. 나머지 40% 분량의 일상어는 대개가 외국어와 외래어가 섞여 있어서 그냥 모른 채로 넘어간다고 했다. 그렇기 때문에 같은 자리에 앉아 같은 내용을 같이 들었는데도 북한이탈귀순동포들은 40% 정도 그 내용을 못 알아듣고 오기 때문에 매일 사고를 친다고 말했다. 그리고 그런 사고를 줄일 수 있는 유일한 방법은 형님이 시키는 대로 무조건 한국 사람들이 사용하는 말을 따라 배우고 익히며 공화국 말을 당분간은 사용하지 않는 것이 한국 생활을 빨리 익히는 지름길이라고 설명해 주면서 컴퓨터를 한 대 선사해 주었다. 생소한 외국어와 외래어는 누구나 처음 듣고 보게 되면 모르는 게 정상이라며, 모르는 단어를 마주칠 때마다 컴퓨터 검색창에다 처넣고 물어보라고 했다. 그리고 그 말뜻을 빠른 시일 안에 암기하라고 했다. 그렇게 형님의 가르침을 받으며 지난 5년 동안 한국말 공부를 나름대로는 열심히 했다고 생각되는데도 평산은 차를 몰고 길거리로 나가면 길거리의 영어 간판과 외래어 간판들이 자신을 조롱하고 있는 듯해서 기분이 언짢아질 때가 많았다.

그런데 오늘은 뭔가 조금 색다른 느낌이 들었다. 해도 해도 끝이 없을 것 같은 외국말 공부가 이제 어느 정도 속이 찼다는 말인가?

SONGNE(송내)나 JUNGDONG(중동)을 가리키는 영어표지판을 봐도 그렇게 가슴이 답답해 오지는 않았다. 김포 톨게이트를 통과해 김포대교를 건너고, 판문점 임진각 방면으로 나가는 자유로로 들어서면서 본 영어 지명이나 순전히 영어로만 써놓은 HANKUK TIRE(한국타이어) 선전 간판을 봐도 눈을 찔러오는 듯한 거부감도 밀려오지 않았다.

이거 어떻게 된 일인가? 참으로 묘한 느낌이다. 남조선으로 내려온 지 5년 만에 이렇게 나도 모르게 슬슬 이남화가 되었다는 말인가?

평산은 자신도 모르게 힘이 솟는 듯해 더욱 세차게 액셀을 밟았다. 차의 속도계가 금방 90km를 넘어서면서 속도를 줄이라고 네비게이터의 안내원이 목소리를 높였다. 그는 일산 호수공원으로 들어가는 장항동 IC와 이산포 IC를 지나면서부터는 속도계를 아주 80km에다 맞추며 오두산 전망대 밑 육교를 통과했다.

고모부 댁에서 아침과 점심 겸해서 먹은 뱃속의 음식물이 이제서야 소화가 되는가? 자꾸 정신이 몽롱해지는 기분이었다. 평산은 순간적으로 몰려오는 졸음을 쫓기 위해 라디오의 볼륨을 조금 더 올렸다.

오후 2시 뉴스가 방송되고 있었다. 아나운서는 식량을 구하기 위해 북한을 탈출해 제3국을 유랑하다 한국으로 월남 귀순한 탈북자 수가 2010년 연말을 기준으로 2만 명을 넘어섰다고 했다. 그러면서 지난 5년간 입국한 연도별 탈북자 수를 무슨 운동경기 중계하듯 목에 힘을 주어 전달했다. 2000년 300여 명에서 2002년 1천 명, 2006년 2천 명을 각각 넘어선 후 2009년에는 사상 최대인 2,927명을 기록했다고 말했다.

2만 명이라.

평산은 2만 명이라는 그 숫자가 그의 계산으로는 조족지혈에 불과하다는 듯 자신도 모르게 고개를 저었다. 대한민국 정부가 해외의 제3국 난민수용소에서 대기하고 있는 탈북자들을 받아들이지 않아 그렇지, 만약 강원도 화천군 간동면에 건설 중인 제2 하나원 시설이 모두 완공되어 해외에서 대기하고 있는 북한이탈주민들을 받아들이기 시작하면 탈북자 수는 금세 2만5천 명이나 3만 명을 넘어설 것이라 추론했다.

그렇게 되면 앞으로 공화국 사회는 어떻게 될까?

고종사촌 형님의 말씀처럼 공화국에서 그나마 먹거리를 도둑질이라도 해서 먹고 살 수 있었던 〈고난의 행군〉 시기(1995년~1998년) 이전에는 탈북자들의 신상이 거의 공화국(북한) 핵심계층 지배세력들이 적대계층으로 분류해 놓았던 지주나 정치사상범들의 후손들이 주류를 이루었다고 했다. 그런데 고난의 행군 시기 이후(1999년)에는 핵심계층, 동요계층, 적대계층으로 크게 3등분 하고, 그렇게 3등분 한 주민들을 다시 51개 부류로 구분해 놓은 2,300만 공화국 주민 성분 분류표가 무색해졌다. 권력이 낮거나 토대가 나쁜 사람들의 토지, 건물, 현금, 의복, 가재도구, 식량, 여성의 몸(생식기) 따위를 권력을 앞세워 빼앗을 수 있었던 시절에는 억압받고 약탈당하던 주민들이 마지막 도피처로 중국이나 한국행을 선택했다.

그런데 이제는 핵심계층과 동요계층도 부지기수로 제3국행이나 한국행을 선택하고 있다. 대한민국 정부도 그들의 신원조사에 골머리를 앓고 있다는 말을 들었다. 불과 몇 달 전까지만 해도 공화국 최고 통치자를 위해 충성을 맹세하고 충견 노릇을 했던 사람들이 어떻게 그 사이 탈북자로 변신해 한국행을 선택할 수 있느냐는 말이다. 그것은 결국 그만큼 북한 사회 전체가 빈곤해지고 메말라버려서 권력을 가진 사람도 권력을 활용해 하층 주민들의 것을 탈취하거나 약탈할 수 있는 먹을거리, 뺏을거리, 훔칠거리 자체가 씨가 말라가고 있다는 것을 반증하는 것이라고 분석했다. 그래서 전체 주민의 1~2%에 불과한 로열계층과 연계되어 있던 고위권력층들도 침몰하는 여객선의 승객들이 최후에는 모두 바다에 뛰어들 듯 최근에는 일단 중국이나 제3국으로 도피했다가, 제3국으로의 망명신청이 받아들여지지 않을 때는 차선으로 한국행을 선택하는 과거 핵심계층의 숫자가 부지기수일 만큼 그 머릿수가 늘어나고 있다고 했다. 그래서 대한민국 사회 전체가 탈북자들의 새로운 경쟁터로 변신해 가고 있으니까 살아남으려거든 영어단어 암기하는 것을 게을리하지 말라고 고종사촌 형님은 틈날 때마다 강조했다. 고종사촌 형님이 〈KGB택배 인천남동영업소〉 소장으로 재직하는 동안은 평산의 일자리 하나는 책임지고 보장해 줄 수 있다면서.

왠지 기분이 좋다. 일시적으로 몰려오든 졸음도 사라지면서 머리도 맑아지는 기분이다. 평산은 파주시 문산읍으로 들어서자마자 금방 나타나는 사목리행 간선도로를 선택해 임진각 주차장 들머리 톨게이트로 차 머리를 들이댔다.

임진각 광장 안으로 들어가는 길로 핸들을 돌리자 아스팔트 도로 위에 꼬리를 물고 빼곡하게 들어차 있는 차들이 시야를 꽉 막는 느낌이다. 평산은 얼빠진 표정으로 도로 위에 꼬리를 물고 있는 차들을 바라보다 자신도 모르게 킥 웃음이 치솟아 실소를 금치 못했다. "차 대가리하고 거시기 대가리는 말이야, 누가 뭐래도 먼저 들어가는 놈이 임자야. 고속도로 톨게이트나 관광지 톨게이트 앞에서 제발 겁먹고 머뭇거리지 말고 과감하게 들이밀라." 하고 강조하던 전임 영업팀장의 말이 하필 이 순간에 생각날 것은 뭔가? 평산은 내일이나 모레쯤 심한 당뇨병으로 엄지발가락을 잘라낸 전임 영업팀장도 한번 찾아뵈어야겠다는 생각을 하며 천 원짜리 두 장을 내밀었다. 삐라 날리기를 끝내고 임진각 주차장을 떠나갈 때까지 차를 세워놓는 주차료가 2천 원이라고 써 붙여놓았다.

톨게이트를 통과해 망배단 앞 주차장으로 들어갔다. 시계는 오후 2시 30분을 가리켰다. 아직 모이기로 약속한 시각이 30분 정도 남아있다. 망배단 옆 주차장에다 차를 주차한 뒤 평산은 탑차에서 내려왔다.

망배단 제단 위에다 정성스럽게 준비해 온 제수를 차려놓고 검은 소복 차림으로 북쪽을 향해 절을 올리는 어느 70대 할머니의 모습이 평산의 눈에는 예사로 보이지 않았다. 저 할머니는 북에 남겨두고 온 부모형제를 향해 두 손을 모으고 합장 기도할까? 아니면 자식을 향해 자신의 소망을 빌까? 평산은 잠시 넋을 잃은 채 망배단 앞을 지켜보다 북에 두고 온 동생들과 어머니의 얼굴을 잠시 떠올려 보았다.

"일찍 왔네."

자유북한운동연합 이상학 애드벌룬팀장이 다가와 평산의 어깨를 툭 쳤다. 그가 망배단 제단 앞에서 제를 올리는 할머니를 지켜보고 있는 사이 이상학 애드벌룬팀장도 1.5톤 봉고 트럭에다 붉은 수소 통을 가득 싣고 막 도착한 것이다.

"안녕하세요, 팀장님!"

평산이 웃음을 보이며 인사를 건네자 이상학 애드벌룬팀장이 손을 내밀었다.

"제사 지내는 저 할머니, 아는 분이오?"

"아뇨, 제를 올리는 모습을 보니까……."

이상학 애드벌룬팀장이 다 듣지 않아도 무슨 생각을 하고 있는지 알겠다는 듯 고개를 끄덕였다.

"북에 두고 온 가족이 많습니까?"

"아버지는 진폐증으로 고생하시다 돌아가셨고, 어머니와 두 여동생은 가을걷이전투 때 배낭 메고 황해도 재령벌로 이삭줍기 간다고 집을 나간 후 소식을 못 들었고, 제 바로 위의 큰 누나는 두만강을 건너자마자 중국 조선족 인신매매꾼들한테 끌려갔다는데 그 후 계속 소식을 못 듣고 있고요……."

"제가 괜한 것을 물어 장평산 씨 가슴만 아프게 만들었네. 우리 이럴수록 더 이를 깨물면서 전단지를 날립시다. 죽지만 않고 살아있다면 언젠가는 우리가 날리는 삐라를 보면서 장평산 씨 소식도 전해 들을 수 있을 겁니다……."

"그렇게만 되면 더할 나위 없이 좋지요. 오늘 날리는 삐라가 황해도 재령벌이나 우리 아버지 고향까지도 날아갈 수 있겠지요?"

"아버지 고향이 어디신데?"

"평북도 룡천입니다."

"아, 그럼요. 바람만 잘 타면 룡천까지도 문제없습니다. 지난번 강화도 월계리 야산에서 날린 전단은 신의주와 의주 상공에서 하강되었다는 위치보고까지 들어왔는데요. 이젠 기상청 홈페이지에 들어가 바람 부는 날과 풍속만 잘 선택하면 북한 땅 어디든 우리 소식을 전할 수 있어요. 오늘 날릴 특수비닐 풍선이랑 인쇄물 박스는 잘 챙겨 왔어요?"

"네. 그런 건 어제저녁에 다 찾아서 제 차에 빈틈없이 챙겨났습니다."

"잘했네. 그럼 제 차에 실려있는 수소통부터 내려 가스 주입할 준비부터 합시다."

평산은 이상학 애드벌룬팀장과 같이 힘을 합쳐 10여 개의 수소 가스통부터 내려놓았다. 그리고는 자신의 탑차를 수소 가스통 옆으로 끌고 와 탑차 안에 실려있던 인쇄물 박스, 타이머 박스, GPS 박스, 수소 풍선 박스, 비닐 노끈 박스를 다 내리고는 이상학 애드벌룬팀장과 같이 담배를 한 대씩 나눠 피우며 땀을 식혔다.

그때 세 대의 봉고 승합차가 망배단 주차장 안으로 들어왔다. 얼른 담뱃불을 비벼 끄며 평산은 자유북한운동연합 송효상 대표와 기독탈북인연합회 김광식 대표 앞으로 다가가 꾸벅 절을 했다.

"아, 장평산 씨! 오랜만이오."

기독탈북인연합회 김광식 대표가 활짝 웃는 얼굴로 평산의 손을 잡았다. 김광식 대표 옆에 서 있던 자유북한운동연합 송효상 대표와 그 옆에 같이 서 있던 자유북한인협회 박유천 대표도 손을 내밀었다. 평산은 세 사람에게 인사를 한 후 자유북한인협회 박유천 대표와 함께 두 번째로 들어온 봉고 승합차 앞으로 다가갔다.

국회 인권위원회 소속 국회의원 9명이 평산과 박유천 대표 앞으로 다가왔다. 박유천 대표는 반가움을 표하는 9명의 국회의원들에게 평산을 소개했다.

"의원님, 앞으로 우리 자유북한운동연합 장평산 기동대장 잘 좀 이끌어주십시오. 현재 인천 논현동 범마을 아파트단지에 사는데 대북전단날려보내기 행사에는 한 번도 빠진 일이 없을 정도로 북한 민주화운동에는 몸을 사리지 않는 동지입니다. 지난 2006년 입국했고, 해방 전 부친의 고향은 평북 룡천입니다…….."

"아, 고생 많으십니다. 혈육이 아직도 북한에 생존해 계십니까?"

국회의원들이 저마다 손을 내밀며 친밀감을 보였다. 평산은 북한 인권단체 대표들과도 인사를 나눈 뒤, 각 단체 소속 임원들과 힘을 합쳐 기다란 원통형 수소 풍선에 매달 삐라 부대작업부터 서둘렀다. 김일성, 김정일, 김정은으로 이어지는 북한 3대 세습의 조작성과 주민의 참혹한 생활상을 알리는 내용을 담은 전단지 30만 장, 북한의 도발 역사를 다룬 A4 용지 절반 크기 9쪽 분량의 소책자 2,000권, 북한 간부들의 비대한 몸짓과 굶어 죽는 북한 어린이들의 앙상한 모습을 대비시킨 A4 용지 크기 컬러 포스터 5천 장이 준비되어 있다.

이 삐라는 물에 젖어도 찢어지지 않고 썩지도 않게 특수비닐에 인쇄되어 있다. 25개 탈북자단체 임원들은 미리 준비해 온 3종의 삐라 속에다 1달러짜리 미국 지폐, 5위안짜리 중국 지폐, 5천원짜리 북한 지폐를 3종의 삐라 사이에다 끼워 넣었다. 거기다 또 라디오, DVD, 북한 체제를 비판하는 동영상을 담은 USB, 가정용 필수 의약품, 비타민류 영양제, 간식거리 비스킷과 사탕류 과자, 라면, 속옷, 양말, 의복, 위성위치

확인시스템인 GPS, 타이머 따위를 지휘부가 가르쳐주는 대로 꼼꼼하게 수작업했다.

25개 탈북자단체에서 차출된 50여 명의 간부들이 2시간 남짓 손을 모아 전단지 사이에 지폐끼워넣기 수작업을 하다 보니 수소 풍선에 매달아 보낼 전단지부대(負袋) 80여 개가 마련되었다. 이상학 애드벌룬팀장은 그렇게 작업한 전단지 부대 하나를 들고 와 저울 위에 올려보았다. 대략 삐라 1만 장과 그 외 북한 동포들에게 전달 물품을 골고루 담은 삐라부대 하나의 무게는 7~9㎏ 정도 나갔다. 그런데 오늘은 물건과 소책자까지 동봉해서 그런지 전단지부대 하나의 무게가 10㎏에 육박했다. 이 정도 무게의 삐라 부대를 2×12m 규격의 원통형 특수비닐 풍선 1개에 3개씩 매달아, 탈북자단체 지휘부가 지정한 목적지까지 날려 보내려면 바람이 세게 분다고 해도 수소가스 주입 압력을 높여야 했다. 이상학 애드벌룬팀장은 평산을 데리고 다니며 전단지 부대마다 하강 목표 지점을 적고 타이머를 장착하는 법을 가르쳐 주었다.

평산은 이상학 애드벌룬팀장이 보여주는 타이머를 이래저래 만져보며 자기도 모르게 픽 웃었다. 타이머를 자기 눈으로 직접 보지 않았을 때는 그것이 전자시계나 만보계처럼 원형이나 사각형으로 생긴 조그마한 기계 뭉치로 연상했는데 실제 접하고 보니 그게 아니었다. 길이 10여㎝ 정도의 가느다란 금속선이었다. 그런데도 그 금속선이 일정한 시간 동안 공기 중에 노출되어 있으면 금속을 부식시키는 화학성 액체의 부식작용에 의해 삐라 부대를 동여맨 금속선이 자동적으로 끊어지거나 터지게끔 되어있다. 참으로 신기했다. 자유북한운동연합 송효상 대표가 국내 모 대학교 화학교수의 도움을 받아 한 달간 연구해 개발한 의지의 산물이라고 설명했다.

정말 사람의 손이 무서웠다. 100여 개의 손이 마음을 모아 1시간 조금 넘게 수작업을 하다 보니 그새 전단지 3종, 도합 30만 장 사이에 미화 1달러 지폐 1천 장(1천달러), 5위안짜리 중국지폐 1천 장(5,000위안), 5천 원짜리 북한지폐 1천 장(5,000,000원)이 다 끼워졌다. 지폐는 대략 삐라 100장 단위에 1장꼴로 미화 1달러나 중국 지폐 5위안을 넣었다. 미국 교민단체의 후원과 국내 일반인들의 소액 성금이 후원자가 된 것이다. 남쪽에서 날려 보낸 삐라 속에서 돈이 나온다는 소문이 퍼지면서 북한 주민들은 산과 들판으로 전단지를 찾으러 다닌다는 송효상 대표의 설명 은 많은 사람들의 고개를 끄덕이게 했다.

"우리가 이렇게 수작업해서 넣은 돈은 요즘 북한 암시장에서 거래되 는데 1달러면 북한 주민이 한 달을 먹고살 수 있는 큰돈입니다……."

송효상 대표는 수작업을 하고 있는 각 단체마다 찾아다니며 삐라 한 뭉텅이 안에 달러화나 위안화가 두 장씩 들어가지 않게 각별히 신경을 써 달라고 부탁했다. 또 삐라 사이에 지폐를 다 끼운 다음에는 다시 소 형책자, 포스터, 라디오, 의약품, 속옷, 과자류, 라면, DVD, USB 등을 중복되지 않게 골고루 넣어 달라고 했다. 그렇게 전달 물품까지 다 넣은 단체는 전단지 포대 상부에다 각 단체가 날려 보낼 최종 목표 지점을 적 어 수소 가스통 옆으로 옮겨 달라고 했다.

김광식 기독탈북인연합회 대표는 각 단체 임원들이 수작업한 전단지 부대를 받아 수소가스를 주입한 2×12m 규격의 원통형 특수비닐 풍선

1개에 전단지 부대 3개씩을 매달 수 있게 상단 묶음 작업을 했다. 타이머와 GPS를 장착할 수 있게.

이제는 기다란 원통처럼 생긴 특수비닐 풍선에다 수소가스를 주입하는 일이 바빴다. 이 일은 이상학 애드벌룬팀장과 장평산 기동대장이 도맡아 했다. 두 사람은 손을 맞추어 수소가스 통에다 주입 호스를 연결했다. 그리고는 지름 2m, 길이 12m 규격의 원통형 특수비닐 풍선을 접힘 없이 쭉 편 뒤, 수소 가스통과 연결한 호스 끝을 풍선 상단 바이패스 주입구 안쪽에다 쑤셔 넣고 수소 가스통 밸브를 열었다. 금세 '쏴아아' 하고 가스 들어가는 소리와 함께 풍선이 하늘로 날아갈 듯 곤두서며 탱탱해졌다.

삐라를 날려 보내는 날은 딱히 정해져 있지는 않았다. 기상청 홈페이지에 들어가 바람의 종류와 풍속을 알아내 삐라 투하 목표 지점을 결정했다. 지름 2m, 길이 12m의 애드벌룬 안에 헬륨이나 수소가스를 주입한 후 삐라를 담은 포대를 3개씩 매달아 상공 3,000~5,000m까지 올라가게 한 후 편서풍을 만나기 전에 터트려야 한다. 만약 터뜨리는 시점을 잘 못 잡아 편서풍을 만나게 되면 순식간에 수소가스를 채운 애드벌룬이 편서풍에 휘말려 들어가서 삐라를 담은 부대 자루가 서울 이남이나 동해, 또는 일본 사할린이나 러시아 연해주 등지에서 뭉텅이 채 떨어질 수도 있다. 그렇게 되면 수많은 후원자의 애타는 마음이 담긴 달러화와 위안화가 고기밥도 되지 못한 채 무용지물이 될 수도 있다.

편서풍은 상·하층 제트기류(jet氣流)를 통틀어서 부르는 말이다. 1년 365일 동안 일정한 속도로 돌고 있는 지구의 자전에 따라 흐르는 대류권의 찬 공기와 지상에서 치솟는 더운 공기가 고공에서 서로 만나 저들끼리 세력을 형성해 폭 1~5㎞, 초당 30~50m의 속도로 힘겨루기를 하면서 서쪽에서 동쪽으로 강물처럼 급히 한쪽으로만 치우쳐 흐르기 때문에 편서풍(偏西風)이라 불렀다. 이 편서풍은 지표면 6~9㎞ 상공에서 부는 하층 제트기류와 9~12㎞ 상공에서 부는 상층 제트기류로 나뉘어 1년 내내 불고 있다.

이상학 애드벌룬팀장은 수소가스를 주입하고 있는 특수비닐 풍선에 가스가 다 주입되자 뒤따라오는 송효상 대표와 김광식 대표에게 가스를 완충한 특수비닐 풍선을 인계했다. 그리고는 장평산 기동대장이 준비해 주는 빈 풍선에다 다시 수소가스를 채워 나갔다.

송효상 대표와 김광식 대표가 제일 무서워하는 바람이 편서풍이었다. 두 사람은 이상학 애드벌룬팀장과 장평산 기동대장이 넘겨주는 2×12m 규격의 원통형 특수비닐 풍선 하나에다 전단지 부대 3개를 타이머용 금속선으로 매달았다. 그러면 지정한 위치의 상공에서 타이머가 작동해 전단지 부대 상단 아가리를 묶은 금속선이 공기 중에서 급속히 부식해 묶음이 풀려버렸다. 하강 위치를 지정한 상공에서 전단지 부대 자루가 풀려버리면 전단지들은 지상을 향해 낙하하면서 산지사방으로 꽃잎처럼 흩날리며 흩어졌다.

수소가스를 넣은 애드벌룬의 비행시간과 전단지를 담은 부대 자루의 투하 위치는 늘 김광식 대표와 송효상 대표가 조정했다. 두 사람은 그렇게 함께 매단 GPS를 통해 전단지 부대가 투하된 위치를 이남에 앉아 파악하며 북한지역을 바둑판처럼 구획해 남풍이나 서북풍이 세게 부는 시

기별로 차례대로 〈전단지날려보내기〉 사업을 지금껏 지속해 왔다. 그런데 오늘 작업한 전단지 30만 장을 추가하면 그들이 지금껏 날려온 전단지 총 매수는 대략 2억 장이 넘었다.

전단지를 매달아 날린 애드벌룬에는 타이머 장치가 부착되었다. 각기 굵기가 다른 금속선 타이머장치가 작동하면 가상 목표 지점 상공에서 1번 전단지 부대, 2번 전단지 부대, 3번 전단지 부대가 시간차를 두고 하나씩 터졌다. 3개의 전단지 부대가 각기 별개로 매달려 있던 애드벌룬은 1번 전단지 부대가 분리되어 떨어져 나가면 전체 무게가 그만큼 가벼워져 바람을 타고 날아가는 속도가 빨라졌다. 속도가 빨라진다는 것은 북녘으로 더 멀리 날아간다는 이치다.

그러다 또다시 2번 전단지 부대 타이머가 작동해 분리되어 떨어졌다. 그러면 또다시 애드벌룬에 매달린 전단지 부대의 무게가 최초보다 3분의 2만큼 가벼워져 바람을 타고 날아가는 속도는 더 빨라지고 더 멀리 날아갔다. 그러다 지정한 마지막 목표 지점 상공에 도착했을 때 3번 전단지 부대마저 타이머 금속선이 공기 중의 산소와 마찰하며 부식되다가 자동으로 끊어졌다. 그때는 수소가스를 주입한 애드벌룬마저 아가리가 풀려 지상으로 내려앉게 만들어 비행을 끝마치게 했다.

그렇게 비행을 다 마치고 내려앉은 2×12m 규격의 원통형 특수비닐 풍선은 물자난에 허덕이는 북한 주민들의 월동용 창문막이나 빗물이 스며드는 지붕막이 천막 대용으로 아주 유용하게 쓰였다. 이런 원리를 이용해 송효상 대표와 김광식 대표 외 25개 탈북자단체가 힘을 합쳐 북으로 날려 보낸 총 2억 장 이상의 전단지는 동쪽으로는 함흥과 온성, 서쪽으로는 황해도와 평양을 지나 남포와 신의주 상공까지 날아가 꽃잎처럼 지상으로 내려앉았다.

"대북전단날려보내기 행사를 곱지 않게 보는 국민들도 많은데 이런 행사를 언제까지 계속할 계획입니까?"

어느 일간 신문사에서 나온 기자가 송효상 대표 앞으로 다가가 물었다. 평산은 자유북한운동연합 송효상 대표의 얼굴을 유심히 지켜보았다.

송효상 대표는 하던 일을 멈추며,

"남과 북이 상호 간에 비방하지 않겠다고 약속했지만 북한은 대한민국 대통령을 깎아내리는 등 일방적으로 약속을 깼습니다."

하고 말문을 열면서,

"북한의 대한민국 비방 중지, 금강산 관광객 박왕자(2008년 7월 11일, 북한으로 금강산 관광을 갔다가 조선인민군 육군 초병의 총격으로 사망한 민간인.) 씨 총격살해에 대한 공식 사과, 핵실험 중지와 핵무기 폐기, 중국에서의 탈북자 강제북송 중지 등이 해결된다면 당장이라도 그만둘 수 있습니다."

하고 목소리를 높였다.

평산은 송효상 대표의 주장에 전적으로 동의하듯 고개를 끄덕였다. 송효상 대표가 지겹게 따라붙는 기자를 피할 듯 고개를 돌리며 수작업 요원들을 향해 외쳤다.

"자, 여러분! 이제 저쪽 철교 위로 이 전단지 부대를 이동시킵시다."

송효상 대표의 목소리가 메가폰을 타고 울려 퍼졌다. 수작업을 하던 25개 탈북자단체 회원들은 여섯 사람이 한 조가 되어 2×12m 규격의 원통형 특수비닐 풍선 하나당 3개씩 전단지 부대가 매달린 애드벌룬을 양쪽에서 같이 들고 〈자유의 다리〉로 이동했다.

불어오는 바람결은 저녁 무렵이 되자 한층 거세어진 듯했다. 탱탱하게 수소가스가 주입된 2×12m 규격의 원통형 애드벌룬은 〈자유의 다리〉 철교 위에서 서로서로 몸통을 부딪치며 하늘로 날아오를 준비를 했다.

평산은 80여 개의 애드벌룬이 하늘을 향해 곤두서 있는 듯한 자유의 다리 철교 위를 말없이 지켜보았다. 25개 탈북자단체 간부들의 손에 잡혀 있는 듯한 2×12m 규격의 원통형 애드벌룬 몸통에는 '김정일 선군독재 타도', '3대 세습 끝장내자', '공갈 협박 중단하라', '자유북한운동연합', '북한동포여 일어나라!', '무력도발 중단하라', '납북자 국군포로 송환하라', '통일 풍선 전달' 같은 격문이 붉은색이나 청색으로 큼직하게 인쇄되어 있다.

자유북한운동연학 송효상 대표와 기독탈북인연합회 김광식 대표, 자유북한인협회 박유천 대표, 북한민주화운동본부, 자유아시아방송, 납북자가족모임, 대북전단보내기국민연합, 기독북한인연합, 모퉁이돌선교회, 북한자유연합, 북한구원운동본부, 기독교사회책임, 탈북난민보호운동, 대북풍선선교회, LA충현선교회, 양 섬기는 교회, 대구성대교회, 목연회, 워싱턴주사랑교회, 북한동포직접돕기운동본부, 조갑제닷컴, 국민행동본부, 자유조선운동연합, 조선인민해방전선 같은 단체 간부들이 저마다 애드벌룬 몸통에 찍힌 격문체의 구호를 하나씩 외치며 붙잡고 있던 전단지 부대를 어깨높이까지 들어 올려 공중으로 퉁겨버렸다. 그러자 수소가스가 탱탱하게 주입된 애드벌룬은 저마다의 몸통에 새겨진 25개 탈북자단체의 격문을 북으로 전달할 듯 3개의 전단지 부대를 매단 채 하늘 높이 치솟아 올랐다.

"와!"

"풍선아, 높이 높이 날아가라!"

"할렐루야! 할렐루야!"

"멀리멀리 날아가라!"

"어서어서 날아가 오늘 밤에는 내 부모 내 형제들에게 이남 소식 전해다오."

어디선가 흐느끼는 듯한 목소리와 기도 소리가 들려오는가 싶더니 이내 각 단체 성원들의 구호 소리가 들려왔다.

"북한동포여 일어나라!"

"무력도발 중단하라!"

"납북자, 국군포로 송환하라!"

"공갈 협박 중단하라!"

"3대 세습 선군독재 타도하자!"

평산은 덩달아 가슴에 맺힌 응어리를 풀 듯 소리 높여 절규했다.

"선영아! 선옥아! 철산아! 오빠가 남녘 땅에 살아있다. 오로지 그것을 희망으로 삼고 우리 다시 만나는 날까지 살아만 있어 다오. 오빠가 얼른 돈 모아 너희들 데리러 갈게……."

목이 터지도록 동생들의 이름을 불러보고 외쳐보아도 자신의 목소리를 들을 리 없는 동생들이다. 그러나 그렇게라도 소리치며 동생들의 이름을 불러보니 자신에게도 의좋게 함께 지냈던 동생들이 있고, 그런 동생들을 낳아준 부모님이 있었다는 사실이 새삼 되새겨졌다. 그리고 그런 감정들은 자신의 몸에 겹겹이 쌓여 있던 외로움을 순간적이나마 덜어주면서 눈물마저 말라버린 외눈박이 눈에 주르르 뜨거운 눈물을 흐르게 했다.

"오마니! 오마니 아들 평산이는 남쪽에서 고모님 만나 잘 지내고 있습네다. 오늘, 제가 날리는 이 삐라 쪼박지(조각) 받아보시면 옛날 우리가 살던 량강도 새운흥군 공동묘지에 계시는 아버지한테도 제 소식 전해 주시라요. 평산이는 남조선에서 고모와 고모부 만나 잘 지낸다고요……."

평산은 자신도 모르게 흘러내리는 눈물을 훔치며 자신의 손으로 날려 보낸 애드벌룬을 지켜보았다. 2×12m 규격의 특수투명비닐 풍선에다 탱탱할 정도로 수소가스를 주입해, 그 가스 주입구 아랫단에다 전단지를 담은 부대 3개씩을 매단 80여 개의 애드벌룬은 임진각 자유의 다리 상공에서 아득하게 멀어지면서 북녘 창공을 향해 계속 날아올랐다. 상공 2,000~3,000m까지 올라가서 남쪽에서 불어오는 남서풍을 만나리라. 그리고는 어둠을 타고 훨훨훨 북녘땅을 향해 날아가리라.

평산은 점점 더 아득하게 멀어지면서 창공을 향해 높이 치솟는 애드벌룬을 지켜보다 담배를 한 대 붙여 물었다. 자신도 모르게 격앙되어 쿵쾅거리는 가슴을 진정시킬 방도가 없었다. 담배라도 한 대 붙여 물면 붕붕 떠다니는 듯한 격앙된 가슴이 좀 가라앉을까? 등에도 흥건하게 땀이 맺혔다가 식는지 서늘한 느낌이 밀려왔다.

평산은 달게 담배 연기를 한 모금 길게 빨아들였다가 내뿜으며 함께 애드벌룬을 날려 올린 자유북한운동연합 송효상 대표와 기독탈북인연합회 김광식 대표의 거동을 살폈다. 그들은 자유의 다리 위에서 대북 전단지날려보내기 행사에 참여한 25개 단체 소속 간부들과 악수를 하면서 행사 뒷마무리를 하는 것 같았다. 그리고는 자유북한운동연합 주요 간부들을 대동하고 망배단 임진각 쪽으로 이동하고 있다.

평산은 그때서야 아차! 하며 정신을 차렸다. 대북 전단(삐라) 날리기 행사가 끝나면 곧장 자유북한운동연합과 기독탈북인연합회를 비롯해 오늘 행사에 참여한 주요 탈북자단체 대표와 임원들이 임진각 3층 식당에서 합동연석회의를 개최한다고 일러준 이상학 애드벌룬팀장의 전언을 그때서야 기억했다. 자유북한운동연합 기동대장 직책을 맡고있는 그도 빠질 수가 없는 중요 간부회의다. 그는 빨고 있던 담배꽁초를 급히 발로 비벼 끄며 간부들이 몰려 올라간 임진각 회의실로 뛰어갔다.

회의실이라 해봤자 임진각 매운탕집에서 저녁밥을 한 끼 사 먹는 조건으로 빌린 공간이라 별다른 장식이 있을 리 없다. 입식 4인용 식탁 10여 개를 U자 형태로 붙여놓고 양쪽으로 각 단체 임원진들이 물잔을 놓고 마주 보고 앉아 있다. 각 단체 대표가 앉은 뒷벽에는 〈제29차 임진각 대북전단날리기 연석회의〉라고 적힌 플래카드가 한 장 붙어 있다.

회의의 주요 의제는 점차 남서풍이 거세게 불어올 5~6월 대북전단 날려보내기 계획을 각 단체 간부들이 모여 앉아 기상청 일기예보 자료를 근거로 해서 구체적인 일정과 역할을 분담하는 것이 골자였다. 이 회의는 정부기관이나 기업의 임원들이 개최하는 회의와는 전혀 딴판이다.

우선 자유로웠다. 어떤 형식이나 격식도 없다. 모여 앉은 임원들이 우선 자유롭게 자기 의견이나 아이디어를 제시하되, 절대로 각 단체에서 나온 의견이나 아이디어를 비평이나 비판해서는 안 되었다. 말하자면 브레인스토밍(Brainstorming)을 이용한 회의 형식이다. 여러 사람이 함께 모여 각종 의견이나 아이디어를 제시하면 그대로 다 녹음해서 각 단체별로 그 의견이나 아이디어를 공유하는 것이다. 그리고 그 의견이나 아이디어 속에서 자기 단체가 실행 가능한 아이디어가 있으면 각 단체별로 시간을 낼 수 있는 날을 잡아 지역별로 대북전단날리기 추진 책임자와 팀을 결정하는 역할 분담 회의를 다시 열어 최종 사업을 확정했다. 각 단체의 임원진들이 다 도착해 자리를 잡자 자유북한운동연합의 손광철 부대표가 개회를 선언했다. 그러자 자유북한운동연합 송효상 대표가 먼저 일어나 개회 인사를 했다.

"우선 우리들이 계획했던 대로 오늘 25개 탈북자단체 동지들이 임진각 자유의 다리 위에서 단합된 모습으로 동지들의 애끓는 마음을 북녘 땅에 계신 우리 부모 형제들에게 전달할 수 있도록 힘을 모아 성공적으로 대북전단날리기 행사를 마친 데 대해 그동안 애써 주신 각 단체 간부 동지 여러분께 깊은 감사의 인사를 드립니다……."

하면서 시작된 송효상 대표의 개화사는 오늘 탈북자단체 동지들의 손으로 날린 대북 전단 30만 장, 소책자 2,000권, 포스터 5천 장 외 1달러짜리 미국 지폐와 5위안짜리 중국 지폐, 또 5천원짜리 북한 지폐 외 라디오, DVD, 동영상을 담은 USB, 가정용 필수 의약품, 비타민류 영양제, 간식거리 비스킷과 사탕류 과자, 라면, 속옷, 양말, 의복 등을 담은 애드벌룬은 밤사이 기상 이변이 없는 한 황해도와 평안남도 지역 즉, 남포 · 사리원 · 신계 · 이천 · 평강 등지, 즉 군사분계선 이북 200여㎞ 내외 지역에서 투하된다고 했다.

그리고 평소 탈북자단체 동지들이 꿈꾸는 강원도 북부지역과 평안남도 이북지역, 나아가 평안북도와 함경남도 지역, 또 량강도와 자강도 지역, 멀리는 함경북도 청진 · 회령지역까지 탈북자단체 동지들이 알리고 싶어 하는 자유세계의 소식과 그들의 안부를 전달하기 위해서는 더 많은 준비와 경제적인 뒷받침이 없이는 불가능하다는 것을 동지들에게 솔직하게 고백한다고 했다. 국내 여러 언론사와 기자들에게는 줄곧 비밀로 해 왔으나 탈북자단체 동지들이 그동안 애써 날린 2억여만 장의 전단지 중 70~80%는 대동강 이남 지역에 집중투하 되었다고 말했다.

그렇지만 외국에 거주하면서 소중한 달러를 보내준 교포나 종교단체 신자들을 통해 애드벌룬과 전단지 제작 경비를 지원해준 일천만 이산가족들은 탈북자단체 동지들이 그동안 날려 보낸 전단지 대다수가 황해남북도와 평안남도 일원에 집중투하 되었다는 사실을 알면 안타까운 마음을 금할 수 없어 실망하는 분들도 많을 것이라고 했다. 왜냐면 평양 이북지역 즉, 평안북도 전역과 량강도와 자강도 지역 그리고 함경남북도 지역에는 왜 탈북자단체가 날려 보낸 전단지와 일상생활에 긴요하게 사용되는 의약품과 생필품을 전달할 수 없는가 하고 말이다.

이러한 당면 문제를 해결하기 위해 오늘 대북 전단 날리기 대회를 기획한 김광식 대표와 송효상 대표는 정말 수많은 날들을 마주 앉아 고뇌하며 머리를 짜냈다고 했다. 어떻게 하면 그들이 원하는 북한 전 지역에

탈북자단체 동지들이 전달하고 싶은 새 소식과 물품들을 날려 보낼 수 있을까 하고. 또 그 방도를 찾기 위해 참으로 많은 연구와 노력도 아끼지 않았다고 했다.

그들의 이러한 노력과 사계(斯界) 전문가들의 도움으로 그동안 많은 문제점이 해결되었다고 했다. 그렇지만 아직도 남쪽에서 북쪽으로 부는 바람을 이용해 애드벌룬을 날려 보내는 방법만큼 용의주도하게 그들의 꿈을 관철할 수 있는 방법은 찾지 못했다고 했다. 그래서 김광식 대표와 송효상 대표는 금년 4·5·6월 즉, 봄바람이 거세게 불어오는 3개월 동안 최소 3,000만 장 이상의 대북 전단을 다양한 물자와 함께 북녘땅으로 날려 보내려고 계획하고 있다고 말했다.

그렇지만 도처에 그들의 이런 야심 찬 계획과 행동을 방해하는 세력들이 늘어나고 있다고 말했다. 그 첫째가 군사분계선 남쪽 인접 지역에 거주하고 있는 주민들이라고 했다. 이들은 자기들이 사는 마을에 북측이 내갈길지도 모르는 장사정포 포탄들이 날아와 가옥과 인명을 앗아가면서 땅값을 떨어뜨릴까 봐 그들의 접근조차 꺼리고 있다고 말했다. 둘째는 공공연히 탈북자단체의 사업을 방해하는 종북, 친북 세력들이 북측이 대북 전단지를 날리는 원점 지역을 발견하는 즉시 포격하겠다는 대남 방송에 함께 놀아나고 있다고 흥분했다. 이들은 탈북자단체 동지들의 대북전단날려보내기 사업을 못하도록 현지 주민들은 선동하고 있다고 했다. 심지어는 대한민국 통일부와 치안·행정 당국까지 탈북자단체 동지들이 힘을 합쳐 대북전단날리기 사업을 못하게 현장 접근을 가로막고 있다고 성토했다.

그러므로 25개 탈북자단체 소속 동지들은 이런 국내 정치적 환경과 어려운 여건 속에서 대북전단날리기 사업을 강행해야 하는 만큼 더 결속해야 한다고 말했다. 또 신출귀몰하게 깊은 야음과 계절풍을 이용해 더욱더 용이주도하게 그들에게 경제적 지원을 아끼지 않는 일천만 이산가족의 염원을 관철해 나가야 한다고 말했다. 그러기 위해서는 25개 탈북자단체 동지들의 대북전단날려보내기 사업은 더 확대되어야 하며, 또 과학화되어야 한다고 강조했다. 그뿐만 아니라 북에 남아있는 그들의 부모 형제들의 생각과 마음을 바꿀 수 있도록 전단지 내용도 더 진실하고 절실한 이야기로 바꾸어 나가야 한다는 것을 개회사를 빌어 전달하며, 여러 동지들의 기발한 아이디어와 기탄없는 제안을 기대한다고 말했다.

송효상 대표의 인사말이 끝나자 식당 종업원들이 회의에 참석한 단체 임원들의 식탁 위에 설렁탕을 한 그릇씩 갖다 놓았다. 회의에 참석한 임원들은 그 설렁탕 한 그릇으로 하루의 피로와 시장기를 달래며 대북전단날려보내기 사업에 대해 평소 개인적으로 가지고 있던 의견들을 제출하기 시작했다.

여러 사람들이 제출한 다양한 의견 가운데서도 평산을 놀라게 한 의견은 평안남북도 지역과 량강도 · 자강도 지역, 또 함경남북도 지역까지 대북 전단지를 골고루 투하하기 위한 방안으로 강화도 지역의 야산을 거점으로 이용하는 의견이 제출되었다. 또 어선이나 임대용 낚싯배를 교섭해 북녘땅을 향해 바람이 잘 부는 심야에 소청도나 대청도 지역에서 애드벌룬을 띄우는 방안도 제기되었다. 그뿐만 아니라 동해안 지역의 북청·성진·길주·명천·청진·웅기·나진까지 대북 전단지를 날려 보내기 위해서는 강원도 철원·화천·양구·고성에 있는 야산과 화진포해수욕장 인근의 인적 없는 해안 백사장을 활용해 애드벌룬을 띄우는 적극적인 방안도 제안되었다. 그렇게 각 단체 임원들이 격의 없이 자기 의견을 제출할 때 미국 플로리다 주 기독교 단체에서 나온 임원 한 분이 자리에서 일어나 자신에게 발언권을 좀 달라고 했다. 회의를 진행하는 자유북한운동연합의 손광철 부대표가 발언권을 주었다.

"저는 미국 플로리다 주 탈라헛시(Tallahassee) 한민족교회 장동기 목사입니다. 먼저 북녘 동포들을 위해 고생하시는 탈북자단체 여러분께 진심으로 고개 숙여 존경의 인사를 드리며 지난 1월 작고하신 저희 선친의 유지를 여러분께 전달하고자 합니다……."

하면서 자기소개를 한 뒤, 자기 선친의 고향은 평북 룡천이라고 말했다. 그러면서 그의 선친은 1928년 용(龍) 자, 복(福) 자를 휘(諱)로 사용한 옥산장씨(玉山張氏) 32대손 장남으로 출생하여 신의주동중학교 재학 중인 1945년 11월 23일 발생한 신의주학생의거사건 시위 주동자로 지목되어 당시 조선공산당 북조선 분국 공산당원들과 소련 군정 당국의 주동자 색출 포고령에 쫓기는 몸이 되었다고 회상했다. 다행히 학교 선배이자 인척간이기도 한 집안 형님의 도움으로 중국 상하이로 피신해 목숨을 건졌고, 북한공산정권 수립 후 고향으로 돌아갈 수 없어 상하이에서 독립운동가로 활동하셨던 민족지도자의 도움으로 미국으로 건너가 미국인 양부모님 밑에서 비교적 안정적인 생활을 하면서 생명공학 분야에 투신하여 현재 세계적인 명성을 얻고 있는 난치병 신약 개발에 성공한

의학자였다고 회고했다. 비록 지금은 고인이 되었으나 생존 시에는 플로리다 주는 물론 재미동포 사회에서 입지적인 인물로 회자되었던 한국인이라고 말했다.

생존 시 그의 선친은 30여 년간의 신약 개발 연구원으로 생활하다 세계 그 누구도 생각지 못한 난치병 치료용 신약을 개발하여 매년 그 수익금의 일부를 연구 공적 로열티로 받아왔는데 그렇게 모아놓은 재원의 총 규모가 1천억 달러, 한국 돈으로 대략 1조 원가량 된다고 했다. 그러면서 그의 선친은 그 금액 전부를 기아선상에서 핍박받는 북녘 동포와 조국평화통일을 앞당기는 사업에 사용해 달라는 유언을 남기고 지난 1월 돌아가셨다고 말했다. 특히 그중 1백억 원 정도는 꼭 대북 애드벌룬 사업 단체에 지원하라는 유지를 변호사가 입회한 자리에서 유언으로 남겼으며, 그는 오늘 선친의 그런 유지와 유언을 직접 여러분들에게 전달하고자 이 자리까지 나오게 되었음을 먼저 알려 드린다고 말했다.

그다음은 그 누이의 남편이자 유체물리학자인 〈토니 한〉 박사를 여러분에게 소개하고자 한다고 말했다. 한국에서 북녘 동포들을 위해 대북전단날리기 사업을 하는 탈북자단체 임원 여러분에게는 대단히 송구스럽지만 탈북자단체가 날리는 대북 전단 상당 부분이 편서풍에 휘말려 들어가 군사분계선 이북지역에 투하되지 않고 동해상의 바닷물이나 이남 지역의 어느 촌락, 또는 일본의 어느 도시에 떨어져 가십거리 기사로 보도된 내용을 그에게 스크랩해 준 지인(知人)이 있다고 말했다.

생전에 이런 안타까운 정보를 접한 그의 선친의 부탁을 받고 〈토니 한〉 박사가 애드벌룬이 상공으로 치솟아 날아가다 미리 조정해 놓은 높이에 다다르면 애드벌룬 상부 표면에 부착한 특수 감지기가 작동해 순식간에 폭발해버리면서 애드벌룬에 매달린 전단지나 물품을 담은 부대자루가 편서풍에 휘말리기 전에 공중에서 낙하해버리는 폭파장치를 개발했다는 소식을 먼저 탈북자단체 여러분에게 전해 드린다고 말했다.

그다음은 타이머에 부착하는 유도장치에 관해 말했다. 지상에서 부는 바람을 이용해 애드벌룬이나 무인비행물체가 일정 높이 이상 상공으로 치솟으면 대류권의 기압이나 바람의 속도 등을 감지해 GPS의 신호를 받으며 목적한 지점까지 애드벌룬을 비롯한 유사 무인비행물체를 목적하는 지점까지 유도해 주는 고성능 전자유도장치가 미국의 무인정찰 기구를 만드는 회사에서 개발되었다는 소식도 알려 준다고 말했다.

마지막으로 미국 육군의 특공대원들이 낙하산을 타고 적지(敵地)에 투하되어 특수임무를 수행한 뒤, 심야의 야음을 이용해 그 위험이 도사리는 적지를 공기부양기구(空氣浮揚氣球)를 이용해 비밀리에 인근의 바다나 산악지역으로 긴급히 도피하거나 탈출할 수 있는 특수 공기부양기구가 유도장치와 함께 현장 투입 단계까지 개발이 완료되었다는 소식도 아울러 전해준다고 말했다. 이 공기부양기구는 완전무장한 특공대원 2명을 동시에 수송할 수 있는 에어캡슐(Aircapsule) 형태로 생긴 기구(氣球)이며, 낙하산처럼 등에 메고 작전 임무를 수행하다 기체 발생 조작 스위치를 누른 후 2~3분 안에 특공대원 1~2명을 공기부양기구에 태워 공중으로 동시 부양시킬 수 있는 부양력을 가졌으며 레이더나 전파탐지기로 포착이 불가능하다며 현재 미국 육군에서 중동 산악전에 실전 배치한 바 있다고 말했다.

그다음은 무인비행물체, 미국에서는 이 무인비행물체를 〈드론〉이라고 부르는 사람도 많은데, 이 드론에다 전달하고자 하는 물품, 즉 의약품 · 곡물 · 비상식량 · 농약 · 폭탄 · 산악화재 진화용액 따위를 장착해 반경 500km 지역까지 운송하는 드론이 개발되어 상용화되고 있다는 점도 함께 전해 드린다고 말했다.

그러면서 지금까지 그가 소개한 이런 특수기구와 유도장치들을 이용하면 세계 각지에서 북녘 동포를 위해 써 달라고 보내는 후원금이나 성금이 아무런 가치도 구현하지 못한 채 동해나 타국의 산하에 휴지처럼 날려 다니다 떨어지는 것을 사전에 방지할 수 있다는 것을 조언하며 자신의 발언을 마치겠다고 말했다.

미국 플로리다 주 탈라헛시 한민족교회 장동기 목사가 발언을 마치고 자리에 앉았는데도 연석회의장의 분위기는 한동안 물을 끼얹은 듯 조용했다. 기도하듯 낮고 조용한 목소리로 자신의 집안 이야기를 전달했는데 그 충격의 파장은 회의장에 앉아 있는 많은 사람들의 입을 얼어붙게 한 것 같았다.

금방 무슨 일이 터질 것만 같은 일촉즉발의 분위기가 얼마나 계속되었을까? 기도하듯 조용히 고개를 숙이고 있던 기독탈북인연합회 김광식 대표가 "할렐루야! 아멘!" 하고 기도하더니 느닷없이 "대한민국 만세! 북녘 동포 만세!" 하며 함성을 질렀다. 그러자 감격에 겨워 혼자 눈시울만 적시고 있던 다른 단체의 대표들도 덩달아 일어나 "대한민국 만세! 북녘 동포 만세!" 하고 두 팔을 번쩍 쳐들고 만세를 불렀다.

특히 기독탈북인연합회 김광식 대표는 자신의 고향인 평북 지역으로 자유세계의 소식이 담긴 전단지를 날리기 위해 거주지 주소를 백령도로 옮기고, 애드벌룬을 날릴 수소가스와 전단지를 담을 부대와 타이머 따위를 실은 탑차를 인천과 백령도 사이를 오가는 여객선에다 실으려고 하면 정부 당국의 지시로 김광식 대표의 탑차만큼은 탑승시켜 줄 수 없다고 해서 백령도로 들어갈 수조차 없을 만큼 활동상의 제약을 받고 있는 몸이라 그 감격은 남달라 보였다.

그뿐만 아니라 대북전단날리기 자금이 부족해 해상활동을 실현시켜 주는 선박 임대료와 운용비는 물론이고, 북청 · 성진 · 길주 · 명천 · 청진 · 웅기 · 나진까지 대북 전단지를 날려보내기 위해서는 현실적으로 강원도 철원 · 화천 · 양구 · 고성에 있는 야산과 인근 바닷가 해수욕장에서 바람이 부는 날을 선택해 주야로 시간을 가리지 않고 즉시 애드벌룬을 날릴 수 있는 〈애드벌룬 기지〉 구축자금 마련도 누구보다 더 목말라했던 장본인이었다. 그런데 그 생명줄 같은 현금 1백억 원을 지원해 주겠다는 재미동포 후원자가 나타난 것이다. 이것이 꿈인가 생시인가? 그는 여러 차례 자신의 허벅지와 뺨을 꼬집어보며 자신이 지금 꿈을 꾸고 있는 것이 아니라는 사실을 확인하고는 긴급하게 자유북한운동연합의 손광철 부대표에게 발언 기회를 요청했다.

"말씀하십시오."

손광철 부대표가 발언 기회를 주자 기독탈북인연합회 김광식 대표가 전체 청중을 한번 살펴보며 입을 열었다.

"먼저 미국 플로리다 주 탈라헛시 한민족교회 장동기 목사님께 하느님의 은총이 함께 하시기를 기원하며 감사의 인사를 드립니다. 그리고

이 자리에 계신 여러분께 저는 오늘 긴급한 제안을 드리고자 합니다. 제가 긴급하게 제안을 드리고자 하는 내용은 조금 전 미국 플로리다 주 탈라헛시 한민족교회 장동기 목사께서 저희에게 전해주신 내용을 철저하게 비밀로 유지해 주실 것을 제안 드립니다. 여러분들도 다 아시다시피 저와 송효상 대표는 물론이고 탈북자단체 동지 몇 분은 지금 신문 기자들과 주요 공안기관으로부터 요주의 인물로 지목되면서부터 활동상의 제약을 많이 받고 있습니다. 그런데 오늘 저녁의 이 소식이 각계로 퍼져나가면 탈라헛시 한민족교회 장동기 목사님과 고인이 되신 선친의 유지 또한 종북, 친북 세력들에게 집중 공격과 협박을 받을 우려가 농후합니다. 이런 가치 있고 동족을 구하는 일을 민주적으로, 또 공개적으로 정정당당하게 북녘 동포들에게 그대로 전할 수 없는 현실이 서글프지만 세상만사가 우리의 순수한 꿈과 마음 그대로 풀리는 것은 아니라고 생각합니다.

호사마래(好事魔來)란 말이 있습니다. 좋은 일에는 반드시 나쁜 일이 따라붙습니다. 그러므로 이번 일 만큼은 우리 탈북자단체 임원진 몇 분과 미국 플로리다 주 탈라헛시 한민족교회 장동기 목사님 일행만 참석하는 특별전략회의에서 비공개로 한 번 더 회의를 가진 뒤 어떤 결론이 도출되면 그다음 각 단체별로 각개전투방식으로 책임자를 찾고, 행동대원과 팀원이 구성되면 비밀리에 임무를 수행할 대북 전단(삐라)과 동봉할 의약품, 그 외 북녘 주민들이 간절히 갖고 싶어 하는 생활필수품을 함께 제공한다는 데까지만 회의 내용을 공개하고, 그다음 각 단체에서 본 사업을 성공적으로 추진하기 위해서는 그동안 중요한 임무를 수행해 온 간부들이 언제, 어디서, 어느 지역으로 애드벌룬을 띄우는 사업에 참여하고 싶다는 의향서를 제출하는 방식으로 금년도 대북전단사업을 추진해 나갔으면 하는 것이 저의 소견입니다. 여러분들의 뜻은 어떻습니까?"

기독탈북인연합회 김광식 대표가 발언을 마치자 자유북한운동연합 송효상 대표가 일어나 "전적으로 동의한다."라고 하면서 자신의 복안을 드러냈다. 그러자 자유북한인협회 박유천 대표도 이 사안만큼은 민주적으로, 또 공개적으로 일을 추진하다 보면 탈북자단체 각 동지들이 원치 않는 많은 고난과 위험이 닥칠 우려가 있다면서 더 이상의 공개회의는 원치 않는다고 덧붙였다. 그러자 연석회의는 그 자리에서 종결되며 바로 만찬 분위기로 이어졌다.

평산은 받아놓은 설렁탕 한 그릇을 곁에 앉은 이상학 애드벌룬팀장과 같이 먹으며 아버지의 고향 땅 인근인 평안북도 신의주시 · 룡천군 · 염주군 · 철산군 · 동림군 · 선천군 · 천마군 · 정주군 · 운전군 · 박천군 · 태천군 · 구성시 등지와 함경북도 회령시 · 부령군 · 무산군 · 청진시 · 경성군 · 연사군 등지로 대북 전단을 날릴 계획이 입안되면 회사가 쉬는 날을 이용해 1.5톤 포터 트럭을 끌고 와서 자신이 직접 행동대원으로 참여하겠다는 의사를 자유북한운동연합 송효상 대표와 손광철 부대표에게 전달하고 회의장을 나왔다.

바깥은 그새 짙은 어둠이 내려앉아 있다. 평산은 뒤따라 나오는 이상학 애드벌룬팀장과 같이 담배를 한 대씩 나눠 피며 주차장으로 걸어가다 이상학 애드벌룬팀장을 향해 물었다.

"팀장님! 아까 회의 중에 미국에서 오셨다는 장동기 목사님을 제가 개인적으로 한번 만나 볼 수 있는 기회가 없겠습니까?"

"왜요? 아시는 분입니까?"

"아니, 그래서 그런 것은 아닙니다만, 저희 큰아버지도 제가 태어나기 전에 신의주학생의거운동에 가담하셨다가 소련 군정 당국으로부터 쫓기는 몸이 되어 중국으로 도피하셨다는 이야기를 집안 어른들로부터 몇 차례 전해 들은 적이 있는데 우연히 그 목사님의 성씨가 제 큰아버지 성씨와 같은 분이라서 한번 물어본 겁니다. 만약 그 목사님의 선친이 제 큰아버지가 맞다면 장동기 목사님은 저의 4촌 형님이 되시는 분이지 않습니까?"

"그렇지요. 아버지의 형제분 아드님이니까 당연히 사촌 간이 되지요."

"그리고 또 하나는 조금 전 식사 도중에 기독탈북인연합회 김광식 대표가 며칠 전에 량강도 운흥기계연합기업소 사로청위원장이 탈북해 정부 합동조사기관에서 조사를 받고 있다는 이야기를 하시던데 혹시 그분 성함을 아십니까?"

"정남철이라고 합디다."

"네에? 정남철 위원장이라구요?"

"네. 나이는 43세이고 그 사람 아버지가 량강도 보천군 문암리 리당 비서였다지 아마……. 지난 1994년부터 시작된 보천군 내 백도라지사업(아편재배사업)이 잘못되어 그 사람 부친이 보위부 아쌔끼들한테 끌려간 이후 감감무소식이 된 모양이야요. 그래서 운흥기계연합기업소 사로청 위원장으로 재직하던 둘째 아들이 백방으로 수소문하면서 아버지를 찾으려고 나대니까 보위부 아쌔끼들이 그 아들한테도 올가미를 덮어씌워 같이 잡아들이겠다는 것을 미리 알아차리고 중국으로 피신했다가 중국 거래처의 도움으로 제3국으로 넘어가 한국행 비행기를 탈 수 있었다고 들었는데 자세한 것은 정부합동조사가 끝나면 정확하게 알게 되겠지요. 왜 북에 있을 때 알던 사람입니까?"

"아직은 확실하게 단언할 수 없지만 저랑 같이 운흥기계연합기업소 식량공급사업을 하시던 그 사로청위원장이라면 제가 운전공으로 파견 복무 나가서 모셨던 분입니다. 남쪽으로 넘어온 고위간부들은 북에 남아있는 가족들의 신변 안전을 위해 가명을 사용하기 때문에 이름은 믿을 것이 못 되거든요……."

"그렇지요. 위장 탈북이 아니면 정부합동조사가 끝나는 대로 곧장 하나원으로 넘어올 게 뻔하니까 그때까지 좀 더 기다려 봅시다."

"탈북자가 2만 명을 넘어서니까 이쪽으로 넘어온 사람들도 이런저런 사연으로 연결되어 북에서 함께 직장생활을 했던 사람들도 다시 만날 수 있게 되었네요. 혈육이 아니라도 말입니다."

"아, 그럼요. 죽지 않고 살아만 있다면 반세기 만에 다시 만나는 혈육들도 부지기순데 북에서 같은 직장에서 근무했던 탈북자들이야 컴퓨터에 이름과 거주지만 집어넣으면 금방 만날 수 있지요."

"아무튼 운흥기계연합기업소 사로청위원장에 대해서는 계속 관심을 가지고 좀 알아봐 주십시오. 제가 사로청위원장으로 모셨던 옛날 그분 같으면 한번 찾아가 보게요. 북에 있을 때 정말 많은 은혜를 입었거든요."

"아, 그래요. 그런 관계라면 제가 김광식 대표한테 다시 한번 알아봐 달라고 할 테니까 오늘은 거기까지만 알고 조심해서 돌아가세요. 차에 네비게이션은 달려 있지요?"

"네. 자유로 올라타면 한 30분이면 집에 도착할 수 있습니다. 제 걱정 마시고 조심해서 들어가십시오. 오늘 고생했습니다."

평산은 이상학 애드벌룬팀장이 주차장을 빠져나가는 것을 잠시 지켜보다 탑차에 시동을 걸었다. 그리고는 네비게이터에다 인천 휴먼시아 범마을 아파트 주소를 쳐넣고는 천천히 임진각 주차장을 빠져나왔다. 차가 사목리를 벗어나 인천으로 향하는 자유로로 들어서자 문득 북에 두고 온 산하와 그 땅에서 이 못난 아들을 그리워하며 하루하루 고단하게 살아가고 계실 어머니 최임순, 누이동생 장선영, 장선옥, 막내동생 장철산의 얼굴이 어둠 저편에서 바람처럼 다가오며 눈시울을 후끈거리게 했다…….

량강도 운흥군, 2012년 5월

제4화
량강도 운흥군, 2012년 5월

　봄날의 긴긴 해가 해발 1901m의 두륜봉을 넘어간다. 두륜봉 서쪽 하늘 위로 검붉게 깔려있던 노을은 해가 넘어가자 금방 불어오는 서풍에 떠밀려 어디론가 사라진다. 얼마 후 장덕봉 서쪽 하늘 저 끄트머리에서 희끄무레한 연기처럼 몰려오던 어둠이 사위를 뒤덮는다. 어렴풋하게 윤곽만 드러내고 있던 량강도 운흥군 룡포천 일대의 산과 마을은 금방 땅거미 속에 잠겨 들며 풀벌레 우는 소리만 적막하게 퍼졌다.

　등에 약초와 산나물 배낭을 짊어진 두 자매가 룡포천 다릿목 위를 걸어가고 있다. 언니는 금년에 서른세 살인 장선영(張善英), 동생은 서른 살인 장선옥(張善玉)이다. 운흥예술전문학교 무용과를 졸업하고 운흥기계연합기업소 선전부 예술소조에 적을 두고 10년째 위문공연을 다니던 선영은 요즘은 어지럼병 때문에 장기결근계를 내놓고 집에서 요양하고 있다. 언니와 함께 산나물 배낭을 짊어지고 걸어가고 있는 선옥은 어머니와 같이 두부를 만들어 새운흥군 장마당에 내다 팔며 탈북한 오빠 장평산을 대신해 가정을 지켜왔다. 선옥은 최근 어머니가 장티푸스에 걸려 장사마저 나가지 않고 어머니 병간호에 열중하느라 얼굴이 반쪽이다.

다릿목을 거의 다 지나왔을 무렵 선영은 얼굴에 콩죽 같은 진땀을 흘리며 급하게 다리난간을 붙잡았다. 등에 짊어진 산나물 배낭을 한 번씩 추겨 올릴 때마다 눈앞이 아뜩해지며 어지럼증이 몰려왔다. 선영은 금세 토할 것 같은 매스꺼움을 애써 진정시키며 휘청휘청 몇 걸음 더 발자국을 옮겨놓았다. 그렇게 여남은 걸음이나 더 걸어갔을까? 선영은 그만 다리가 휘청거리면서 심하게 밀려오는 어지럼증을 이기지 못해 룡포천 천변길 옆 바위 위에 철버덕 걸터앉았다.

"선옥아, 우리 좀 쉬었다 가자."

"왜, 또 어지러워?"

"음, 목도 타면서 자꾸 어지럽네."

"어카지. 우선 이 물이라도 한 모금 마셔 봐."

선옥은 산나물 배낭 옆 주머니에 넣어온 물병을 꺼내 언니에게 건네주었다. 선영은 동생이 건네주는 물병을 받아 한 모금 마시며 어지럼증을 달랬다.

그때였다. 두 자매가 걸터앉아 있던 바위 앞으로 2×12m 규격의 원통형 비닐박막 풍선과 시커먼 부대(負袋) 하나가 퍽! 하고 소리를 내며 하늘에서 떨어졌다. 어두워서 내용은 잘 보이지 않았으나 무엇을 인쇄해 놓은 듯한 천연색 종이쪽과 손바닥 만한 소책자도 계속 내려앉았다.

"이게 뭐지?"

언니에게 물병을 건네주고 돌아앉아 있던 선옥이 다시 일어나 길바닥에 내려앉은 2×12m 규격의 원통형 비닐박막 풍선과 포대를 주워와 속을 뒤적거려보았다. 포대 속에는 몇십 장의 삐라 뭉텅이와 소책자가 들어있다. '김정일 선군독재 타도', '3대 세습 끝장내자'라고 인쇄된 삐라와 소책자 사이에는 1달러짜리 미국 지폐, 5위안짜리 중국 지폐, 5천 원짜리 공화국 지폐도 들어있다.

그뿐만 아니다. 조그마한 라디오와 DVD, USB도 들어있다. 선옥은 길 가다가 이 무슨 횡재인가 싶어 얼굴이 함박 만해지며 포대 속을 계속 뒤졌다. 지난 10년간 어머니와 같이 두부를 만들어 장마당에 내다 팔며 봐온 의약품과 비타민류 영양제, 간식거리 비스킷과 사탕류 과자, 라면, 속옷, 양말 같은 남조선 물품들이 포대 한쪽 구석에서 덩어리째 튀어나왔다.

"그게 뭐니?"

동생이 건네주던 물병을 받아 목을 축이며 어지럼증을 달래던 선영이 물었다. 선옥은 2×12m 규격의 원통형 비닐박막 풍선 한쪽 귀퉁이에 매달린 '무력도발 중단하라!'고 적힌 현수막을 나물 캐던 칼로 끊어내어 주먹 만하게 꽁꽁 접어 한쪽에 밀어놓고, 2×12m 규격의 원통형 투명 비닐박막 풍선을 끌어당겨 속에든 공기를 빼내며 몇 겹으로 접었다. 그리고는 언니 곁으로 다가서며,

"밤하늘에서 적지물(적지에서 날아온 물품)과 적선물(적지에서 날아온 삐라나 선전물) 자루가 떨어졌어. 언니 배낭 이리 좀 줘."

하고 언니의 산나물 배낭을 끌어당겨 지퍼를 내렸다.

선옥의 몸놀림이 갑자기 빨라졌다. 그녀는 장마당에서 비밀리에 거래되던 남조선 화장품이나 의약품을 감추던 손놀림으로 자기 배낭 속에 들어있던 산나물과 약초봉투를 언니 배낭으로 옮겨 담으며 자신의 배낭을 우선 비웠다. 그리고는 배낭 제일 밑바닥에다 꼬깃꼬깃 공기를 빼내며 접어놓은 2×12m 규격의 원통형 비닐박막 풍선을 넣고, 그다음 '김정일 선군독재 타도'라고 인쇄된 삐라와 소책자 사이에 끼워놓은 1달러짜리 미국 지폐, 5위안짜리 중국 지폐, 5천원짜리 공화국 지폐를 삐라와 함께 집어넣었다. 배낭이 절반 정도 찼다. 그 위에다 다시 라디오, 의약품, 속옷, 과자류, 라면, DVD, USB 등을 꼭꼭 쑤셔 넣어 지퍼를 끌어올렸다.

배낭이 가득 찬 느낌이다. 조금 전 언니와 함께 해름 길을 걸어올 때는 진종일 산비탈에 엎드려 약초와 나물을 캐던 피로가 몰려오고 다리도 아팠는데, 지금은 장마당에서 하루 장사를 끝내고 집으로 돌아갈 때처럼 몸도 가뿐해지는 것 같다. 어떻게 자신에게 이런 행운이 다가올 수 있는가? 남들이 공중에서 떨어지는 남조선 적지물품을 주어 횡재했다는 소리를 들을 때마다 그녀는 속으로 몹시 부러워했는데, 오늘 저녁 자신에게도 그런 행운이 포대째 떨어진 것이다. 그녀는 언니만 곁에 없으면 덩실덩실 춤이라도 추고 싶은 심정을 가까스로 짓누르며 다시 배낭의 지퍼를 조금 내렸다. 언니에게 주려고 제일 위에 올려놓은 막대사탕 2개를 꺼내 선영에게 먼저 까주었다.

"언니, 이거 입에 넣고 빨아 봐. 단맛이 퍼지며 허기도 사라질 거야.

남조선 아이들이 즐겨 먹는다는 막대사탕이야."

"기거이 남조선에서 날려 보낸 적지물품이라면서?"

"적지물품이면 어때? 우선 배고픈데 허기라도 면해야지……."

"사탕 속에 독이라도 들어있으면 어칼라고 기러니?"

"죽을까 봐 겁나? 나부터 먼저 먹어봐. 죽는지 안 죽는지?"

"관둬. 적지물품이라는 걸 번연히 알면서 일말의 의심도 없이 입에 사탕을 까 넣는 네가 너무 성급하고 위태로워 보여서 그래."

"언니는 적지물품이 어떻게 해서 이남에서 여기까지 날라오는지 알고나 그래?"

"공연 다니면서 귀가 닳도록 들은 말인데 내가 기걸 모르갔네? 나도 알 만큼은 알아."

"그럼 왜 그딴 소리 해. 이 사탕과 딸라가 든 물품들은 남조선 정부가 보내는 것이 아니야. 자유를 찾아 남조선으로 내려간 우리 오빠나 수많은 탈북자들이 북에 남아있는 우리 같은 형제자매나 부모들을 생각하며 하루라도 빨리 공화국 보위부 아새끼들 등쌀에서 벗어나 남쪽으로 내려오라고 보내는 애원과 정성이 담긴 성원 물품이야. 그런 물품 속에 우리 오빠 같은 사람들이 해로운 독극물이나 전염 병균을 묻혀 보내겠어? 죄다 보위부 놈들이 날쳐 먹으려구 만들어 낸 말이지……. 옛날에는 우리 장마당 사람들도 긴가민가 겁도 나고 의심스러워서 장마당을 들쑤시고 다니는 독꾸 새끼한테 먼저 먹여보기도 하고 들개나 비둘기들한테 던져주기도 하면서 죽나 안 죽나 지켜보기도 했었지. 그러나 요즘은 적지물품이 왜 안 날라오나 하고 하늘만 쳐다보고 있는 실정이야. 찬 바람 몰아치는 북풍한설아, 이제 그만 불고 남쪽에서 올라오는 마파람이나 서쪽에서 불어오는 하늬바람이나 불게 해다오 하면서."

"마파람이나 하늬바람은 왜?"

"남조선으로 내려간 탈북자 소식이 마파람이나 하늬바람 타고 날아오니까……."

"그만해라. 닳고 닳은 장마당 거간꾼들처럼 너도 이젠 겁도 없이 오만소리 다 지껄이네. 어서 가자. 오마니 걱정된다. 또 설사를 하시면서 쓰러지시지는 않았는지……."

"그래. 빨리 가서 오늘 캔 약초부터 달여드리자. 앉으나 서나 평산 오빠 걱정만 하시는 우리 오마니 더 편찮으실라."

"근데 남조선에서 보낸 막대사탕은 우리 공화국에서 만든 사탕들하고는 맛이 달라. 입에 착착 감겨드는 단맛과 향기가 꼭 꿀맛 같아."

"언니도 이제 남조선 막대사탕 맛을 조금은 아는구나. 우리 장마당을 내왕하는 딸보꾼(중국 교포 보따리 장사꾼) 아주마이가 그러는데, 남조선에서 만드는 사탕은 옛날에는 이런 막대기가 없었대요. 그런데 막대기가 없는 사탕을 어린아이들이 맛있다고 쪽쪽 빨아먹다가 그냥 꿀꺽 삼켜버려 어린아이가 기도가 막혀 죽은 사건이 발생했대요. 그 사건 발생 이후 남조선 당국에서 어린이들이 먹는 사탕은 그냥 꿀꺽 삼키지 못하도록 이런 손잡이 막대기를 사탕 속에 심어서 만들도록 한 다음부터 막대사탕이란 것이 생겨났대요. 그래서 중국 옌볜이나 선양 같은 대도시 제과 공장에서도 남조선처럼 어린아이들 사탕에는 손잡이처럼 막대기를 심어놓은 사탕이 만들어지기 시작했다고 하더라고……."

"우리 어릴 때만 해도 남조선에 거지가 덕시글거린다고 선전해대드만 공화국 장마당에 중국 딸보꾼들 들락거리면서부터는 그런 말들이 죄다 공화국 보위부가 만들어낸 새빨간 거짓말이라고 소문이 쫙 퍼지더니 요사인 위문공연 나가서도 그런 영화나 선전 선동 DVD 같은 것은 틀지도 말라고 해. 오히려 어버이 수령님과 지도자 동지 얼굴에 통칠한다고……"

두 자매는 막대사탕을 쪽쪽 빨면서 다시 걸었다.

밤은 더욱 깊어져 아득히 먼 로동자구역 하모니카 아파트단지 창가에서 하나둘 불빛이 피어났다. 룡포천을 휩쓸고 지나가던 봄바람이 잦아들자 구름 속에 숨어 있던 달이 얼굴을 내밀었다. 보름달이다. 교교한 달빛을 내리쏟으며 보름달이 구름 사이로 흘러가자 사방에서 들려오던 풀벌레 울음소리가 룡포천 옆으로 길게 이어진 비포장도로 위로 더욱 적막하게 울려 퍼졌다. 두 자매는 그림자놀이를 하듯 달빛에 비치는 자기 그림자를 밟으며 재바르게 집을 향해 걸어갔다.

두 자매가 지나간 뒤 비포장도로 위에는 한동안 인적이 끊어졌다.

달 속 토끼가 계수나무 아래서 방아를 찧는 모습까지 훤히 보이는 보름달이 중천으로 다가왔다. 이때 운흥동광 로동자 부부가 인근 갑산군 친척 집에 갔다가 밤늦게 룡포천 다릿목을 건너 반 마장 가량 읍내 쪽으로 걸어왔다.

"핫따, 그 달빛 한번 고맙구만……"

남편은 낡은 솜동복에다 개털 모자를 깊게 눌러쓰고 있다. 안해는 낡은 솜바지에다 긴 토퍼를 걸치고 있다. 가로등 하나 없는 첩첩산골 강변 신작로 길은 밤이 깊어지자 또다시 꽃샘추위가 몰아쳤다. 적막하게 풀벌레 울음소리가 들려오던 룡포천 천변길은 그들 부부가 지나가자 들려오던 풀벌레 울음소리마저 뚝 끊어졌다.

안해는 코끝을 도려내는 듯한 야기가 몰려오자 헉헉 숨을 몰아쉬며 두 손으로 얼굴을 가렸다. 입 가리개를 하지 않은 두 뺨이 겨울처럼 얼어붙어 전혀 감각이 없는 듯했다. 안해는 잠시 걸음을 멈추고 머릿수건을 다시 야무지게 동여맸다. 그리고는 그 위에다 개털 목도리를 두 겹으로 감으며 앞서가는 남편을 불렀다. 같이 가자고.

안해보다 이만큼 앞서가던 남편은 자꾸 처지는 안해를 뒤돌아보며 발걸음을 옮기다 길바닥에 떨어진 부대에 걸려 다리가 꼬이며 넘어졌다. 비틀거리며 넘어졌다 얼른 일어선 남편은 흠칫 놀란다. 뒤돌아보며 발걸음을 옮겨놓다가 무엇이 버썩 하고 밟히는 듯한 느낌에 놀라 넘어지긴 했으나 발끝에 전해져 오는 느낌이 돌이나 나무토막 따위를 밟았을 때와는 전혀 다른 느낌이었다. 알곡을 넣거나 무엇을 담아 보관하는 부대(負袋) 자루를 짓밟은 것 같다.

무엇이 발끝에 걸렸을까?

남편은 자신도 모르게 갑자기 등골이 오싹해졌다. 그러면서도 그냥 지나칠 수가 없다. 뒤따라오는 안해가 다가오기를 기다리며 남편은 길바닥에 주저앉아 발끝 주변을 더듬었다. 책자와 종잇장 속에 잡다한 물건들이 들어있는 부대가 분명했다. 그 부대 한쪽에는 수소가스가 빠져 버썩버썩하는 $2 \times 12m$ 규격의 원통형 비닐박막 풍선이 매달려 있다. 한 손으로 기다란 비닐박막 풍선을 끌어당겨 보니 한없이 끌려오는 느낌이다. 앗따메, 이거이 적지물품을 매달고 날아오던 공기 빠진 비닐박막 풍선이네. 남편은 순간적으로 부르르 온몸을 떨면서 주위에서 누군가가 자신을 지켜보고 있는 사람이 없는가 하고 주위부터 둘러본다.

풀벌레 울음소리마저 뚝 끊어진 주위에는 아무도 보는 사람이 없다. 괴괴한 어둠만이 켜켜이 엉켜있다. 남편은 무언가를 급히 낚아채듯 바쁜 손놀림으로 2×12m 규격의 원통형 비닐박막 풍선을 두 손으로 둘둘 감아 그 속에 든 공기를 빼내듯 땅바닥에 놓고 두 무릎을 꿇어 그 위에 올라앉았다. 그리고 부대 속에 손을 넣어 더듬었다. 어두워서 아무것도 보이지 않았으나 삐라 종이와 소책자 속에 살림에 보탬이 될 잡다한 물건들이 뒤섞여 있는 것 같다.

남편은 얼른 그 부대를 쥐도 새도 모르게 자신이 몽땅 챙겨야겠다고 생각했다. 갑자기 가슴이 심하게 쿵덕거렸다. 지극히 짧은 순간이지만 남편은 자신도 모르게 엄습하는 죄책감을 내쫓기 위해 연거푸 입술을 깨물며 부대 속을 더듬었다. 언젠가 운흥동광 앞뜰에 떨어졌던 라디오와 의약품, 속옷, 과자류, 라면 같은 남조선 적지물품이 들어있는 것 같다. 그 순간 남편은 이 물품을 운흥동광 보위부 사무실에 신고를 해야 좋은가, 아니면 쥐도 새도 모르게 자기가 몽땅 챙겨야 좋은가 하고 다시 고민하기 시작했다. 마을에 장티푸스가 발생해 약 한 첩 못 쓰고 죽어 나가는 사람이 이 마을 저 마을에서 예고도 없이 속출하고 있는 이 난리통에, 이 귀한 적지물품을 어리석게 보위부에 꼭 신고해야 한단 말인가? 아니야, 그럴 수는 없어. 집에 가서 밝은 불빛 아래 찬찬히 살펴봐야 부대 속에 어떤 물품이 들어있는지 그 자세한 내용과 숫자를 알 수 있겠지만 이 귀한 물품들을 보위부 사무실에 곧이곧대로 보고하며 그대로 갖다 바칠 수는 없다고 생각했다.

이만치 뒤처져 걸어오던 안해가 다가와 남편에게 말을 건넸다. 밤길 걷다가 주저앉아 뭐 하느냐고. 남편은 하늘에서 적지물 부대 자루가 떨어진 것 같다고 했다. 안해는 소스라치게 놀라면서 얼른 가자고 했다. 꿈자리 사납게 밤길 걷다 또 적지물 부대를 만나다니…….

안해는 생각만 해도 무섭고 소름 끼쳤다. 지난해 여름, 운흥동광 앞뜰에 떨어진 적지물 부대 자루에서 속옷과 양말, 의약품을 주워와 보위부에 신고하지 않고 자기 혼자 슬쩍 했다가 그 옆집 아주마이가 보위부 사무실에 일러바쳐 한 달 동안 끌려다니며 조사를 받느라 혼이 난 것을 생각하면 지금도 온몸이 부들부들 떨렸다. 그때 DVD와 USB, 그리고 어버이 수령님과 지도자 동지를 비방하는 적선물 삐라와 소책자는 갖다 바치며 그 소책자 속에 끼워져 있던 1달러짜리 미국 지폐, 5위안짜리 중국 지폐는 신고하지 않고 감추어 두었다가 장마당에서 그 돈으로 알곡을 들여와 보름 동안 전 식구가 주린 배를 채웠던 시절, 옆집 아주마이가 배급소에서 배급도 주지 않았는데 앞집에서는 밥 짓는 냄새가 계속 풍겨온다고 인민반장에게 신고해 그녀는 가택수색을 당하게 되었다. 그때 운흥군 장마당에서 들여온 옥쌀 20kg과 국수 1상자가 드러나 그녀는 보위부 사무실까지 불려가서 심문을 받아야 했다. 그녀가 사는 로동자구역 하모니카 아파트단지는 근간 배급을 준 일이 없는데 짝강냉이 (옥수수를 직경 3~5㎜ 정도 되게 잘게 부수어 놓은 것) 30kg과 옥수수국수 1상자는 어떻게 들여놓았느냐고 보위원이 꼬치꼬치 캐묻는 통에 그녀는 도리없이 실토하고 말았다. 심하게 겁을 집어먹고 있어서 그런지, 그 순간은 도무지 둘러댈 말이 떠오르지 않았다. 그 통에 그녀는 석 달간 로동단련대에 끌려나가 죽을 고생을 하다 간신히 살아서 돌아왔다. 그때 일만 생각하면 눈앞이 캄캄해지는 것 같다. 얼른 일어나라고 언성을 높여 남편을 다그쳤다. 그러나 남편은 "목소리 낮추고 가만히 좀 있어 봐." 하고 도리어 역정을 내면서 자신이 메고 있던 배낭을 벗었다. 그리고는 무릎 밑에 깔고 있었던 원통형 비닐박막 풍선과 적지물 부대를 쑤셔 넣고 달아나듯 바삐 집으로 향했다.

얼마나 걸어왔을까?

안해는 남편을 뒤따라 오며 깊은 한숨을 쉬었다. 저녁때 갑산군 친척 집에 식량을 변통하러 갔다가 찬물만 한 그릇 얻어 마시고 빈손으로 돌아오는 길인데 남편이 어떻게 적지물 부대 자루를 밤길 걷다가 발견했는지 이해가 되지 않았다. 남편은 하늘에서 적지물 부대 자루가 떨어졌다고 했으나 그녀로서는 그 말이 도무지 믿기지 않았다. 어떻게 그런 일이 있을 수 있는가? 남편은 천운을 잡았다면서 조용히 입 좀 다물라고 했지만 안해는 그냥 이대로 조용히 있을 수가 없었다. 그녀는 길을 걷다 말고 남편의 배낭끈을 붙잡고는 앞으로 어떻게 할 거냐고 다시 물었다.

남편은 집에 가서 적지물 부대 자루 속에 무엇이 들어있는지 자기 눈으로 확인하고 난 다음에 대답해 주겠다고 했다. 그때까지 제발 떠들지 말고 조용히 따라오라고만 했다. 안해는 남편의 그런 으름장에 짓눌려 말없이 발걸음을 옮겨놓았으나 이번에도 미국 달러나 중국 돈이 나오면 절대로 짝강냉이나 옥수수국수를 많이 사놓지는 않을 것이라고 작심했다. 은밀한 곳에 미국 달러와 중국 돈을 감추어놓고 곶감 꼬치에서 건시 빼먹듯 2~3일에 한 번씩 장마당에 나가 짝강냉이나 국수를 한두 kg씩 사다 먹으며 집안에 절대로 알곡을 쟁여두지 않겠다고 결심했다. 지난 가을에도 집안에 짝강냉이 30kg과 옥수수국수 한 상자가 없었다면 로동단련대까지는 끌려가지 않았을 것이라는 생각이 들었다. 증거물이 될 만한 현물만 없었으면 앞집 아주마이가 하도 배고픔에 시달려 눈에 헛것이 보이고 코로는 밥 짓는 냄새가 느껴졌을 뿐 자기 집에서는 결코 밥을 지은 적이 없다고 딱 잡아떼며 둘러대도 보위부에서는 현장에서 증거물을 확보하지 못했기 때문에 그녀를 사회안전부(경찰서)로 이첩하지는 않았을 것이라고 생각했다. 지난가을 일만 생각하면 그저 치가 떨리고 앞집 아주마이가 철천지원수같이 느껴졌다. 하지만 또 한편으로는 내일 아침거리가 없어 갑산군 친척 집에 식량까지 변통하러 간 것을 생각하면 우선 남편의 배낭 속에 쑤셔 넣은 적지물 부대 속의 내용물이 몹시 궁금해지면서 은연중에 기대어보고 싶은 심정도 밀려왔다. 그리고 내일부터는 당장 가마솥에다 곡물을 넣고 죽이든 밥이든 때식거리(끼니거리)를 끓일 수 있다는 생각에 절로 속이 훈훈해졌다.

그런 기분은 한동안 안해의 가슴을 벌렁거리게 하며 행복감을 안겨주었다. 며칠째 시래기에다 도토리 된장을 넣고 주물러 무친 뒤, 거기다 맹물을 붓고 국처럼 끓여 전 식구가 도토리 된장 국물을 한 그릇씩 나눠 먹으며 끼니를 때웠는데 내일부터는 그 시래기 된장국에다 강냉이 낟알을 두어 줌 넣고 푹 끓이면 훌륭한 강냉이 갱죽이 되는 것이다. 그 뜨끈

뜨끈한 강냉이 갱죽을 가족이 둥글 상을 펴놓고 빙 둘러앉아 후후 입김을 불어가며 먹을 걸 생각하니 자신도 모르게 가슴이 벌렁거렸다. 안해는 애써 뛰는 가슴을 주저앉히며 새운흥군 공동묘지로 들어가는 신작로 쪽으로 재바르게 걸어갔다.

로동자 부부가 지나가고 또 한 시간쯤 시간이 흘렀을까?

인적 없는 새운흥군 공동묘지 앞길로 검은 연기를 내뿜으며 화물자동차 한 대가 달려왔다. 1958년 조선민주주의인민공화국 〈덕천자동차공장〉에서 출하된 승리58 2.5톤 화물자동차를 개조해 만든 목탄차다.

목탄차 운전석에는 〈새운흥군 록화사업소 운수부〉 소속인 장철산(張喆山)이 앉아 있다. 올해 스물다섯 살인 그는 고등중학교 2학년인 만 12살 때 3년 넘게 〈미공급(식량 배급 중단)〉이 계속되자 집을 나가 또래 친구들과 어울려 다니며 꽃제비 생활을 했다. 그러던 어느 날, 중국 딸보꾼들의 꼬임에 빠져 암암리에 도굴된 고려청자를 밀반출하는 배낭을 메고 혜산시 인근 도강 터로 운반해 주다 딸보꾼과 함께 사회안전부(경찰서)로 잡혀 들어가 3년 교화형을 선고받고 황해북도 사리원교화소에 수감되었다. 그때 가장 힘든 일은 잠자는 시간을 빼고 같은 자세로 정신단련을 하며 하루 종일 허리를 꼿꼿이 펴고 꿇어앉아 있어야 하는 일이었다. 교화소 생활을 처음 해보는 철산은 감방에 꿇어앉아 있는 것보다 교화소 내의 공장이나 주변 광산으로 파견돼 하루 12시간씩 일하는 로동단련대 생활이 차라리 더 견딜 만했다. 그는 하루 종일 꼿꼿이 허리를 펴고 꿇어앉아 있어야 하는 일이 너무 고통스러워 새운흥군 장마당에서 어머니와 같이 두부를 만들어 파는 선옥 누님에게 "누나, 엄마에게 말해 제발 나 좀 살려 줘. 교화소에서 나가면 꽃제비 생활도 그만두고 오마니 말씀 잘 들으며 새사람이 되어보고 싶어……." 하고 편지를 보냈다. 그렇지만 오마니와 선옥 누나는 면회가 되지 않아 찾아갈 수도 없다면서 얼굴도 내밀지 않았다. 그런데 몇 달 뒤, 감방을 지키던 계호 선생님이 그를 불러내더니 "내일부터 사리원교화소 트럭을 따라다니며 운전보조공으로 일하라." 하고 새로운 일자리를 마련해 주었다. 그날부터 철산은 주변 탄광이나 광산으로 파견 노동도 나가지 않고 오로지 교화소 트럭 보조운전공으로 생활했다. 그러다 지도자 동지의 특별사면령을 받고 사리원교화소에서 풀려났으나 그에게는 한동안 직장이 배치되지 않았다. 어머니가 두부를 만들려고 사들인 콩 자루를 짊어지고 장마당으로 옮겨준 뒤 할 일 없이 새운흥군 장마당을 헤매며 하루하루를 배고픔과 싸우고 있을 때 암암리에 중국으로 건너가 돈벌이를 하고 있던 장선실 큰 누님이 목돈을 보내왔다. 철산의 어머니는 큰딸이 보낸 목돈과 장사하면서 모아놓았던 돈을 합쳐 큰아들 평산의 직장을 마련해줄 때처럼 〈새운흥군 도시경영과〉 로동과장을 다시 찾아가 중국산 TV 한 대를 또다시 뇌물로 고였다. 그러면서 그 어떤 일자리라도 좋으니 제발 3급 운전공으로 일할 수 있는 곳으로 막내아들 철산이를 좀 배치해 달라고 매달렸다. 옛정이 남아있어서 그런지, 뇌물로 고인 중국산 TV 한 대가 또다시 로동과장의 마음을 흔들어서 그런지는 모를 일이나 철산은 천신만고 끝에 지난여름 〈새운흥군 록화사업소 운수부〉로 직장을 배치받았다. 생애 처음 받아보는 직장배치였다. 아직 1년도 안 된 신참내기지만 그

지긋지긋한 사리원교화소 생활과 장마당 꽃제비 생활을 청산할 수 있었다고 생각하니 그는 금방 날아갈 것만 같았다. 그래서 그는 새로 배치받은 〈새운흥군 록화사업소 운수부〉 시체처리반에서 행려사망자, 장티푸스 사망자, 파라티푸스 사망자의 시신을 운반해 공동묘지에다 묻어주는 일을 하며 새롭게 인생을 설계하듯 힘든 일을 도맡아 하며 그 옆 조수석에 앉아 있는 〈새운흥군 록화사업소 운수부〉 로강혁 사로청(사회주의로동청년동맹의 약칭)위원장에게 잘 보이려고 무척 신경을 썼다.

뒤쪽 짐칸에는 목탄차 화부와 〈새운흥군 록화사업소 운수부〉 식량공급부 소조원 5명이 타고 있다. 그들은 록화사업소 예하 500여 명 상시 출근 로동자들의 식량을 구하기 위해 일주일 전 〈새운흥군〉에서 멀리 떨어진 협동농장으로 출장을 나간 일꾼들이다. 협동농장원들이 농번기에 필요로 하는 소금·양잿물·간수·빨랫비누·비료·실·바늘·라이터돌·기름·신발·양말·의복천·의약품 따위를 식량을 받고 물물교환을 하는 형식으로 거둬들여 지정한 곳에 모아두었다가 새운흥군 록화사업소 상시 출근 로동자들에게 공급할 일주일 치 식량이 확보되자 운송 차량을 불러 싣고 본대로 복귀하고 있는 길이었다.

화물자동차 적재함 바닥에는 소조원들이 산골 협동농장을 순회하며 물물교환한 알곡 부대가 2단으로 포갠 채 실려있다. 그 위에 목탄차 연료용으로 사용하는 강냉이송치 자루와 나무 자루가 얹혀 있고, 소조원들은 2단으로 포갠 알곡 마대 위에 곡물이 든 사품(개인) 배낭과 마대를 껴안은 채 서로 몸을 맞대고 앉아 있다. 포장도 되지 않은 고원지대 산길을 목탄차가 탕탕거리며 지나갈 때마다 소조원들의 몸은 공중으로 나가떨어질 것 같이 털썩거렸다.

　철산은 자꾸 하품이 치솟으며 졸음이 몰려와 어금니를 꽉 깨물며 전방을 주시했다. 목탄차의 흐릿한 전조등 불빛이 물컹물컹 엉켜 드는 듯한 어둠을 힘겹게 물리치며 앞으로 뻗어 나가는 저만치에 무언가가 길을 막고 있다. 얼핏 보기에 길바닥에 기다란 비닐박막을 깔아 놓은 것 같기도 하고, 허연 백포(白布)를 기다랗게 깔아 놓은 것 같기도 했다. 이 달밤에 누가 저렇게 길바닥에 허연 백포를 깔아 놓았단 말인가? 철산은 몹시 허기지고 지친 몸이지만 길을 막고 있는 허연 물체의 형상을 보고는 그 위로 그냥 지나갈 수가 없었다. 그는 비포장도로 이만치에 차를 세웠다.

　"위원장 동지! 좀 일어나 보시라요."

　철산이 조수석에 앉아 잠이 든 사로청위원장을 깨웠다. 사로청위원장이 눈을 뜨며 정신을 차렸다. 그리고는 버릇처럼 옆구리에 차고 있는 손전지(손전등)를 확인했다.

　"왜 그래?"

　"저기 보시라요. 길바닥에 허연 백포가 깔려있는 것 같습네다."

　사로청위원장이 그때서야 정신을 차리며 전방을 주시했다. 분명히 길바닥에 무엇이 깔려있다. 이 오밤중에 누가 저렇게 길바닥에 비닐박막을 깔아 놓았단 말인가? 사로청위원장은 옆구리에 차고 있던 손전지를 밝히며 차에서 내려 다가갔다.

　"이거이, 적지물을 매달고 날아온 수소가스 비닐박막 비행기구야……."

사로청위원장이 손전지를 이쪽저쪽 비춰보며 정황을 살피더니 결론을 내리듯 말했다. 철산은 그 말이 틀림없다는 듯 고개를 끄덕였다. 그는 2×12m 규격의 원통형 비닐박막 풍선 끝에 매달려 있는 삐라 부대 위로 손전지를 비춰보라고 했다. 사로청위원장이 삐라 부대 위로 다시 손전지를 비췄다. 철산은 삐라 부대 옆에 떨어져 있는 적선물 소책자와 삐라를 주워 손전지 불빛 밑으로 가져갔다. '김정일 선군독재 타도'라고 인쇄된 삐라와 소책자 사이에 끼워놓은 1달러짜리 미국 지폐, 5위안짜리 중국 지폐, 5천원짜리 공화국 지폐가 끼워져 있다. 주변에는 삐라와 함께 라디오, 의약품, 속옷, 과자류, 라면, DVD, USB 같은 적지물도 여기저기 떨어져 있다.

철산은 사로청위원장 앞으로 다가서며,

"이거이 남조선에서 날려 보낸 적지물이 분명합네다. 어카면 조캈시요?"

목탄차를 몰고 다니며 여러 곳에서 목격한 경험을 되살려 철산이 자신감 있게 결론을 내리며 사로청위원장을 바라보았다. 못 본 척하고 그냥 지나갈 것인지, 아니면 길바닥에 떨어진 적선물 삐라와 포대에서 쏟아져 나온 적지물 라디오, 의약품, 속옷, 과자류, 라면, DVD, USB, 양말 같은 물건들을 수거할 것이지 빨리 결정을 내리라는 표정이었다. 그는 뱃속에서 꼬르륵꼬르륵 위액이 흘러내리는 소리와 어깨를 짓눌러 대는 피로감이 몰려와 힘들었다.

사로청위원장은 순간적으로 머리가 복잡해졌다. 길바닥에 떨어져 있는 적선물 삐라와 소책자 그리고 라디오, 의약품, 속옷, 과자류, 라면,

DVD, USB 같은 물건들은 분명히 남조선 아새끼들이 날려 보낸 적지물이라는 사실을 자기 두 눈으로 확인했으면서도 그냥 못 본 척하고 지나가려니까 뒷날이 걱정되고, 그렇다고 어두운 길바닥과 주변을 손전지불을 비추며 적지물과 적선물을 수거하자니 밀려오는 허기와 배고픔이 고통스럽고 만사가 귀찮게 느껴졌다. 그렇지만 어쩔 것인가? 아무리 머리를 굴려 봐도 별 뾰족한 수가 없었다. 도리없이 사로청위원장은 철산을 향해 화물자동차를 가리켰다.

"이보라, 철산이! 저기 다섯 사람 다 내려오라고 해."

철산은 사로청위원장의 말을 떠받들 듯 목탄차 뒤로 다가가 손나팔을 만들어 소리쳤다.

"사고가 났시요! 모두 좀 내려와 보시라요."

목탄차 짐칸에 웅크리고 앉아 있던 소조원들이 사고가 났다는 말에 놀라 목탄차 화부와 함께 차에서 내렸다. 사로청위원장은 그 사람들이 다가오자,

"예상치도 못하게서리, 남조선 아새끼들이 날려 보낸 지도자 동지를 헐뜯는 삐라와 소책자 같은 적선물이 돌연 우리가 지나가야 할 길바닥에 떨어진 사고가 발생했어요. 동무들, 모두 힘들고 시장하시겠지만 조금만 시간을 내어 이거이 처리하고 갑시다. 그냥 지나가면 뒷날 예상치도 못한 후과(後果)가 생길 것 같습네다."

하며 철산에게 목탄차 헤드라이트 불빛을 최대로 밝혀 천천히 차를 몰고 뒤따라 오라고 했다.

사로청위원장은 소조원 5명을 대동하고 새운흥군 공동묘지로 들어

가는 신작로 쪽으로 손전지를 비추며 천천히 걸어갔다. 여기저기 떨어져 있는 삐라와 소책자가 손전지 불빛이 뻗어 나가는 길바닥 위로 그 모습을 드러냈다. 사로청위원장을 중심에 세우고 일렬횡대로 늘어서서 앞으로 나아가던 소조원 한 사람이 땅바닥에 떨어져 있던 소책자 한 권을 주워들고 그 속을 펼쳐보더니,

"이야! 딸라다."

하고 외치며 소책자 속에 끼워놓은 1달러짜리 지폐 한 장을 빼 들고 펄쩍펄쩍 뛰며 만세를 불러댔다. 그러자 그 곁에 섰던 사람들이,

"기거이, 어데 들어있었네?"

하고 덩달아 놀라며 급히 자신들이 주운 삐라와 소책자 속을 펼쳐보더니,

"나도 찾았다. 긴데 여긴 왜 딸라가 아니고 5위안짜리 중국 돈이야?"

하며 고개를 갸우뚱했다. 그 옆에 서 있던 소조원도 급하게 자신이 주운 소책자를 뒤적거리더니,

"난 5천원짜리 공화국 돈이 들어있다."

하고 소리를 질렀다. 소조원들과 함께 걸으며 손전지를 비춰주던 사로청위원장이,

"잠깐만! 삐라와 소책자뿐만이 아니요. 여자들 속옷과 양말, 라디오, DVD, 막대사탕, 의약품, 라면 같은 적지물도 떨어져 있으니 모두를 자세히 살펴보시오."

하며 신작로 옆쪽으로 다가서서 왔던 길을 다시 한번 더 살펴보자고 했다.

소조원들은 모두 횡재를 한 표정으로 자신들이 주운 소책자를 주머니에 찔러넣으며 뒤따라오는 목탄차 헤드라이트 불빛이 뻗어 나가는 노상과 들판을 꿰뚫어 보았다. 야밤에 적지물품 줍기 소동을 벌이듯 노상에서 200여 미터 거리를 헤집고 다니던 소조원들이 잠시 후 뒤따라 오던 목탄차 앞으로 모여들었다.

"자, 동무들이 주워온 적지물품들을 여기다 내놔 봐요."

사로청위원장이 2×12m 규격의 원통형 비닐박막 풍선 끝에 매달린 적지물품 부대를 땅바닥에다 펼쳤다. 소조원들은 내놓기 싫었지만 자신들이 주운 삐라와 소책자 그리고 다른 물품들도 마지못해 내놓았다.

"위원장 동지! 야밤에 길 가다 주운 이 적지물 포대 속 딸라와 중국 돈, 공화국 돈까지 보위부 사람들한테 몽땅 갖다 바칠 것임메?"

"기렇찮으면 어캅네까?"

"기건 너무하다고 생각합메. 우리가 몽땅 갖다 바치면 보위부 사람들은 기냥 가만히 앉아서 이 포대 속에 든 달라와 중국 돈들을 제놈들이 몽땅 날쳐먹어버린다우요……."

"맞습네. 기건 정말 너무 바보 같은 짓입네."

소조원 한 사람이 강력하게 반대하자 곁에 선 소조원이 거들었다.

"기렇치! 갖다 바치더라도 먹을 것과 보름 치 때식거리(끼니거리)를 살 수 있는 딸라와 중국 돈, 공화국 돈 같은 것은 빼고 갖다 바칩시다."

"맞습메. 알곡을 구입해 전 식구가 배고픔을 덜 수 있는 천금 같은 딸라와 중국 돈까지 죄다 불 속에 집어넣으라고 갖다 바치면 진종일 허기에 시달리며 식량을 구하러 다닌 우리는 정말 너무 서운합메."

사로청위원장은 수북이 모아놓은 삐라와 소책자를 내려다보며 머리가 복잡해졌다. 소조원들의 말처럼 길 가다 수거한 삐라와 소책자, 그 외 갖가지 적지물품들을 보위부에 가져가 신고하면 보위부 사무실에서는 틀림없이 "누가, 어디서, 누구와 같이 이 적지물품을 수거해 왔다."라는 기록을 남겨놓고 수거해 온 적지물품 전부를 소각로 속에 집어넣고 태워버린다고 할 것이다. 처음에는 모두 그 말을 곧이곧대로 믿었다. 그러나 보위부원들은 겉으로만 소각하는 시늉을 했을 뿐 수거해 온 신고자가 돌아가면 그 수거해 온 적지물품을 조사한다는 명목으로 사진을 찍고, 구석구석 내용까지 파악한 뒤 값나가는 물건이나 현금은 죄다 그들이 차지하거나 상납했다. 공화국 최고 존엄인 김일성 수령과 지도자 동지를 비방하는 내용이 인쇄된 삐라와 소책자 따위만 소각로 속에 집어넣어 불태웠다. 그리고는 그들이 슬쩍 빼놓은 남조선 적지물품을 그들의 가족에게 몰래 갖다 주거나 장마당에 내다가 은밀하게 처분해 저들끼리만 히히호호 독식했다.

그런 소문이 얼마 후에는 장마당을 드나드는 사람들에게 죄다 퍼졌다. 그 소식을 접한 뒤부터 웬만한 공화국 사람들은 전부 신고를 하지 않았다. 수단껏 깊이 감추어놓고 필요할 때 꺼내 쓰거나 자기에게 필요하지 않는 USB나 DVD 같은 물품들은 정가 시세보다 엄청 싼값으로 처분해서 알곡을 구입했다. 그러면 가족 전체가 며칠은 끼니를 거르지 않고 배고픔을 면할 수 있었다. 그래서 공화국에서는 적지물품이 공화국 국경선 밖의 소식과 현금을 만져볼 수 있는, 그야말로 위험하면서도 귀중한 물품이라는 사실을 사로청위원장은 그 누구보다 잘 알고 있었다.

그러면서도 그는 고개를 저었다. 낮말은 새가 듣고 밤말은 쥐가 듣는다는 말처럼 시국이 조용할 때나 사람과 사람 사이가 좋을 때는 만사가 좋은 것이 좋다는 형식으로 흘러갔다. 그렇지만 오늘 밤 함께 적지물을 수거한 어느 한 소조원이 사고를 내거나 사상적 역경에 빠져 보위부에 끌려가 심문을 받을 경우가 생기면 오늘 밤의 일은 물론이고 수십 년 해묵은 일까지 모두 소환돼 조사되거나 실토 돼 그 사건에 연루된 모든 사람들이 죄다 굴비 엮이듯 불려가서 날벼락을 맞게 된다는 사실을 공화국 사회에서 태어나 지금껏 살아오면서 그는 여러 차례 두 눈으로 목격했다. 또 그물같이 촘촘하게 사람과 사람으로 날줄과 씨줄을 엮어놓은 공화국 사회에서 여러 차례 목숨이 위태로운 고비를 넘기면서 새운흥군 록화사업소 사로청위원장이란 자리까지 올라온 몸이라 그의 의식세계는 공과 사의 구분이 칼날 같았다.

"야속하지만 그렇게는 할 수 없습네다. 오늘 밤 여러분들이 수고한 몫으로 저 차 위에 실려있는 강냉이를 1kg씩 사품 배낭에다 넣어드릴 테니까 그것으로 만족하고 이 적지물품은 전당 보위부에 신고하갔습네다. 양해하시라요."

"위원장 동지의 말씀이 옳습네다만 너무 서운합네다. 최소한 이 책자 속에 든 딸라와 중국돈 그리고 5000원짜리 공화국 돈만이라도 빼내고 보위부에 갖다 줍시다. 보위부 사람들 하는 짓이 눈에 선한데 이 귀중한 돈을 어캐 몽땅 다 갖다 바칩네까?"

"춘석 동무 말이 맞소. 의약품이나 속옷, 그 외 다른 물품들은 전부 다 갖다 바치더라도 미제 딸라와 중국 돈 그리고 공화국 돈만은 빼냅시다."

목탄차 화부가 정색을 하고 사로청위원장에게 사정했다. 그래도 사로청위원장은 일언지하에 거절했다.

"안 됩네. 보위부 사람들이 적지물품 속에는 반드시 미국 달러와 중국 돈 그리고 5000원짜리 공화국 돈이 들어있다는 사실을 우리보다 더 잘 알고 있는데 그런 사람들한테 우리가 거짓말을 하게 되면 어떻게 되갔습네까? 오늘 밤 이 적지물품 수거작업을 한 우리 일곱 사람 전부가 불려가서 조사받고 교화소로 끌려갑니다. 그래도 괜찮겠소?"

"기걸 몰라서 하는 말이 아닙네. 최소한 미국 딸러 일곱 장 정도만이라도 빼내 각각 한 장씩 비상금으로 나누어 갖고 나머지는 전탕 신고 하자는 말입네. 내 말의 요지는."

목탄차 화부가 한 번 더 재고해 달라고 사정하자 곁에 서 있던 정아바이가 운전공 철산의 집안 사정을 늘어놓았다.

"위원장 동지! 저기 철산이 오마니 소식 들었습네까? 철산이 오마니가 달포 전에 장티푸스 걸려 다 죽게 생겼는데 항생제 주사약 한 병 구할 수 없어 오늘내일하면서 죽을 날만 기다리고 있는 실정입네다. 아마도 오늘 밤 이렇게 우리 앞에 남조선 적지물품이 떨어지게 한 것은 지도자 동지 말씀처럼 우리 공화국 록화사업소를 위해 열과 성을 다하며 살아가는 철산이 청년에게 오마니에게 주사약 한 병 놔줄 수 있게 딸라를 떨어뜨려 준 것 같은 생각도 듭네. 기러니까니 미제 1달라짜리 딱 한 장만 각자 가질 수 있게시리 양해를 해 달라는 것입네. 여기 있는 소조원 다섯 명 가운데 세 가족이 현재 장티푸스를 앓으며 하루에 몇 차례씩 물통을 싸제껴도 우리는 항생제 주사약 한 병 사다 놓아줄 수 없는 실정입네다. 리 진료소나 군 진료소에 가서 사정하면 약물 떨어진 지 벌써 몇 달 되었다고 하면서 장마당에나 가보라고 하고요. 기러니 이런 절박한 사정을 잘 알고 있는 제가 오늘 밤 주제넘은 소리를 했습네다만 양해해 주시라요. 위원장 동지의 공과 사를 구분하는 칼 같은 마음을 몰라서리 하는 말은 결코 아닙네다."

정아바이의 말이 끝나자 사로청위원장은 다시 삐라와 소책자를 뒤적여 1달러짜리 달러 6장을 꺼냈다. 그리고는 소조원 5명과 운전공 철산에게 달러를 한 장씩 나눠주며,

"미공급 이후 하도 민심이 흉흉하고 사람이 사람을 믿지 못하는 긴긴 세월이 한스러워 제가 오늘 밤 고지식한 말만 늘어놓으며 동무들 마음을 아프게 했습네다. 사리 분별없는 저의 행동을 요해하시고 이만 출발합시다. 밤이 깊었습네다."

사로청위원장은 2×12m 규격의 원통형 비닐박막 풍선과 부대 속에 수거한 삐라와 소책자 그리고 소조원들이 여기저기서 수거해 온 나머지 적지물품들을 쓸어 넣어 목탄차 적재함 강냉이송치 자루 옆에 실었다.

"자, 빨리 타세요. 출발합네다."

소조원들이 적재함 위로 다 올라타자 화부는 얼른 목탄차 화구에다 나무토막과 강냉이송치를 처넣었다. 목탄차는 그때서야 시커먼 연기를 내뿜으며 천천히 앞으로 나아갔다. 철산은 차의 속력을 높일 듯 화부를 돌아보며 풍구를 세차게 돌려 달라고 했다. 힘이 달려 앵앵거리던 목탄차가 그때서야 탕탕거리며 속력을 내기 시작했다.

차가 속력을 내자 전방을 바라보고 있던 한 소조원이 목탄차 전조등 불빛 속으로 나타나는 새운흥군 공동묘지를 바라보며 끌끌끌 혀를 찼다.

"이 공동묘지 새로 만든다고 내가 로력동원 다닌 지가 얼마 되지도 않았는데 벌써 다 차버렸네."

"고난의 행군 들어서며 좀 많은 사람들이 죽어나갔는가? 파라티푸스 걸려 죽고 콜레라 걸려 죽고 못 먹어 굶어 죽고⋯⋯."

"고럼. 아세끼들은 창자가 꼬여 죽고 똥구멍 먹혀 죽고 뻬라그라(뻴라그라) 걸려 죽고⋯⋯. 아이 어른 할 것 없이 참 많이도 죽었었지⋯⋯."

"우리도 지도자 동지가 하루 빨리 중국 사람들처럼 개혁 개방을 하셔야 공화국 인민들이 죽기 전에 이밥이라도 한 그릇 배불리 먹어 볼 터인데 그 세월이 언제 올란지 아직 기별도 없으니 더 허기지고 뱃속에서는 꼬르륵거리는 소리만 들려오는구만, 젠장."

"그 언젠가 수령님이 신년사에서 교시하신 것처럼 진짜 우리 생전에 고깃국에 이밥 말아먹으며 기와집 아래서 등 따습고 배부르게 살 날이 올 수 있다고 생각해, 동무는?"

"허기져 말할 기운도 없네. 좀 조용하라우."

"내래 이런 담소라도 나누지 않으면 자꾸 눈물이 나와서 기래. 저 동무 깔고 앉은 남조선 적지물품 포대 속에 우리 가족이 몇 달을 먹고 살 미제 딸라와 중국 돈 기러구 5000원짜리 공화국 돈이 들어있다는 생각만 하면 눈깔이 뒤집어질 심정이라서 말이야."

"주머니에 든 1달러짜리 생각하며 기운 내라우. 고통스러운 날 견디고 살다 보면 새해가 다가오고, 새해가 오면 지도자 동지가 또 명절 선물도 주실 거니까. 내릴 때 다 되었어……."

적재함에 타고 있던 소조원 하나가 전조등 불빛에 드러나는 전방의 거리 정경을 바라보며 화제를 돌렸다. 그러고 보니 목탄차는 그새 새운흥군 중심가로 들어와 인민병원이 있는 주체거리 쪽으로 차 머리를 돌렸다. 왕복 4차선의 쪽 곧은 주체거리 중간 지점에 인민광장이 있고, 인민광장 정면에 새운흥군 인민위원회(군청)와 인민회의(군의회) 신청사가 들어서 있다. 비가 많이 오고 강수량이 풍부한 계절에는 허천강이나 장진강 수력발전소에서 공급되는 전기로 주체거리 양옆으로 드문드문 서 있는 가로등에 불을 밝히지만 요즘 같은 봄날에는 강물이 줄어들어 수력발전기를 만가동(滿稼動 : 100% 가동) 할 수 없어 주체거리 가로등에도 불을 밝히지 않았다. 국가안전보위부와 사회안전부(요즘은 〈인민보안서〉라 부른다) 청사 건물 옥상 신호탑에만 깜박깜박 경광등을 밝힐 뿐 새운흥군 군 소재지 전체의 밤거리는 칠흑같이 어두웠다.

목탄차는 흐릿한 전조등 불빛으로 그 짙은 어둠을 힘겹게 밀어내며 시속 20~30㎞ 속력으로 전진했다. 전조등 불빛이 뻗어 나가는 전방에 새운흥군 저금소와 체신소, 탁아소, 애육원, 유치원, 인민학교(요사이는 소학교), 고등중학교, 고등전문학교, 량정사업소(정미소), 인민상점, 8·3 직매점, 남새상점, 수산물상점, 공업품상점, 우마차사업소, 농기계사업소 같은 국가기관과 기업소들이 하나의 정물처럼 어둠 속에서 불쑥 나타났다 간 다시 어둠 속에 묻혀버렸다.

목탄차는 얼마 후 소조원들과 함께 새운흥군 록화사업소로 돌아왔다. 혜산시와 보천군 사이에 있는 춘삼령 아래 5천여 평 고원지대 부지에 새운흥군 록화사업소를 새로 건축해 놓았다. 새운흥군 거주 인민들이 한평생을 다 살고 이승을 떠나면 조선민주주의인민공화국 사회주의 건설에 평생을 바친 인민들의 영면을 위해 주검의 염습, 입관, 매장, 운구 등 단 한 번의 방문으로 장례 관련 사무를 일관 체제로 끝마칠 수 있게 새운흥군 록화사업소 청사와 나지막한 울타리 하나를 경계로 잇대어 새운흥군 편의협동조합 청사가 들어서 있다. 또 새운흥군 예하 리(里)단위 인민반원들이 간단히 장례를 치를 수 있게 편의협동조합 청사 옆에는 새운흥군 도시경영사무소 청사가 잇대어 들어서 있고, 도시경영사무소 청사 아래에는 동사무소에서 장례보조금을 수령한 사망자의 유가족들이 장례식에 사용할 쌀과 술 등 식료품과 주류·음료 등을 국정 가격으로 구입할 수 있는 새운흥군 상업관리소 청사가 들어서 있다.

철산은 흐릿한 전조등 불빛이 뻗어 나가는 록화사업소 정문 쪽으로 핸들을 돌렸다. 계속되는 봄 가뭄으로 강물이 줄어들고, 허천강과 장진강 강물을 끌어와 수력발전기를 돌리는 발전소가 만가동(滿稼動: 100% 가동)을 할 수 없어 갈수기에 접어드는 지난 늦가을부터 봄까지는 새운흥군 전체가 언제나 해만 빠지면 암흑의 도시로 변해버렸다. 그로 인해 새운흥군 록화사업소 청사 전체가 깊은 어둠 속에 묻혀 있고, 정문 경비실 앞에도 밤만 되면 언제나 남포등 하나가 한여름 반딧불이 불빛처럼 어둠 속에서 깜박거렸다.

사로청위원장은 정문을 통과해 식량 보관 창고 앞에다 목탄차를 세우게 한 뒤 소조원들과 함께 힘을 합쳐 알곡 마대를 하차했다. 철산은 화물자동차 적재함으로 올라가 화부와 함께 알곡 마대를 두 귀씩 마주 들고 짐칸 밑에 대기하고 서 있는 소조원들의 어깨 위에 한 부대씩 올려주었다. 소조원들은 숙달된 하차꾼들처럼 알곡 마대를 한 자루씩 받아 메고 식량 보관 창고 안으로 옮겨놓았다.

그때 정문 경비실 야간 복무원으로부터 식량공급부 소조원들이 지방 출장에서 돌아왔다는 보고를 받았다며 새운흥군 록화사업소 당비서와 지배인이 달려왔다. 두 사람은 알곡 자루를 식량보관창고로 옮기는 소조원들을 진두지휘하며 수량을 세고 있는 사로청위원장의 손을 맞잡으며 치사를 늘어놓았다. 공화국 전체가 식량난으로 고난의 행군이 계속되는 이 어려운 시기에, 소조원들을 대동하고 직접 농촌지역 협동농장을 순회하며 1톤 넘게 알곡을 구해온 사로청위원장의 창의적 투쟁정신은 새운흥군 록화사업소 본청 예하 3,500여 명 전체 구성원들의 귀감이될 것이라고. 그러면서 각 단위부서 지배인과 부지배인들이 마음을 모아 술 몇 병과 저녁 식사 대용으로 우선 허기라도 달랠 야참을 차려놓았으니까 알곡 마대 하차작업이 끝나는 대로 지배인실 옆 소회의실로 올라가자고 했다.

"아이구, 이 늦은 밤에 퇴근도 하시지 않고 저희들을 위해……."

사로청위원장은 곤혹한 표정을 지었다. 이 융숭한 호의를 감사히 받아들여야 좋을지, 아니면 정중히 사양해야 좋을지 퍼뜩 판단이 서지 않는 것이다. 2~3달씩 식량이 배급되지 않던 기간도 있었으나 그래도 3년 전만 해도 록화사업소 청사 내에서는 날아가는 새도 떨어뜨릴 만큼 권세를 부리던 당비서와 지배인이 아니던가. 그렇게 기세등등하던 사람들이 식량공급부 소조원들과 사로청위원장의 허기를 달랠 야참까지 준비해 놓고 직접 마중까지 나오다니…….

이걸 어떻게 받아들여야 좋을까?

사로청위원장은 고맙다고 당비서와 지배인을 향해 거듭 허리를 굽혀 답례의 인사를 하면서도 내일 아침 자신이 어떻게 처신해야 좋을지 머리가 복잡해졌다. 관리담당 부지배인한테 올릴 이번 달 소조원들의 식량공급사업 성과를 5~6부대 정도 줄여서 보고하며 오늘 저녁 자신과 소조원들을 위해 야참까지 준비해 준 록화사업소 부지배인급 이상 고급간부들에게는 뇌물을 고이듯 자신이 개별적으로 인사를 해야 좋을까? 아니면 한 톨의 낟알이라도 허실 없이 보고해 전체 로동자들에게 골고루 더 돌아가게 만드는 것이 공화국과 새운흥군 록화사업소를 더 위하는 길인지 빨리 판단이 서지 않는다. 그는 식량 보관 창고 속으로 들어가 소조원들이 옮겨놓은 알곡 마대 숫자를 최종적으로 확인하고 나오면서 소조원들에게 하차작업 이후의 업무지시를 다시 내렸다.

"동무들, 각자 개인 소지품이 든 배낭은 잘 챙겼소? 이번 식량공급사업은 당초 계획보다 길어져서 다들 고생 많았어요. 내래, 동무들 모두가 힘들고 지쳐 있다는 것도 잘 알고 있소. 그렇지만 조금만 더 힘을 내시오. 비서 동지와 지배인 동지께서 허기지고 배고픈 우리 소조 성원들의 몸과 마음을 달래 주시기 위해 귀한 술과 야참까지 준비해 놓으셨다고 합네다. 그러니 모두 지배인 동지 사무실 옆에 있는 소회의실로 올라가 맛있게 먹고 가자우요. 내래 지금 동무들에게 한 말, 무슨 말인지 요해(이해)가 됩네까?"

"고맙습네다. 기렇잖아도 오늘 저녁은 꼭 술 한잔 마시고 싶었시요."

소조 성원 5명 모두가 반기는 눈치다. 그러나 철산은 갑자기 이러지도 못하고 저러지도 못하는 안색이다. 그는 로동자구아파트 아래층에 사는 정아바이를 조용히 화물자동차 뒤쪽으로 끌어당겼다.

"정아바이. 오늘 제 몫까지 다 마시고 오시라요. 저는 지방 출장 떠나기 전부터 오마니가 위중해 날래 집에 좀 가봐야 갔시요."

정아바이는 철산의 모친이 매우 위중하다는 것을 누구보다 잘 알고 있다. 평소 같으면 "오늘만은 만사 잊고 내 말 들어……." 하면서 화물자동차의 운행과 송치관리를 책임지는 조수의 입장을 강조하며 붙잡아 보기라도 할 것이다. 그러나 오늘은 그렇게 억지를 부릴 사정도 아니다. 그는 철산을 끝까지 붙잡을 수 없는 것이 내내 아쉬운 듯 안타까운 표정만 지었다. 그때 사로청위원장이 식량보관창고 출입문 잠금장치와 야간 경비태세를 둘러보고 화물자동차 곁으로 다가왔다.

"철산이 어딧나?"

화물자동차 운전석 뒤에 처박아 둔 개인용 사품 배낭을 꺼내며 철산이 큰소리로 대답했다.

"배낭 꺼내고 있습네다. 왜 그러십네까, 위원장 동지?"

"정문 경비실에서 철산이 찾는 사람이 있다네. 날래 내려와 보라."

화물자동차 운전석 문을 잠가놓고 철산은 사로청위원장 곁으로 다가갔다. 알곡 마대 하차작업을 마친 소조원들은 벌써 사품 배낭을 챙겨 맨 채 소회의실 쪽으로 앞서 걸어갔다.

"철산이, 날래 정문 경비실로 가 봐. 누나가 찾아와 동생을 빨리 좀

만나게 해달라고 발을 동동 굴리고 있다 하네. 오마니가 위독하시다
며?"

정문 경비실 야간 복무원이 누나가 찾아왔다는 소식을 전해주고 돌
아섰다. 철산은 출장을 떠나기 전부터 장티푸스를 앓고 있던 어머니의
병세가 더 위독해진 것을 직감적으로 느끼며 사로청위원장을 쳐다보았
다.

"위원장 동지, 저 어쩌면 며칠 출근하지 못할 것 같시요. 어쩌지요?"

"왜?"

"아무래도 오마니가……."

"길케 위중하신가?"

"네. 이번 출장 떠나기 전부터 고열과 설사가 심하셔서……."

철산은 어머니가 계속 설사를 하면서 고열에 몇 차례 혼수상태에 빠
졌다는 말을 차마 잇지 못했다.

"걱정이 많캤군. 기래도 철산이 자네가 집안의 기둥인데 정신 바짝
차려야지……. 무슨 일 있으면 날래 연락하고."

사로청위원장은 같이 고생하면서 지방 출장을 마치고 돌아와 당비서
와 지배인이 차려주는 야참도 같이 먹지 못하는 게 서운하다며 거푸 안
타까운 표정을 지었다. 철산은 말만 들어도 먹은 거나 진배없이 요기가
된다면서 꾸벅 고개를 숙였다. 사로청위원장은 어서 가보라는 듯 철산
의 어깨를 토닥여주었다. 출장 다녀온 뒷마무리를 전체 성원들과 같이
말끔하게 매듭짓지 못한 채 중간에 개별 행동을 하게 되어 죄송하다며
철산은 고개를 숙이고 물러났다.

"철산아!"

정문 경비실로 뛰어오니 어둠 속에서 선옥 누나의 목소리가 들려왔다. 철산은 록화사업소 정문 경비실 옆을 잠시 바라보았다. 희끄무레한 남포등 불빛이 비치는 이만치에 셋째 누나가 발을 동동 굴리며 떨고 있는 모습이 눈에 들어왔다. 철산은 오들오들 떨면서 자신을 기다리고 있는 셋째 누나가 아치러워 찬바람을 막으며 살풋 껴안아 주었다. 철산의 가슴팍에 얼굴을 묻은 채 셋째 누나가 물었다.

"지방 출장은 잘 다녀왔어?"

선옥은 고등중학교를 졸업하고 직장을 배치받지 못한 채 어머니가 두부를 만들어 장마당에 내다 파는 일을 도우며 평산 오빠가 탈북해 남조선으로 내려간 뒤부터 줄곧 가정을 지켜왔다. 바로 위의 둘째 누나처럼 얼굴도 예쁘고 몸매도 고와 운흥예술전문학교에 들어가 가수가 되고 싶었던 꿈 많은 처녀였다.

"오마니가 더 위독하시다며?"

"음. 아무래도 오늘 밤 넘기기 힘들 것 같다며 언니가 날래 너 델구 오라고 해서 달려왔어. 집에 가도 돼?"

"기래, 가자. 집에는 누가 있어?"

"언니가 오마니 지키고 있어."

"중국 큰누나한테는 무슨 소식 없구?"

"음, 근데 오늘 언니와 산나물 캐러 갔다가 오늘 길에 룡포천 다리목 지나오다 희한한 일도 다 있었다."

"희한한 일? 그게 뭔데?"

"언니가 어지럼증 때문에 룡포천 다리목 인근 천변길 바위에 걸터앉아 잠시 쉬고 있는데 우리 앞에 시커먼 포대 자루 하나가 퍽하고 떨어졌어. 땅거미가 깔려오는 어두운 시간에."

"밤하늘에서?"

"음. 처음엔 소스라치게 놀라다 내가 다가가 봤지……."

"기랬더니?"

"이런 얘기 어디 가서 입 밖에 내지 말고 철산이 너만 알고 있어. 그 시커먼 포대 자루가 남조선에서 날려 보낸 적지물 자룬데, 글쎄 온갖 물품이 들어있는 것도 횡재 만난 기분이었는데 세상에, 그 소책자 속에 평산 오빠 소식이 들어있을 줄을 누가 알았겠니? 언니와 난 두근거리는 가슴을 애써 진정시키며 집에 당도하자마자 불을 켜놓고 배낭에 쑤셔 담아온 적지물 전부를 꺼내 하나하나 살펴보며 소책자까지 뒤적거려보았는데 그 소책자 속에 미국 딸라, 중국 돈 위안화, 5000원짜리 공화국 돈까지 찾아내 날 밝으면 장마당에 나가 오마니에게 놓아드릴 항생제 주사약과 미음 끓어드릴 입쌀도 몇 키로(㎏) 사 와야겠다고 잔뜩 희망에 부풀어 있었는데, 글쎄 그때 말이야 언니가 조용히 하라면서 나한테 소책자 속에 인쇄된 내용과 사진을 보여주는데 그게 평산 오빠 모습이야. 세상에 이런 일이 있을 수 있어?"

"진짜? 둘째 누나가 잘못 본 거 아냐?"

"아니야, 언니하고 같이 몇 번이나 읽고 또 읽었는데 틀림없는 평산 오빠였어."

"어찌, 적지물 포대 자루 속에 든 삐라와 소책자 속에 형 소식이 들어 있을 수 있어. 남조선 중앙정보부 아새끼들이 총대 들이대며 협박한 거 아냐, 형한테?"

"언니하고 나도 처음엔 그런 생각도 했어. 죽지 못해 이런 소책자 속에 얼굴 사진 박으며 거짓말하고 있는 거 아닌가 하고 말이야. 그런데 그 소책자를 처음부터 읽고 또 읽으며 내용을 다 살펴봐도 그런 내용은 한마디도 없고, 오빠가 남조선에 있는 탈북자동지회에 가담해 북에 있는 인민들과 가족들에게 소식 전한다면서 어떤 수단과 방법을 동원해서라도 생지옥 같은 북한을 떠나 자유롭게 살 수 있는 남조선으로 내려오라는 내용뿐이었어."

"형 때문에 가족 전체가 보위부에 끌려가 고생한 것을 생각하면 나는 아직도 형이 원망스러워. 길치만 죽지 않고 지금까지 살아있다니 오마니는 좋아하시겠네. 그저 앉으나 서나 우리 평산이, 우리 평산이 하면서 한시도 형을 잊지 못하셨던 오마니였으니까니……."

"근데 철산아, 언니랑 같이 소책자 속의 오빠 소식 전해주는 글 읽으면서 '미국에 계시는 사촌형 장동기 목사도 만나고, 일란성 쌍둥이로 태어나신 큰고모와 둘째 고모는 물론 큰고모와 둘째 고모 슬하의 고종사촌 형제들도 만나 함께 포즈를 취한 장평산 씨'라는 사진 설명을 읽으면서 하도 이상해 언니한테도 물어봤는데, 너는 우리한테 미국에 계시는 장동기 목사나 큰고모 둘째 고모가 있었다는 거 알고 있었네?"

"아바지 돌아가시기 전에, 오마니 곁에 누워 자다가 아바지 오마니가 조용조용 나누시는 얘기를 잠결에 들었던 기억이 있어……."

"근데 왜 누나한테는 그런 얘기 안 해줬어?"

"누난 그때 고등중학교 다닐 땐데, 모내기 농촌지원 나가서 집에 없었어. 그러다간 내가 잊어버려 말할 기회가 없었고…….

철산은 둘째 누나 선옥과 함께 록화사업소에서 2km 정도 떨어져 있는 청년거리 로동자구역 하모니카아파트 단지를 향해 걸으며 며칠 동안 듣지 못한 가족들의 소식을 들었다. 선옥은 중국으로 건너간 큰언니한테서는 요사이 통 소식이 없다는 듯 수심 어린 표정을 지었다.

"철산아, 큰언니 소식을 전해주는 중국 딸보꾼 아주마이는 요즘 큰언니가 만삭이라서 자기 한 몸 가누기도 힘들다고 하던데, 언니는 정말 중국인 형부를 좋아해서 결혼했을까? 아니면 숨겨주고 밥 먹여 주는 것이 고마워서 열다섯 살이나 많은 중국 사람과 결혼했을까?"

청년거리 로동자구아파트로 들어가는 건넘길(횡단보도)을 걸으면서 선옥이 물었다. 철산은 선옥의 손을 잡고 로동자구아파트 정문 쪽으로 발걸음을 옮겨놓으며 피식 웃었다.

"숨겨주고 밥 먹여 주는 것이 고마워서 그랬겠지, 정말 좋아서 기랬갔서? 말도 통하지 않고 나이도 많은 뙤놈을…….

"기러거나 말거나 너는 절대로 큰언니 욕해서는 안 된다."

"알지. 큰누나와 미국에 있다는 큰아버지가 전인민적으로 외화벌이 사업을 전개할 때 오마니한테 외화 보내주지 않았다면 내가 어캐 사리원교화소에서 보조운전공으로 일자리를 배치받으며 3급 운전공이 될 수 있었겠는가? 그리고 교화소 나와서도 어캐 록화사업소 운전공으로 직장을 배치받을 수 있었겠나? 모두 다 큰아버지와 큰누나가 딸라 돈 보내준 덕분이지…….

"기래, 남들이야 큰아버지와 큰언니를 향해 조국을 배반했다느니, 중국 떼놈 종자까지 받았다느니 손가락질해도 너는 절대로 큰언니 원망해서는 안 된다. 큰언니 막내동생으로 태어난 걸 그저 운명으로 받아들이며……."

두 남매가 오랜만에 심중에 있는 깊은 대화를 나누며 청년거리 로동자구아파트 2동 302호 나들문 앞에 도착했다. 그때 다급하게 오마니를 부르는 둘째 언니 선영의 목소리가 흘러나왔다. 선옥은 갑자기 안색이 굳어지며 바삐 나들문을 열었다.

"언니! 와 기래?"

철산은 거실 바닥에다 메고 있던 배낭을 벗어 내려놓으며 선옥 누나를 따라 큰방으로 들어갔다. 어머니는 꾀죄죄한 요때기 위에 이불을 덮은 채로 반드시 누워 있다. 철산은 놀란 얼굴로 어머니의 얼굴을 내려다보다 몸이 굳어졌다. 그러다 자신도 모르게 고개를 떨구며 눈물을 훔쳤다.

움푹하게 꺼진 눈자위와 툭 붉어져 나온 듯한 광대뼈. 기름기 없이 말라버린 검은 얼굴색. 제멋대로 얽혀 있는 머리카락. 마지막 숨을 몰아쉬듯 할딱거리던 가슴이 점차 조용해지면서 두 콧구멍 위로 비눗방울처럼 솟아오르는 거품이 기도 속에 남아있던 마지막 숨결마저 다 뱉어내는 듯했다.

"오마니! 마지막 하실 말은 없시요?"

선영은 최씨가 품어내는 게거품 같은 콧물을 닦아주며 귓가에다 대고 자꾸 말을 시켰다. 반쯤 눈을 뜬 채로 천장을 바라보고 있던 어머니는 이제 콧구멍으로 게거품 같은 콧물도 내뿜지 않았다. 미동도 않은 채 그대로 굳어버린 듯한 모습이었다. 선영은 한 많은 이 세상, 부디 편하게 떠나시라며 어머니의 눈꺼풀을 쓸어내려 주었다. 그리고는 가슴께까지 이불을 끌어당겨 여며주며 철산을 돌아보았다.

"오마니가 방금 숨을 거두셨다. 그렇지만 혼백은 아직도 이 방안에 계신다. 춥고, 배고프고, 평생 지주의 아들이라고 괄시만 받고 산 아바지와 결혼해 우리 5남매 낳아 길러주시며 두 눈에 눈물 마를 날 없었던 우리 오마니, 이제 뒤도 돌아보지 말고 어서 떠나시라고 곡이라도 좀 해드리자. 우리가 서럽게 울면 혼백은 우리 우는 모습이 애처로워 한시라도 빨리 이승을 벗어난다더라……."

철산은 둘째 누나가 해주는 말을 되새기며 어머니의 얼굴을 내려다보았다. 죽어있는 사람과 살아있는 사람의 차이는 무엇을 기준으로 삼는 것인가? 두 콧구멍으로 게거품 같은 콧물을 내뿜으면 살아있는 사람이고, 뽀글뽀글 내뿜던 두 콧구멍의 거품이 꺼지면서 아무것도 나오지 않으면 죽은 사람이란 말인가? 새운흥군 록화사업소에서 수백 구의 시신을 통나무처럼 화물자동차 짐칸에다 포개어 싣고 공동묘지로 달려갈 때는 숨이 막힐 듯이 풍겨오던 시신의 악취와 흘러내리던 시즙이 매스꺼워 날마다 구토를 해대곤 했었다. 근데 정작 어머니한테서는 그런 느낌이 전혀 없다. 숨을 거두고 돌아가셨다는 생각도 없다. 그냥 고열에 시달리다 탈진하시어 잠시 잠이 드신 느낌뿐. 그런데 조금 전까지 거무죽죽하던 어머니의 얼굴이 왜 이렇게 갑자기 누르스름해 오고, 푹 꺼진 눈자위와 피골이 상접한 듯한 턱선이 점점 살찐 사람의 턱선처럼 부풀어 오르는 것일까? 이것이 죽음이라는 것인가? 철산은 그런 생각을 하면서 어머니의 얼굴을 다시 내려다보는 순간, 자신도 모르게 뜨거운 눈물이 주르르 굴러떨어졌다.

"오마니!"

철산은 그때서야 얼어붙어 있던 감정의 샘이 녹아내린 듯 오열을 쏟았다. 그리고 아버지의 배필이 되어 그들 5남매를 낳아 길러주신 어머니 아버지의 한평생이 한 편의 활동사진처럼 눈앞을 스쳐 갔다.

함경도 함흥(咸興), 영흥(永興), 북청(北靑) 지방에 뿌리를 내린 옥산장씨(玉山張氏) 32대손. 해방 전 평안북도 룡천군 대지주였던 진(鎭) 자, 관(寬) 자, 할아버지의 셋째 아들로 출생하셨다는 그 한 가지 사실 때문에 전 가문이 함경도 땅으로 강제 추방되어 평생을 백암탄광 막장에서만 살아오신 용(鏞) 자, 욱(郁) 자, 우리 아버지. 진폐증으로 마른기침과 함께 발작이 일어날 때마다 피를 토하며 꼬챙이처럼 말라 가시던 아버지를 구완하셨던 우리 어머니. 폐 속에 떡장 같은 석탄가루가 쌓이고 쌓여 굳어버렸다며 인민병원마저 받아주지 않았던 아버지를 싫은 내색 한번 보이지 않고 피 섞인 가래를 받아내 주셨던 우리 어머니. 룡천군 대지주의 아들이라고, 아홉 살 때 해방되어 반세기 넘게 악질반동 지주 새끼 안해로 살아왔으면서도 남북이 통일되면 너희들도 평안북도 룡천군 대지주셨던 진(鎭) 자, 관(寬) 자, 할아버지 손자로 호적을 다시 만들 수 있다고 강조하셨던 아버지 말씀을 아버지 제삿날마다 5남매에게 전해주셨던 최임순 우리 어머니. 어미 죽은 뒤에라도 통일이 되면 남으로 내려가 너희 아버지 유언대로 너희 고모님과 큰아버지부터 찾아보아라. 너희 아버지는 현재

족보도 없고 호적도 없어 그냥 악질반동 지주의 셋째 아들이라는 문건 밖에 가진 것이 없으나 남으로 내려간 너희 두 고모와 큰아버지는 분명히 우리 가문의 족보를 보관하고 계실 것이라고 너희 아버지가 수차례 말씀하셨다. 절대로 희망을 버리지 말아라.

조국이 해방되던 그해, 너희 큰아버지가 신의주학생의거사건에 가담한 것이 드러나 둘째 고모부의 도움으로 중국으로 피신했다가 남조선 KBS TV가 1983년도인가 이산가족찾기 생방송을 할 때 미국에 살고 있던 너희 큰아버지가 그 방송을 보고 남조선으로 건너가 큰고모와 둘째 고모도 만나고 우리한테 딸라도 엄청 보내주셨다. 그래서 너희 아버지가 백암탄광 막장에서 나올 수 있었고, 너는 사리원교화소 화물자동차 보조운전공으로 배치받을 수 있었다……. 부디, 그걸 잊지 말아라. 너희들은 절대로 악질 반동분자가 아니다. 해방 전 평안북도 룡천군 대지주셨던 진(鎭) 자, 관(寬) 자, 할아버지의 손녀 손자들이다. 지도자 동진지, 뭔지, 하는 저놈은 제 아비가 물려준 우리 공화국을 전탕(전부) 말아먹은 놈이다. 공화국 인민들에게 강냉이 배급도 주지 못한 만큼. 너희 아버지가 평생을 악질반동 지주 새끼로 백암탄광 막장에서 살게 된 것은 네 둘째아버지가 조상의 선영을 버리고 고모부처럼 남으로 내려가지 못한 효성이 원인이라고 하더라. 너희들은 네 아바지처럼, 이 어미처럼 아둔하게 인생을 살지 말거라. 네 아바지는 아홉 살 때 조국이 해방되어 갑자기 할아버지 돌아가시고, 네 둘째아버지를 아버지처럼 받들며 둘째 아버지가 시키는 대로 살다 보니 함경도 백암탄광까지 쫓겨오게 되었다고 하더라. 그렇지만 너희들은 네 아바지처럼 인생을 그렇게 무지렁이처럼 살아서는 안 된다.

　인생살이 하루하루가 다 막장 같은 것이다. 지하 수백 미터 막다른 땅굴 속에서도 틀림없이 석탄이나 철광석이 나올 것이라는 신념을 가지고 곡괭이질을 하다 보면 석탄도 파낼 수 있고 철광석도 파낼 수 있었다고 하더라. 너희 아버지는. 그러니 헐벗고 굶주린 이 땅에서만 살려고 발버둥치지 말고 중국 상하이로 피신했다가 미국으로 건너간 너희 큰아버지나 고모부처럼 여기저기 두루두루 살피며 세상 돌아가는 형세를 잘 살펴라. 그러다가 절호의 기회라고 판단되면 사나이답게 일생일대의 결단을 내려라. 너는 3급 운전공 자격과 기술을 가진 몸이라 남조선 어디를 가도 네 아바지보다는 인생을 더 폭넓게 살 수 있을 것이다. 철산아! '남아 일언 중천금'이라 했다. 이 오마니가 오늘 너한테 일러준 말, 절대로 그 누구에게도 말하지 말고 너 혼자 가슴속에 깊이깊이 새겨 두었다가 너도 네 형처럼 자유를 찾아 네 꿈대로 세상을 살아보아라. 공화국은 너무 헐벗고 앞뒤가 꽉 막힌 땅이라 너 같은 젊은이가 기상을 펼치며 살 곳이 못 된다. 도무지 이 땅은 미래가 없다…….

　"오마니! 저 이제 어케야 합네까?"

　철산은 목이 쉬도록 어머니를 부르며 울어봐도 콧구멍으로 게거품을 뿜다가 숨을 멈춘 어머니는 이렇다저렇다 말씀 한마디 없었다. 삼 남매는 한동안 서럽게 울다 퉁퉁 부은 얼굴로 어머니 곁에 고개를 떨군 채 멍하니 앉아 있다. 철산의 둘째 누나 선영이 말했다.

　"이 솜으로 우리 오마니 코나 좀 막아드리자. 아바지 돌아가실 때 보니까 오마니가 그렇게 하시더라…….".

철산은 셋째 누나가 장롱에서 꺼내온 솜으로 어머니의 입과 귀, 코를 막았다. 그리고 둘째 누나가 시키는 대로 어머니의 턱을 받쳐 입을 다물게 했다. 그런 다음 머리를 높여 반듯하게 베개를 괴였다.

"아바지 돌아가실 때 보니까 록화사업소에서 나온 황아바이라는 사람이 '해방 전에는 사람이 죽으면 시신이 굳기 전에 목욕시켜 손과 발을 고루 주물러 편 다음, 창호지나 천조박(천조각)으로 양어깨를 당겨 동이고 두 팔과 손을 곧게 펴서 배 위에 올려 모아 동여맨다고 오마니한테 가르쳐 주시더라. 이때 남자는 왼손을 위로 가게 하고, 여자는 오른손을 위로 가게 한다더라. 다리는 반듯하게 펴서 무릎을 맞대어 동이고, 그다음 발목을 동이고, 마지막으로 발을 바로 서게 하여 동인다고 하더라. 그러고는 방바닥이 뜨겁지 않은 곳에다 요때기를 깔고 그 위로 시신을 옮긴 다음, 반듯하게 누인 채로 머리끝까지 홑이불이나 백포(白布)로 덮어 드린다고 하더라. 그때 집안에 병풍이 있으면 시신이 누운 곳을 바깥에서 볼 수 없게 가려준다더라. 이런 일을 황아바이는 그때 수시(收屍)라고 했는데, 이 수시는 남의 손을 빌리지 않고 가족이 직접 하는 것이 가장 고인을 위하는 길이라고 하더라. 그러니 인민반장에게 우리 오마니 돌아가셨다고 알리기 전에 수시만이라도 우리 손으로 해드리자."

선영은 최씨가 덮고 있던 이불을 걷어낸 뒤 어머니의 팔과 다리를 주물러 반듯하게 편 뒤, 선옥과 같이 홑이불을 넓게 펼친 다음 어머니의 시신을 완전히 덮었다.

"철산이는 내가 선옥이랑 오마니 목욕시켜 새 옷으로 갈아입힐 때까지 잠시 마루방(거실)으로 나가 있어라……."

철산은 둘째 누나가 시킨 대로 큰방을 나갔다. 그러자 선영은 어머니를 목욕시켜 옷을 바꿔 입히는 일이 급하다고 했다. 집안에 나이 든 어른이 있으면 그런 일은 어른들이 다 맡아서 하지만 가족이라고 해봤자 현재로선 달랑 세 사람뿐인 그들의 처지에서는 어머니 목욕시키는 일을 누구에게 미룰 일도 아니라면서 그들 남매가 같이 힘을 모아 해보자고 했다.

"철산이는 여기 있는 마른 쑥대 꺾어 넣고 물부터 좀 끓여라."

거실로 나온 선영이가 고개를 숙이고 슬픔에 잠겨있는 남동생을 보고 말했다. 그리고는 다시 방으로 들어왔다. 선옥이가 말했다.

"언니, 이걸 방바닥에다 넓게 좀 깔자."

선옥은 옷궤 속에서 어머니의 잠옷 한 벌과 돌돌 말아놓은 포대 자루를 꺼내왔다. 세 토막 쳐 포대 자루 속에 넣어둔 비닐박막 한 토막을 꺼내 방바닥에 넓게 깔았다. 룡포천 다릿목에서 주워온 2×12m 규격의 원통형 투명 비닐박막 풍선을 이럴 때 사용하라고 하늘에서 떨어뜨려 주신 건가? 선옥은 자신도 모르게 왈칵 치솟는 눈물을 감추며, 어머니의 시신을 덮고 있는 홑이불을 걷어냈다. 그리고는 언니와 함께 어머니의 시신을 마주 안아 넓게 깔아 놓은 비닐박막 위로 옮겼다.

"이걸 다시 펼쳐 덮자."

선영은 옆으로 밀쳐 놓은 홑이불을 선옥이와 같이 두 귀씩 나눠 잡고 넓게 펼쳤다. 바닥에 깔아 놓은 비닐박막보다 넓은 홑이불이다. 선영은 그 홑이불로 어머니의 주검을 다시 덮자고 했다. 선옥은 언니가 시키는 대로 넓게 펼친 홑이불로 어머니의 주검을 완전히 덮었다. 그때 언니가 돌연 바늘과 실꾸리를 넣어두는 지함(박스) 속에서 가위를 꺼내 들고 와 어머니 곁에 다가앉았다.

"오마니 어깨 좀 잡고 있어라"

선영은 반듯이 누워 있는 어머니의 시신을 옆으로 누이며 넘어지지 않게 잡아 달라고 했다. 선옥은 언니가 시키는 대로 옆으로 누인 어머니의 시신이 넘어가지 않게 꼭 잡았다. 그러자 언니가 축 처진 홑이불을 들어 올려가며 어머니가 숨을 거두실 때까지 입고 있었던 옷을 등의 척추뼈를 따라 아래로 내려가며 가위로 두 동강 나게 모두 잘라버렸다. 그리고는 어머니를 다시 반듯하게 누인 다음 홑이불로 어머니의 시신을 보이지 않게 잘 여며 덮은 다음 두 팔 부위의 홑이불을 걷어 올려가며 또 가위질을 했다. 앙상하게 뼈만 남은 듯한 어머니의 야윈 팔이 상의 소매 밖으로 드러났다. 선영은 다시 어머니의 하의 바짓가랑이도 그렇게 가위질을 해 어머니를 반듯이 누워 있게 한 상태에서 조심스럽게 어머니가 입고 있던 상의와 하의를 모두 벗겼다.

"저 물대야를 이리로 좀 옮겨라."

선영이 마른 쑥대를 넣고 끓인 물을 머리맡으로 옮기라고 했다. 선옥은 사람이 죽으면 이런 식으로 마지막 입고 있던 속세의 옷을 벗기고 목욕을 시키는구나 하면서 고개를 숙였다.

오마니, 제가 철없이 저지른 죄를 용서해 주시라요. 저는 사람이 죽으면 이렇게 오마니처럼 고인이 된 사람의 시신을 자기 몸보다 더 조심스럽게 만지며 목욕을 시켜 새 옷으로 갈아 입혀 드리는 것을 여태 몰랐습네다. 아바지 돌아가셨을 때도, 죽은 사람의 시신에서 풍겨 나오는 괴이한 냄새가 제 숨통을 막는 것 같아 다른 곳으로 피하기 바빴습네다. 이 일을 어카면 좋갔습네까? 오마니 몸이나 아바지 몸도 다 같은 사람 몸인데……오마니, 저 이제 어드렇게 아바지께 용서를 빌어야 합네까?

선옥은 반쯤 넋을 잃은 표정으로 하염없이 흐르는 눈물을 훔쳤다.

"오마니 목이 꺾어지지 않게 뒷머리에 손을 대고 잘 잡아 봐."

선영은 최씨의 머리와 얼굴이 드러나게 홑이불을 걷어 올리며 다그쳤다. 선옥은 그때서야 다시 정신을 차리며 어머니의 목과 머리 밑으로 두 손을 넣어 받쳐 올렸다. 선영은 물대야를 더 바짝 끌어당기며 쑥물로 어머니의 머리를 감겼다. 제멋대로 얽히어 있는 어머니의 머리카락은 마치 마구잡이로 뜯어내어 놓은 강냉이 수염 같았다. 선영은 그런 머리카락에서 뚝뚝 떨어지는 물방울을 마른 수건으로 말끔히 닦은 다음 빗으로 곱게 빗겨드렸다.

사람이 숨을 멈추면 머리카락도 힘이 없어지는가? 아니면 생전에 이미 빠져 있었던가? 언니가 빗질을 할 때마다 이리저리 얽혀 있던 어머니의 머리카락이 뭉텅뭉텅 빠지는 느낌이었다. 언니는 그래도 표정 하나 변함없이 어머니의 머리카락 한 올 한 올을 조심스럽게 빗살에서 걸어내어 천 주머니 하나에다 고이고이 담았다…….

남과 북, 닮은 듯 낯선 모습

남과 북, 닮은 듯 낯선 모습

KGB택배 인천 남동영업소 수산동 집화장.

1.5톤 탑차 20여 대가 일렬로 나란히 서 있는 집화장 창고 앞에는 초대형 11톤 윙바디(wingbody) 화물트럭 두 대가 서 있다. 창공을 날아다니는 새들이 날개를 치켜들듯 우측 윙(wing)을 들어 올린 차체 바닥 아래에는 전동 컨베이어가 롤러 돌아가는 소리를 내며 대형 화물트럭에서 내리는 택배 상자를 창고 속으로 이동시켜 주고 있다.

윙바디 대형트럭 위에는 두 명의 하역 기사들이 바삐 왔다 갔다 하며 차곡차곡 적재해놓은 각종 택배 화물들을 하나씩 들어내어 전동 컨베이어 위로 올려주었다. 컨베이어 위에 올려놓은 택배 화물들은 컨베이어 양쪽에 붙어선 사무실 화물인수 담당 여직원들 쪽으로 밀려가며 실시간으로 화물 송장 바코드 스캔작업이 이루어졌다. 여직원들이 실시간으로 스캔한 낱개의 화물 송장 바코드 속에는 ①본 택배 화물이, ②전국 어느 영업소에서, ③어느 고객에 의해, ④어느 날 접수되어, ⑤최종적으로 어디에 사는 누구에게, ⑥몇 개가 배달될 것이라는 ⑦품목과 ⑧수량 그리고 택배를 받을 사람의 ⑨이름과 ⑩주소, ⑪전화번호가 기록된 10여 항목의 송장 인적정보가 들어있다.

KGB택배 인천 남동영업소 화물인수 여직원들에 의해 바코드 스캔 작업이 완료된 택배 화물들은 전동 컨베이어 벨트를 타고 화물 분류장으로 이동되었다. 10여 미터 정도 전동 컨베이어 벨트를 타고 분류장으로 들어온 화물들은 컨베이어 양옆으로 붙어선 20여 명 택배기사들에 의해 동별로 세분류되어 컨베이어 끝에 깔아 놓은 여남은 개의 팔레트 위로 떨어졌다. 조장인 듯한 택배기사가 전동 컨베이어 벨트를 타고 밀려오는 8천여 개의 화물 송장을 지켜보면서 "구월1", "간석3", "만수6" 하고 외치면 전동 컨베이어 옆에 서 있던 인천 남동영업소 산하 각 동 배달 담당 택배기사들이 자기가 배달해야 할 택배 화물들을 받아서 자기가 맡은 동 팔레트 위에 우선 갖다 놓았다.

평산은 2008년 11월 둘째 고모의 주선으로 2년 넘게 전임 남동영업소 영업팀장 조수로 따라다니며 남쪽 말과 길을 익히고, 택배 화물 배달 요령을 익혀오다 전임 영업팀장이 지병으로 회사를 그만두자 그 자리를 물려받은 이후부터 줄곧 아침 6시에 기상했다. 그리고는 세면장으로 들어가 부리나케 세면을 끝내고 6시 30분에 집을 나왔다. 그때는 그가 남쪽에서 재시험을 봐서 제1종 운전면허증을 취득한 이후여서 퇴근할 때 몰고 온 봉고 트럭을 직접 운전해 수산동 집화장으로 달려갔다.

회사에 도착하면 통상 벽시계는 오전 6시 50분을 가리켰다. 바삐 탈의실로 들어가 KGB택배 유니폼 겸 작업복으로 갈아입고 하차장으로 나오면 언제나 KGB택배 곤지암물류센터에서 밤새 달려온 윙바디 11톤 대형 화물트럭 두 대가 도착해 있다. 그 윙바디 대형 화물트럭에는 1대당 대략 8000여 개의 각종 택배 화물들이 실려있다. 그 화물들은 아침 6시에 출근해 오후 3시에 퇴근하는 화물인수 여직원들에 의해 송장 바코드 스캔작업이 개시되어 목록이 작성되었다. 바코드 스캔작업이 끝난 화물들은 전동 컨베이어 벨트를 타고 10여 미터 정도 이동되는 사이 각 동 배달 전담 택배기사들에 의해 남동영업소 산하 20여 개 동별로 재선별되어 네댓 개의 팔레트 위에 임시로 집결되었다.

윙바디 11톤 화물트럭 두 대의 택배 화물 하차와 각 동별로 배달해야 할 택배 화물 재분류작업이 끝나면 이번엔 전날 남동영업소 소속 택배기사들이 20여 개 동을 돌아다니며 집화해 창고 한쪽 옆에 적재해놓은, 다른 지방으로 보낼 택배 화물들을 윙바디 11톤 화물트럭에 상차하는 일이 시작되었다. 이 택배 화물들은 다시 KGB택배 곤지암물류센터로 운반되어 배달지역별로 세분류되어 전국 16개 시·도영업소로 윙바디 11톤 화물트럭에 실려 밤중에 다시 운송되었다.

일 년 열두 달 이렇게 반복적으로 이어지는 공정까지는 KGB택배 인천 남동영업소 소속 전 택배기사들이 한곳에 모여 공동으로 상·하차 분류작업을 했다. 이 작업이 끝나면 30분간의 자유시간이 주어졌다. 개인적으로 화장실을 다녀오거나 휴게실 겸 간이식당으로 몰려가 김밥이나 컵라면, 빵, 커피 등으로 조반을 해결했다.

고종사촌 형님 겸 인천 남동영업소 소장을 따라 처음 이곳으로 왔을 때, 평산은 주머니에 돈을 넣고 오지 않아 휴게실 한쪽 구석에서 선배기사들이 조반을 먹는 모습을 바라보며 혼자 멍하니 서 있었다. 그때 팀장이 그에게 조그마한 노트 한 권을 갖다 주었다. 노트 앞장 표지에는 〈간석2동 장평산〉이라는 그의 이름 석 자와 택배화물 배달담당구역이 적혀 있었다. 노트를 건네준 팀장은 "이 노트에다 평산 씨가 먹고 싶은 음식 이름과 수량을 적어놓고 저 냉장고에 보관돼 있는 김밥, 빵, 컵라면, 음료수 등을 골라 먹으면 매월 25일 직원 월급을 지급할 때 평산 씨가 한 달간 회사 식당에서 갖다 먹은 식품비가 일괄 계산돼 공제된 뒤 나머지 금액이 평산 씨 월급으로 지급될 것입니다." 하며 회사 내에서 아침 식사를 패스트 푸드(fast-food)로 해결하며 생활하는 법을 가르쳐 주었다.

　　그런 생활도 어느덧 4년째 접어들었다. 북한에 그대로 있었다면 정말 이런 생활은 상상도 할 수 없는 일이다. 쇼케이스 냉장고에 진열되어 있는 컵라면과 부드럽고 달착지근한 빵, 그 외 각종 음료수와 간식거리 식품들을 누구 한 사람 지키는 사람도 없이 그대로 진열해놓고 있다. 북한 같으면 절대로 그대로 놓아두지 않을 식품들이다. 어느 누가 훔쳐 가도 반드시 손을 댈 먹거리다. 그런데 이곳은 자신이 마음 내키는 대로 갖다 먹고, 먹은 만큼 조그마한 노트에다 자필로 그 품목과 수량을 적어놓으면 돈 계산도 월급날 함께 계산한다고 했다.

　　처음에는 남조선 정부의 조종을 받는 고종사촌 형님과 KGB택배 인천 남동영업소가 대한민국 사회의 우월성을 조작하며 자신을 현혹하기 위해 이런 믿어지지 않는 광경까지 "연출하고 있는 것이 아닌가?" 하고 내심 의심해보기도 했다. 그러나 한 해 두 해 살면서 팀장이 가르쳐 주는 대로 묵묵히 따라 해보니 그런 생각을 하고 있었던 자신의 의식과 정신세계가 얼마나 병들고 "북녘의 세뇌교육에 왜곡되어 있었는가?"를 알 수 있었다. 그리고 그 긴 세월 동안 감쪽같이 속고 살았다는 것이 분하고 이가 갈렸다. 북녘에 살고있는 자기 가족들만 없다면 자기 한 몸 죽는 한이 있어도 기어이 분풀이나 복수를 해보고 싶다는 생각이 이날 이때까지 머리를 떠나지 않았다. 그리고 그런 분노와 복수심이 치밀어 오를 때마다 평산은 얼이 빠진 사람처럼 멍하니 허공을 바라보며 푼수처럼 변해 있었다.

"장평산! 조반 안 먹을 거야? 하늘에 뭐 떴어? 왜, 계속 하늘만 쳐다보고 있어."

간석4동을 전담하고 있는 상철 형이 화장실을 다녀오며 물었다. 평산은 그때서야 정신을 차리며 상철 형을 바라보았다.

"아뇨. 갑자기 우리 오마니 생각이 나서 북녘 하늘 좀 쳐다봤슴다."

"어머니, 연세가 많으셔?"

"제가 탈북한 2005년에 예순세 살이었으니 올해 딱 일흔 되십니다."

"남쪽 같으면 고희잔치 해드릴 연세네……삐라 날리러 가서 고향 소식이나 북녘 가족들 소식을 듣지 못했어?"

"근래 들어와서는 듣지 못했슴다."

"가슴 아파도 아침은 먹어야 상차하지. 가자."

평산은 상철 형과 같이 휴게실 식당으로 들어갔다.

"장평산, 간석2동 팔레트에 엄청 쌓여 있던데 오늘 몇 개나 돼?"

상철 형과 같이 컵라면에 뜨거운 물을 부어놓고 잠시 4인용 식탁에 앉아 라면이 익기를 기다리는데 배달구역이 평산과 맞붙어 있는 간석1동 3065차 종포 형이 삼각김밥 한 개에다 컵라면 하나를 들고 다가왔다. 평산은 궁둥이를 움직여 종포 형에게 앉을 자리를 넓혀주며,

"지방에서 올라온 곡물 자루 4개에다 부피가 큰 물건이 있어서 그렇지 개수는 많지 않아요. 스캔한 송장이 140개니까 아마 오후 서너 시면 배달은 끝날 거요. 집화(集貨)는 얼마나 되는지 다녀 봐야 알겠고요……."

평산과 같이 3065차 종포 형의 대화를 듣고 있던 상철 형이 물었다.

"왜, 뭔 일 있어?"

"뭔 일은요. 바야흐로 오늘이 불금(불타는 금요일)이니까 우리끼리 소주나 한 따가리 하고 싶어서 물어본 거죠, 뭐……."

종포 형의 이야기를 듣고 있던 상철 형이 돌연 평산을 쳐다보며 물었다.

"평산이 너, 요즘 술 마셔?"

평산은 완강하게 고개를 저으며 컵라면 뚜껑을 열었다.

"아뇨. 술 마신다 해도 오늘은 안과 정기검진 받는 날이라 그림에 떡이네요."

3065차 종포 형이 흰 종이로 포장된 나무젓가락을 꺼내 두 쪽으로 쪼개며,

"평산이 야가, 술 안 마신다는 것은 우리 회사 사람들 모두가 알고 있어요. 그래도 평산이 야는 옆엣사람 술잔 채워주며 천안삼거리집 돼지머리 수육과 국밥은 맛있게 먹어서 내가 한 번 쏠려고 물어봤어요. 지난

목요일 내가 결근했을 때 내 구역 배달 다 도맡아 수고해 줘서 엄청 고
맙기도 하고……자, 먹읍시다. 라면 다 익었어요."

세 사람은 컵라면 은박지 뚜껑을 방추형 고깔처럼 접어 그 고깔에다
라면 가락을 건져 올려 후후 불어가며 조반을 먹기 시작했다. 먼저 식사
를 마친 구월 1, 2, 3, 4동 택배기사들이 선별장에 분류해 놓은 택배 화
물을 자기 탑차에 적재하기 위해 1번 상차대(上車臺) 쪽으로 몰려갔다. 평
산은 괜히 마음이 급해지는 것 같아 후후 불어가며 컵라면 국물을 두어
모금 마셔대다 자리에서 일어났다.

구월 1, 2, 3, 4동 택배기사들은 그사이 1번 상차대 앞에다 자신의
탑차를 대놓고, 분류해 쌓아놓은 화물 팔레트를 지게차로 떠서 상차대
까지 옮겨와 서로 도와가며 화물을 싣기 시작했다.

3번 상차대 앞도 마찬가지였다. 만수 1, 2, 3, 4, 5, 6동 전담 택배기
사들이 지게차로 상차대까지 떠내온 팔레트 위의 화물들을 탑차 속으로
내려주면 탑차 기사가 그들의 짐을 받아 자기 탑차 속에다 나름대로 구
역을 정해 적재하기 시작했다. 가장 늦게 배달해도 괜찮은 화물들은 탑
차의 제일 안쪽 구역에 적재하고, 집화장을 나가자마자 바로 배달해야
할 신선식품이나 각종 일용 잡화와 부피가 작은 행낭화물들은 그다음
구역에 적재하면서 당일 치 택배 화물 상차작업에 여념이 없었다.

그들 옆엔 장수동, 서창동, 남촌동, 논현1동. 논현2동, 도림동, 수산
동, 고잔동 등 KGB택배 인천 남동영업소 산하 20여 개 동의 전담 택배
기사들이 자신의 탑차에 그날 배달해야 할 화물들을 상차하고 있다. 자
기가 맡은 동으로 배달해야 할 당일 치 화물들의 상차가 끝나면 택배기

사는 탑차 위에서 내려와 차 문을 굳게 닫아걸며 다음 차의 상차를 위해 차부터 이만치 빼주었다. 그러면 상차대 위에서 도와준 인근 동 택배기사가 내려와 앞차가 빠져나간 그 상차대 앞에다 자기 탑차를 갖다 대었다.

"형 우리도 좀 서둘러야겠어요."

평산은 함께 식사를 마치고 나온 3065차 종포 형을 바라보며 말했다.

"그렇네. 식탁에 앉아 농아리 풀다가 오늘 제일 꼴찌로 나가겠는데……"

3065차 종포 형이 고개를 끄덕이자 상철 형이 말했다.

"내가 지게차로 간석 1, 2, 3, 4동 팔레트 떠내 올 테니까 평산이 너부터 차 갖다 대."

"네, 그럼 제가 먼저 싣겠습니다."

평산은 곧장 2번 상차대 앞으로 탑차의 꽁무니를 들이밀었다. 삐이익 삑, 후진 신호를 내며 평산의 탑차가 꽁무니를 갖다 댔다. 3065차 종포 형이 오른손으로 "좀 더 바싹 갖다 붙여!" 하고 신호를 보내다 돌연 탑차 옆문을 쾅쾅 쳤다. 이제 후진 그만하라는 그들 간의 수신호였다. 그러자 평산이 운전석에서 내려와 탑차의 뒷문을 열며 물었다.

"형은 오늘 몇 개나 돼요?"

열어놓은 뒷문이 닫히지 않게 단단히 고정해 놓고 평산은 탑차 위로 올라갔다. 평산의 팔레트에서 택배 상자를 번쩍 안아 탑차 위로 올려준 3065차 종포 형이 대답했다.

"170개 조금 넘어."

종포 형이 올려준 상자를 받아 탑차 안쪽에 갖다 놓은 평산이 다가오며,

"오늘은 좀 적네요?"

하고 물었다. 종포 형은 결코 적지 않다는 듯 심하게 고개를 저으며,

"개수는 적어도 지방에서 올려보낸 홍고추 자루가 4개나 돼. 그거 골목 안 방앗간까지 수레로 네 번이나 갔다 왔다 하려면 진땀깨나 흘려야 될 거야……."

종포 형은 다시 중형박스 두 개를 포개어 한참에 탑차 위로 올려주며 고개를 흔들어 댔다. 시골에서 올라오는 무거운 곡물 자루나 부피 큰 홍고추 마대 화물은 정말 진절머리가 난다는 표정이었다.

"조심하셔야겠네요. 형 허리 안 좋다면서요?"

"허리 디스크뿐만 아니라 요사인 무거운 짐만 어깨에 둘러메면 장딴지에 쥐가 내려 고통스러워. '이 짓거리도 머지않아 때려치워야 하는가?' 하는 생각도 들고……."

종포 형이 큼직한 스티로폼 식품 박스를 탑차 위로 올려주며 한숨을 쉬었다. 평산은 스티로폼 식품 박스를 받아 탑차 옆문 쪽으로 붙이며,

"허리 디스크가 그만큼 심각합니까?"

"심각이 아니라 위험 단계야……앞날만 생각하면 그저 심란해지고 골머리가 아파서 몸에 해롭다는 걸 뻔히 알면서도 쇠주나 한 따까리 빨면서 만사 잊어버리고 싶어……."

종포 형이 잔잔한 박스 4개를 한참에 포개어 탑차 위로 올려주었다.

"허리 안 좋다면서 너무 무겁게 들지 마세요. 저 같은 사람도 사는데 살다 보면 또 살아갈 길이 열리겠지요……."

평산은 종포 형이 올려준 잔잔한 박스들을 스티로폼 박스 반대편으로 갖다 놓으며 물었다.

"어디로 가면 돼요? 술은 못 마셔도 형 소주잔은 내가 채워드릴게요."

종포 형이 이번에는 하늘색 행낭박스(단프라박스)를 들어 올려주며,

"말만 들어도 고맙네. 동암역 남광장 천안삼거리 집으로 와."

평산은 단프라 박스(물류 수송에 주로 쓰는, 플라스틱 재질로 만들어진 상자)를 탑차 옆문 쪽으로 밀어놓으며,

"아, 그집 머릿고기 수육 맛있어요. 국밥도 좋고요."

종포 형이 5kg들이 딸기박스 두 개를 한참에 들어 올려주며 답했다.

"집은 좀 허름하고 좁아도 국밥과 수육 맛은 내 입에 딱 맞아. 값도 싸고……."

평산이 딸기박스 두 개를 안쪽으로 밀어놓고 다가오며 물었다.

"형 혹시 인천에는 함경도 아바이순대나 가자미식해 파는 데 없어요?"

종포 형이 조그마한 전자기기 박스들을 익숙한 손놀림으로 탑차 위로 올려주며,

"글쎄, 난 인천에서 함경도 아바이순대나 가자미식해를 먹어 본 기억은 없는데……넌 먹어봤어?"

"아뇨. 아바이순대는 소장님과 같이 지난가을 단풍 구경차 설악산 등

산하고 속초시로 나와 한번 먹어봤는데 아주 별밉디다, 저한테는. 기러구 가자미식해는 저 지난주 소장님이 봄 등산이나 한번 갔다 오자 해서 용문산을 올라갔다 왔어요. 그때 용문산 아래 먹자골목에서 밥 먹으면서 소장님이 가자미식해를 한 번 사주셨는데, 그거 아주 맛깔스럽습디다. 쫀득쫀득한 함경도식 가자미식해 맛이 말입니다."

"소장님은 참 정도 많으셔. 탈북자 외사촌 동생 데리고 이곳저곳 다니면서 별미음식도 음미하게 해 주시고……우린 남쪽에서 태어나 이 나이 먹도록 살아도 함경도식 아바이순대나 가자미식해는 근처에도 못 가봤어……모두가 다 고종사촌 형님 잘 둔 평산이 네 복이야."

"뭔 복까지 따지십니까?"

"이제 네 차는 상차 끝났어. 내가 차 갖다 댈 테니까 우선 차부터 빼줘."

3065차 종포 형이 평산의 탑차에 올려야 할 짐들은 다 올렸다고 했다. 그러면서 목에 두르고 있던 수건을 풀어 이마에 흘러내린 땀을 닦았다. 평산은 얼른 차에서 내려와 자신의 탑차부터 이만치 빼주었다. 그리고 다시 상차대 앞으로 다가가 후진시키는 종포 형의 탑차를 봐주고 있는데 검은 승용차 한 대가 KGB택배 인천 남동영업소 집화장으로 들어왔다. 자세히 보니 고종사촌 형님 차였다. 평산은 땀 닦은 수건을 다시 목에 걸며 승용차 앞으로 다가갔다.

"안녕하세요?"

평산이 다가온 승용차를 향해 꾸벅 고개를 숙이고 인사를 했다. KGB택배 인천 남동영업소 소장이 승용차를 세우며 운전석 유리문을 내렸다.

"오늘 물량 상차는 다 했니?"

"네. 방금 간석2동 물량 상차는 끝냈습니다."

"너 왜 요새 고모한테 전화 안 드려?"

소장이 운전석에 앉은 채로 평산을 올려다보며 물었다. 평산은 보름 전부터 "맞선을 볼 처녀댁과 약속날짜를 잡자." 하면서 퇴근하고 늦더라도 고모한테 한번 들리라는 둘째 고모의 당부를 요즘 의도적으로 피해오고 있었다. 그것은 그만이 느끼는 신체적 열등감 때문이었다. 그는 어린 시절 부모님과 함께 전 가족이 함경북도 회령 22호 관리소에 감금되어 수용소 생활을 했다. 그때 관리소 보위원이 "너 같은 악질반동 지주 새끼는 수령님의 교시대로 3대에 걸쳐 씨를 말려야 한다."면서 군홧발로 낭심을 걷어찼다. 그 일로 인해 평산은 어린 시절 고환에 큰 상처를 입어 수령님의 교시 그대로 "3대에 걸쳐 씨를 말려야 하는 저주의 인물"이 되고 말았다. 이른바 그들이 정해놓은 '악질반동 지주의 후손'들을 벌레처럼 짓밟아대며 신체적 폭행을 일삼던 그 철천지원수 같던 보위원의 구타로 인해 고환염까지 앓으며 사경을 헤맨 사실을 그는 귀순 직후 대한민국 정부합동조사기관에서 심문을 받을 때 자술서에다 자필로 적어내었다. 지금도 자신의 낭심을 군홧발로 걷어차 고환염을 앓으며 음낭을 야구공 만하게 부어오르게 했던 그 보위원을 생각하면 순간적으로 미쳐버릴 것 같다. 그렇지만 어린 시절 구타와 학대를 받으며 성장해오다 고환염이 고환암으로 전이되기 전에 파열된 한쪽 고환 적출수술까지 받은 사연을 고모한테 곧이곧대로 말씀을 드리지 못한 것이 결국 이런 난국까지 불러왔다고 생각되었다. 그렇지만 사춘기를 거쳐 성인에 이른 오늘날까지 자기 가족 외엔 그 아프고 쓰라렸던 과거사를 그 누구에게도 드러내 보이고 싶지 않았던 지난날의 상처를 지금에 와서 새삼스럽게 들먹거리며 고모의 마음을 아프게 해드리는 것도 가슴 아프고, 또 그런 사연을 전혀 모르고 계신 고모가 자신에게 가정을 이루도록 도와주시려고 이곳저곳 자신의 배필이 될 사람을 찾고 있다는 말을 들은 이후부터 그는 자기 자신에게 '나 같이 신체적 결함을 지닌 탈북자가 고모가 시키는 대로 남쪽 처녀와 결혼을 해도 괜찮을까?' 하는 그만의 고민과 신체적 열등감 때문에 여태껏 고모에게 전화를 드리지 못하고 차일피일 미뤄오기만 했다. 그런데 이젠 더 피할 수도 없는 벼랑 끝까지 밀려온 느낌이다. 평산은 갑자기 얼굴에 진땀이 치솟는 것 같아 목에 두른 수건으로 다시 얼굴을 닦으며 소장의 얼굴을 내려다보았다.

"형님께 제 맘속 고민부터 먼저 말씀드리고 난 다음 고모님께 전화 올리겠습니다. 그때까지 형님이 적당히 말씀드려 주십시오."

"고민? 혹 앞날을 약속한 여성이라도 있다는 말이냐?"

평산은 완강하게 고개를 저으며 얼굴을 붉혔다.

"아닙다. 제 고민을 형님한테는 솔직하게 말씀드릴 테니까 형님 한가하신 저녁때 시간이나 좀 내어주십시오."

"알았어. 넌 언제가 좋은가? 오늘도 괜찮겠어?"

"오늘요? 안과 정기검진 받는 날인데 저녁 8시 이후도 괜찮겠습니까?"

"나는 8시도 좋고 9시도 괜찮아. 그럼 오늘 영업소에다 차 세워놓고 저녁때 택시 타고 네 사는 휴먼시아로 갈 테니까 기다려."

"그럼 우리 동네 소문난 왕족발 주문해 저녁상 차려놓겠습니다. 저녁 드시지 말고 오십시오. 소주는 형님 좋아하시는 '처음처럼' 준비해 놓겠습니다."

"술도 먹지 않는 녀석이 아침부터 '처음처럼'은 왜 들먹거려?"

"그래도 이 아우가 가슴속 고민을 털어놓는데 들어주는 형님께서는 소주라도 한잔 드셔야 듣는 맛이 있잖아요……."

"너 이제 장가들여도 아무 걱정 없을 만큼 이남화(以南化) 적응교육이 잘 된 것 같다. 형한테 마음속 고민을 털어놓겠다며 상담 신청도 할 줄 알고."

"이남화 적응교육 받으며 보낸 세월이 얼만데요. 자그마치 6년입니다."

'어, 이 녀석 봐라. 이젠 제법 유들유들하기까지 하네.' 하고 의외라는 듯 평산을 바라보며 소장은 싱긋 웃었다.

"6년? 그 세월 가지고는 겨우 유치원에나 들어갈까, 초등학교도 못 들어가. 이곳에선."

"아이구 형님, 제가 너무 까불었습니다. 지금 3065 종포 형 차에 짐 올려줘야 합니다. 자세한 이야기는 저녁에 드리겠습니다."

평산은 달아나듯 상차대 쪽으로 물러났다. 상철 형이 지게차로 간석 1, 3, 4동 택배 화물이 적재된 팔레트를 모두 2번 상차대로 옮겨놓고 종포 형의 탑차에 혼자 택배 상자를 올려주었고, 종포 형은 3065 탑차 위에서 상철 형이 올려주는 상자들을 받아 적재하고 있었다. 평산은 손을 모아 상철 형이 지게차로 내다 놓은 택배 화물들을 간석1, 3, 4동 탑차에 상차 하는 일을 모두 끝냈다.

벌써 오전 10시가 가까웠다. KGB택배 인천 남동영업소 산하 20여 개 동에 배달해야 할 당일 택배 물량을 20여 명 택배기사들이 서로 힘을 모아 공동으로 하차와 선별, 그리고 각 동별 탑차에다 상차를 마치면 통상 오전 9시 40분 정도 되었다. 일요일이 끼어 특별히 택배 물량이 많은 월요일과 화요일은 오전 10시가 넘을 때까지 하차와 선별 그리고 상차를 해야 하는 날도 더러 있지만 통상 오전 10시경에는 20여 명 택배기사들이 자기가 맡은 배달구역으로 탑차를 몰고 나가 배달을 시작했다. 배달구역의 지역적 특성에 따라 다소간의 시간차가 있으나 보통 오후 네댓 시가 되면 배달은 끝나고 사전에 계약해 놓은 지역으로 달려가 다른 지역으로 보내야 할 택배 화물의 집화(集貨)가 시작되었다.

집화는 도심의 번잡도나 특성 그리고 주거지의 밀집도에 따라 천차만별. 가내수공업형의 공장이나 상업시설이 많은 구역은 하루 수백 개의 택배 화물이 쏟아져 나오는 공장도 있고, 농장·돈사·계사 같은 사육 농가가 많은 동에서는 집화 화물이 거의 나오지 않는 곳도 있다. 택배 산업의 꽃이라 불리는 집화 화물이 나오지 않는 곳을 전담하는 택배기사들은 월급날만 되면 언제나 쓸쓸한 표정을 지으며 이직하는 사례가 많았다. 그러나 평산이 전임 팀장으로부터 물려받은 간석2동은 백화점과 상가·시장·오피스텔과 사무실, 먹자골목과 유흥가, 아파트와 빌라촌 등이 골고루 밀집해 있는 노른자위 지역이라 웃돈이나 권리금을 들이밀고라도 들어오려고 각축을 벌이는 구역이었다. 그래서 이 구역은

KGB택배 인천 남동영업소 내에서는 언제나 선망의 대상이 되었다.

하지만 그 구역은 소장의 외사촌 동생이자 북한에서 혈혈단신 죽음을 무릅쓰고 탈출해 온 장평산이 하루라도 빨리 대한민국 사회에 적응하도록 도와주고 있는 KGB택배 인천 남동영업소 산하 특별구역이라 그 누구도 각축을 벌이지는 못한다는 인식이 평산이 이곳에서 일한 지난 6년 동안 뿌리를 내리고 있어 평산은 언제나 전 직원들로부터 무언의 도움을 받는 인물이 되었다. 돌아서거나 혼자 있을 때는 어떨지 몰라도 적어도 대놓고는 아무도 평산을 욕하거나 헐뜯지는 않았다. 언제나 안타깝고, 북녘에서 대지주 아들의 장남으로 태어났다는 그 한 가지 사실 때문에 부모 형제와 생이별을 하고 탈북해 외롭게 살아가고 있다는 마음으로 무엇이든 힘닿는 대로 평산을 도와주려고 애썼다. 평산은 직장 동료들의 그런 따뜻한 마음을 알고부터는 경계나 불안 심리에서 벗어나 농담도 곧잘 했고, 회식 날 먹지 못하는 술이나마 잔을 받으며 일체가 되는 날도 많았다. 그리고 몸을 아끼지 않고 그와 배달구역을 맞대고 있는 형들을 진정으로 도와주었다. 그는 오늘도 형들이 택배 물량을 다 실을 때까지 상차를 도와주다 3065차 종포 형 앞으로 다가갔다.

"형, 오늘 일 끝내고 천안삼거리 집은 못 가겠어요."

종포 형이 목에 두른 수건을 탈탈 털어대다 물었다.

"왜, 갑자기 뭔 일 생겼어?"

"우리 고모가 맞선 날 잡자고 퇴근 후 고모님 댁에 들리라고 했는데 내가 달포가 넘도록 전화도 드리지 않고 얼굴도 내밀지 않으니까 오늘 퇴근 후 소장님이 직접 고모님 대신해 내 사는 휴먼시아 범마을 아파트로 방문하시겠대요.”

종포 형은 탈탈 턴 목수건을 옆구리에 차면서,

“괜찮아, 그런 일이라면. 그래야 하루라도 빨리 네 장가 드는 국수 한 그릇 얻어먹지…….”

평산은 갑자기 심통이 난 표정으로,

“형은 남의 사정도 모르고 그렇게 초 치지 마시란 말입니다.”

하며 목에 걸고 있던 수건으로 화끈거리는 얼굴을 닦아댔다.

“암튼, 걱정 말고 소장님과 얘기나 잘 해봐. 초를 치든 고춧가루를 치든 장가는 가야 할 것 아닌가? 북에 두고 온 애인이 있다 해도 어느 천년에 통일돼 그 애인 다시 만나겠어? 내 말 틀렸어?”

종포 형은 오히려 약을 올리듯 평산을 놀려댔다. 평산은 더이상 말대꾸도 싫다는 듯,

“에이, 형하고는 말 안 통한단 말입니다. 암튼, 오늘 저녁은 천안삼거리집 못 가니까 다른 형들하고 즐기라요. 저는 이만 물러갑니다.”

하며 그의 탑차 쪽으로 걸어갔다.

그보다 한참 먼저 상차를 끝낸 만수6동 택배기사들이 집화장 문을 나서고 있다. 그 뒤를 이어 대여섯 대의 탑차들이 꼬리를 물고 집화장을 빠져나갔다. 평산은 오늘 배달해야 할 택배 화물 송장을 순서대로 탑차 콘솔박스 위로 늘어놓으며 시동을 걸었다.

이 무렵, 철산은 청년거리 로동자구아파트 2동 302호를 나왔다. 인민반장을 만나는 일이 급했다. 옆 동에 사는 인민반장을 만나 오늘 새벽

1시경에 어머니가 돌아가셨다는 사실을 알려주고, 인민반장이 그 부음(訃音)의 진위를 확인한 뒤 승인해 주어야만 인민병원에 가서 어머니의 사망진단서를 발급받을 수 있다.

공화국에서는 초상이 나면 사망진단서를 발급받는 일이 그 어떤 일보다 시급했다. 이 일을 빈소를 지키고 있는 선영 누나나 선옥 누나에게 대신시킬 수가 없다. 집안의 유일한 남자인 자신이 직접 인민반장을 찾아가 사망확인서부터 받아내어야 한다. 그래야 인민병원에 가서 사망진단서를 발급받을 수 있고, 동사무소에 가서 어머니의 사망신고도 할 수 있다. 그뿐만 아니다. 장례보조금과 어머니의 시신을 안장할 공동묘지도 배정받을 수 있다. 사망확인서가 없으면 상업관리소에 가서 장례를 치르는 데 필요한 장례 비품도 구입할 수 없다. 문상객을 대접할 수 있는 일정량의 식량과 술, 그 외 식료품도 마찬가지다. 사망확인서가 있어야 공화국 국정 가격으로 구입할 수가 있다.

공화국에서는 이런 일들이 모두 자기가 살고있는 지역의 인민반장으로부터 시작되었다. 인민반장은 철산이 살고있는 청년거리 로동자구아파트 1동 101호에 살고 있었다. 평소 인민반장은 청년거리 로동자구아파트 1동과 2동에 거주하고 있는 제9반 인민반 소속 35세대의 집안 제삿날까지 다 기억하며 인민반 생활을 주관했다.

그런데 오늘 아침에는 인민반장이 집에 없다. 어찌 된 영문인가 싶어 철산은 시계를 보았다. 아뿔사, 농촌지원용 거름 생산작업 전에 내려와야 인민반장을 만나 볼 수 있는데 누나들과 같이 어머니의 빈소를 만드느라 그가 집에서 늦게 내려온 것이 실책이다. 그는 서둘러 아파트 통로

입구 쪽으로 걸어 나왔다.

아파트 통로 출입문을 나와 철산은 잠시 하늘을 쳐다보았다. 어젯밤 그렇게 흙먼지를 날리며 불어대든 남서풍은 밤이 지나도 여전했다. 새하얀 구름층을 이리저리 몰아붙이며 해를 가렸다간 보여주고, 보여주었다간 다시 해를 가리며 거리를 누런 먼지투성이로 만들어댔다. 그는 바지 주머니에 넣어온 손수건을 꺼내 콧물을 닦으며 사람들이 모여 있는 농촌지원용 거름 생산작업장 쪽으로 눈길을 돌렸다. 확실하지는 않지만 급하게 사람들 사이를 왔다 갔다 하는 중년 아주마이의 뒷모습이 틀림없이 제9반 인민반장 같았다. 철산은 그 아주마이를 만나볼 듯 여러 사람들이 모여 서 있는 거름 생산작업장 곁으로 걸어갔다.

"고생 많습네다, 반장 아주마이."

철산이 제9반 인민반장 얼굴을 확인하며 인사를 건넸다. 인민반장은 경황없는 와중에도 철산을 알아보며 인사를 받았다.

"웬일인가? 오늘은 철산이 총각 거름 생산작업 날이 아니잖네?"

"거름 생산작업이 아니라 급하게 말씀드릴 게 있시요."

"뭐이가?"

"오늘 새벽 1시경에 저희 오마니가 돌아가셨시요. 바쁘시디만 사망 확인 좀 해주시라요."

"뭐라고, 철산이 총각 오마니가 돌아가셨다고?"

"네. 빨리 반장 아주마이가 보시구서리 승인해 주셔야 동사무소에 가서 사망신고도 할 수 있고 인민병원에 가서리 사망진단서도 떼어올 수 있갔시요"

"기거 참! 장티푸스 앓으며 올봄을 잘 넘기시겠나 염려는 하였지만 끝내 돌아가시구 마네. 애통한 일이야……."

"저희 오마니 죽어서라도 좋은 데 가시라고 마음속으로라도 많이 빌어 주시라요. 평생 탄광 막장에서만 사시다 큰 병 드신 우리 아바지 병 수발만 하시다 재수 없게서리 늙마에 장티푸스 걸려 항생제 주사약 한 병 맞아보지 못하고 돌아가셨지요."

"말하지 않아도 내래 잘 알지, 철산이 아바지 오마니에 관해서는. 기래도 철산이 총각 오마니는 집에서 편안히 돌아가셨으니 그나마 복 받으신 거이야. 이 며칠 사이 돌아가신 우리 로동자구아파트 아바이들이나 로친네들 한번 생각해보라. 물론 그분들은 몇 며칠씩 설사하고 토해서 허기지고 배가 고파 먹을 걸 구하러 집을 나왔다지만 길케 밤에 혼자 나다니지 말라고 입이 닳도록 일렀는데도 밤중에 집을 나와 혼자 바깥을 나돌아다니다 쓰러져 길에서 행려환자처럼 객사한 아바이와 로친네가 어젯밤에도 세 가구나 발생했어. 철산이 총각도 마음이 급하갔디만 그 사람들 한번 생각해보라우. 나는 당최 장티푸스 걸려 밤새 길바닥에 토사물 쏟아놓고 돌아가신 아바이나 로친네들이 나 원망하는 것 같아 사망 확인하러 가기도 두려워. 시신 얼굴 요모조모 살펴보며 어느 가구 로친네가 또 돌아가셨나 하고 확인하는 것도 기가 막히고……."

인민반장은 후드득 몸을 떨며 철산을 끌어당겼다. 마지못해 철산은 거름 생산작업을 하러 나온 사람들이 벽을 치듯 우우 둘러서 있는 거름 생산작업장 곁으로 파고들었다. 그러다 말고는 눈을 감은 채 자신도 모르게 몸을 떨었다. 보지 말아야 할 것을 본 것이다. 특히 오마니의 부음을 전하러 가는 오늘 같은 날은. 그래도 어쩌랴. 소름 끼칠 듯이 밀려오는 순간적인 충격을 감추며 철산은 인민반장의 손끝을 내려다보았다.

인민반장이 시신을 덮어놓은 거적을 걷어냈다. 그러자 세 구의 시신이 드러났다. 집 바깥에서 객사한 사람들은 모두들 이런 모습인가? 평산은 인민반장이 가리키는 손끝을 따라가며 세 구의 시신을 살펴보다 으스스 몸을 떨었다. 모두들 꽝꽝 얼려놓은 동태 같은 모습이다. 눈자위께는 더 깊이 푹 꺼져 있고 콧구멍은 찌그러진 채로 착 달라붙어 있다. 맨바닥에 새우처럼 몸뚱이를 구부린 채 숨이 끊어져 굳어 있는 시신이 있는가 하면, 산발한 머리카락으로 얼굴을 덮은 채 반듯이 누워 있는 시신도 있다. 또 땅바닥에 쓰러지자마자 뱃속에 든 음식물을 토했는지 턱주가리와 목덜미에 토사물을 덮어쓴 채 흰자위가 다 드러난 채로 두 눈을 뜨고 죽은 시신도 있다.

이들은 필시 가족 중 누군가가 식량을 구하러 외지로 나가고 혼자 집을 지키며 사는 로동자 가족들의 로친네나 아바이일 것이다. 또 식량을 구하러 나간 가족을 기다리며 배고픔을 참고 견디다 못해 신선한 바람이라도 쐴 겸 집을 나와 혼자 아파트 공터를 거닐다 기운이 달려 자신도 모르게 쓰러져 밤새 숨을 거둔 청년거리 로동자구아파트 거주민들일 것이다. 그런데 아무리 살펴봐도 아는 사람이 없다. 피골이 상접할 정도로 야윈 얼굴인 데다 밤새 시신이 굳어버려 얼굴이 주먹만 하게 작아져 있다. 거기다 머리카락까지 산발한 채 채로 바람에 나부끼고 있으니 흡사 그림 속에 나오는 유령의 얼굴을 보는 기분이다. 철산은 아무리 살펴봐도 아는 사람이 없다는 듯 심하게 고개를 저었다.

"저는 전탕 모르는 사람이라요. 이 사람들 진짜 우리 로동자구아파트에 사는 주민들 맞아요?"

"거름 생산작업 나온 사람들이 보고 이쪽으로 옮겨놓았으니 모두 우리 로동자구아파트에 사는 주민이라구 봐야디……."

"기래두 저는 모르갓시요."

"이를 어쩌나? 빨리 이름이라도 알아야 동사무소에 사망신고라도 해줄 수 있는데……."

"날래 방송이라도 해보시라요. 제 생각에는 기거이 제일 빠를 것 같습네다."

그러면서 철산은 긴히 할 말이 있다는 듯이 인민반장을 끌고 이만큼 걸어 나왔다.

"내래 직장에도 우리 오마니 돌아가셨다는 소식을 전해야 하고 동사무소에도 가봐야 합네다. 사정 좀 봐 주시라요. 어제 출장 가서 반장 아주마이 생각나서 가디고 온 강냉이 낟알도 좀 있구서리……. 제가 좀 급합네다."

철산은 인민반장에게 전해 줄 강냉이 낟알을 조금 가지고 왔다면서 사람들이 보지 않는 아파트 안으로 잠시 들어가자고 한다. 눈치 빠른 인민반장이 얼른 거름생산작업 조장 곁으로 다가가 잠시 사망확인서 한 장 써주고 오겠다고 양해를 구한 뒤 다가왔다.

"기래, 장례는 며칠 장으로 할 텐가?"

"마음 같으면 3일장으로 하고 싶은데 선영 누나가 오마니 애도하러 오는 생전 친구분들 대접할 음식물을 많이 준비할 형편이 못 된다면서

2일장으로 하기로 했시요."

"잘 생각했다. 요사이는 모두들 힘들어서 당일장으로 하는 사람들도 많은데 2일장이면 훌륭하디. 직장 사람들이 찾아오니까 당일장은 아무래도 좀 야박하고서리."

인민반장이 101호 나들문 앞에서 문을 따고 아파트 현관 안으로 들어섰다. 평산은 얼른 뒤따라 들어가 메고 있던 배낭을 내려 뇌물로 고이려고 집에서 미리 준비해 나온 강냉이 낟알 2kg과 콩기름 1리터들이 한 병을 같이 내놓았다. 인민반장의 입이 갑자기 함박 만해졌다. 요사이 같이 식량 구하기 힘든 시절에 재주도 용하다. 어디서 강냉이 낟알 2kg에다 그 귀한 콩기름까지 병째로 구해 이렇게 들고 왔단 말인가?

인민반장은 얼른 강냉이 낟알과 콩기름을 가시대(개수대) 문을 열어 깊이 잘 넣어두고 나와 철산의 모친 사망확인서를 즉석에서 떼어주었다. 철산은 그 서류를 고이 접어 주머니에 넣으며 집을 나올 때 선영 누나가 당부하던 말을 전해주었다.

"제가 직장에 나가 부음을 전하고 돌아오는 길로 평소 저희 오마니와 정을 나누셨던 이웃 로친들과 아바이들의 조문을 받을까 합네다. 많이 바쁘시더라도 반장 아주마이가 이번 저희 오마니 장례식에 힘 좀 써 주시라요. 저희 인민반에 거주하는 가족세대에 저희 오마니가 돌아가셨다고 부음도 좀 전해주시고 동네 아주마이 몇 분들께는 빨리 좀 나오셔서 조문 손님 대접할 음식 만드는 것도 좀 도와주시라요. 반장님도 알다시피 저희 집엔 선영 누나와 선옥 누나 외는 손님 대접할 사람이 없시요. 중국에서 살고있는 제일 큰 성실 누나는 요즘 죽었는지 살았는지 깜깜무소식이고요. 그나마 직장에서 하나부터 열까지 다 도와주리라고 믿으니까니 장례식이라도 치를 생각을 하디, 기렇지 않구서리 우리 가족들만으로는 도저히 우리 오마니 장례를 치를 수 없시요. 원체 일가친척도 없는 데다 몇 안 되는 가족들마저 뿔뿔이 흩어져서 살면서 연락도 되지 않구서리……."

철산은 그만 눈에 눈물이 글썽해졌다. 또다시 기구한 아버지 어머니의 일생이 눈앞을 스쳐 가는 것이다. 인민반장이 말했다.

"기런 건 걱정 말라. 내가 아파트 공터에 누워 있는 행려사망자들만 동사무소에 연락해 싣고 가라고 해놓고 들어와서는 직장에 나가지 않는 아주마이 몇 사람 델구 나가 장례 음식물 만드는 것은 죄다 해결해 줄 테니까니……. 기러니 철산이 총각은 안심하구 나가서리 동사무소와 직장에다 오마니 돌아가셨다는 부음부터 전하라우. 기래야 직장에서 다들 나와서 손을 모아 장례를 도와줄 것이 아닌가?"

인민반장은 잡다한 걱정은 거두고 얼른 나가서 다른 일이나 보라고 철산의 등을 떠밀었다. 철산이 총각이 강냉이 낟알 2kg과 콩기름 1병을 들고 오지 않아도 인민반장은 로동자구아파트에 사는 인민반 가족세대에 초상이 나면 아파트 층층이 돌아다니며 부음을 전하는 일이나 고인의 명복을 빌어주기 위해 문상을 가는 일은 자신이 제일 먼저 챙겨야 하는 일이다. 그래야 인민반장으로서 낯이 서는 것이다. 그런데 철산이 총각은 그 귀한 강냉이 낟알과 콩기름까지 들고 와서 먼저 인사까지 하지 않았는가? 힘든 인민반장 일을 한다고 한 달에 50원씩 로임(급여)을 받기는 하지만 그 로임 이전에 얼마나 기분 좋고 보람을 느끼게 하는 일인가? 자신이 맡고 있는 인민반 35세대 중 두 집의 세대주가 직장 후방물자 공급부 소속 운전공인데 그중 철산이 총각은 나이가 젊고 직장이 록화사업소여서 조그마한 정성 물품을 하나 들고 와도 아주 긴요하게 사용하는 생활필수품만 갖다 주어서 좋은 인상만 남아있는 옆 동 3층 총각이다. 토대만 대지주의 후손이 아니면 자기 딸이라도 주고 싶을 만큼 직업과 직장도 좋고 얼굴도 잘생긴 총각이다. 그런 총각이 찾아와 강냉이 낟알과 콩기름까지 내놓으며 도움을 청한 것이다. 인민반장은 자기 관할 아파트 공터에서 어젯밤 죽은 장티푸스 행려사망자 시신을 빨리 수습한 뒤 철산이 총각 집으로 올라 가봐야겠다는 생각을 하며 다시 아파트를 나왔다. 그때까지 문 바깥에 서 있던 철산이,

"기럼 반장 아주마이만 믿고 가 보갔시요."

하며 꾸벅 절을 하고 물러났다. 인민반장은 흡족한 표정으로 인사를 받으며,

"어떻게 저렇게 예의도 바를까?"

하며 바삐 돌아서서 뛰어가는 철산을 선 채로 잠시 바라보았다.

철산은 청년거리 로동자구아파트 정문을 나와 곧장 나타나는 큰길 건넘길(횡단보도)을 건넜다. 포장도 안 된 큰길 저쪽에서 뿌연 흙먼지를 휘감은 봄날의 돌개바람이 노상의 종잇조각과 온갖 잡동사니를 휩쓸면서 얼굴도 들지 못하게 세차게 밀려왔다. 철산은 뻑뻑하게 두 콧구멍이 막히는 것 같아 얼른 돌아서며 두 손으로 얼굴을 감싸며 잠시 고개를 숙인 채 서 있었다. 한차례 거센 돌개바람이 휩쓸고 지나간 큰길은 뿌연 흙먼지가 온 천지를 누렇게 뒤덮어 놓은 것 같았다. 철산은 고개도 들지 못

한 채 잠시 바람을 등지고 서 있다가 돌개바람이 다 지나간 뒤에야 다시 큰길을 잰걸음으로 걸었다.

새운흥군 공동묘지로 향하는 사거리 인근이다. 갑자기 매캐한 냄새와 연기가 밀려왔다. 철산은 콧구멍을 벌렁거리며 거리 주변을 살폈다. 석탄과 강냉이송치 태우는 냄새다. 그리고 보니 저만치에 화물자동차 한 대가 길옆에 서 있는 모습이 보였다. 직감적으로 목탄차가 운행 중에 어디 고장이 나서 노상에 세워둔 채로 수리를 하고 있다는 생각이 들었다. 이렇게 바람이 드세고 흙먼지가 휘몰아치는 봄날에 차까지 퍼져 버리면 운전공이 고생이 심하겠다는 생각을 하며 점점 다가갔다. 그런데 가까이 다가가다 보니 길옆에 세워둔 목탄차는 처음 직장을 배치받았을 때 자신이 몰았던 새운흥군 록화사업소 운수부 소속 화물자동차다.

젠장, 하필이면 이런 곳에서 록화사업소 화물자동차를 만날 게 뭔가?

철산은 록화사업소 화물자동차를 보지 않고는 그곳을 지나갈 수가 없어 혼자 궁시렁거리며 다가갔다. 지나가는 행인의 도움을 받으려는 듯 화물자동차 운전공과 화부가 차에서 내려와 지나가는 사람들을 붙잡고 사정을 하고 있다. 갑자기 차가 멈추어서 그러니 재시동 걸 때 뒤에서 화부와 함께 힘을 합쳐 좀 밀어 달라고 했다. 그래도 지나가는 행인들은 그냥 달아나기만 했다. 화물자동차 짐칸에 실린 행려사망자 시신 때문이었다. 철산은 화물자동차 짐칸에 굳은 채로 포개어 실어놓은 행려사망자의 시신을 거적이나 가마니떼기로 덮지도 않은 채 수거작업을 하고 있는 모습이 눈에 거슬려 아는 체를 하며 다가오는 후배 운전공을 향해 싫은 소리부터 먼저 건넸다.

"야, 짐칸이 저게 뭐네? 거적이라도 좀 덮어야디?"

"덮었시요. 기런디 조금 전 그 미친 돌개바람이……."

후배 운전공의 말을 다 듣고 보니 이해가 되었다. 조금 전 지나간 그 돌개바람에 차는 시동이 꺼져버리고 짐칸을 덮은 거적과 포장 천은 죄다 둘둘 감아올린 돌개바람에 휩쓸려 어디론가 날아 가버린 것이다. 그러면서 후배 운전공은 이렇게 급기야 몰아친 돌개바람에 차마저 시동이 꺼져버렸을 때는 어떻게 응급조치를 취해야 좋으냐며 도리어 하소연을 했다. 철산은 화물자동차 짐칸에 실린 행려사망자의 시신이 소름 끼쳐 차 곁으로 다가가기도 싫었다. 그렇지만 록화사업소 식량공급부 소조원들과 같이 물물교환을 하러 나가기 전에 자신이 몰았던 록화사업소 시신 수거용 화물자동차라서 어쩔 수 없이 차 곁으로 다가갔다.

"어디서부터 시신을 수거해 오는데 짐칸이 벌써 이렇게 꽉 찼어?"

"맨날 똑같지요. 뭐 달라질 게 있시요."

"기런데도 이렇게 많아, 행려사망자가?"

"장티푸스가 기승을 부려 행려사망자가 평소보다 두 배는 더 많아졌시요."

"우리 청년거리 로동자구아파트에서도 어젯밤엔 세 사람이나 객사해 신원을 확인중이던데. 짐칸에 실린 시신들은 신원 확인이 다 끝난 사람들이야?"

"아니라요. 우선 큰길에서 밤새 쓰러진 행려사망자부터 길가는 사람들이 보지 못하게시리 거두어 오는 중이라요. 아파트단지까지 다 돌려면 오늘은 아마 두어 탕은 더 해야 되갔시요. 그런디 날씨는 돌개바람까지 몰아치며 차까지 퍼져 버리니⋯⋯."

록화사업소 운전공은 선배를 만나 그동안의 고충을 늘어놓으며 그만 두 눈에 눈물이 글썽해졌다. 철산은 갈 길이 바빴으나 자신도 모르게 가슴이 짠해지는 것 같아 한 가지 요령을 가르쳐 주었다.

"요사이같이 봄바람과 황사가 심한 날은 연유(경유)를 좀 준비해 나와. 기러다 시동이 꺼질 때마다 강냉이송치나 나무를 한 화통 가득 처넣고는 연유를 조금씩 뿌려주면서 풍구를 세게 돌려 봐. 인차(금세) 화통이 벌겋게 달아오르면서 차 엔진이 열을 받게 될 거야⋯⋯."

철산은 얼마 전까지만 해도 매일 같이 징징 울다시피 하면서 시신을 수거하러 다니던 자신의 모습이 떠올라 야박하게 그냥 지나칠 수가 없었다. 그는 록화사업소 운전공과 같이 차의 엔진실 덮개를 열어 엔진의 기화장치와 점화장치를 확인하고 조절한 다음 길가는 사람들과 같이 힘을 합쳐 차의 시동을 걸어주고는 바삐 새운흥군 록화사업소 운수부로 달려갔다.

"위원장 동지!"

철산은 록화사업소 정문을 통과해 어젯밤 화물자동차를 세워둔 식량보관창고 쪽으로 달려가다 크게 소리쳤다. 그때 마침 사로청위원장이 식량보관창고 문을 열고 밖으로 나왔다. 철산은 사로청위원장 곁으로 다가가 오늘 새벽 1시경에 어머니가 돌아가셨다는 부음(訃音)을 전했다.

사로청위원장은 부음을 듣자마자 걱정이 태산 같다고 했다. 운수부에서 식량공급부 소조원으로 파견 나와 있는 철산의 모친이 별세하였으니 장례식은 식량공급부가 전적으로 도와주어야 한다. 이것은 공화국

전 직장의 불문율이다. 그런데 오늘은 월말이라 총화가 있는 날이다. 거기다 달포 전에 발생한 운흥군 령하리 열차전복사고 현장 수습 노력동원 나가는 인력을 각 단위 부서별로 협의해 오늘까지 차출해야 하는 날이 아닌가? 상급당이 "최소한 몇 명을 차출하라." 하고 강제동원 명령을 내려 먹이면 군당 예하의 단위부서나 기관들은 꼼짝 못하고 무조건 복종해야만 한다. 짜식들, 이 바쁜 농번기에 열차를 운행하는 기관사 놈들은 무슨 딴짓거리를 하다가 열차를 전복시켜놓고 관내 기업소들한테 사고현장수습까지 도와달라고 매달리며 괴롭히는 거야? 경사가 심한 령하리 산 계곡에 처박힌 열차 빵통(객차) 밑에 깔려 머리가 터지고 팔다리가 잘려나간 채 부패해 가고 있는 전복사고 현장은 생각만 해도 몸서리가 난다. 그런데 그 사고 현장에 록화사업소 청년돌격대원들을 이끌고 나가 훼손된 시신들을 한 구, 한 구씩 수습해 '들 것'으로 화물트럭까지 운반해 공동묘지로 실어 나르는 작업이 부서별로 교대로 나가긴 하였으나 벌써 두 달째 계속되고 있다. 지난 4월에 이어, 오늘도 그들 부서가 나가야 하는 운흥군 령하리는 량강도 남중역과 백암역 사이에 있는 계곡지역. 산세가 험하고 경사가 심해 1980년대 후반부터 제동장치 고장이나 고압전선 절단 등으로 화물열차 전복사고가 끊임없이 발생한 북부철길(혜산만포청년선) 위험 구간이다. 마음 같으면 식량공급부 소조원들만이라도 노력 동원에서 빠져나와 장철산 모친의 장례식을 도와주고 싶었지만 식량조달사업이 워낙 급해 지난달 초부터 계속 타(他) 부서부터 먼저 내보내며 미뤄왔는데 이젠 화물열차 전복사고 현장 노력동원 나가는 날을 식량공급부 소조도 더이상 뒤로 미룰 수 없는 형국이다. 사로청위원장은 빨리 록화사업소 지배인 동지와 부비서의 지시를 받은 뒤에 결정을 내리겠다며 철산을 위로했다.

"우선 고인이 되신 철산이 오마니의 명복을 빈다. 뭐라고 위로의 말을 해야 좋을지 모르갔디만 우선 철산이 자네가 기운을 차리게. 기러구 내일 정례식은 너무 염려 말게. 오늘 로력동원 다녀오면 식량공급부 소조에서 운수부에 연락해 조직 성원들 모두가 나가서 장례식을 도울 테니까 철산이 자네는 빈소나 잘 지키게. 기렇잖아도 걱정이 되어 오늘 나오자마자 후방부에 연락해 장례식 물자 청구할 준비부터 하라고 지시해 놓았으니까 문상 손님 접대할 음식물 재료도 곧 자네 아파트로 전달될 걸세……."

철산은 금세 눈에 눈물이 글썽해지며 고개를 숙였다.

"고맙습네다. 위원장 동지!"

"기래, 날래 다른 일 봐. 내래 오늘은 화물렬차전복사고 현장수습 로력동원 때문에 철산이와 이렇게 서서 이야기할 시간도 없다."

사로청위원장은 거푸 손목시계를 보며 안절부절못하는 표정이었다. 철산은 그때서야 오늘이 운흥군 령하리 화물열차전복사고 현장 노력 동원 나가는 날이란 것을 알아차리며 꾸벅 절을 했다.

"기럼 사망확인서 떼러 동사무소로 넘어가 보갔습네다."

사로청위원장은 그러라면서 지배인 사무실로 걸어갔다. 어젯밤에는 전력 사정으로 불이 꺼져 있어 새운흥군 록화사업소 전체가 그렇게 적막하고 황량해 보일 수가 없었는데 오늘은 그래도 좀 낫다. 여기저기서 기계 돌아가는 소리도 들려오고. 사로청위원장은 자재공급부 창고를 돌아 록화사업소 회의실 쪽으로 바삐 걸었다.

이윽고 총회 시간이 다가오자 초급당비서에게 눈도장을 찍기 위해 먼저 초급당비서 사무실로 와 있던 각 단위 세포비서와 당원들이 회의실로 이동했다. 사로청위원장은 초급당비서에게 장철산의 모친이 오늘 새벽 1시경에 운명했기 때문에 오후에는 식량공급부 소속 소조원들 전부가 장철산 모친 장례식을 도와주어야 한다는 긴급현안업무보고를 한 다음 초급당비서와 함께 월말 총회가 열리는 회의실로 이동했다. 회의실에는 록화사업소 산하 초급당 소속 당원들 80여 명이 먼저 와서 자리를 정하고 앉아 있다.

록화사업소 당 위원회 최하 기층조직은 당 세포다. 조선로동당 규약에 따라 사업소 당 위원회가 조직되기 때문에 록화사업소도 예외일 수는 없다. 당 세포는 록화사업소 내 각 부서 단위 당원생활의 거점이며, 당 주위에 사업소 내 로동자 대중을 집결시키고 대중 속에서 당의 노선과 정책을 직접 수행하는 당의 전투단위다.

당 세포는 규약에 따라 당원 5명에서 30명까지의 작업반(단위)에 조직했다. 당원 5명 미만의 작업반에는 당 세포를 두지 않았다. 당 세포가 없는 작업반은 인접 당 세포에 당원들을 소속시키거나 작업 성격과 인접 관계를 고려하여 2개 이상 작업반 당원을 합병하여 1개의 당 세포를 조직할 수 있었다.

록화사업소의 경우, 산림록화부, 원림록화부, 묘지관리부, 운수부, 장의부 등에 소속된 당원과 비당원의 비율은 대략 1 : 4 정도 되었다. 로동자 5명 중 1명은 당원이고 4명은 비당원이었다. 그런데 5개 단위부서 예하 초급당 소속 당원 130명이 먼저 와서 자리를 정하고 있으니 이들은 결국 사로청위원장이 통솔하는 비당원 520여 명까지 합하면 각 작업반 소속 3,600여 명의 작업반원들을 대표해 이번 달 초급당총회에 참석한 것이다.

이윽고 회의실 벽시계가 10시 30분을 가리켰다. 초급당 총회장에 모인 록화사업소 소속 당원 130명이 주석단을 바라보며 자세를 바로 했다. 그러자 초급당 비서가 먼저 주석단에 올라가 총회 개회를 선언했다.

"현재, 등록당원 143명 가운데 출장, 병결 등으로 13명을 제외하고, 90% 이상의 등록당원이 참가하였습니다. 그러므로 초급당 총회가 성립됩니다. 취급안건은 2/4분기 록화사업소 록화사업 목표 달성과 당원들의 당 생활에 대하여 토론하고자 합니다. 찬성하는 동무들은 손을 들으시오."

회의에 참석한 당원들 중 반대 물음을 제기하거나 반대하는 당원은 없었다. 참석 당원 전원이 찬성했다. 초급당 비서가 다시 회의를 진행했다.

"참석 성원 모두가 찬성하였으므로 지금으로부터 록화사업소 초급당 총회를 시작하겠습니다. 오늘 회의의 성과적 수행을 위하여 상급당에서 선전비서 동지가 회의를 지도하러 나왔습니다. 그리고 회의의 성과적 수행을 위하여 주석단은 나(비서), 부비서 동무, 엄달명 동무로 구성하겠습니다. 찬성하는 당원 동무들은 손을 들으시오."

반대하는 물음이나 반대하는 당원은 없었다. 이번 역시 당원 전원이 찬성했다. 그러자 초급당 총회 회의를 현지지도 하러 내려온 상급당 선전비서 동지가 일어나 당의 유일사상체계 확립 10대 원칙을 낭독했다.

이어서 초급당 비서가 당 생활 총화 보고를 했다. 초급당 비서는 약 40분 동안 산림록화부 내 각 작업반별 장기 결근자들의 당 생활 실상을 하나씩 꼬집으며, 각 작업반별로 드러난 현상과 문제점에 대해 각 작업반장들이 현실적으로 수행 가능한 타개책을 내놓지 않는다고 전체 작업반장들을 싸잡아 비판했다. 그러더니 록화사업소 지배인을 향해 집중토론에 들어갔다.

"지배인 동무, 동무는 이번 당 생활 총화 때 자기비판을 잘하시오. 동무는 임명된 지 몇 달 되지는 않았지만 그래도 당원 대중들이 지배인을 믿고 지금껏 일해 왔소. 그런데도 새운흥군 록화사업소의 형편은 사업목표가 하나도 진전된 것이 없소. 그 원인이 무엇이라고 생각합니까? 물론 생산실적 미달을 지배인 혼자서 다 책임질 일은 아니라고 생각합니다. 그래도 장군님께서 지배인을 믿어주시고 큰 배려까지 해주셨습니다. 그 배려를 받은 영광의 주인공이 바로 지배인 동무 자신이라는 사실을 동무는 망각하고 있다는 말이오. 동무는 초급당에서 주는 당적 분공(分工)에 대해서 그동안 어떻게 수행했는가에 대해 총화를 잘해 보시오. 그러면 지금부터 내가 당 생활 방향을 짚어주겠소. 잘 들으시오……."

초급당 비서는 잠시 발언을 멈추며 비망록을 펼쳐 들었다. 그리고는 전체 당원들을 향해 다 같이 들어보라는 듯 큰 목소리로 말을 이어나갔다.

"첫째, 장군님을 향한 충성심이 부족했다는 점에 대해서 비판하시오. 둘째, 장군님 말씀 집행에서 무조건성 원칙이 부족했다는 점에 대해서도 구체적으로 자기비판을 하시오. 셋째, 대안의 사업체계에 맞게 간부 당원들과 기술자 대중들과의 사업, 즉 사람과의 사업을 잘못한 데 대해서도 심각하게 비판하시오. 넷째, 지배인이라는 직책을 망각하고, 아직도 모든 것을 자신이 책임지겠다는 사업방법과 사업작풍이 결렬된 탓으로 인해 그동안의 사업실적이 목표에 형편없이 뒤떨어지고 있다는 점을 엄중하게 비판하시오. 마지막으로 초급당에 대해 의견이 있으면 호상비판도 제기하시오. 너무 늘어놓지 말고, 상급당에서 나와서 당 생활을 지도하는 것만큼 도움이 되는 방향에서 초급당에 대한 비판을 건설적 방향에서 해보란 말이오…….”

초급당 비서는 제1정비공장 지배인을 가만두지 않겠다고 미리 작정이라도 하고 나온 듯 직사포를 쏴 댔다. 그래도 지배인은 얼굴상 한번 찡그리지 않은 채 초급당 비서의 비판 요지를 간추려 적어대기 바빴다. 그러자 초급당 비서는 제1공장 지배인을 향해 “장군님(당 총회 시 김정일을 지칭하는 공식 칭호)에 대한 충성심과 장군님께서 주신 과업을 끝까지 수행하겠다는 강인한 투쟁정신과 그 어떤 난관과 장애 요인이 닥쳐와도 기필코 금년도 사업목표를 2/4분기 내에 달성하고야 말겠다는 관리자로서의 사명감이 부족했기 때문에 2/4분기가 이제 30일밖에 남지 않았는데도 각 부서 사업목표는 크게 미달하는 결과를 낳고 있다.”라고 지적했다.

사로청위원장은 초급당 비서가 오늘 몹시 화가 났구나 하면서 기사장과 지배인을 건너다보았다. 기사장은 고개를 푹 떨군 채 사색이 되어 있다. 지배인은 초급당 비서의 당 생활 비판이 끝나자 발언대 앞으로 나와 초급당 비서의 비판을 공식적으로 접수하며 자기비판을 시작했다.

"우리 록화사업소의 이번 분기 사업목표 미달은 지배인인 제가 모든 책임을 지겠습니다. 우선 초급당총회 회의를 현지지도 하러 내려오신 상급당 선전비서 동지와 초급당비서 동지, 그리고 부비서 동지를 비롯한 여러 당원 동지들께 우려와 근심을 안겨 드린 점에 대해 먼저 송구스럽다는 말씀을 드립니다.

여러 당원 동지들이 우려하는 바와 같이 금년도 2/4분기는 이제 30일밖에 남지 않았습니다. 그런데도 2/4분기 사업실적은 목표에 크게 미달하고 있습니다. 이렇게 사업실적이 부진한 것은 각 단위(작업반) 소속 성원들의 장기결근이 가장 큰 문제가 되고 있습니다. 사람이 있어야 각종 차량이 돌아가고, 각 차량이 운행되어야 전 부분에서 사업성과가 나타나게 되는데 우리 록화사업소는 당원 동지 여러분도 다 알고 있다시피 각 단위 소속 성원들에 대한 후방사업(식량배급사업)이 제대로 이루어지지 않고 있습니다. 그래서 여러 당원 동지들이 장기결근계를 내어놓고 각자도생 형식으로 식량 조달에 나서기 때문에 각 단위 조직 성원들의 출근율이 나날이 떨어지고 있습니다. 만약 록화사업소 운수부 관리 담당 부지배인 동무가 화물자동차 부품공급부를 꽉 틀어잡고, 한 달에 보름 정도만이라도 자동차 부품을 공급할 수 있게 화물자동차 부품 조달사업을 잘해 왔다면 그 많은 작업반 조직 성원들이 부품이 없어 화물자동차 운행을 못하는 차량들을 그냥 세워놓은 채 배낭 하나 둘러메고 개별적으로 자기 가족들이 먹을 식량을 변통하러 나서지는 않았을 것입니다.

두 번째 요인은 록화사업의 최적기인 지난달 4월 1일부터 봄장마가 열흘 넘게 내리며 폭우를 동반했다는 사실입니다. 이 폭우로 말미암아 룡포천과 운흥강이 이틀 넘게 범람하고 사업 목표지로 설정한 대덕봉 일대 사면 50헥타르가 접근도 못하게 산사태를 불러오는 악천후로 인해 지난달에는 량강도 령하리 일대의 북부철길에서 렬차전복사고가 발생하는 대혼란까지 겹쳤습니다. 오늘도 우리 사업소는 렬차전복사고 현장 수습 차 청년돌격대를 파견해 시신 수습부터 먼저 진행하지 않으면 안 될 형편에 처해 있습니다.

세 번째는 장티푸스, 파라티푸스, 이질, 콜레라 같은 수인성 전염병의 창궐로 수많은 인민과 록화사업소 소속 각 단위부서 소속 동무들의 가족들이 연일 병사하고 있다는 사실입니다. 저는 오늘 아침에도 집을 나오면서 우리 간부아파트 뒷마당에서 쓰러져 밤새 숨을 거둔 록화사업소 소속 각 단위부서 로동자 가족들의 시신을 보며 출근했습니다. 평소 직장에 잘 나오던 조직 성원들이 아무 연락도 없이 장기 결근한 까닭을 알고 싶어 최근에는 당 세포 동무와 같이 그 동무들의 집을 모두 방문해 장기결근을 한 원인을 모두 알아보았습니다. 세포 동무와 제가 두 눈으로 확인한 바로는 장기결근을 한 작업반원 전원은 모두 장티푸스, 파라티푸스, 이질, 콜레라 같은 수인성 전염병에 감염되어 몇 며칠씩 설사와 토사물을 쏟아내며 가만히 앉아 있을 힘도 없어 누워 있었습니다. 이제는 그 몹쓸 수인성 전염병에 걸려 출근은커녕 죽을 날만 기다리며 그대로 쓰러져 있다며 주르르 눈물부터 흘리며 의약품과 식량을 좀 구해 달라고 매달렸습니다. 같이 간 세포 동무와 저는 그런 수인성 전염병과 굶주림에 내몰린 모습을 보고는 아무 말도 못한 채 같이 껴안고 울어주다 돌아왔습니다. 잘 아시다시피 이번 수인성 전염병은 예상치도 못한 봄

장마로 인해 우리 새운흥군을 둘러싸고 있는 인근 삼수군, 갑산군, 운흥군, 백암군, 장진군 일대의 큰 강과 군 관할 여러 하천들이 일시에 쏟아지는 봄장마 폭우를 감당하지 못해 고원지대 들판과 마을은 2~3일씩 큰물에 잠기게 했고, 그러한 기상이변과 자연재해로 인해 자연부락 식수의 근원이 되는 상수원과 마을 단위로 설치돼 있는 공동변소와 재래식 측간을 모두 넘쳐나게 만들어 아파트단지까지 똥물과 인분 덩어리가 밀려오는, 그야말로 입에 다 담을 수 없는 똥물 천지를 만들어 장티푸스, 파라티푸스, 이질, 콜레라 같은 수인성 점염병을 발생, 전파하는 숙주 역할을 하게 만들었습니다. 이런 몸서리나는 수해와 수인성 전염병은 고난의 행군이 시작되던 지난 1995년 이후부터 지금까지 한두 해씩 건너뛴 해가 있긴 했으나 거의 10년 넘게 반복적으로 계속되고 있는 실정입니다. 그런데도 우리 공화국은 아직도 이 문제를 근본적으로 해결하지 못하고 있는 실정입니다. 천만다행 금년 4월 봄장마는 지난 1995년 대홍수처럼 수인성 전염병으로 몸겨누워 있는 우리 기업소 로동자 가족들의 살림집을 깡그리 휩쓸고 가지는 않았습니다. 하지만 의약품 부족 현상은 고난의 행군 시기보다 더 나아진 것이 하나도 없습니다. 리 진료소는 물론 군 단위 진료소와 병원들마저 수인성 전염병 환자들을 치료할 수 있는 항생제와 알약을 구하지 못해 환자들이 리 진료소나 군 진료소를 찾아가면 청진기 한번 대어보며 '물을 끓여 먹어라.'라는 처방 외에 주사 한 대 놓아줄 수 없는 형편이 우리 새운흥군의 실상입니다.

이런 사정으로 우리 록화사업소 소속 동무들 가족은 물론 다른 부서 소속 인민들도 몇 며칠씩 굶어서 가족 전체가 눈을 뜰 힘도 없이 누워 있는 그 로동자 당원 동지 가족들에게 지배인인 저로서도 해줄 수 있는 말은 '우리 공화국 인민 모두가 어려운 이 시기, 좌절하지 말고 어서 기운을 차리고 일어나 식량부터 구해보자.'라는 말 외엔 특별히 해줄 말이 없었습니다.

당원 동지 여러분! 금년도 사업목표에서 크게 미달한 네 번째 요인으로는 부품 자재, 설비 보수, 전력 공급 사정도 큰 문제점으로 작용했습니다. 이는 제 스스로 판단해도 관료주의적 작풍과 틀에 박힌 재래식 사업방법에서 벗어나지 못한 채 상급 당의 지시만을 기다리며 차일피일 날짜만 허비해 온 저의 안일한 사업작풍이 이런 결과를 불러왔다고 엄중하게 제 자신을 비판합니다. 좀 더 일찍, 좀 더 적극적으로 각 단위 부서별로 식량공급소조나 청년돌격대를 조직해 한편에서는 식량을 구하는 작업을 추진하고, 또 한편에서는 예상외로 길어진 봄장마에 대처하며 사업목표 달성을 위해 공화국 내 화물자동차 부품생산공장을 찾아다니며 우리 록화사업소 운수부가 필요로 하는 화물자동차 차종에 필요한 기계부품 확보 사업을 충실하게 추진해 왔다면 우리 록화사업소 소속 수많은 화물자동차들이 교환해야 할 부품을 구하지 못해 운행하여야 할 적기에 몇 달씩 정비소 뒷마당에 눈비를 맞으며 그냥 서 있지는 않았을 겁니다.

그러나 아직도 2/4분기는 30일을 남겨두고 있습니다. 이 30일 동안 각 부서 당 세포들과 힘을 합쳐 각 부서별로 식량공급소조나 돌격조를 조직해 굶주림 병으로 고생하고 있는 조직 성원들을 도와주며 출근율을 60%까지 높이겠습니다. 그 대안으로 저는 어제 중국으로부터 연유용(燃油用 : 경유) 화물자동차 3대를 구입해 와서 우선 식량공급부와 산림 록화부, 그리고 자재공급부에 추가적으로 배차했습니다. 이 3대의 연유용 화물자동차가 더 멀리, 더 빨리 달리면서 본연의 돌격대 임무를 수행하다 보면 우리 새운흥군 록화사업소 소속 당원 동지 여러분의 식량공급사업과 본연의 사업목표가 크게 진척되리라 믿습니다. 또 화물자동차 가동률도 빠른 시일 안에 올라가리라 믿습니다. 그리하여 2/4분기가 다 가기 전에 저조한 사업실적 극복에 박차를 가해 어떤 일이 있어도 장군님의 신임과 믿음에 사업목표 완수로 보답하겠다는 것을 당원 동지 여러분들 앞에서 맹세합니다.

아무쪼록 저희 록화사업소 산하 모든 단위(작업반)들이 얼마 남지 않은 기간 동안 전력 질주할 수 있도록 많은 당원 동지 여러분의 협조와 성원이 있기를 기대하며 이것으로 저의 자기비판을 마칩니다."

지배인이 자기비판을 마치고 자리로 들어가자 상급당에서 내려온 선전비서가 일어나서 지도 발언을 했다.

"지배인 동무의 자기비판 내용 잘 들었소. 그러나 지배인 동무, 동무가 잊지 말아야 할 것은 위대한 장군님께서 지배인 동무에게 믿음을 안겨주시고, 이 록화사업소까지 맡겨 주신 점입니다. 그런데 동무는 이 믿음을 망각하며 록화사업소 5개 부서의 사업목표마저 미달하게 했소. 여기에 대해, '왜 이 지경으로 만들었는가? 장군님께 큰 심려를 끼치게 하지 않았는가?'를 동무는 알고는 있소? 그런데도 동무는 4/4분기가 다 끝나는 시점에서 보자고 했는데, 지배인 동무의 그 맹세를 나는 전적으로 믿어보겠소. 모든 당원들이 다 쳐다보고 두 귀로 똑똑히 들었으니 그

점은 내년 초 총화 때 다시 따져봅시다. 그리고 오늘 맹세한 내용을 만약 그때 가서 달성하지 못했다면 다른 대책을 강구할 수밖에 없다는 사실도 지배인 동무는 똑똑히 명심하시오……."

상급당 선전비서는 내년 초 초급당총회 때 전체적으로 다시 한번 검토해 보자며 결론을 내렸다.

초급당 비서는 지도사업을 나온 상급당 선전비서의 결론을 〈초급당의 결론〉으로 대신한다고 하면서 초급당 총회를 끝마친다고 선언했다. 록화사업소 지배인은 그때야 땀에 젖은 손을 바지에 문지르며 안도의 한숨을 내쉬었다.

"이번에 저희 식량공급부에 연유용 화물자동차를 배차해 주신 점, 진심으로 감사드립니다."

사로청위원장은 지배인 앞으로 다가가 인사를 했다. 새롭게 배차된 연유용 화물자동차를 이용해 종전보다 식량공급사업에 더욱 정진하겠다고. 지배인은 비망록을 챙겨 들고 초급당총회 회의장을 나오면서 사로청위원장을 바라보았다.

"사로청위원장 동무, 나 정말 동무한테 거는 기대가 크오. 부디 우리 사업소 단위부서들의 사업목표를 5%만 더 올릴 수 있게 동무가 식량공급사업을 좀 더 깐지게 수행해 주오. 오늘 내가 비판당하는 것 보았지요. 이거야 정말, 우리 록화사업소 복무 분위기가 오늘 같으면 지배인 자리 맡을 사람이 누가 있겠소? 각 부서 조직 성원들은 수인성 전염병과 굶주림을 견디다 못해 모두 다 퍽퍽 쓰러지는데……?"

지배인은 초급당비서와 상급당비서에 대한 서운한 감정이 사라지지 않는 듯한 표정이었다. 사로청위원장이 이만치 같이 걸어오며 위로의 말을 건넸다.

"지배인 동지, 너무 걱정 마십시오. 오늘 초급당비서가 주는 방향은 누가 봐도 일반적인 것이고 늘 하는 말씀이었습니다. 지배인 동지는 이곳으로 영전되어 온 지 얼마 되지 않아 아직 초급당비서에 대해서는 잘 모르시갔디만요……."

"그래도 실무적으로 쥐어짤 것을 지적해야지 하늘의 기상이변과 자연재해를 나 개인의 사상적 문제로 걸고넘어지면 어쩌겠다는 거요?"

"그게 다 선행자들이 만들어 놓은 해묵은 수법입니다. 그래야 우리 록화사업소도 살고, 초급당도 살고, 사상지도 내려온 간부도 낯이 선다는 말입니다……."

"아무튼, 나로서는 오늘 큰 족쇄를 찬 느낌이오. 그러니 사로청위원장이 식량공급사업을 잘 해서 나를 좀 도와주시오. 우리 사업소 5개 단위부서마다 식량공급사업을 잘 해서 성원들의 출근율을 20%만 높여도 4/4분기 생산목표는 그런대로 달성시킬 수가 있소."

"북부철길 렬차전복사고 현장 시체수습 로력동원만 끝나면 소조원들과 머리를 맞대고 중국을 내왕하는 밀수꾼 아바이들과 비법적으로라도 식량공급사업과 의약품 공급사업에 박차를 가해 보겠습니다."

지배인은 4/4분기 생산목표 달성을 위해서는 무엇보다 록화사업소 5개 단위부서 조직 성원들의 식량공급 문제가 제일 먼저 해결되어야 한다고 강조했다. 굶고 있는 가족에게 식량도 배급하지 못하면서 그 가장에게 록화사업소로 나오라고 출근명령을 발동시킬 수는 없다는 것이다.

사로청위원장은 전적으로 동의한다고 응원했다. 그러자 지배인은 사로청위원장의 귀를 빌리며 새로 배차한 연유용 화물자동차를 이용해 좀 더 적극적으로 중국을 내왕하는 밀수꾼(밀무역꾼) 아바이들과 짝짜꿍하며 비법적으로라도 식량공급사업과 의약품공급사업을 전개해 보라고 했다. 그것은 결국 농촌 협동농장에서 귀중히 여기는 뜨락또르(트랙터)용 차축 베어링, 유압호스, 비닐박막용 물 호스 같은 특수 관급자재도 업무담당 부지배인과 협의해 비법(非法:불법)이지만 은밀하게 좀 더 빼줄 테니까 보안이 유지되는 믿음직한 협동농장과 은밀하게 교섭해 식량 조달에 더 박차를 가해 달라는 부탁을 하고 있는 것이다.

"지배인 동지께서 그 정도로 광폭적인 지원을 해주신다면 지금보다는 더 성과적으로 식량을 공급할 수 있습네다. 뜨락또르용 차축 베어링이나 유압호스는 쉽게 구할 수가 없어 농번기를 맞이했는데도 뜨락또르를 세워놓고 있는 협동농장도 많으니까요"

"어제는 하도 애가 타서 부지배인들과 마주 앉아 우리 록화사업소 5개 단위부서 성원들의 출근율을 높이는 묘안을 찾다 그런 비상타개책까지 내놓았으니까 동무가 이번 비상타개책을 적극적으로 좀 활용해 보시오. 기러구 어젯밤에 들어온 알곡은 언제쯤 배급할 계획이오?"

"부지배인 동지께 오늘 오전 일찍 보고를 했습니다. 그러니까 오후부터는 5개 단위부서별로 소량이나마 배급될 것입니다. 근데 저희 식량소조 운전공이 초상을 당해 지배인 동지가 주관하는 오늘 저녁 5개 단위부서 토론모임에 우리 소조는 참석할 수가 없을 것 같습니다."

"식량소조 운전공이라면?"

"지금 저희 소조 목탄차 몰고 있는 장철산 동무 로친께서 오늘 새벽 별세했습니다."

"아, 운수부에서 파견 나간 그 젊은 동무 말이오?"

"네. 그 동무는 교화소에서부터 화물차 조수생활을 하며 3급 운전공이 된 동무라 연유차나 목탄차 가리지 않고 차례지는(배차 순서가 하달되는) 대로 모두 잘 몰고, 우선 길눈이 밝습니다. 함경도나 량강도 일대는 물론 중국으로 건너가서도 웬만한 큰길은 모르는 길이 없을 정도로 손안에다 꿰고 있습네다. 어릴 적 꽃제비로 중국을 왔다갔다 해서리……."

"기래요. 기런 젊은 동무들 잘 좀 다독거려 주시오. 나도 5개 단위부서 토론모임 마치면 좀 늦더라도 조문 가갔소. 빈소는 어디오?"

"청년거리 로동자구아파트 305호라고 합디다."

지배인은 밤늦게 또 보자면서 먼저 돌아섰다. 사로청위원장은 멀어져 가는 지배인의 뒷모습을 잠시 지켜보다 자신의 사무실로 올라갔다. 초상을 당한 장철산의 집으로 보내야 할 장례지원 물품이 제대로 전달되었는지 궁금했다.

"위원장 동지, 문제가 좀 생겼습네다."

사무실로 들어가니 장례지원 물품을 전담하는 여성 부기공(簿記工)이 근심 어린 표정으로 다가왔다. 아침에 지시를 받은 대로 직장 장례보조금, 강냉이 옥쌀 30kg, 술 6병, 국거리용 고기 2kg, 물고기 2kg, 염장김치, 된장, 간장, 콩기름, 국거리용 마른 고사리와 시래기는 모두 챙겨서 보냈는데 시신을 운구할 때 사용하는 목관이 없다고 했다. 물자공급부 담당 지도원의 설명은 새운흥군 록화사업소 로동자 직계 존속의 사망자가 최근 갑자기 불어나 목관이 죄다 거덜 났다는 것이다. 그래서 몇 달 전부터는 목관 대신 거적을 목관 대용으로 내보내고 있는데, 이것은 "사로청위원장한테 승인을 받은 이후 결정하겠다." 하고 답변하면서 보류해놓고 있다고 그동안의 일 처리 경과를 전해주었다.

"이거야 정말, 환장하갔네! 록화사업소 자재창고에 목관이 다 동이 나다니……?"

사로청위원장은 무어라 표현할 수 없는 착잡한 감정이 몰려와 담배를 한 대 붙여 물었다. 새운흥군 록화사업소라면 명실공히 종업원 3천 명 이상을 거느린 국가 2급 기업소가 아닌가? 산하에 거느린 목재공장만 해도 20여 개가 넘는데 이걸 어쩌나? 당원이든, 비당원이든, 공화국에서 한평생을 살고 이승을 떠나는 공민들은 모두가 사회주의 조국 건설과 조선로동당을 위해 자기 깜냥껏 열과 성을 다 바친 공로자들인데, 이들의 마지막 가는 길을 위해 조국이 그 얇디얇은 널판때기로 만든 목관 하나 공급해 줄 수 없을 만큼 새운흥군 록화사업소 자재창고가 메말라버렸다면 자라나는 젊은 청년 일꾼들과 자기 같은 중년 당원들은 무슨 희망으로 조국과 당을 위해 충성을 하며 남은 인생을 살아갈 수 있다는 말인가?

"이건 아니야, 이건 아니야……."

사로청위원장은 넋 나간 사람처럼 혼자 중얼거리다 장의봉사부 당세포 사무실로 전화를 걸었다. 관리 담당 부지배인 직속인 장의봉사부 부장 동무는 어인 일로 사로청위원장이 전화까지 다 했느냐며 반색이다. 사로청위원장은 단도직입적으로 장의봉사부 자재창고를 다 들추더라도 장철산 운전공 로친네 시신을 담아 운구할 목관 하나를 만들어 달라고 사정했다. 그러면서 만약 이 부탁을 장의봉사부가 거절하면 앞으로 장의봉사부는 식량공급부 소조원들로부터 따돌림을 당할 것이라고 으름장을 놓았다. 농담이라는 단서를 달면서.

"야, 사로청위원장! 너 정말 길케 이쁘게 말할 거네?"

장의봉사부장은 전화통에다 대고 "우하하……." 하고 웃으며 목관 부족 심각성을 알려주었다. 그는 장의봉사부 전체 성원이 식량공급부 소조원들로부터 따돌림을 당해도 장철산 운전공 로친의 목관 하나를 온전하게 다 만들어 줄 수 없다고 했다. 새운흥군 록화사업소 3,500여 명 종업원 중 오늘만 해도 벌써 10여 개 부서에서 종사원 직계 존속 장례에 사용할 목관을 만들어 달라고 요청이 들어왔다는 것이다. 이런 요청들을 받을 때마다 장의봉사부는 안타깝지만 자재창고로 연락해 보라고 따돌리기도 하고, 피치 못할 부서의 요청은 보유하고 있는 널빤지 자재가 부족해서 그렇다고 양해를 구하면서 목관의 밑판만 여기저기에서 구해 온 널빤지 조각을 조립하듯 이리 붙이고 저래 붙여 성의껏 만들어 주었다는 것이다. 그렇지 않고는 자재 부족으로 감당할 수가 없다는 것이다. 사로청위원장은 목관 부족 현상이 그렇게 심각한 줄은 몰랐다며 그런 식으로라도 만들어 달라고 부탁했다. 만약 장철산 운전공 로친네의 시신을 거적때기로 둘둘 말아서 묘지까지 운구할 경우, 식량공급부 소속 전체 성원들의 당 생활과 근무의욕은 심각할 정도로 저하될 수 있기 때문이었다.

"오늘 밤 어두워지면 우리 소조원들을 보내갔시요."

"기러라우. 장철산이한테는 오해 없도록 사로청위원장이 잘 요해(이해)시켜 주고."

사로청위원장은 고개를 끄덕이며 전화를 끊었다. 그리고는 책상 서랍을 열어 봉투를 한 장 꺼냈다. 조문 후에 내놓을 조의금 봉투를 만들어야 한다. 그런데 조의금은 얼마를 넣어야 좋을까? 사로청위원장은 잠시 혼자 생각에 잠겼다.

다른 부서의 동맹원 같으면 평소 5원이나 10원(한 달 로임 70~80원 기준) 정도면 충분했다. 그렇지만 장철산이는 자신의 직계 수하처럼 동고동락하는 사로청 동맹원이라 그렇게 조의금을 넣을 수는 없다. 고난의 행군 이후 장마당 쌀값도 천정부지로 뛰어올라 그동안 공화국 내 공장·기업소 간부들의 한 달 로임도 100배 가까이 뛰어올랐는데…… 이거야 정말 고민이네. 얼마를 넣어야 좋을까?

사로청위원장은 생각하고 생각한 끝에 장철산 3급 운전공이 한 달 일하고 직장에서 받는 로임(6,000원, 2012년 3급 운전공 월 급여 기준)의 4분의 1에 해당하는 거금을 큰맘 먹고 봉투에 넣었다. 장례를 끝마치자마자 장철산 운전공과 같이 손발을 맞추어 해내어야 할 일들이 태산 같은데 그가 장례식 후 가정 사정을 빌미로 결근계라도 내어버리면 식량공급부 전체 업무가 마비될 수 있다. 그래서 사로청위원장은 장철산 로친의 장례식 문제가 자기 일처럼 더 신경이 쓰였다. 사로청위원장은 사무실 여자 부기공에게 자신의 행처를 일러주고 운흥읍 령하리 북부철길 열차전복사고 현장으로 달려갔다.

제6화

27년 만의 조우(遭遇)

제6화

27년 만의 조우(遭遇)

인천광역시 남동구 간석동 주공아파트 5동 주차장.

KGB택배 인천남동영업소 소속 탑차 한 대가 들어왔다. 간석시장과 먹자골목 배달을 마치고 아파트단지로 택배 화물을 배달하러 온 평산의 탑차다. 평산은 탑차의 콘솔 박스 위에 올려놓은 택배 화물 송장 한 장을 빼내며 고개를 갸웃거렸다. 〈복철순〉이라는 택배 고객의 성씨가 퍼뜩 생각은 나지 않지만 어디서 많이 들어본 듯한 성씨다. 이 〈복철순〉이라는 고객한테는 한 달에 한 번씩 중국 옌볜에서 보내는 택배 화물이 비행기나 배를 타고 인천공항 터미널로 도착한 다음 한국 내 중국계 택배 회사 지점이 KGB택배로 배달을 의뢰하고 있다는 사실을 내심 감지했다. 그리고 보니 이 〈복철순〉이라는 이름이 이제는 제법 눈에 익은 느낌도 들었다.

외국계 물류 회사가 KGB택배로 배달을 의뢰하는 이런 유형의 택배 화물에 대해서는 화물을 그냥 문 앞에 놓아두고 와서는 안 된다. 어떤 경우든, 택배 송장에 기록된 수령인이 틀림없이 화물을 받았다는 서명을 받아야 한다. 전임 팀장을 따라다니며 1년 넘게 이런 규정을 교육받은 평산은 송장에다 택배 화물 수령인이 '이 화물을 받았다.'라는 서명을 받을 준비를 해서 주공아파트 5동 현관 앞에서 엘리베이터가 내려오길 기다렸다.

5층에서 잠시 머문 엘리베이터는 금세 1층으로 내려와 문을 열었다. 5층에서 탄 듯한 볼살이 토실한 초등학생과 누나인 듯한 남매가 막대사탕을 빨며 엘리베이터에서 나오며 인사했다.

"아저씨! 그거 우리 집에 온 택배에요?"

평산은 그 초등학생 남매가 사는 층 호수가 궁금해 손에 들고 있는 택배 화물 송장 주소를 그 남매에게 보여주며,

"이건 7층 5호인데 학생은 몇 호에 살지?"

하고 물었다. 초등학생 남매는 함께 헤헤헤 낯가림 없이 웃으며,

"아니에요. 우리는 5층 508호에요. 수고하세요."

하면서 두 손을 마주 잡은 채 어디론가 폴짝폴짝 뛰어갔다.

"그래. 고맙다."

평산은 혼잣말로 초등학생 남매의 인사에 답하며 엘리베이터를 올라탔다. 윙 하면서 엘리베이터가 7층으로 올라가는 소리를 내더니 인디게이트가 7층을 알려주었다. 그 순간, 약간 덜커덩하는 듯한 제동이 걸리며 자동으로 엘리베이터 문이 열렸다. 평산은 지난달 초순에도 이 7층

5호에 거주하는 〈복철순〉이라는 고객에게 5kg들이 사과 상자 하나 크기의 택배 화물을 배달했다는 기억을 떠올리며 콧등으로 흘러내린 짙은 갈색 안경을 밀어 올리며 엘리베이터에서 내렸다.

간석동 주공아파트는 1층 현관 중앙복도 앞에서 엘리베이터를 타면 2층부터 아파트 서북쪽으로 길게 통로가 나 있는 복도식 아파트라 오후가 되면 봄볕이 따가웠다. 평산은 목에 걸고 있는 수건으로 흘러내린 땀을 닦으며 바삐 705호 출입문 쪽으로 잰걸음으로 걸었다. 왼손으로 옆구리에 택배 화물 상자를 끼고 705호 출입문 앞에서 초인종을 누르며 자신의 방문 목적부터 알렸다.

"택뱁니다."

출입문 안쪽을 향해 크게 외쳐놓고 화주가 문을 열 때까지 기다리는데 아무런 인기척이 없다. 화주로부터 수령확인 서명을 받을 택배물에 대해서는 사전에 전화로 오후 3~4시경 "집에 계시느냐, 안 계시느냐?" 하면서 구두 약속까지 받으며 고객과 약속한 그 시간대에 화물을 배달하러 왔는데 아무런 기척이 없다. 이럴 땐 어떡하면 좋은가? 갑자기 외출이라도 했다는 말인가? 평산은 고개를 갸우뚱하며 다시 한번 초인종을 눌렀다.

"택뱁니다. 집에 안 계십니까?"

이번에도 아무 기척이 없으면 택배를 배달하러 왔다가 수령확인 서명을 받을 수 없어 도로 가지고 간다는 알림장을 꺼내는데 705호 출입문 안쪽에서 사람의 목소리가 들려왔다.

"나가요."

하는 소리와 함께 705호 출입문이 삐꺽하고 열렸다. 한 뼘가량 열린 문 틈새로 얼굴만 내민 화주는 지난달 택배 배달할 때도 본 듯한 얼굴이다. 근데 자다가 일어났는지, 꾀죄죄한 병자의 몰골에다 걸치고 있는 옷가지도 잠옷 차림. 지난달에도 심한 위장병을 앓고 있는 사람처럼 야위어 보였는데 오늘은 더 야위고 초췌해 보였다. 큰 병을 앓고 있는 고객인가? 화주의 얼굴에서 느껴지는 선입감이 왠지 처량한 생각이 들어 꾸벅 고개를 숙여 다시 인사를 건네며 수령확인 서명을 받아야 하는 해외 택배가 도착했다는 사실을 다시 알려 주었다.

사내는 몹시 귀찮고 힘겨운 표정으로 705호 출입문을 조금 더 열고 출입문 밖으로 나온 뒤 얼른 반쯤 열었던 출입문부터 닫았다. 마치 705호 출입문 안쪽을 외부인에게 요만큼도 보여주지 않겠다는 행동 같았다. 조금 전 간석시장 만물상회 주인장은 "아이구, 수고 많으십니다. 바쁘시더라도 잠시 들어오셔서 물이라도 한 잔 마시고 가세요." 하면서 그가 내민 화주 수령확인 송장에 얼른 서명을 해주며 손님 접대용으로 준비해 놓은 박카스도 한 병 주머니에 찔러넣어 주면서 황송할 만큼 고맙다는 인사까지 해주었다. 근데 〈복철순〉이라는 이 화주는 전혀 다른 모습이다. 초췌하고 힘겨운 표정으로 '택배나 배달해주면 그만이지, 왜 화주 수령확인이니 뭐니 하면서 누워 자는 사람 단잠까지 깨우며 귀찮게 만들어?' 하는 표정으로 심통을 부리는 듯한 안색이다. 평산은 서명해 줄 볼펜을 먼저 복철순 화주에게 건네며 서명을 받을 송장을 책받침에 끼워 〈화주 수령확인 서명란〉을 손가락 끝으로 짚어주었다.

"여기다 서명해주시면 됩니다."

복철순 화주가 그제사 왼손으로 송장을 끼운 책받침을 받아들고 오른손으로 내갈기듯 〈남궁〉이라고 서명을 하다가 무언가를 깜박한 듯 다시 깜지를 만들 때처럼 〈남궁〉이란 두 글자를 못 알아볼 정도로 볼펜으로 짓뭉갠 뒤 다시 〈복철순〉이라고 서명해주었다. 말은 안 해도 〈남궁○○〉이라는 이름과 〈복철순〉이라는 이름 두 가지를 사용하던 사람이 무의식적으로 자기 이름을 〈남궁○○〉이라고 적으려다 아차! 하고 정신을 차리며 〈복철순〉이라는 다른 이름으로 서명해주는 것 같았다. 그 통에 우표 두 장 정도 붙일 크기의 송장 화주 수령확인란은 〈남궁〉이란 두 글자를 알아보지 못하도록 짓뭉개고 그 옆에다 다시 〈복철순〉이라고 재서명 하느라 낙서장처럼 엉망이 되고 말았다. 그래도 평산은 화주로부터 수령확인 서명을 받았다는 그 한 가지 사실만으로 만족해하며 송장을 끼운 책받침을 건네받았다.

"감사합니다."

평산은 다시 고개 숙여 인사하며 복철순 화주가 건네준 책받침과 송장을 받아 조끼 주머니에 찔러 넣었다. 그리고는 그가 705호까지 들고 온 택배 상자를 복철순 화주에게 건넸다. 복철순 화주는 아무 말 없이 택배 상자를 받아든 채 한 손으로 705호 출입문을 열고 아파트 안으로 들어가 버렸다. 평산은 쾅! 하고 705호 출입문이 닫히자 조끼 주머니에 찔러넣었던 책받침과 화주 수령확인 송장을 다시 꺼내, 책받침 폴더에서 송장을 빼내며 복철순 화주가 〈남궁〉이란 두 글자를 알아보지 못하게 볼펜으로 짓뭉갠 자리를 잠시 내려다보다 쩝, 하고 개운찮은 입맛을 다셨다. 방금 택배 상자를 받아들고 705호 안으로 들어간 복철순 화주가 왠지 아주 오랜 옛날부터 자신과 깊은 인연이 있었던 사람처럼 느껴지며 자신도 모르게 아득한 어린 시절의 기억이 순간적으로 뇌리를 스쳐 갔다.

맞아! 그놈이야…….

함경북도 회령시 22호 관리소로 전 가족이 강제이주 된 지 얼마 되지 않은 인민학교 2학년 때였다. 가족들마다 개별적으로 관리소 내 보위부 사무실로 불려 다니며 여러 종류의 서약서와 본인 관련 문건에다 자필로 보위원들이 적어내라는 잡다한 인적사항을 자술하던 1984년 10월 하순. 아버지 이름, 어머니 이름, 나이, 자기 이름, 형제 이름, 자기가 태어난 해, 태어난 달, 태어난 날, 태어난 곳, 관리소에 오기 전에 살았던 곳, 다녔던 학교 이름, 학급, 옆자리에 같이 앉았던 친구 이름 등을 서식의 칸에다 자술하던 그 날, 책상 앞에 서서 그가 적어 내려가던 내용을 내려다보던 보위원이 순간적으로 평산의 귀뺨을 후려치며 상욕을 퍼부었다.

"이 반동 지주 새끼! 인민학교 2학년이라는 새끼가 글자도 못 읽어? 대대로 악질반동 지주로 살아온 네 할아비 이름을 적어야 하는 칸에다 와 네 아비 이름을 죄다 적어놨어? 일어 섯!"

눈앞에서 불이 번쩍할 만큼 귀뺨을 후려친 보위원이 갑자기 자리에서 일어나라고 호통치며 윽박질렀다. 오지게 귀뺨을 얻어맞은 평산은 몰려오는 아픔을 견디지 못해 그만 울음을 터뜨리며 자술서를 적었던 책상에 앉은 채로 두 손을 모아 용서해 달라고 빌었다.

"아! 아아악……잘못했어요. 용서해 주시라요."

"빨리 일어나! 일어나라는 말도 못 알아먹어?"

평산은 아무것도 보이지 않았다. 눈앞에 불이 번쩍할 만큼 몰려오는 아픔이 조금 물러가자 그때서야 성난 보위원의 얼굴이 눈앞에 어른거렸다. 그사이를 못 참아 보위원이 또 악을 쓰듯 "일어나!" 하고 외쳤다. 평산은 온몸을 부들부들 떨면서 의자에서 일어나 책상 옆으로 한 발짝 걸어 나와 부동자세로 섰다.

"이 반동 지주새끼야! 너, 조선 글자 읽을 줄 몰라?"

"아닙네다. 읽을 줄 압네다."

"그런데 왜 악질반동 지주 네 할애비 이름 적는 칸에다 네 애비 이름 적었어? 관리소에 온 지 얼마나 됐다고 벌써부터 병신 짓 하며 반항하는 거야? 너 한번 죽어볼래?"

"아닙네다. 잘못했습네다. 다시 쓰겠습네다. 선생님, 한 번만 용서해 주시라요."

"용서? 너 같은 악질반동 지주 새끼는 수령님의 교시대로 3대에 걸쳐 씨를 말려 죽여야 해. 똑바로 못 서!"

하면서 보위원은 발작하듯 평산의 낭심과 아랫도리를 군홧발로 걷어찼다. 평산은 순간적으로 밀려오는 낭심의 고통을 참지 못해 푹 고꾸라지면서 대굴대굴 뒹굴었다. 그러다 자신도 모르게 정신을 잃고 까무러쳤다. 얼마 후 다시 정신을 차리고 보니 누군가가 자신의 뺨을 톡톡 쳐대며 웅얼웅얼하는 말소리가 들려왔다.

"보위원 동무, 얘 이제 정신이 돌아오는 것 같은데 어떻게 해요?"

"마른 옷으로 갈아입혀 위생실 침상에 좀 눕혀놔 봐. 또 까무러지거나 뒈져버리면 골치 아프니까······."

남궁혁철 보위원이 정치범 죄수에게 지시했다. 평산에게 찬물을 퍼부은 죄수가 물을 담아온 고무 바케쓰(bakesu)를 들고 밖으로 나갔다. 평산은 그때까지 흠뻑 젖은 옷을 걸친 채 오들오들 떨면서 보위부 사무실 바닥에 낭심을 끌어안고 새우처럼 쓰러져 있었다.

잠시 후 밖으로 나갔던 죄수가 다른 죄수 한 사람을 대동하고 보위부 사무실로 들어왔다. 그때까지 평산은 인사불성이 된 채 낭심을 끌어안고 신음을 토해내며 부들부들 온몸을 떨어댔다. 두 죄수는 평산의 젖은 옷을 벗겨 마른 옷으로 갈아입혔다. 그리고는 평산을 들쳐업고 위생실로 옮겼다.

위생실 침대에 드러누운 채 평산은 3일간 자신의 낭심을 끌어안고 앓아댔다. 온몸이 불덩이처럼 뜨거워졌다. 낭심을 끌어안고 끙끙 앓아대는 평산의 얼굴에는 계속 진땀이 줄줄 흘러내렸다. 그런데도 평산은 땀을 한번 닦을 수 없었다. 몰려오는 통증이 너무나 지독해 4일이 되도록 낭심을 끌어안은 손을 떼어낼 수가 없었다.

그러다 5일째 되던 날, 평산은 급기야 수술실로 옮겨졌다. 야구공 만하게 부어오른 음낭을 절개해 군홧발에 차여 파열된 한쪽 고환을 제거해야 했다. 그래야만 고환암으로 전이되고 있는 급성고환염을 치료할 수 있고 생명도 건질 수 있다는 관리소 의사의 처방에 따른 긴급 조치였다. 보위원의 군홧발에 걷어차여 출혈이 계속되고 있던 파열된 한쪽 고환의 출혈과 염증을 막기 위해서는 파열된 고환을 정관에서 끊어내 적출한 뒤, 출혈 부위를 찾아서 혈관을 묶는 수술을 하여야만 환자의 목숨을 건질 수 있는 생사의 위기에서, 고환적출수술에 대한 보호자(부모)나 본인의 동의 같은 것은 완전히 무시되었다. 과다출혈과 염증으로 인한 음낭의 부기와 급성고환염 상태에서 고환암으로 전이돼 평산이 갑작스럽게 죽게 되면 2차적으로 정치범 죄수 자제의 사망 원인 조사가 이행된다. 그때 죽음에 이르게 한 신체적 가해를 가한 보위원 또한 살인죄에서 벗어날 수 없다. 관리소에 감금된 정치범이나 그 가족에게 구타나 린치를 가해도 당장 죽지만 않으면 정치범수용소 내의 안전관리와 규율 유지를 위한 명분으로 대다수가 그냥 유야무야 넘어갔다. 정치범 죄수나 그 가족의 인권 따위는 애당초부터 무시되거나 염두에 둘 명제가 아니었다. 그들은 그야말로 당과 수령의 지시에 따라 생명이 붙어 있는 기간은 사회주의 조국 건설에 필요한 노동력으로 최대한 활용하다가 최종적으로는 소멸시켜야 할, 이른바 1958년 5월 30일 조선로동당 중앙위원회 상무위원회에서 〈반당·반혁명 분자와의 투쟁을 전당적·전인민적으로 전개할 데 대하여〉라는 5·30 결정에 따라 조선로동당 중앙당에서 내려온 〈집중지도그루빠〉가 적대계층으로 분류한 독재대상자이기 때문이다.

그러나 수십 년간 노동력을 착취할 수 있는 미성년자가 지시사항을 인지하지 못하거나 극심한 공포상태에서 나타내는 비정상적인 행동을 꼬투리 삼아 죽음에 이르게 한 신체적 구타행위는 그가 아무리 보위원 신분이라도 "사람을 때려죽인 죄"에서는 자유로울 수 없었다. 더구나 인민학교 2학년에 불과한 평산의 낭심을 군홧발로 걷어찬 보위원은 고의든, 고의가 아니든, 정치범 죄수의 자식을 죽음에 이르게 한 형식적인 책임이라도 져야만 죄수 인력관리 문건의 기록상으로 망실처리가 완료될 수 있었다. 그러므로 가혹한 국부구타에 의한 고환파열과 과다출혈로 인해 급성고환염에서 고환암으로 전이되고 있는 환자의 증세나 장래 문제를 고려해 계속 부어오르고 있는 고환의 화농 증상을 하루 이틀 더 미루다 보면 치솟는 고열로 인해 환자의 생명을 구할 수 있는 기회마저 잃게 된다는 관리소 파견 의사의 마지막 경고에 따라 평산은 그날 파열된 한쪽 고환 적출수술을 받게 되었고, 남은 한쪽 고환마저 화농균의 감염을 막기 위해 고단위항생제와 진통제가 주사되었다. 그 응급처치 고단위항생제와 진통제 덕분에 하반신 전체가 바늘로 찔러대는 듯한 통증과 고열에서 벗어나 5일 동안 잠 한숨 못 잔 잠을 벌충하듯 평산은 근 30시간 이상 인사불성이 된 채 잠속에 빠져 있었다…….

　저놈은 내 낭심을 걷어차며 한쪽 고환을 잘라내게 만든 그놈이 분명해……어케 저놈을 남조선 땅에서 다시 만날 수 있게 되었지……내가 잘못 본 것인가? 아냐, 무의식적인 버릇처럼 제 이름을 〈남궁혁철〉이라고 적으려다 이미 적은 〈남궁〉 두 글자를 아무도 알아보지 못하게 볼펜으로 짓뭉개고 그 옆에다 다시 〈복철순〉이라고 서명해준 705호 화주는 틀림없이 내 한쪽 고환을 도려내게 만든 〈남궁혁철〉 그놈이 맞아.
　그사이 27년이라는 세월이 흘렀다고는 해도, 저놈은 분명히 내 일생을 망가뜨린 철천지원수 〈남궁혁철〉이 분명해. 저놈은 결코 〈복철순〉이 아니야. 〈복철순〉이라는 이름은 〈남궁혁철〉이라는 자신의 본명과 과거의 신분을 감추려는 가명에 불과해⋯⋯저놈은 갈색 안경을 쓴 내 얼굴을 알아보지 못했을지 모르겠지만 난 지금도 저놈을 똑똑하게 기억하고 있어. 암, 저놈이 어떤 놈인데 내가 저놈의 낯짝을 잊을 수 있다는 말인가?

배고픔을 참지 못해 두만강을 건널 때는 저승에 가서라도 "저놈을 찾아 원수를 갚고 말 테다." 하고 후일을 기약하며 도강을 했으나 이렇게 자유로운 남조선 땅에서 저놈을 다시 조우(遭遇)하게 되었으니 나에게도 철천지원수를 갚을 기회가 오지 않았는가?

아바지! 오마니! 우리 가족을 그렇게 못살게 하고, 저의 한쪽 고환마저 파열시켜 불구로 만든, 꿈에서도 잊지 못할 그 원수 놈을 오늘 우연찮게 남조선 땅에서 다시 만났습네다. 아바지, 저놈을 어케 할까요? 망치로 대갈통을 박살 내어 죽일까요, 아니면 회 뜨는 사시미칼로 저놈의 불알을 갈가리 난도질해서 죽일까요? 빨리 대답 좀 해주시라요⋯⋯.

7층 중앙통로에서 엘리베이터가 올라오기를 기다리며 잠시 서 있는데 자신도 모르게 광증(狂症)이 밀려오는 것 같았다. 이러면 안 돼. 여기서 내가 미쳐버리면 원수도 갚지 못하고 나만 남조선 경찰서에 잡혀가게 돼. 장평산! 지금 미치면 죽도 밥도 안 돼. 미쳐도 철천지원수를 다 갚은 뒤에 미치란 말이야.

평산은 경기에 걸린 듯 거푸 어금니를 깨물고, 자기 뺨을 치며 정신을 가다듬다 엘리베이터에 올라탔다. 엘리베이터 실내 벽에 기대어 자신도 모르게 치솟은 얼굴의 열기를 식히며 1층으로 내려오는데 윗주머니에 넣어둔 손전화가 심하게 울었다. 평산은 엘리베이터에서 나와 탑차를 세워놓은 주차장으로 걸어가며 전화를 받았다.

"장평산 택배기사님 전화 맞죠?"

"네. 제가 장평산입니다. 실례지만 어디시죠?"

"여기, 교원공제회관 뒤에 있는 유성전잔데요, 오늘은 4시가 넘었는데도 오시지 않아 무슨 사정이 있으신가 싶어서 전화 드렸어요. 우리 회사, 오늘 꼭 발송해야 할 물량이 제법 되거든요."

"아구, 죄송합니다. 이제 배달을 끝마치고 그쪽으로 집화(集貨)하러 갈 참이었는데 걱정하시게 해서 죄송합니다. 오늘 발송해야 할 물량이 많습니까?"

"도시락통 크기 만한 전자제품 박스 50개 포장돼 있어요."

"감사합니다. 지금 그쪽으로 가려고 차 시동 걸었으니까 20여 분 후면 도착할 것입니다. 조금만 더 기다려 주세요."

"네. 저희 직원들 퇴근 전까지 오시기만 하면 되니까 조심해서 오세요."

평산은 교원공제회관으로 향하는 간선도로로 핸들을 꺾었다. 복철순이라는 화주한테 수령확인 서명을 받느라 너무 많은 시간을 허비했다는 생각이 들면서, 유성전자 사장님한테 미안한 생각이 들었다. 늘 오후 4시경에 집화를 하러 가는 것이 관례가 되어있는데, 오늘은 오후 5시가 가깝도록 그가 얼굴을 내밀지 못했다. 그러니 매일매일 고객들로부터 주문을 받은 상품을 발송해야 하는 유성전자사 입장에서는 얼마나 걱정을 했을까? 평산은 앞으로는 절대로 단골고객들에게 이런 걱정거리를 끼쳐서는 안 된다는 것을 새삼 자기 자신과 다짐하는데 또 전화가 들어왔다.

손전화를 꺼내 보니 발신자가 자유북한운동연합 송효상 대표다. 평산은 자유북한운동연합 송효상 대표가 이렇게 대낮에 전화를 하는 걸 보니 무슨 급한 미션이 생긴 것 같아 탑차를 잠시 골목길 옆에 세웠다.

"네, 대표님! 그간 별고 없으시죠?"

"한창 바쁜 시간일 텐데도 어쩔 수 없어서 전화 드렸어요. 지금 운전 중이신가요?"

"아닙니다. 골목에 차 세우면서 전화 받고 있는 중입니다. 말씀하십시오."

"아, 그러면 본론만 간단히 말씀드리겠습니다. 기상청 홈페이지 들어가 이번 주말 일기예보 보니까 량강도와 자강도 지역 전단지 보내기가 절절할 것 같아 기동대장님께 먼저 전화 드렸습니다. 다가오는 주말, 강원도 고성군 화진포호수 인근에 마련한 '우리 기지'에서 자강도에 투하시킬 애드벌룬 10개, 량강도에 투하시킬 애드벌룬 10개, 도합 20개를 이곳 주민들이 잠든 심야 시간대에 날려 보내려고 합니다. 그러기 위해서는 우리 임원들이 일요일 오후 3시까지는 화진포 기지에 도착해야 10만 장이 넘는 전단지와 책자 포대작업을 완료할 수 있습니다. 얼마 전에 〈화진포기지〉 마련했다는 소식과 주소지 지번은 문자로 알려 드렸는데 기억하고 계시죠?"

"네. 주소지 지번 받자마자 탑차로 내려와 주소 쳐넣고 도상훈련까지 해봤습니다. 인천 저희 아파트에서 화진포호수까지는 제 차로 4시간 정도 소요되던데, 그날 틀림없이 시간 맞춰 도착할 테니까 그건 염려 마시고, 제 탑차로 싣고 갈 물품만 어디 있는지 알려주십시오."

"그 물품은 토요일 오후 9시까지 기동대장님 거주하시는 휴먼시아 범마을 아파트 202동 주차장까지 도착시키기로 홍보부장님께 부탁드렸습니다. 그러니까 기동대장님은 토요일 오후 9시까지 휴먼시아 범마을 아파트단지 주차장에 도착해 정한용 홍보부장님이 전해주는 물품을 받아 싣고 고성군 화진포기지까지 시간 맞춰 오시면 됩니다. 다른 질문 사항 있습니까?"

"없습니다. 제 부모님과 동생들이 살고 있을 량강도로 삐라를 날려 보낸다고 생각하니까 벌써부터 가슴이 벌렁벌렁하는 것 같습니다. 흥분 되어서요……."

"그럼 다른 임원분들께도 미션을 알려드려야 할 일이 남아있어 이만 전화 끊겠습니다. 그날, 임지까지 조심해 오십시오."

"네. 그날 뵙겠습니다. 들어가십시오."

평산은 다시 핸들을 잡으며 시계를 내려다보았다. 5시 20분이었다. 20분 후에 도착하겠다고 약속해놓고 또다시 5분 정도 지각할 것 같았다. 그는 유성전자 사장님한테 다시 전화를 걸어 서울에서 걸려온 긴급 전화를 받느라 한 5분 정도 더 늦어질 것 같다고 양해를 구하며 교원공 제회관 후문 방향으로 들어가는 골목길로 핸들을 돌렸다…….

량강도 새운흥군 새운흥읍 청년거리 로동자구아파트 2동 앞마당.

벌써 장철산 또래의 사로청(사회주의로동청년동맹의 약칭) 동맹원들이 나와 앞 마당에다 조립식 천막을 설치하고 있다. 한쪽에서는 천막 안에다 가마니때기를 깔아 바닥을 만들고, 밤을 새워가며 상가를 지켜줄 준비를 하느라 동맹원들은 바빴다.

얼마 후 두 동의 천막 옆에는 록화사업소 부식공급부에서 가지고 온 이동식 솥가마가 설치되었고, 돼지고기와 고사리를 넣고 국을 끓이느라 구수한 고깃국 냄새가 회를 동하게 했다. 사로청위원장은 전기가 공급되지 않는 시간을 위해 충분히 남포등도 준비하라고 일러놓고 3층 빈소로 올라갔다.

빈소에는 장철산이 팔뚝에다 검은 천으로 만든 상장을 두른 채 여동생 선옥이와 함께 조문객을 받고 있다. 선옥은 평소 입던 치마저고리에다 흰 리본을 매달고 있다. 빈소 윗목에는 고인의 시신을 가린 나지막한 병풍이 둘러져 있고, 그 앞에 고인의 영정 사진이 놓인 조그마한 제사상이 차려져 있다.

제사상 위에는 마른 명태 한 마리가 담긴 접시와 사과 3알이 담긴 접시가 놓여 있다. 접시 옆에는 강냉이 가루로 만든 강냉이떡 접시가 놓였고, 그 세 가지 제사 음식을 담은 접시 앞에는 향을 피우는 그릇이 놓여 있다.

빈소 앞 마루방(거실)에는 조문객을 대접하는 음식상이 차려져 있다. 음식상 양쪽에는 인민반장으로부터 연락을 받고 찾아온 동네 조문객들이 조문을 마치고 나와 붉은 고깃국에다 옥쌀밥을 말아 한술씩 떠먹으며 앞뒤로 앉은 이웃들과 고인과 관련된 이야기들을 나누며 술잔을 주고받고 있다.

음식을 차려 나오는 큰방에는 "60 청춘, 90 환갑이라는 구호 때문에 환갑잔치도 못 해 드렸는데 벌써 세상 떠나버리면 나는 어떻게 사느냐?"며 장철산의 둘째 누님이 목을 놓아 울고 있다. 옆에는 동네 할머니들 몇 분이 철산의 둘째 누님 장선영을 위로하며 거푸 눈시울을 눌러댔다.

사로청위원장은 빈소 바깥에서 공수(拱手)한 자세로 잠시 빈소 안을 지켜보다 조문 행렬이 끊어지자 빈소로 들어갔다. 입구를 지키고 있던 식량공급부 소조원 하나가 일어나 음식상 앞에 앉은 이웃 조문객들이 들으라는 듯.

"록화사업소 사로청위원장 동지께서 오셨습니다."

하며 잠시 조문 예절을 지켜 달라고 요청했다. 이런저런 이야기를 나누며 떠들썩하던 상갓집 빈소가 일시에 물을 끼얹은 듯 조용해졌다. 먼저 문상을 마치고 음식상을 받은 조문객들도 사로청위원장의 일거수일투족을 지켜볼 듯 빈소 쪽으로 시선을 모았다.

사로청위원장은 고인의 사진을 향해 잠시 시선을 맞추더니 고개를 숙여 묵념했다. 한 10여 초나 흘렀을까. 사로청위원장은 다시 옆으로 돌아서서 상주 장철산과 장선영, 그리고 장선옥을 바라보며 위로했다.

"고인께서는 사회주의 조국 건설을 위해 평생 지하 막장에서 일하신 세대주를 도우시며 헌신적으로 일생을 살아오신 분이라는 이야기를 전해 들었습니다. 불행하게도 장티푸스에 감염되어 고통스럽게 이승을 떠나신 것은 참으로 안타까운 일이오나 고인으로부터 강인한 희생정신과 누구보다 적극적으로 사회주의 조국 건설에 앞장서는 법을 배운 장철산 동무는 우리 록화사업소에서 여러 사람들로부터 모범이 되고 있습네다.

가족들은 부디 깊은 슬픔과 상심에서 벗어나 하루라도 빨리 기운을 차려주셨으면 하는 마음 간절합니다. 진정으로 고인의 명복을 빕니다."

사로청위원장이 곡을 멈추고 다가온 철산과 선영, 선옥을 향해 위로의 말을 전하자 철산이 또 고개를 숙여 흐느꼈다. 철산의 둘째 누님 선영과 셋째 누님 선옥이도 덩달아 눈물을 주르르 흘리며 소리 죽여 흐느꼈다.

"위원장 동지! 저희 오마니 장례식을 위해 그 많은 돈과 물품을 챙겨보내주시고, 초급당총회가 열리는 그 바쁜 와중에도 소조원들과 사로청맹원들을 많이 파견시켜 하나부터 열까지 다 해결해 주셔서 뒤늦게나마 빈소를 차려 조문 손님들을 모실 수 있게 되었습니다. 정말 이 은혜 평생 잊지 않갔습네다. 장례식 끝마치고 출근하면 위원장 동지와 우리 소조를 위해 열심히 일하겠습네다."

철산이 가족을 대표해 조문 답례를 했다. 그러자 철산의 둘째 누님 선영이 다가와 연방 "고맙습네다, 고맙습네다!" 하면서 사로청위원장 앞에서 고개 숙여 흐느꼈다. 정신적으로 너무 막막하고 기댈 곳 없던 외로운 영혼이 갑자기 생각지도 않던 귀인을 만나고 보니 어찌할 바를 몰라 정신적으로 착란 현상이 일어나는 안색이었다. 사로청위원장은 철산의 둘째 누님 장선영의 초췌한 얼굴과 금방 자지러질 것 같은 모습이 위태로워 보여 다른 방으로 모시고 가서 잠시라도 안정을 취하게 하라고 했다. 그리고는 다른 조문객들을 위해 얼른 빈소를 물러났다.

"위원장 동지! 이쪽으로 앉으시라요."

조문객을 받고 있던 소조원이 다가와 자리를 만들어 주었다. 사로청위원장은 사로청 동맹원들이 부어주는 술잔을 받으며 내일 아침의 발인, 발인 이후의 공동묘지까지의 운구, 또 묘지에 도착해서 고인의 시신을 미리 파놓은 무덤 안으로 내리는 하관, 매장, 봉분을 조성하는 치장, 묘비를 세우는 일까지 하나하나 치밀하게 점검한 뒤 식량공급부 소조원들과 사로청 동맹원들을 불러 앉혀놓고 한 사람씩 분공을 맡겼다…….

이 시각, 평산은 휴먼시아 범마을 아파트단지 앞 상가 골목에다 탑차를 세웠다. 논현제일교회 종탑 벽시계는 오후 7시를 가리키고 있다. 겨울철 같으면 논현제일교회 맞은편 먹자골목의 맛집들이 저마다 네온사인을 밝히며 한창 저녁 손님을 부를 시각. 그러나 봄날의 긴긴 해는 끈질기게도 노을을 보듬고 있다. 서쪽 하늘 저 멀리 불그스름하게 노을을 드리우며 깔려오는 땅거미를 계속 내쫓고 있는 듯한 으스름 저녁녘이다.

먹자골목 맛집 간판들이 하나둘 불빛을 밝히는 모습을 바라보며 평산은 잠시 혼자 생각에 잠겼다. 고종사촌 형님이 몸소 방문하시겠다고 약속을 하셨으니 술이라도 한잔 대접할 수 있게 안줏거리를 사 들고 들어가야겠는데 무엇을 사야 좋을지 망설여졌다. 굿모닝할인마트에 들어가 소주 여섯 병이 한 꾸러미에 묶여 있는 〈처음처럼〉 한 팩과 소맥용 캔맥주 한 팩을 사면 술 걱정은 안 해도 될 것 같다. 그다음 안줏거리는 무엇이 좋을까? 지난가을 설악산 등산을 마치고 속초 시내로 나왔을 때 형님은 함경도 아바이순대도 사 주셨고, 용문산 등산을 마치고 하산했을 때는 그 쫀득쫀득하고 새콤달콤한 가자미식해도 사 주셨는데, 나는

형님께 무엇을 대접해야 형님이 별미라며 맛있게 드실까? 굿모닝정육
점으로 들어가 제주흑돼지 오겹살을 사다가 구워드릴까, 아니면 치킨신
드롬으로 들어가 닭튀김과 닭강정을 한 마리씩 살까? 아니야, 고종사촌
형님이 좋아하시는 소맥용 안줏거리는 뭐니 뭐니해도 해주순대와 돼지
발족(족발)이 최고지. 그래, 오늘 저녁엔 〈처음처럼〉 소주에다 〈카스〉 캔
맥주를 섞은 소맥에다 해주순대와 돼지발족으로 술상을 차려보자. 평산
은 그때사 잡다한 생각이 정리된 듯 해주순대집으로 들어가 순대 2인분
과 돼지발족 대짜 한 짝을 배달해 달라고 주문하며 카드를 내밀었다. 해
주순대국집 주인은,

"금방 잡수실 수 있게 따끈따끈하게 포장해 배달해 드리겠습니다."
하며 그가 무겁게 음식을 들고 가지 않아도 된다며 카드와 영수증을 떼
주었다.

평산은 고맙다고 인사했다. 가게를 나와 탑차 시동을 걸었다. 논현제
일교회 종탑 벽시계는 오후 7시 30분을 가리켰다. 술과 안줏거리를 장
만하느라 30분을 소비했다는 생각이 들었다. 그래도 고종사촌 형님이
8시에 방문하시겠다고 했으니 아직도 시간은 넉넉했다.

그는 먹자골목을 빠져나와 휴먼시아 범마을 아파트단지로 들어갔다.
202동 주차장에다 탑차를 주차해놓고 소주 팩과 맥주 팩을 담은 장바
구니 가방을 들고 차 문을 잠그는데 부르릉하고 달려온 오토바이 한 대
가 그의 탑차 옆에 섰다. 자세히 보니 해주순대국집 주인이 그새 음식을
포장해 달려왔다. 그는 엘리베이터를 타고 올라갈 필요 없이,

"저한테 주고 얼른 가보세요. 한창 바쁘실 시간인데……."

하면서 해주순대국집 주인이 오토바이 트렁크에서 내리는 안줏거리를 주차장에서 받아 들고 2008호로 올라갔다. 혹시라도 고종사촌 형님이 방문키로 약속한 시간보다 먼저 도착해 2008호 현관 출입문 앞에서 기다리지는 않을까 걱정했는데 다행히 먼저 도착하지는 않았다. 그는 얼른 출입문을 열고 실내로 들어가 거실 불부터 밝혔다.

거실은 훈훈했다. 평산은 거실 TV를 켠 뒤 침실로 들어가 KGB택배 유니폼을 벗어놓고 단복으로 갈아입었다. 〈KGB택배 인천 남동영업소 간석2동 담당 택배기사〉라는 직책을 내려놓고 내일 아침 6시까지 휴식에 들어갈 수 있는 홀가분한 홈웨어로 갈아입은 것이다. 이렇게 홀가분한 단복으로 갈아입고 나면 아침에 출근할 때 〈외출〉로 내려놓은 보일러 조종기 스위치를 20도로 되돌려 놓는 것이 그다음 일이다. 그리고는 세면장으로 들어가 손을 씻고 나와 장을 봐온 바구니를 풀러 〈처음처럼〉 소주 여섯 병과 〈카스〉 캔맥주 여섯 캔을 냉장고 속에 집어넣었다. 따끈따끈하게 포장해 온 해주순대와 돼지발족은 그대로 식탁 위에 올려놓았다. 싱크대 찬장에서 맥주컵 2개와 소주잔 2개를 꺼내 깨끗이 씻고 있는데 띵똥! 하는 초인종 소리가 들려왔다. 평산은 얼른 깨끗이 씻은 맥주컵과 소주잔을 식탁에 내려놓고 현관 출입문을 열었다.

"이거 받아."

문을 열자 고종사촌 형님이 들어오며 아파트단지 먹자골목에서 포장해 온 듯한 닭튀김과 닭강정 봉투를 내밀었다. 평산이 탑차를 주차해놓고 몇 차례 살까 말까 망설였던 안줏거리였다. 평산은 닭튀김과 닭강정 봉투를 받아 식탁 위에 올려놓으며 혼자 킥킥 웃었다.

"왜 웃어?"

"제가 술상을 차려놓겠다고 말씀드렸는데도 형님이 내가 살까 말까 망설였던 치킨 안주를 사 오실 것 같아 저는 돼지발족과 해주순대를 사 왔습니다. 소주는 형님 좋아하시는 〈처음처럼〉과 소맥용 맥주는 〈카스〉 캔맥주로요…….."

"평산이 너, 이제 내 아우 될 자격 있어. 그 정도 센스면."

하면서 고종사촌 형님은 평산이 거주하는 2008호 거실과 발코니, 세면 장과 화장실 수세식 변기도 찬찬히 살펴보았다.

"너, 혼자 살아도 홀아비냄새 나지 않게 깔끔하게 해놓고 산다. 욕조 와 변기도 반질반질 윤이 나고."

고종사촌 형님이 세면장에서 손을 씻고 나오면서 상의를 벗었다. 평 산은 고종사촌 형님의 상의를 받아 옷걸이에 걸어놓으며,

"이쪽으로 앉으세요. 저, 이제 그런 걱정은 안 하셔도 고모님 말씀처 럼 엄청 깔끔하게 해놓고 살고 있습니다."

하면서 냉장고에서 소주 한 병과 캔맥주를 꺼내왔다.

"형님, 따끈따끈한 해주순대와 돼지발족으로 속을 좀 채운 뒤, 술을 한 잔 하시겠습니까? 아니면 시원한 소맥으로 목부터 축이시겠습니까? 상철 형과 종포 형은 늘 식전 반주라던데……."

"애주가들이야 식전에 마시는 술이 술발도 잘 받고, 목울대를 타고 찌르르하게 올라오는 주기가 황홀할 정도지. 그렇지만 나이 잡수신 우 리 오마니는 출근해서 사회생활 하는 당신 남편과 아들딸들이 혹여나 속 다칠까 봐 식후 반주를 강조하시지……넌 술도 잘 마시지 않으면서

뭐 그런 데까지 신경을 써?"

"저도 명색이 간석2동 담당 팀장인데 같은 팀장들끼리 모여앉아 회식이라도 할 때면 이남 사람들 노는 가락을 알아야 진정으로 일심동체가 될 수 있지 않겠습니까? 맨날 3·8 따라지라고 동정만 받을 게 아니라……."

"왜, 3·8 따라지라고 너 자신을 비하하느냐? 현재 남한으로 넘어와 있는 3만여 탈북민들은 향후 우리 조국이 하나 되기 위한 최첨병들이고 북한의 각 지역 정보와 정황을 남쪽 정부와 국민들에게 전해주면서 2천 3백만 북한 주민들을 자유민주주의 사회로 안내하고 인도할 조국 통일 행동대원들이야. 술자리에서 격의 없이 주고받는 농담이라도 앞으로는 그런 용어는 사용하지 마라. 고모나 고모부가 들으시면 무척 서운해하실 거다."

"고모나 고모부도 3·8 따라지란 말 싫어하십니까?"

고종사촌 형님은 평산이 칵테일 해준 소맥을 한 잔 마시고 잔을 내려놓더니,

"너도 한번 생각해 봐라. 조국 광복 전 평북도 렴주군 남시면에 선대로부터 물려받은 수백만 평의 토지를 그대로 남겨두고, 소련군과 그에 부화뇌동하는 공산당 놈들의 개백정 같은 떼거리 폭력을 피해 잠시 남으로 피신해온 우리 아버지 어머니가 어째서 38 이북에서 올 데 갈 데 없이 부평초처럼 떠밀려온 노름판의 한 끗짜리 따라지와 같으냐? 두고 온 산하와 수백만 평의 땅뗴기를 조선 시대 임금으로부터 하사받아 당당하게 대물림하며 보존해 온 충신이자 대지주의 후손인데……진(鎭) 자,

관(寬) 자를 휘(諱)로 쓰신 평산이 너의 조부도 마찬가지지. 너희 진(鎭) 자, 관(寬) 자, 쓰신 할아버지는 우리 할아버지보다 더 많은 토지를 보유하신 할아버지야. 그런 선대 할아버지를 둔 네가 어째서 노름판의 한 끗짜리 따라지와 같단 말이냐? 턱도 없는 소리지⋯⋯그러니 빨리 고모가 찾아주는 배필 만나 너도 남북으로 갈라진 우리 조국이 서로 오고 갈 수라도 있는 남북교류시대가 다가올 때까지 기반을 잡으며 북한의 부모 형제를 기다리고 도울 수 있는 힘을 키워야 돼. 현재처럼 혼자 몸으로는 기반 잡기가 어려워. 그저 고모 말씀처럼 건강하고 마음씨 고운 색시 만나 가정부터 꾸려야 너희 부모 형제를 다시 만나고 도울 수 있게 돼. 내 말 무슨 뜻인지 이해가 되니, 아우야?"

하면서 고종사촌 형님은 평산이 정성스럽게 준비한 돼지발족 한 점을 상추에 싸서 안주로 먹었다.

"나 혼자만 마시면 맛이 없잖아. 너는 소맥 하지 말고 매주라도 한 잔 받아라. 족발이 쫄깃쫄깃하고 아주 맛있다."

고종사촌 형님은 평산의 잔에다 맥주를 한 잔 부어주며 다시 족발을 상추에 싸서 한 볼때기 더 먹었다. 형님이 부어준 맥주잔을 받아 한 모금 마시는 시늉만 한 평산이,

"형님, 저녁도 안 드셨는데 이 해주순대도 한번 드셔보세요. 지난가을 속초에서 형님이 사주신 함경도 아바이순대보다 맛이 좋은지, 못한지, 드셔보신 소감도 한번 말씀해 주시고요⋯⋯."

"천천히 먹어볼 테니 그건 염려 말고⋯⋯그보다 오늘 오전, 회사에서 네가 '형님께 제 맘속 고민부터 먼저 말씀드리고 난 다음 고모님께 전화

올리겠습니다.'라고 말했는데, 글쎄 네가 말하는 그 〈맘속 고민〉이라는 게 뭔데 우리 오마니를 그렇게 애타게 기다리게 만드니?"

"고모님이 제가 뵈오러 올 때를 그렇게 기다리고 계셨습니까?"

"평안도 태생이신 우리 오마니 성격을 몰라서 그런 말을 하니? 예부터 평안도 박치기란 말이 있다. 그 말은, 평안도 박치기 장수라는 사람은 그저 뭐든 보이기만 하면 냅다 머리로 들이받았는데, 얼마나 힘이 센지 그 머리로 받은 건 그냥 삼십 리고 사십 리고 나가 떨어졌다. 그러니 아무도 그 앞에서 힘자랑을 못 했다는 말인데, 한마디로 말해 이 말은 평안도 사람들이 그만큼 성격도 급하고 앞과 뒤가 분명하다는 말과도 일맥상통한다는 뜻이야……아니 할 말로, 우리 오마니가 북한에서 산전수전 다 겪으며 이남으로 내려온 친정 조카 하나 가정 꾸며서 재미있게 사는 모습 보며 친정 조카와 함께 북에 두고 온 혈육들 기다려 보고 싶은 것이 당신께서 이생의 마지막 남은 소망이신데, 너 왜 우리 오마니 그렇게 애타게 기다리게 만드니? 냉큼 오지 못하고? 임마, 너에게는 우리 오마니가 고모지만 나에게는 나를 이 세상에 낳아주시고 키워주신 하늘 같은 오마니야. 근데, 평산이 너 왜, 오마니와 같이 맞선 볼 색싯감 한번 만나보자는데 차일피일 미루며 달포가 넘도록 얼굴조차 보여주지 않나 이거야? 내 말의 핵심은."

고종사촌 형님은 거푸 마셔 댄 소맥 석 잔에 벌써 취기가 오르는지 더 다정다감하게 친밀감을 보였다. 평산은 마음속으로 '형님 벌써 취하신 얼굴이야……' 하면서 자신의 속마음을 드러냈다.

"형님도 한번 생각해 보십시오. 형님 같으면 남자 구실도 못하는 저

같은 놈이 장가보내준다는 말에 분수도 모르고 덜렁 나가서 색싯감 만나볼 수 있겠어요? 설령 그렇게 해서 가정을 일구었다 해도 그 가정이 온전하겠습니까? 제 맘속 고민은 바로 그런 문제 때문에 고모님이 그렇게 여러 차례 집으로 오라고 하셔도 감히 나설 수가 없었습니다."

술잔을 든 채로 평산을 지켜보고 있던 고종사촌 형님이 도로 술잔을 내려놓으며,

"남자 구실도 못하다니? 그게 무슨 말이니……."

하면서 고개를 좌우로 흔들어 댔다. 치솟는 주기를 잠시 진정시키며 정신을 가다듬는 모습이었다.

"형님도 잘 아시다시피, 제가 인민학교 2학년 때 우리 가족은 함경북도 연사군 삼포리에서 또다시 추방되어 함경북도 회령시 22호 관리소로 실려갔고, 관리소에 도착해 보름쯤 지난 1984년 10월 하순, 저는 남궁혁철이라는 보위원한테 '악질반동 지주 새끼는 3대에 걸쳐 씨를 말려야 한다'면서 군화발로 낭심을 걷어차여 고환이 파열되고……끝내는 파열된 고환이 야구공 만하게 부어오르면서 급성 고환염으로 전이되고 있어 부모님이나 저의 의사와는 상관없이 고환적출수술까지 받으며 오늘날까지 한쪽 고환이 없는 장애인으로 저 혼자 가슴앓이를 하며 살아왔습니다. 거기다 왼쪽 눈은 의안입니다. 고비사막을 통해 몽골 국경으로 넘어갈 때 어둠 속에서 철조망을 벌려주던 일행이 내가 다 넘어가지도 않았는데 지레 겁을 먹고 벌리고 있던 철조망을 자신도 모르게 놓아버려 철조망 가시에 정통으로 눈동자를 찔려 6개월이 넘도록 치료 한 번 받아볼 수 없었던 지난날의 불행이 끝내 왼쪽 동공을 곪아 빠지게 했

습니다. 이런 신체적 장애와 기구한 과거를 가진 사람이 어찌 고모님이 주선해 주신다고는 해도 선뜻 맞선을 보러 나갈 수 있겠습니까? 생각도 없이……."

고종사촌 형님이 다시 칵테일 한 소맥 한 잔을 꺾지도 않고 단숨에 마시더니,

"악질반동 지주 새끼는 수령님의 교시대로 3대에 걸쳐 씨를 말려 죽여야 된다고? 그런 쳐죽일 놈이 다 있어? 허 참! 나 살다 살다 희한한 소리도 다 듣네. 악질 반동 지주 새끼는 수령님의 교시대로 3대에 걸쳐 씨를 말려 죽여야 된다는 발상이 대관절 어느 놈의 대갈빡에서 나온 소리야?"

하면서 분노를 참지 못해 또 소맥을 한 잔 칵테일 해 마시고 난 뒤 길게 한숨을 내쉬며,

"후우, 내가 하늘을 날 수 있는 거대한 공룡이나 날짐승 같으면 폭탄이라도 물고 가서 김일성 부자 놈이 묻혀 있는 금수산태양궁전부터 아주 박살을 내버리고 싶은 심정이야. 아아, 이 일을 어떻게 해야 좋단 말인가……?"

평산은 맞선을 보자고 재촉하던 고모님 앞에서 하고 싶었던 말을 같은 남자인 고종사촌 형님 앞에서 툭 털어놓고 나니 답답하던 가슴이 조금은 시원해진 느낌이었다. 그러나 그 누구에게도 드러내 보이고 싶지 않았던 자신의 깊디깊은 속내를 다 들추어내고 나니 이제는 두 손으로 무겁게 들고 있던 물항아리를 잠깐의 실수로 거실 바닥에 떨어뜨려 사방천지를 물투성이로 만들어버린 느낌이었다. 까닭도 없이 두렵기도 하

고, 물투성이가 된 듯한 자신의 일상을 건사시킬 걱정과 헤쳐 나가야 할 앞날이 또다시 가슴을 짓눌러오는 기분이었다. 그는 그런 개운찮은 감정을 씻어내리려고 자제해오던 맥주를 또 한 잔 가득 부어 단숨에 들이켰다. 깊은 생각에 잠긴 채 침묵하고 있던 고종사촌 형님이 평산을 바라보며 물었다.

"정부합동조사기관에서 자술서 쓸 때도 지금 네가 한 말, 곧이곧대로 자술했어?"

"그때도 오늘처럼 거짓없이 자술했습니다. 하지만 그때는 제 왼쪽 안구 시신경 혈관파열상태가 발견되고, 안구 후면 화농상태가 심각해 왼쪽 안구 의안(義眼) 삽입수술을 받는 문제가 더 다급했어요. 그래서 어릴 적 고환수술을 받은 부위의 통증 여부만 문진 받으며 정밀신체검사를 끝내고 말았지요. 왼쪽 안구 의안삽입수술 받고 완쾌될 때까지 정부합동조사기관에서 자술서 쓰는 일도 미뤘으니까요……."

고종사촌 형님이 평산의 술잔에다 캔맥주를 한 잔 부어주며 다시 물었다.

"그럼 그 이후 하나원에서 정착교육을 받을 때나 네가 범마을로 이사온 후 자발로(자기 스스로, 자신의 주관적 의지대로) 비뇨기과 같은 의료기관에 찾아가 남성정자검사 같은 것을 받아본 적은 없니?"

평산은 남성정자검사라는 말 자체가 너무 생소하게 느껴져 어둔한 목소리로,

"없는데요. 저는 남성정자검사라는 말 자체를 형님한테서 처음 들어보는데요."

하면서 어안이 벙벙한 표정으로 자신의 얼굴만 지켜보고 있는 듯한 고종사촌 형님의 술잔에다 술을 부었다. 고종사촌 형님이 가슴이 미어진다는 눈빛으로 다시 물었다.

"아우야, 팀장들 회식에 나가면 2차로 입가심하기 위해 상철 형이나 종포 형이 아리따운 여성들이 서비스해주는 스탠드바 같은 데는 같이 가본 적이 없니?"

"네댓 번 같이 가본 적이 있어요."

"그때 젊고 아름다운 여성이 너한테 술잔도 채워주고, 때로는 안주도 집어주면서, 다정하게 이야기를 건네면 '그 여자가 참 아름답다거나 사랑을 한번 해보고 싶다.'라는 생각을 해본 적은 없었니?"

"……?"

"그러면 상철 형이나 종포 형처럼 그 여성의 가슴을 훔쳐본다거나 허리를 껴안아 보고 싶은 생각도 없었냐는 말이야?"

"형들처럼 단도직입적으로 손을 맞잡고 블루스를 추자거나 입을 맞춰보고 싶은 생각도 있었지만 저는 용기가 나지 않아서 한 번도 형들처럼 춤을 춰보지는 못했어요. 그냥……."

"그냥이라니, 단지 그런 생각만 하고 말았다는 말이냐?"

"아니요. 술자리가 끝나고 집에 와서 '사랑을 한번 해보고 싶어요'라는 하동진의 노래를 여러 번 듣다가 술기운에 곯아떨어진 적이 몇 번 있었어요."

고종사촌 형님은 무척 심각한 표정으로 소주를 한 병 더 꺼내오라고 했다. 평산은 불콰한 얼굴로 일어나 냉장고에서 소주 한 병과 캔맥주 두

캔을 더 꺼내왔다. 그는 다시 고종사촌 형님의 술잔에다 칵테일을 해주며,

"형님 오늘 저녁 너무 과음하시는 것 아닙니까?"

하고 걱정스러운 얼굴로 물었다.

"아, 술 취해 내 발로 걸어가지 못할 지경이면 상민이한테 차 끌고 이곳으로 데리러 오라고 전화하면 되지. 그런 걱정은 말고 형이 한 가지만 더 물어보자. 아우야, 형님이 술 취해서 횡설수설한다고 생각하지 말고 솔직한 심정으로 사실 그대로만 대답해 줘."

하고 고종사촌 형님은 술 취한 얼굴이었지만 또렷한 음성으로 정색을 하고 물었다.

"형님은 말이야, 요사이도 아침에 잠자리에서 일어날 때쯤 되면 거시기가 성을 내 팬츠 속에서 텐트를 쳐. 아마 네 조카 상민이가 이 세상에 태어나기 전일 때야. 하루는 네 형수가 늦잠 자는 나를 깨우러 침실로 들어와 내가 덮고 있는 이불을 확 걷었는데 내 거시기가 사각팬티 오줌 구멍 밖으로 툭 튀어 나와서 네 형수를 멀거니 지켜보고 있었어. 그때 네 형수가 기겁을 하고 도망친 적도 있었는데, 그 이후 네 형수는 절대로 내가 덮고 자는 이불을 활짝 걷는 일이 없어. 혹 내가 회사에서 늦게 들어와 곤하게 늦잠을 자면 꼭 물수건을 만들어와서 얼굴에 덮어씌우며 내 잠을 깨워줘……."

평산은 술 취하니까 고종사촌 형님이 별 이야기까지 다 해준다면서 오히려 민망해했다. 그러나 고종사촌 형님은 기분 좋게 술 취한 분위기를 이용해 평산의 아침 잠자리 몸 건강상태와 귀두가 성을 내는 강도를

물었다.

"내가 말이야, 너 나이 때는 거시기가 아침만 되면 빳빳하게 성을 내면서 좀처럼 시들지 않아 바지를 입고도 아주 불편할 때가 많았어. 넌 어때? 아침에 잠자리에서 일어나면 거시기가 불편을 느낄 만큼 성을 낼 경우가 없어?"

평산은 이 질문에 어떻게 대답해야 좋을지 몰라,

"아, 형님? 왜 자꾸 곤란하게 그런 걸 물으세요?"

하면서 얼굴이 벌게졌다.

그러나 고종사촌 형님은 평산의 맥주잔에다 캔맥주를 따서 채워주며,

"우리 오마니한테 너 색싯감 찾는 걸 그만두라고 말해야 좋을지, 아니면 계속 찾아보라고 말해야 좋을지, 형은 아직 판단이 서지 않아서 그래. 극심한 운동을 하거나 전쟁터에서 총상을 입고 고환을 다친 병사들의 비뇨기과 진료사례를 살펴보면 대다수가 다 결혼해서 아들딸 낳고 잘 사는 경우가 많아. 고환적출수술 받았다고 해서 다 남자 구실 못하는 경우는 지극히 소수에 불과하고⋯⋯문제는 한쪽만 남은 고환이 제거된 한쪽 고환을 대신해서 얼마만큼 충실하게 제 몫을 다하느냐를 과학적으로 정밀하게 검사하는 일이 중요해. 네가 아무리 남자 구실을 잘한다고 해도 네 짝이 될 색싯감이 난임이면 자식의 배태는 어려워지며, 결과적으로는 인공수정이나 자궁외임신으로 자식을 낳는 경우도 형 주변에는 많아. 그러니 쑥스러워하거나 민망해하지 말고 네 몸 상태를 사실 그대로만 말해 줘. 뭐가 그래 민망하고, 곤란하니? 지난가을 설악산 등

산 마치고 속초 공중목욕탕에서 너랑 나랑 벌거벗고 사우나도 같이 했는데……"

하면서 고종사촌 형님은 평산의 입만 바라보고 있었다.

평산은 도리없이 자신의 거시기 상태를 이실직고하듯 말했다. 아침 6시, 손전화 벨 소리에 잠이 깨면 자신의 거시기는 성을 내고 있는 상태라고 말했다. 그렇지만 방광을 가득 채우고 있는 오줌보를 다 비우고 나면 이내 풀이 죽으면서 시들어버린다고 했다. 그리고 그의 고환은 언제나 짝부랄, 즉 외고환처럼 한쪽은 축 처지고 다른 한쪽은 착 달라붙어 있다고 말했다. 고종사촌 형님은 그제사 답답하던 심정이 다 풀렸는지 결론을 내리듯 말했다.

"아우야, 형 고등학교 동창생 중에 의대를 졸업하고 인천에서 비뇨기과의원을 개원해 10년째 불임이나 난임 부부들을 진료하고 있는 의사가 있는데, 이번 주말에 형과 같이 가서 남성정자검사를 한 번 받아보자. 이제껏 네가 해준 이야기를 들어본즉, 형의 의학상식으로는 네가 비록 인민학교 2학년 때 고환염을 앓아 한쪽 고환 적출수술을 받은 병력(病歷)을 가지고 있는 몸이기는 하지만 앞으로 네가 참한 색싯감 만나 가정을 일구는 데는 아무 지장이 없을 듯하다. 그러나 그것은 이 형과 우리 오마니의 희망 사항이고 염원일 뿐 의학적으로 정확한 판정을 내릴 수 있는 사실은 아니잖니? 그러니 너의 몸 상태를 정확히 알 때까지 너무 불편해하거나 부끄러워하지 말고 이것도 어른이 되어 가정을 이뤄가기 위한 과정이라 생각하고 낙관적으로 받아들여……형이 무슨 뜻으로 이런 말을 하고 있는지 이해는 되니?"

평산은 올 데 갈 데 없이 꼭 붙잡힌 심정이어서 잠시 고개를 숙이고 생각에 잠겼다가 불퉁거리는 어투로 물었다.

"형님이 무슨 뜻으로 그럼 말씀을 하시는 것도, 또 형님의 속 깊은 마음도 다 요해는 했습니다. 하지만 제가 너무 낯짝이 두꺼운 놈처럼 염치가 없고, 이런 것까지 형님한테 도움을 받아야 하는가 싶은 자괴감이 듭니다……."

고종사촌 형님은 지긋이 눈을 내려 감고 고개를 끄덕이며 평산의 말을 듣더니,

"임마, 너와 내가 남이냐? 한 대만 거슬러 올라가면 네 아바지와 우리 오마니는 한 부모님 피를 물려받은 오누이 남매지간이고, 현재의 너와 나는 고종사촌이지만 형과 아우 사이인데, 형과 같이 비뇨기과에 남성정자검사 한번 받으러 가는 게 뭐 그리 염치가 없고 자괴감이 든다고 울상이니? 크으, 오늘 저녁 아우랑 앉아서 술 마시니까 끝도 없이 술이 땡기네……."

하면서 또 칵테일을 한 잔 만들어 달라고 했다. 평산은 자신이 이렇다저렇다 무슨 단안을 내리지 않으면 형님은 계속 자신을 지켜보며 칵테일을 만들어 달라고 하면서 과음할 것 같아 병원에 같이 가기로 약속을 하고 말았다. 고종사촌 형님이 날짜를 확인하듯 다시 물었다.

"좋아. 그러면 택배 물량이 적은 다음 주 수요일 오후 6시쯤 특진을 잡아놓으면 되겠니? 오전 시간대는 아무래도 아우가 택배를 해야 하니까 회사에 부담이 될 테고……."

평산은 다가오는 일요일 새벽에는 강원도 고성군 화진포 기지로 애

드벌룬을 날리러 가기로 자유북한운동연합 송효상 대표와 약속을 한 몸이라 형님이 이번 일요일 날 같이 가자고 할까 봐 내심 걱정했는데 다행히 다음 주 수요일 날 특진 날짜를 잡겠다고 하니까 그나마 안심이었다. 고종사촌 형님이 말했다.

"노파심에서 하는 말인데, 형이 동창생이라고 소개한 그 비뇨기과의원 원장과 이따금씩 만나 저녁을 먹다 보면 난임부부나 불임부부 남편들이 〈남성정자검사〉 받으러 오기 전에 자기 몸 상태를 점검한다고 병원 오기 하루 이틀 전에 부부관계를 하면서 의사보다 자기가 먼저 자기 몸을 점검하는 사례가 허다한데, 남성 정자검사를 받아야 하는 사람은 병원 오기 전 2~3일은 부부관계를 하면 안 된다고 했어. 혹시라도 야한 영화를 보거나 자위행위를 하면 안 되니까 염두에 둬. 부부관계든, 자위든, 몽정이든, 남성은 한 번 정자를 사정하고 나면 정상적으로 되돌아오는 기간이 최소 2~3일은 걸린다고 했어……."

평산은 고종사촌 형의 이야기를 들으면서 마음속으로 "아, 남자는 그런 신체적 조건을 가진 존재구나." 하면서 말없이 고개를 끄덕여 댔다…….

이틀 후.

평산은 탑차를 몰고 휴먼시아 범마을 아파트단지를 빠져나왔다. 탑차 운전대 옆에 부착해 놓은 네비게이터 디지털 시계는 새벽 5시를 가리켰다. 뒷문을 자물쇠로 잠가놓은 짐칸에는 어젯밤 9시 정한용 홍보부장이 202동 주차장까지 싣고 온 전단지와 책자, 그 밖의 애드벌룬 포대

작업에 필요한 각종 기자재들이 실려 있었다.

일요일이라 영동고속도로로 진입하는 인천광역시 남동구 서창동 인근 시가지 도로는 한산했다. 그러나 영동고속도로 서창동 IC로 진입하자마자 상황은 갑자기 달라졌다. 네비게이터는 인천광역시 휴먼시아 밤마을 아파트에서 화진포까지 가는데 4시간 50분가량 소요된다고 알려 주었으나 영동고속도로를 올라타는 순간 네비게이터도 믿을 것이 못 된다는 생각이 들었다. 경부고속도로로 진입하는 〈신갈분기점〉까지 58km의 거리를 46분 정도 달려가면 된다고 알려 주었으나 실제로는 1시간 48분이 소요되었다. 두 배도 넘게 지체하면서 고속도로 위에서 브레이크를 밟았다 뗐다 하며 허벌나게 다리운동을 한 기분이었다.

중부고속도로로 진입하기 위해 〈호법분기점〉으로 달려가는 수많은 승용차와 화물차, 중부내륙고속도로 진입하기 위해 〈여주분기점〉으로 달려가는 승용차와 화물차, 중앙고속도로로 진입하기 위해 원주 〈만종분기점〉으로 달려가는 승용차와 화물차, 평산처럼 강릉이나 속초방면으로 가기 위해 영동고속도를 올라탄 승용차와 크고 작은 화물차들이 8차선 도로 위에서 꼬리에 꼬리를 물고, 가다서다를 반복하면서 브레이크를 밟아대고 있어서 주말 새벽의 영동고속도로는 수만 대 차량들의 붉은 브레이크 등불로 피바다 같은 세상으로 돌변하고 말았다. 조금만 딴눈 팔다가는 붉은 색깔에 눈이 어른거려 순식간에 앞차의 꽁무니를 들이받으며 그대로 추돌사고를 낼 것 같았다.

운전대를 잡고있는 상체가 완전히 굳어버린 것 같았다. 잔뜩 긴장한 채로 2시간 넘게 브레이크를 밟았다 뗐다 하면서 달려온 뒤끝이라 갑자기 피로감이 엄습했다. 원주 만종분기점을 통과하면서부터 지체 현상이 조금씩 풀리기 시작했으나 아직도 도로 위의 차들은 시속 50km 이하로 서행했다. 따뜻한 국물로 빈속을 채우며 좀 쉬었다 가고 싶어 평산은 횡성휴게소로 들어갔다.

쳐죽일 놈들! 왕복 8차선 영동고속도로 위에 이렇게 차들이 넘쳐나고, 가다서다를 반복하면서 사람을 긴장하게 만드는데 남조선은 헐벗고 가난해서 거지가 득시글거린다고…….

횡성휴게소 화물차 주차장에 탑차를 세워놓고 내려서면서 평산은 혼자 조선로동당 량강도 도당위원장과 선동선전부장을 쳐죽일 놈이라고 욕해댔다. 이렇게 물찬 제비 같은 개인 승용차와 기차 빵통^(객차) 같은 대형트럭들이 휴일이면 영동고속도로 왕복 8차선 도로 위를 온통 주차장으로 만들어버리는데 남조선은 헐벗고 가난해서 거리엔 거지가 득시글거린다니……이놈들아, 그건 인민을 선전 선동해 일떠서게 하는 것이 아니라 완전히 속게 만드는 사기행각이고, 그런 사기 행각으로 이승에서는 어찌어찌 목숨을 이어갈지 모르나 저승에 가서는 네놈들에게 한평생 속고 살은 인민들의 저주와 분노가 네놈들을 가만히 놓아두지 않을 것이다. 멍석말이를 해서 짓밟아 죽여도 시원찮을 놈들! 내 저승에 가서도 네놈들은 잊지 않을 것이다…….

가래침을 긁어모아 퉤! 하고 길바닥에 내뱉으며 평산은 식당으로 들어갔다. 인민학교 교실 몇 개를 기다랗게 이어 놓은 듯한 길고 높은 홀에는 수많은 식탁과 의자가 놓여 있고, 각 코너 식탁마다 봄나들이를 떠나는 상춘객들이 일행들과 마주 앉아 조반을 먹고 있다. 평산은 무얼 먹

을까 하면서 양식코너, 횡성막국수코너, 코바코우동코너, 라면코너, 한
식코너까지 아이쇼핑 하듯 내걸어놓은 차림표를 살펴봤다.

안성 하나원을 수료하고 고모님을 따라 인천에 처음 왔을 때는 먹자
골목이나 분식집 창문에 붙은 〈돈가스〉나 〈치즈 핫도그〉 〈허니치즈소
시지〉 같은 외래어 음식들이 너무나 낯설고 세상천지가 빙글빙글 돌고
있는 것 같이 어지러웠다. 그러나 이제는 외래어로 음식 이름을 써 붙인
차림표를 봐도 그때처럼 어지럽거나 속이 메스거리지 않았다. 대다수
음식들이 직장의 형들과 같이 회식을 나가거나 점심을 먹으러 나가서
한 번씩 먹어본 음식이기도 하고, 또 그런 음식을 먹어본 형들의 맛 체
험 설명을 들어보기도 해서 소외감도 많이 해소되었다. 그러나 코바코
우동코너의 〈옛날짜장〉이나 〈실속우동〉은 아직 한 번도 먹어보지 못했
다. 또 한식코너의 〈강원산채나물비빔밥〉이나 〈횡성더덕설렁탕〉은 난
생 처음 들어보는 음식 이름처럼 느껴졌다.

오늘같이 혼자서 어디론가 달려가는 날은 한 번씩 맛 체험도 해보고
싶었다. 그러나 음식을 주문하기 전에 그런 음식을 먼저 먹어본 형들이
곁에 없어 〈강원산채나물비빔밥〉이나 〈횡성더덕설렁탕〉은 그 맛이 어
떤지 물어볼 수가 없다. 그렇다고 음식값을 선불로 받는 계산대 앞 여
자 종업원에게 물어볼 용기는 없었다. 평산은 이것저것 따지지 말고 〈
강원산채나물비빔밥〉이나 〈횡성더덕설렁탕〉 중 어느 것 하나를 주문
해 버릴까 하고 큰마음을 먹다가도, 이렇게 요모조모 따져보면서 주문
한 음식마저 그 언젠가 간석시장 먹자골목에서 이름도 모른 채 "이것 주
세요." 하고 시켜먹은 〈고등어조림〉처럼 달착지근하면 어떡하나 하는

조바심이 밀려와 또 한발 물러서서 혼자 생각에 잠겼다. 그러다간 그가 혼자 있을 때 수없이 주문해 먹은 〈돼지고기김치찌개〉를 주문하고서는 "달지 않게 해주세요." 하고 추가 요청사항을 덧붙였다. 그가 내민 카드를 받아 결제를 마친 여자 종업원이 음식 주문 번호표와 영수증을 카드와 함께 건네주며 말했다.

"네. 잠시 후, 저쪽 한식코너 모니터에서 음식 주문 번호가 호명되면 이 주문 번호표 주시고 음식 받아가세요."

평산은 여자 종업원이 일러준 한식코너 모니터 앞에 자리를 잡고 잠시 기다렸다. 10분쯤 기다리자 그가 주문한 음식 번호가 모니터에서 깜박거렸다. 그가 자주 가는 인천의 식당에서는 식당 종업원이나 음식점 주인이 큰 쟁반에다 그가 주문한 음식을 담아 가지고 와 그가 앉아서 기다리는 식탁에다 음식상을 차려주고 "맛있게 드세요" 하고 인사까지 빠뜨리지 않는데, 이곳 횡성휴게소에서는 음식을 주문하는 여행객들이 계속 밀려와서 그런지, 고객들이 주문한 음식이 다 조리되었다고 번호를 깜박거리면 음식 주문한 고객이 미리 돈을 내고 산 음식 번호표를 돈 대신 건네주고 음식을 차려놓은 쟁반을 자기가 들고 식탁에 가서 먹고, 음식을 다 먹은 뒤에는 그 빈 그릇을 담은 쟁반을 퇴식구에다 갖다 놓고 갈 길을 떠나가는, 이른바 〈셀프서비스〉라는 것도 어느덧 조금씩 익숙해지는 것 같았다.

삼팔따라지 장평산이도 이런 식으로 이슬비에 옷 젖듯 이남화(以南化)가 되어가는구나…….

음식 쟁반을 들고 와서 따뜻한 〈돼지고기 김치찌개〉 국물을 한 숟갈 후후 불어 삼키려는데 갑자기 자신도 모르게 돼지고기 김치찌개를 유독 좋아하시던 생전의 아버지 얼굴이 떠오르면서 눈앞이 흐릿해졌다. 그는 돼지고기 김치찌개 국물을 두어 숟갈 떠먹다 말고는 식탁 위 모서리에 수저통과 함께 차려놓은 냅킨 통을 끌어당겨 툭툭툭 석 장을 꺼냈다. 그리고는 절반으로 접어 눈 밑을 눌러댔다.

평산아! 지도자 동진지, 뭔지 하는 저놈은 제 아비가 물려준 우리 공화국을 말아 묵은 놈이다. 공화국 인민들에게 강냉이 배급도 주지 못할 만큼 우리 조국을 헐벗게 만들었고, 이 땅의 수백만 어린이들을 영양실조로 병들게 했으며, 너희 같은 젊은이들에게는 미래의 희망마저 꿈꿀 수 없게 만든 놈이다. 이 아비가 평생을 악질반동 지주 새끼로 백암탄광 막장에서 살게 된 것은 네 둘째아버지가 조상의 선영을 버리고 고모부처럼 남으로 내려가지 못한 효성(孝誠)이 원인이다. 너희들은 이 아비나 어미처럼, 네 인생을 아둔하게 살지 말아라. 아비는 아홉 살 때 조국이 해방되어 갑자기 할아버지 돌아가시고, 네 둘째아버지를 아버지처럼 받들며 둘째아버지가 시키는 대로 살다 보니 함경도 백암탄광까지 쫓겨오게 되었다. 그렇지만 너희들은 아비처럼 인생을 그렇게 무지렁이로 살아서는 안 된다.

인생살이 하루하루가 다 막장 같은 것이다. 아비는 지하 수백 미터 막다른 땅굴 속에서도 틀림없이 석탄이나 철광석이 나올 것이라는 신념을 가지고 곡괭이질을 하다 보면 석탄도 파낼 수 있고 철광석도 파낼 수 있었다. 그러니 헐벗고 굶주리는 이 땅에서만 살려고 하지 말고, 중국 상하이로 피신했다가 미국으로 건너간 너희 큰아버지나 발동선을 사서 일가족을 솔가해 남으로 내려간 고모부처럼 여기저기 두루두루 살피며 세상 돌아가는 형세를 잘 살펴라. 그러다가 절호의 기회라고 판단되면 사나이답게 일생일대의 결단을 내려라. 너는 3급 운전공 자격과 기술을 가진 몸이라 남조선 어디를 가도 이 아비보다는 인생을 더 폭넓게 살 수 있을 것이다.

평산아! '남아 일언 중천금'이라 했다. 이 아비가 오늘 너한테 일러준 말, 절대로 그 누구에게도 말하지도 말고 혼자 가슴속에 깊이깊이 새겨 두었다가 너도 네 큰아버지나 고모부처럼 자유를 찾아 네 꿈대로 세상을 살아보아라. 공화국은 너무 헐벗고 앞뒤가 꽉 막힌 땅이라 너 같은 젊은이가 기상을 펼치며 살 곳이 못 된다. 도무지 이 땅은 미래가 없는 땅이다…….

아바지! 저는 아바지 말씀대로 남조선으로 내려와 오늘 아침에도 이렇게 칼칼하고 맛깔스러운 돼지고기 김치찌개도 먹어보는데, 북에 있는 오마니, 선영이, 선옥이, 철산이에게는 언제 이렇게 제가 먹고 있는 돼지고기 김치찌개라도 아바지 살아계실 때처럼 가족이 다 함께 둘러앉아 먹어볼 수 있을까요? 오늘은 아바지 좋아하시던 이 돼지고기 김치찌개 때문인지 유난히 아바지 생각이 나고 가족들도 보고 싶네요…….

평산은 돼지고기 김치찌개 국물을 한 숟가락씩 떠먹을 때마다 눈 밑을 눌러대며 조반을 끝마쳤다. 천천히 먹어도 10분이면 밥 한 그릇을 뚝딱 해치우는데 오늘은 복받치는 외로움과 가족들 생각에 빠져 30분 넘게 조반상을 붙잡고 있었던 것 같다. 늦은 조반이기는 했으나 퇴식구에 빈 그릇 쟁반을 올려놓고 식당을 나오니 시계가 9시를 훌쩍 넘어서

고 있다. 영동고속도로 지체가 풀려 조반을 먹으러 들어왔던 승용차들이 시속 100km의 속력으로 생생 달려가고는 있으나 조반을 먹으러 휴게소로 들어와서 너무 많은 시간을 소요한 것 같다.

그렇지만 식사 후 커피도 한 잔 마시지 않고 그대로 달려갈 수는 없다. 간석2동 담당 팀장 직위를 맡은 후 4년 넘게 직장생활을 하다 보니 간석4동을 전담하고 있는 상철 형이나 간석1동을 전담하고 있는 종포 형처럼 식사 후에는 꼭 자판기 커피를 한 잔 빼 마셔야 배변이 수월했다. 커피를 한 잔 마시지 않으면 뒤가 묵직해도 도무지 꽉 막힌 똥창이 열리지 않았다. 그럴 때는 화장실 문 앞에서 그가 나오기만을 기다리는 형들에게 미운털이 되어가는 느낌이었다. 하루하루 이어지는 일상의 틀 속에서 자신도 모르게 굳어진 버릇이나 습관이란 것은 정말 얄미울 정도로 간사스럽게 느껴지기도 했다. 탈북 전 량강도 백암탄광이나 운흥기계연합기업소로 파견 나가 3급 운전공으로 복무할 때는 커피란 것 자체를 아예 모르고 살았던 몸이 아니던가. 그런데도 그 간사스러운 습관은 탈북이란 긴긴 여정 속에서 수없이 굶고 영양결핍으로 말라붙은 그의 내장마저 부르주아식으로 길들여 놓은 것 같아 절로 웃음이 나왔다.

그렇지만 "식후불연초 3분내즉사"란 상철 형의 우스갯소리처럼 식사 후 커피를 한 잔 마시지 않으면 대변이 마려워도 쉽게 변이 나오지 않는 데는 어찌하랴. 그는 남녘 생활 6년 만에 부르주아 식문화에 젖어버린 사람처럼 식당 우측 벽 옆에 설치된 자판기코너에서 밀크커피를 한 잔 빼 들고 벤치에 앉았다. 그리고는 홀짝홀짝 커피를 마셔대며 앞으로 달려가야 할 남은 거리를 어림해 보았다.

보자, 여기서 강릉까지는 93km니까 1시간 10분 정도 소요될 것이고, 톨게이트에서 강릉시청 쪽으로 나가다 7번국도를 올라타면 강릉 - 화진포 간 거리가 대략 115km 정도 되니까 1시간 40분 정도 소요될 것이다. 횡성휴게소를 출발해 더 달려가야 할 영동고속도로와 7번국도가 막히지만 않는다면 넉넉잡아 3시간 후면 화진포호수에 도착할 수 있을 것이다…….

그렇다면 현재 시각이 9시 20분이니까 화장실 가서 느긋하게 용변 보고 10시에 출발한다고 해도 오후 1시면 화진포에 도착할 수 있을 것이다. 그다음 화진포해수욕장 입구 〈금강산횟집〉에서 만나기로 약속한 이상학 애드벌룬팀장과 같이 점심을 먹으며 오후 2시까지 개인 자유시간을 갖는다고 해도 전체 간부들이 화진포 기지에 집결하는 오후 3시까지는 1시간이란 시간이 여유가 있다. 영동고속도로 종점에서 강릉 톨게이트로 빠져나가 7번국도를 올라타기 위해 강릉시가지를 통과할 때 길이 좀 막힌다 해도 1시간이란 시간이 여유가 있으니 이번 미션을 수행하는 데는 아무 지장이 없을 것이다. 괜히 차 운전하다 용변 마려워 다시 휴게소 찾아 들어가지 말고 여기서 대변까지 보고 느긋하게 출발하자…….

그는 다 마신 커피잔을 쓰레기통에 던져 넣으며 화장실 쪽으로 걸어갔다. 그때 상의 윗주머니에 넣어둔 손전화가 진동했다. 누굴까? 이상학 애드벌룬팀장일까? 아니면 자유북한운동연합 송효상 대표일까? 그는 주머니에서 손전화를 꺼내 급히 폴더를 열었다.

"여보세요?"

"기동대장님! 이 팀장입니다. 출발하셨습니까?"

"아, 안녕하세요? 저는 새벽 다섯 시에 출발해, 지금 횡성휴게소에서 조반 마치고 잠시 쉬고 있습니다."

"아이구, 정말 일찍 출발하셨네요?"

"네. 오늘 일요일이라 영동고속도로는 늘 차가 막히는 곳이라 좀 일찍 서둘렀습니다. 팀장님은 지금 어디쯤 오셨습니까?"

"저는 이제 수소가스 충전 마치고, 내부순환도로 타고 홍천을 경유해 인제ㆍ원통 방면 44번국도를 이용할 계획입니다."

"서울에서 출발하시니까 그 길이 빠르겠네요. 어서 오십시오. 제가 먼저 도착하면 화진포해수욕장 입구 〈금강산횟집〉에서 기다리겠습니다."

"네. 저도 약속시간 내에 도착하도록 최대한 빨리 달려보겠습니다. 가스 충전하면서 여기저기 임원님들께 전화해 보니까 차가 막힐 걸 대비해서 다들 한두 시간 일찍 출발하셨더군요. 근데, 정한용 홍보부장님과는 아직 통화를 못 해봤는데……오늘 날려 보낼 애드벌룬 기자재는 어제저녁 차질없이 전달받았습니까?"

"네. 홍보부장님은 어젯밤 8시 50분쯤 저희 아파트 주차장에 도착하셨는데, 애드벌룬 3박스, 완포(완전포장) 전단지 5박스, 소책자 10박스, 타이머 1박스, 부대(포대) 4박스, 그 외 함께 동봉할 기자재 물품 15박스 등 모두 28박스를 차질없이 전달받았습니다."

"좋습니다. 금강산횟집에서 만나면 전번에 기동대장님이 궁금해했던 량강도 운흥기계연합기업소 정남철 사로청위원장에 관한 소식도 세세히 들려드릴 테니까 조심해서 오십시오. 기동대장님의 탑차 속엔 우리 단체의 명운과 북녘 동포의 닫힌 의식을 일깨워주는 소중한 전략물자가 실려있습니다."

"늘 명심하며 안전운전하고 있습니다. 팀장님도 조심히 오십시오. 그 많은 수소가스 통을 한 차에 다 싣고 오려면 얼마나 신경이 곤두서겠습니까?"

"오늘은 화진포 기지 인근 주민들이 헬륨이나 수소가스 통을 보지 못하게 적재함을 천막으로 완전히 덮어씌운 호루차에다 가스통을 싣느라 시간이 더 걸렸네요."

"그럼 먼저 전화 끊으시고 출발하십시오. 저도 이만 끊겠습니다."

이상학 애드벌룬팀장의 전화를 끊고 손전화를 주머니에 넣는데 아랫배에서 꾸루루룩 하는 소리가 들려오며 갑자기 대변이 쏟아질 것 같았다. 자판기에서 한 잔 빼 마신 밀크커피 기운이 아랫배를 짓눌러 대는 듯했다. 탈북 전에는 너무나 많이 굶고 불규칙하게 음식물을 섭취해서 그런지 대변도 3일에 한 번, 또는 일주일에 한 번씩 보는 날도 많았는데 3개월간의 하나원 정착교육을 마치고 고모부님 댁으로 온 후부터는 오전 10시쯤이면 어김없이 대변이 마려웠다. 그런데도 막상 고모부님 댁 수세식 화장실 양변기 비데에 엉덩이를 대고 앉으면 엉덩이 살과 맞붙는 비데의 따뜻한 감촉이 항문을 긴장하게 만드는지 도무지 철버덕 쏟아질 것 같던 변마저 나오질 않고 아랫배만 고통스럽게 했다. 정말 진땀 나는 순간이었다. 난생 처음 사용하는 화장실 비데 탓인가 싶어 중국에서 숨어서 살 때처럼 화변기에서 변을 보는 자세로 비데를 올려버리고 양변기 위에 올라가 두 발을 벌리고 쪼그려 앉아서 변을 보다 조준을 잘못해 철버덕하고 변기 밖으로 물똥을 내갈겨서 고모부님 댁 화장실을 남몰래 청소하느라 혼이 난 순간들을 생각하면 지금도 등골이 서늘해지는 기분이다.

어디 그뿐인가? 휴먼시아 범마을 아파트를 배정받아 처음 입주했을 때, 화장지 걸이에 걸어놓은 화장지를 다 당겨쓰고 새로 갈아놓지 않은 채 변을 보러 들어갔다가 항문을 닦을 휴지가 없어 휴지를 다 쓰고 마지막 남게 되는 마분지(馬糞紙) 속대를 빼내어 항문을 닦았을 때는 탈북 전 북녘의 재래식 변소에서 강냉이송치로 항문을 닦을 때처럼 왜 그렇게 찝찝하고 뒤가 개운찮았는지 지금 생각해 봐도 자괴감이 밀려온다. 그는 그날 대변을 다 보고 나와도 뒤가 개운치 않아 훌러덩 러닝셔츠와 팬티를 벗어 던지고 샤워기로 항문을 다시 씻으며 샤워를 한 뒤부터는 언제나 두루마리 휴지 대여섯 개를 대변기 옆 수납장에 넣어놓고 양변기에 앉아 변을 보면서도 새 두루마리 화장지로 갈아 끼울 수 있게 그만의 화장실 문화를 새로 만들며 독신생활을 해왔다. 그리고 그런 문화생활을 누리며 남녘에서 6년 넘게 살다 보니 화장실 들어가기 전에는 언제나 '대변을 본 후 항문을 닦을 수 있는 화장지는 화장지걸이에 걸려 있는가? 화장지가 걸려 있지 않다면 1회용 화장지라도 준비했는가?' 하고 아무리 뒤가 급해도 덜컥 화장실 문을 열고 들어가 엉덩이부터 까서 내리며 대변을 쏟아내는 경우는 없었다.

오늘도 마찬가지다. 횡성휴게소 남자화장실로 들어가자마자 두루마리 화장지가 화장지걸이에 제대로 걸려 있는가부터 확인한 후 바지를 내리며 양변기에 걸터앉았다. 그 순간 아랫배를 짓눌러댔던 다급함이 퍼드덕! 하는 소리와 함께 똥창을 채우고 있던 변 덩어리가 한꺼번에 쏟아져 내리는 것 같았다. 식사 후 커피를 한 잔 마시면 이렇게 변이 시원하게, 일시에 퍽 쏟아져 내리는데 왜 커피를 마시지 않으면 나올 듯하면서도 나오지 않고 사람 혈압만 올라가게 만드는지, 그의 상식이나 육감으로는 도무지 알 수 없는 생리적 수수께끼였다. 나무껍질과 풀뿌리를 캐서 밀가루 몇 줌을 넣고 풀죽을 끓여 먹으며 끼니를 해결할 때는 3~4일에 한 번씩 변소에 들어가 갖은 용을 다 쓰다 한두 덩이 변 덩어리를 배설하고 나면 늘 항문에서 피가 나면서 따가운 통증이 그를 괴롭혔다. 그런 통증이 고통스러워 변을 참다 보면 어느 때는 딱딱하게 굳어버린 변 덩어리가 항문을 가로막으며 밑이 찢어질 것 같은 통증을 수반하며 이마에 진땀이 흘러내렸다.

변을 볼 때마다 밀려오는 그런 아픔이 무서워서 어렸을 적에는 대변이 마려울 때마다 아파트 공동화장실까지 어머니나 아버지를 대동하고 내려와 변소간의 나무 발판 위에 쪼그리고 앉아 고개를 수구려 자신의 똥구를 두 눈으로 지켜보며 용을 썼다. 그러다 쉽게 똥이 나오지 않으면 "오마니, 아바지" 하면서 비명을 질러댔다. 그러면 어머니는 그가 왜 비명을 질러대는지 대번에 알아차리면서 미리 준비해온 부러진 젓가락 한쪽을 들고 변소간으로 따라 들어와 "돌아앉아서 똥구를 들어 올려보라." 하면서 그의 어린 항문을 막고 있는 딱딱한 변 덩어리를 부러진 젓가락 한쪽 끝으로 파내어주었다.

그러고 나면 어느 때는 똥구가 피 칠갑이 되어있었다. 거기다 북에선 종이가 귀하고, 독보용으로 배급되는 신문지로 똥구를 닦다가 뒷면에 어버이 수령이나 지도자 동지(김정일) 사진이 인쇄돼 있는 것을 확인하지 않은 채 무의식적으로 신문지로 똥구를 닦다가는 애 어른 할 것이 없이 보위부로 불려가 사상조사를 받은 후 노동단련대로 끌려가 입에 단내가 날 만큼 강도 높은 중노동을 하다 풀려나는 처벌이 두려워 대도시 거주 인민들 외에는 대다수 농산촌 주민들은 변소 한쪽 구석에 포대 자루에 강냉이송치를 담아 놓고 변을 본 뒤 그 우툴두툴하고 까칠까칠한 송치로 항문을 닦는 것이 예사였다. 하지만 평산은 강냉이송치로 항문을 닦는 것이 고통스러워 밑으로 끌러 내린 바지나 팬츠를 고추까지만 당겨 올린 채 두 다리를 벌린 자세에서 어기적어기적 자기 집 하모니카아파트 세면장까지 걸어 올라와 물로 자신의 똥구를 씻을 때 밀려오는 그 따갑고 쓰라린 통증이 고통스러워 그는 유난히도 대변보는 것을 두려워했다.

그런 어린 시절의 쓰라린 트라우마 때문에 성인이 되어서도 그는 물똥을 누기를 선호했다. 된똥은 정말 끔찍이도 싫어했다. 그런데 그런 생리적 트라우마가 탈북 후 국정원 시절부터 조금씩 치유되기 시작했다. 수세식 화장실을 사용했기 때문이다. 어린 시절처럼 된똥이 항문에 걸려 나오지 않으면 항문이 파열되기 전에 손가락 끝에 물을 묻혀 자신의 손가락으로 어릴 적 어머니가 부러진 젓가락 끝으로 똥구를 파내어줄 때처럼 변을 파내고 난 후 물로 두세 번씩 손을 씻었다. 그리고 아파트를 배정받아 휴먼시아 범마을 아파트단지로 거처를 옮긴 후부터는 화장지 수납장에 늘 두루마리 화장지와 함께 자신의 손으로 항문으로 주입하는 관장약을 준비해 두고 살았다. 그래서 그는 집을 떠나 외지에서 하루 이틀 자면서 합숙생활을 하거나 남의 집 변소나 화장실에서 대변을 보아야 하는 경우를 지금까지도 두려워했다. 그런데 오늘은 된똥도 아니고 물똥도 아닌, 적당한 굵기의 몰랑몰랑한 똥자루가 양변기에 걸터앉자마자 철퍼덕하고 쑥 빠지면서 아랫배가 개운했다.

휴, 오늘도 무사히 큰 고민 하나 해결했구나…….

버릇처럼, 그는 화장실로 들어와 양변기나 화변기에 쪼그려 앉으면 두 손을 모아 기도하는 자세로 아랫배에 조금씩 힘을 주며 용을 쓰는데 순조롭게 대변이 쑥 빠져나오는 날도 그의 이마에는 어릴 적부터 느껴오던 트라우마 때문에 늘 진땀이 찐득하게 배어 나왔다. 그러다 별 고통 없이, 순조롭게 대변이 쑥 빠져나오면 하루 중의 큰 대사 하나를 무사히 끝낸 사람처럼 하늘에 감사하는 자세로 이마의 진땀부터 닦으며 일어나 자신이 금방 배설한 똥자루를 확인하는 기벽이 생겼다.

옳거니, 내 몸에서 빠져나온 똥자루가 10원짜리 동전 굵기만 하면 똥구가 아프지 않는구나. 암튼, 오늘 해야 할 큰일 하나는 끝냈으니 지금부터는 화진포를 향해 달려가는 일이 급선무지…….

횡성휴게소를 빠져나와 시속 100km 속력으로 2시간 정도 거침없이 달렸다. 그러다 보니 7번국도 옆으로 어느덧 아야진해수욕장과 푸른 바다가 끝 간 데 없이 펼쳐졌다. 강릉시청 옆을 통과할 때는 이른 점심시간과 마주쳐 지정 속도로 달릴 수 없었으나 7번국도로 다시 들어와 양양 속초 구간을 거쳐 봉호해수욕장 구간을 통과할 때까지 도로는 한산했다.

참으로 다행이었다. 7~8월 피서철이었다면 어림없는 질주였다. 네비게이터는 30여 분 후면 이상학 애드벌룬팀장과 약속한 화진포해수욕장 입구 〈금강산횟집〉에 도착할 수 있을 것이라고 알려주었다. 도로가 막히지 않을 때는 네비게이터가 알려주는 시각이 대체로 정확했다. 그는 화진포 기지에서 오늘의 미션인 애드벌룬 20개를 수작업으로 만들어 자강도와 량강도 지역으로 날려 보낸 후 자정이 넘은 시각에 7번국도의 좌측 편도를 달려 인천으로 돌아가야 할 길을 머릿속으로 그려보며 7번국도 연변의 지형지물과 도로표지판들을 유심히 눈에 담으며 백도해수욕장 옆을 통과했다.

이런 속력으로 달려가다 보면 량강도나 회령도 한 서너 시간이면 도착할 수 있겠지…….

평산은 마음속으로 그런 생각을 하며 액셀러레이터를 밟다 보니 문득 새운흥군 청년거리 로동자구아파트로 이사 오기 전엔 살았던 회령 22호 관리소 모습이 눈앞에서 일렁거렸다.

만약, 미국 플로리다 주 탈라헛시(Tallahassee)에 거주하셨던 큰아버지 장용복 박사가 아버지에게 편지를 보내지 않으셨다면 우리 가족 전체가 회령 관리소에서 량강도 새운흥군 청년거리 로동자구아파트로 거주지를 옮길 수 있었을까?

그것은 불가능했을 것이라는 생각이 들었다. 왜냐면 함경북도 회령시 중봉동 일대에 설치한 제22호 관리소(일명, 회령정치범수용소)는 한번 들어가면 김일성 수령이나 지도자 동지의 특별배려나 사면령이 없으면 평생 그 안에서 아버지처럼 광부나 중노동이나 하다 죽어야 하는, 그야말로 죽어서도 나갈 수 없다는 완전통제구역이었다. 그리고 보니 아버지 장용욱은 그를 낳아준 아버지이기 전에 자신보다 한 세대 먼저 태어난 한 남자로서 너무나 기구한 삶을 살다가 이승을 떠나간 사람처럼 느껴졌다.

문득 그런 기억을 더듬다 보니 1992년 4월, 김일성의 80회 생일인 태양절이 떠올랐다. 모처럼 태양절 선물로 미리 나온 당과류와 사탕을 빨면서 선옥과 철산은 '좋아라' 하는데 느닷없이 "대규모 사면을 실시한다."라는 소식이 관리소 내에 퍼졌다. 그래도 평산의 가족은 "살아서는 이 관리소를 벗어날 수 없다."라는 보위원들의 말을 믿으며 체념하면서 살았다.

그런데 태양절 하루 전날인 1992년 4월 14일 그들 가족을 감시하던 보위원이 아버지를 불렀다. 아버지가 보위부 사무실로 찾아가 보니 그들 가족을 그렇게도 고통스럽게 하던 보위부 지도원이 이주명령서를 내놓으며 "장아바이 가족은 그동안 어버이 수령님 시대에 단행된 대사면령과 다르게 이번에는 관리소 내에서 모범적인 생활과 노동 태도를 보인 수인들을 대상으로 특별대사면령이 내려왔소." 하면서 4월 15일 태양절 오전 10시, 화물자동차가 그들 가족과 세간 집물을 실으러 갈 테니까 오늘 중으로 새운흥군 청년거리 로동자구아파트 2동 302호로 이사 갈 준비를 끝마치라고 일러주었다.

"지도원 동지! 살다 보니 이케 태양절을 맞아 수령님의 은덕을 받는 날도 있습네다. 수령님의 은덕을 이 목숨 다하는 날까지 잊지 않갔습네다. 정말 고맙습네다."

하면서 평산의 아버지 장용욱은 너무 기뻐서 어쩔 줄을 몰라 하며 흐느끼면서 집으로 돌아와 가족들에게 보위부 사무실에서 들은 말을 가족들에게 전해주었다.

"아바지. 작업반장 동무 말을 들어보니까 지난해 대사면령을 받은 회령관리소 내 3가구는 해외에 친척을 둔 세대주 가족들이 이주명령서를 받았다 이 말입네다. 기러니까니 우리 가족이 새운흥군으로 이주를 마치고 나면 필시 새운흥군 보위부에서 지도원이 나와 우리 가족 전체에게 새로운 과제와 분공을 주면서 전 가족이 어버이 수령님과 지도자 동지께 모범이 되고 실제적으로 눈에 보이는 성과를 내면서 충성을 바치라는 당적 과제가 떨어진다 이 말입니다."

아니나 다를까, 그들 가족이 1992년 4월, 새운흥군 청년거리 로동자구아파트 2동 302호로 이사를 마치고 달포나 지났을까? 예상했던 대로 새운흥군 보위부 지도원이 찾아와 KBS TV 방송과 라디오 방송이 이산가족찾기 생방송을 하면서 중국 라디오 방송의 도움으로 그동안 실종상태로 묻혀 있었던 큰아버지까지 찾아내어 헤어진 지 37년 만에 3남매가 서로 상봉할 수 있게 만들어 주어 남조선에서는 지금 눈물바다를 이루었다는 소식과 미국 플로리다 주 탈라힛시(Tallahassee)에 거주하고 있는 장용복 박사가 KBS TV 생방송 이후 북한의 혈육을 찾기 위해 막냇동생 장용욱(평산의 아버지)에게 보낸 편지 두 통을 내밀었다.

그 편지를 받고 평산의 아버지 장용욱은 1992년 5월 "……지난간 47년 세월 동안 어려움도 많았으나 당의 보살핌으로 5호 농장원으로, 그 이후 회령 제22호 정치범관리소 내 중봉탄광의 광산로동자로 죽지 않고 잘살아 왔다."라며 보위지도원이 시키는 대로 답장을 보냈다. 그리고 지난 37년 동안 형님과 조국의 가족들은 헤어져 살아왔으나 큰형님(정동기 목사)의 실종으로 조국의 가족들은 모두가 받지 않아도 될 고초도 많이 받았고, 의심도 많이 받았으며, 그런 가정적인 풍파와 비극으로 인해 "전 가족이 가슴에 사무치는 한(恨)과 세 끼니조차 이어가지 못할 만큼 최근 들어와서는 북녘땅 전체가 식량 부족으로 인해 가난과 배고픔에 시달리고 있는데, 되돌아보면 이 모든 수난과 아픔이 큰형님이 신의주학생의거를 주동한 후 소련군의 체포망을 피해 중국 상하이를 경유해 미국으로 도피한 것이 우리 가족 수난사의 첫 시발이고 이유가 아닐까 생각합네다."라며 보위부 지도원이 짚어주는 대로 현실적인 고뇌도 몇 줄 적어넣었다. 편지 끝머리에는 "가족의 아픈 상처를 달래고 그동안의 멍든 가슴을 풀어주기 위해서라도 형님께서 여유가 되신다면 경제적으로 보탬이 될 수 있게 해외에서 외화를 좀 송금해주시면 안해와 자식들에게 늘 죄를 지은 심정으로 살아가는 이 아우에게 큰 힘이 될 것 같습니다."라며 끝을 맺었다.

외화를 송금해 달라는 그 말은 참으로 마음에 내키지 않았다. 하지만 보위원이 시키는 대로 자필로 편지를 써서 보위지도원에게 전해주고 난 뒤 한 달이나 지났을까? 1992년 6월, 미국 플로리다 주 탈라헛시(Tallahassee)에 거주하던 장용복 박사로부터 미화 5,000불이 송금되었다. 큰형님 장용복 박사는 그 편지에다 자신이 송금한 달러를 받는 즉시 아우가 답장을 보내주면 그가 안심하고 다시 미화 5000불을 더 송금하겠다고 약속했다. 그러면서 장용복 박사는 "만약 아우의 일거수일투족을 감시하면서 중간 심부름 역할을 해주는 보위부 지도원과 같이 중국과 조선민주주의인민공화국의 국경연선인 중국 훈춘(琿春)이나 도문(圖們)까지 나올 수 있는 기회를 아우가 직접 보위부와 토론해 만들 수 있다면 전화로 그 날짜를 정확히 알려주면 내가 직접 비행기를 타고 훈춘이나 도문으로 날아가겠다.”라고 써 보낸 편지도 도착했다. 그 편지글 끄트머리에서 장용욱 박사는 “나는 조선사람으로 이 세상에 태어났으나 현재는 미국 국적을 가진 미국 국민이다. 그러므로 대한민국 서울이나 중국 베이징, 또 국경연선 지역인 중국 도문이나 훈춘, 그 어느 지역이든 여행이 가능하다.”라고 알려 주었다.

그 편지가 도착한 후 새운흥군 보위부에서는 중앙당으로부터 하달된 지도자 동지의 외화벌이사업 분공을 완수하기 위해 평산의 아버지 장용욱이 상상도 할 수 없었던 일을 ‘김정일 장군님의 특별배려’라는 명분으로 도와주었다. 그 첫 번째 특별배려가 미국 플로리다 주 탈라헛시(Tallahassee)에 거주하는 장용복 박사와의 국제전화 통화였다. 평산의 아버지 장용욱은 새운흥군 보위부로 찾아가 보위원이 연결해 준 국제전화로 47년 만에 큰형님 장용복 박사의 음성을 들으며 가족 소식을 전했다. 그리고 보위부가 미리 상봉 날짜를 잡아준 대로 “다가오는 8.15 해방절 날 중국 훈춘호텔까지 큰형님 장용복 박사를 만나러 가겠다.”라고 상봉 의사를 직접 육성으로 전했다.

마침내 다가온 1992년 8월 15일. 형제간의 첫 상봉이 47년 만에 이루어졌다. 그 후 평산의 가족은 새운흥군 청년거리 로동자구아파트에 거주하는 주민들로부터 선망의 대상이 되었다. 로동자구아파트 2

동 302호 세대주 장용욱이 "미국 플로리다 주에서 신약을 개발해 미국 100대 갑부 반열에 오른 재력가를 큰형님으로 둔 장본인"이라는 소식이 지방 당기관에서 행정기관으로, 행정기관에서 보위부와 보안서까지 전파되었다. 그러면서 악질반동 지주 새끼로 저주받아온 장평산은 새운흥군 록화사업소 시체처리반 운전공으로 새 직장을 배치받을 수 있었다. 물론 그의 어머니가 중국산 색 TV를 뇌물로 고이긴 했으나 정치범 수용소에서 갓 나온 악질 반동분자 지주 새끼인 장평산이 록화사업소 시체처리반 3급 운전공으로 첫 직장을 배치받는 것은 새운흥군이 생겨난 이후 처음 있는 일이었다.

또 평산의 막내동생 철산이도 그 당시는 사리원교화소 죄수 신분으로 큰 공사장과 중로동 건설장으로 끌려다니며 강제노동으로 하루하루를 보냈다. 그때 어머니 최임순 씨가 미국에 사는 큰 시숙(장철산의 큰아버지) 장용복 박사가 보내준 달러 뭉치를 가지고 사리원교화소로 찾아가 뇌물을 고이며 사리원교화소 내 트럭 운전공 조수로 일할 수 있도록 일자리를 옮겨주었고, 그렇게 사리원교화소 생활을 끝마치고 나와서는 바로 3급 운전공 면허증을 취득한 후 그의 형이 첫 직장으로 배치받은 새운흥군 록화사업소 시체처리반 운전공으로 일할 수 있게 또다시 일자리를 만들어 주었다. 그만큼 큰아버지 장용복 박사가 미국에서 보내주는 달러는 조선민주주의인민공화국 외화벌이사업 시기와 맞물려 그들 가족의 신분과 팔자를 바꿔 놓았다…….

그 후 2년 정도는 큰 풍파나 시련없이 살아왔던 것 같다. 큰아버지 장용복 박사가 미국에서 보내주는 달러의 힘과 영향력은 그만큼 막강했다. 어머니의 비밀주머니 속에는 항상 큰아버지 장용복 박사가 미국에서 보내준 달러 뭉치가 꼬깃꼬깃 감추어져 있었고, 누님 장선실의 결혼식, 여동생 선옥, 선영의 전문학교 진학도 큰아버지 장용복 박사가 미국에서 보내준 달러의 힘과 영향력 때문에 감히 꿈도 꿀 수 없었던 현실의 장벽을 허물어 놓았다. 그렇게 그들 가족 전체가 큰아버지 장용복 박사가 미국에서 보내준 달러의 힘과 영향력으로 강냉이밥이거나 말거나 배 곯지 않고 앞날을 꿈꾸며 하루하루 살아오는 동안에도 이웃 주민들은 1980년대부터 이어져 온 고질적인 식량난과 배고픔에 허덕이며 하루하루를 고통스럽게 살아오고 있었다.

그러다 1994년 7월 9일 낮 12시, 조선중앙방송 라디오에서 '긴급보도'라 하면서 남자 방송원이 등장해 "위대한 수령 김일성 동지께서 1994년 7월 8일 2시에 급병으로 서거하시였다는 것을 가장 비통한 심정으로 온 나라 전체 인민들에게 알린다."라는 흐느끼는 목소리가 공화국 전역으로 퍼져 나갔다. 정남철 운흥기계연합기업소 사로청위원장과 같이 중국 헤이룽장성 무단장시까지 운흥기계연합기업소에서 생산한 차축 베어링을 싣고가서 물물교환 형식으로 연유(석유)와 식량을 무역해 싣고 돌아오는 길에 라디오를 통해 이 소식을 처음 접한 정남철 위원장은 자신의 귀를 의심하듯 평산의 얼굴을 바라보자,

"뭐이야, 이 소리가? 라지오 소리 좀 더 키워 보라!"

하며 두 눈을 부릅뜨며 돌연 목소리를 높였다.

"수령님께서 서거하시였다는 말 같은데요⋯⋯."

"7월 8일 새벽 2시라면 어제 그제니까 이틀 전 아닌가?"

정남철 위원장이 뭔가 믿어지지 않는다는 표정으로 고개를 갸우뚱하고 있는데 또다시 방송원의 목소리가 두 사람의 귓전을 때렸다.

"조선로동당 중앙위원회 총비서이시며 조선민주주의인민공화국 주석이신 위대한 수령 김일성 동지께서 1994년 7월 8일 2시에 급병으로 서거하시였다는 것을 가장 비통한 심정으로 온 나라 전체 인민들에게 알린다……."

방송원의 목소리는 또박또박 누구나 다 알아들을 수 있게 천천히, 두 번 세 번 연이어서 수차례 방송되었다.

"허어! 수령님께서는 영원히 우리 곁에 살아계시는 신이신 줄 알았는데……. 위원장 동지! 수령님도 돌아가실 수 있습네까?"

평산은 누군가로부터 가슴팍을 한 대 얻어맞은 듯 도무지 숨이 잘 쉬어지지 않아 정남철 위원장을 바라보며 헛소리를 하듯 중얼거리며 얼빠진 표정을 지었다. 평산을 바라보며 주머니에서 손전화를 꺼내던 정남철 위원장이 다그치듯,

"운전대 바로 잡아! 앞바퀴가 개골창으로 쏠리잖아?"

평산은 그때서야 정신줄을 바로 잡으며 급하게 핸들을 돌렸다. 비포장도로 개골창으로 미끄러지던 화물차 앞바퀴가 그때서야 도로 중앙으로 들어서며 균형을 잡았다.

"선전부장 동지! 운흥기계연합기업소 정남철입네다. 지금 중국 나갔다가 본대로 복귀하고 있는 중인데 말입니다……조선중앙방송 라지오에서 이상한 소리가 막 흘러나오는데 이거이 무슨 소립네까? 우리 화물차 라지오가 고장입네까? 아님, 조선중앙방송 그 방송원이 돌아버린 겁

네까? 수령님이 이틀 전에 서거하시였다는데……이거이 도대체 무스기 말입네까? 네레 도무지 요해가 되지 않았서리……우리 연합기업소 사업 작풍이 틀려먹었다고 호통치시던 수령님이 어캐 이틀 전에 서거하셨다는 겁네까? 공화국 인민 전체가 이름만 들어도 다 아는 그 방송원이 조선중앙방송 라지오에다 대놓고 절케 흐느끼며 씨부려 대도 괜찮은 겁네까? 나 이거 차암, 가만히 듣고 있자니 나도 모르게 돌아버릴 것 같아서리 지금 제정신이 아니라요……"

덜커덩거리는 화물자동차 조수석에 앉아서 새운흥군 당 선전선동부장과 손전화로 통화를 해대던 정남철 위원장이 반쯤 정신 나간 표정으로 안절부절못하더니,

"이보라, 평산이. 이 라지오 좀 꺼버려. 미친놈처럼 같은 말만 씨부려대는 저 방송원 목소리 계속 듣다나니 도무지 내가 불안해서 못 견디갓서. 넌 괜찮네?"

하며 진동하는 손전화를 받았다. 운흥기계연합기업소 부지배인 동지 전화였다. 정남철 위원장은 손전화 폴더를 열며,

"전화받았습네다, 부지배인 동지!"

"지금 어딘가?"

"도문, 국경검문소 통과해 세 시간 넘게 달려왔는데 아마도 오후 2시쯤에는 기업소에 도착할 것 같습네다."

"만사 다 집어치우고서리 날래 복귀하라우. 텔레비죤과 라지오방송에서 수령님 서거하시였다는 보도가 계속 방송되고 있는데 아직 못 들었어?"

"지금 막 듣고 믿어지지 않았서리 당 선전선동부장 동지한테 확인하고 있는 중이라요. 조선중앙방송 라지오에서 씨부리는 방송원의 보도가 진짜 맞는 겁네까? 우리 수령님께서 어캐 길게 서거하실 수 있단 말입네까? 저는 전탕 거짓말 같아서리 계속 전화로 여기저기 알아보고 있는 중이라요……"

"수령님 급병으로 서거하시였다고 중앙당에서도 급보가 내려왔으니까, 여기저기 전화질 그만하고 날래 복귀하라우. 장례식 전에 우리 기업소 단위에서 해야 할 애도사업 준비가 하나도 돼 있지 않아서리 지배인 동지는 긴급회의부터 소집하라고 난리야……"

운전대를 잡은 화물자동차 안에서 "수령님 서거하시였다."라는 보도를 접한 후부터 평산의 의식세계는 큰 혼란과 의문에 휩싸이기 시작했다. 록화사업소 복무 시절, 언 손을 호호 불며 출근해 시체 수거 화물자동차를 몰고 사업소를 나가면 큰길이나 아파트 공터 같은 데 밤새 쓰러져 있던 인민들의 시신을 봐도 '죽음'이라는 것이 도무지 먼 나라 이야기처럼 자신의 의식 속으로 들어오지 않았다. 그런데 조선중앙방송 라디오를 통해 수령님 서거했다는 소식을 접한 후부터는 죽음이라는 것이 좀 일찍 찾아오느냐, 늦게 찾아오느냐는 차이만 있을 뿐 누구에게나 한 번씩은 틀림없이 찾아온다는 사실을 그때서야 온몸이 저릴 만큼 확실하게 깨달았다. 그리고 그가 이 세상에 태어나 20여 년간을 살아오면서 '수령님은 진짜 그의 아버지나 어머니처럼 평범한 사람이 아닌, 신출귀몰한 절세의 영웅이시며, 절대로 죽지 않고 천년만년 인민들 곁에서 불사조처럼 공화국을 이끌어 나가시며 영원히 살아계시리라.' 믿고 있었는데 그도 결국 그의 아버지처럼 급병으로 죽고 말았다는 사실이, 그 자신의 의식세계를 몹시 외롭게 만들고 쓸쓸하게 했다. 자신도 모르게, 지난날의 성장환경이 그의 의식세계에다 세워주었던 사상적 줏대 같은 것이 한순간에 무너져내리며 그 사상적 줏대 같은 것이 받치고 있던 의식 속의 빈자리가 너무나 휑뎅그렁하게 느껴졌다. 그리고 눈에 보이지는 않았으나 그의 의식을 옭아매는 그 무엇에 여태껏 속으면서 성장했고, 육체적 성장이 한계에 이른 현재까지도 그 자신은 계속 그 무엇에 속임을 당하면서 끌려가고 있는 것이 아닌가 하는 의문에 휩싸이기 시작했다.

그런 의문들은 수령님 애도 기간 내내 그들 가족 전체가 개별적으로, 또는 아파트 동 단위로, 직장에 출근해서는 기업소 단위로 불려 나가 수령님 동상 앞에서 줄을 서서 기다리다 자신의 차례가 다가와 생화를 헌화하고 엎드려 3~4분 정도 '수령님, 수령님' 하면서 몸부림치듯 대성통곡하고 나오면 끝나는 줄 알았는데 그렇지가 않았다. 그의 가족들은 애도기간 내내 끌려다녔다. 조선민주주의인민공화국 정부 당국은 처음에는 '10일장'을 애도 기간으로 결정했으나, 그 삼복더위 애도 기간이 끝나갈 무렵, 당 중앙(김정일)이 "우리 인민의 슬픔이 너무 커서 3일 연장하라"는 지시를 내렸다면서 3일을 연장해 1994년 7월 20일에야 수령님 장례식을 거행하기로 했다고 보도했다. 그 바람에 새운흥군 내 각급 당 기관과 행정기관, 1, 2, 3급 기업소와 사회단체들은 직장별로, 아파트별로, 가족별로 경쟁을 하듯 생화를 준비해 김일성 동상을 찾아가 애도를 표해야만 되었다. 동상이 없는 시골에서는 김일성연구실에 있는 초상화 앞에서라도 애도를 표시해야만 매서운 눈초리로 새운흥군 전체 주민들의 사상적 현주소를 감시하는 초급단체 비서의 눈에서 살아남을 수 있었다.

초급단체 비서의 날카로운 눈빛 때문일까? 아니면 공화국 전체 인민들 의식 속에 '영원히 살아계시리라' 믿고 있었던 수령님 통치 49년간의 세뇌교육 때문일까? 조선중앙방송에서 수령님은 분명히 자강도 묘향산 특각(별장)에서 급병으로 서거했다고 했으나 수령님은 죽지 않았고, 특각 별장에서 심장마비로 쓰러져 82년간 생존했던 그의 육신은 시신으로 변해 비밀리에 평양으로 운구 중에 있었다. 그러나 수첩에다 매일매일 '누구는 꽃을 한 송이 들고 왔고, 누구는 꽃다발을 들고 왔고, 누구는 화환을 들고 왔다.'라고 새운흥군 관내 각급 기관의 출석을 확인하면서 기록하는 초급단체 비서의 눈길 때문일까? 하루 일과가 끝나고 열리는 저녁 총화 때마다 "넌 여태 꽃을 한 번도 안 갖다 냈어?" 하는 질책이 "이런 비상시국에서 너가 반동이라는 것이 저절로 증명된다."라고 하는 낙인처럼 새운흥군 인민들의 의식을 후려치며 평소의 사상과 충성심을 검증받는 경쟁터로 몰아넣었다.

그 통에 수령님 동상 앞에 갖다 바칠 꽃이 동이 났고, 꽃값이 천정부지로 폭등했다. 평소 공화국 돈으로 5원밖에 하지 않던 생화 한 송이 값이 수령님 애도기간 동안 50원까지 치솟았다. 하지만 그마저도 없어서 못 살 정도였다. 그러자 초급단체 비서의 눈길에 미운털로 남기 싫은 일부 주민들은 기발하게 종이로 만든 조화를 싼값에 사다가 수령님 동상 앞에 올리기도 했다. 하지만 그 조화는 다음 날로 퇴짜를 맞았다.

평산의 어머니는 새운흥군 내의 이런 기류를 면밀히 살피다 용단을 내렸다. 비밀주머니 속에 꼬깃꼬깃 접어서 숨겨둔 100달러짜리 지폐 한 장을 꺼내 들고 중국을 자기 집 앞마당처럼 드나드는 조선족 딸보꾼을 찾아갔다. 그리곤 아무도 보지 않게 중국으로 건너가 생화를 좀 사다 달라고 부탁했다. 어머니의 부탁을 받은 조선족 딸보꾼은 수고비 5달러를 준다는 말에 대뜸 집을 나섰다. 미국 돈 1달러면 운흥군 주민들이 한 달 동안 때식거리(끼니거리) 걱정 않고 살 수 있던 시절, 5달러는 그야말로 거액이었다. 하루만 수고하면 다섯 달 때식거리 걱정 않고 살 수 있는 절호의 기회를 그 누가 뿌리치겠는가? 새운흥군 10만 인민들 전체가 생화를 구하지 못해 발을 동동 굴리며 반동으로 내몰리지 않으려고 고심초사할 때 평산의 어머니는 그렇게 통 크게 용단을 내려 가족 모두에게 생화 한 다발씩을 안겨주며 평소의 사상과 충성심을 검증받으라고 비상시국을 헤쳐 나가는 대안을 가족들에게 보여주었다.

그렇게 수령님 서거 비상시국에서 헤어나, 어머니는 평소처럼 생계를 이으려고 장마당으로 나갔다. 그즈음의 새운흥군 장마당은 10만 새운흥군 인민들의 하루 한두 끼의 모자라는 때식거리를 해결해 주는 생존의 현장이었다. 한 달에 두 번씩, 정기적으로 식량이 배급되던 국가배급제가 저지난해(1992년)는 한 달씩 건너뛰기도 했고, 지난해(1993년)는 아예 두서너 달 동안 한 번도 나오지 않을 때도 있었다. 그러니 식량 배급이 다시 이어질 때까지, 새운흥군 주민들은 무슨 수를 써서라도 제각기 살아나갈 방도를 찾아야만 했다. 그렇지만 1957년 11월 〈내각결정 96호 및 102호〉가 공표된 이후 37년간 국가가 배급해 주는 식량에 의지해 생계를 이어온 인민들은 제때에 식량이 배급되지 않으면 목줄에 묶인 개처럼 집안에서 고픈 배를 움켜쥐고 맹물이나 끓여 몰려오는 한기와 허기를 달래며 배급이 나오기만을 기다렸다. 그 사이 풀뿌리도 캐 먹고, 소나무 속껍질도 벗겨 먹고, 약초와 산 열매도 따 먹으면서도 대다수가 "배급받으러 나오라."는 인민반장의 기별만 눈 빠지게 기다릴 뿐이었다. 30여 년 이상 개인적 생산수단(논밭, 상점, 염전, 어선, 목장, 부동산 따위)을 국가에 몰수당하고, 사회주의 계획경제체제 아래서 죽지 않을 만큼 국가가 배급해 주는 식량에 의존해 생명을 연명해온 새운흥군 인민들에게는 각자도생(各自圖生)의 삶이 그렇게 만만하지가 않았다. 그렇지만 가만히 않아서 굶어 죽을 수는 없지 않은가? 직장에 다니는 사람은 장기결근계를 내놓고 시골 협동농장이나 친인척집을 찾아가 며칠씩 노동을 해주며 배급이 나올 때까지 가족을 먹여 살릴 식량을 구해오고, 누구는 집안의 값나가는 옷가지나 가재도구를 들고 장마당으로 나가 물물교환 형식으로, 또는 싼값으로 팔아 만든 현금으로 강냉이나 국수를 사 들고 집으로 돌아와 전 가족의 굶주린 배를 채워 나가며 삶을 이어나갔다.

그러나 눈 빠지게 기다렸던 국가 배급제는 미친년 널 뛰듯 날이 갈수록 두세 달씩 건너뛰는 달이 많아졌고, 집안의 값나가는 물건과 시골의 친인척으로부터 조달해왔던 식량도 이제는 더이상 돈을 주고도 구할 수 없을 만큼 공화국 전체가 식량 부족에 허덕이며 아사자가 늘어나자 장마당은 더더욱 새운흥군 인민들의 생명줄이 연장되는 현장이 되고 말았다.

그런데 수령님 서거 소식과 함께 당에서 내려온 방침은 정말 받아들이기 힘들었다. 붉고 야한 옷은 입지 말라. 헤실거리며 웃거나 경거망동은 삼가라. 가족 단위, 직장 단위, 기업소 단위로 조를 짜서 교대로 애도하러 갈 때는 반드시 생화를 헌화하라. 생화를 헌화한 뒤는 한 줄로 무릎을 꿇고 앉아 진정으로 슬퍼하며 3~4분 통곡하라. 평소의 지병으로 수령님 애도 기간에 집안에 초상이 났을 때는 그 사자의 장례를 반드시 수령님 장례식 이후로 연기하라. 삼복더위에 시즙(屍汁)이 흘러내리고, 주검에서 뿜어져 나오는 악취가 숨통을 조여도 수령님보다 먼저 시신을 매장하며 장례를 지내서는 아니 된다. 그리고 수령님 장례식이 끝날 때까지 공화국 내 모든 장마당은 인민들이 드나들며 장사하는 사람이 없도록 완전히 폐쇄하라……

비밀주머니 속에 꼬깃꼬깃 접어서 숨겨둔 100달러짜리 지폐 한 장을 꺼내 들고 중국을 드나들던 조선족 딸보꾼에게 거금 5달러를 주고 암암리에 중국 생화를 사 와서 평소의 충성심과 사상을 검증받은 어머니에게 이 규정은 청천벽력 같은 비보였다. 장마당을 폐쇄하다니……배급도 주지 않고, 수령님 장례 끝날 때까지 장마당을 단속하며 장사도 못하게 하면 인민들은 무엇으로 때식거리를 이으며 꽃 사 들고 애도하러 나가는가? 하늘도 울고 땅도 울 일이다. 이 삼복더위에 맹물을 끓여 허기를 달래는 것도 하루 이틀이지, 제놈들은 허구헌 날 맹물만 끓여 마시며 수령님 동상 앞에 엎드려 통곡할 수 있는가? 나는 금방 쓰러질 것 같아 발자국도 못 옮길 지경인데……후유, 이 기막힌 사정을 누구한테 가서 하소연이라도 해보며 방도를 찾을 수 있겠나……

수령님 서거 소식 다음 날부터 폐쇄된 장마당은 새운흥군 인민들의 피눈물 섞인 한숨과 통곡이 터져 나오는 또 다른 애도현장이 되고 말았다. 사회보안부 보안원들이 새벽같이 나와서 장마당으로 들어가는 길목을 지키고 서 있었고, 장사할 물건을 들고나와 "가족들이 몇 며칠간 낟알 구경을 못 해 다 드러누워 있다. 밀가루라도 한 줌 사 갈 수 있게 들여보내 달라." 하고 사정하면 들고나온 장사물건을 압수했다. 장사물건 없이 현금을 들고나온 인민들에게는 주머니를 뒤져 미국 달러나 중국 인민폐가 나오면 그 자리에서 압수했고, 공화국 돈은 수령님 장례 끝날 때까지 보안서에서 보관하고 있을 테니 장례식 끝나고 난 다음 찾으러 오라 하며 반항하는 인민들에게는 권총을 빼 들었다.

어머니와 선영은 그 보안원이 빼 든 권총 앞에서는 더이상 버티거나 반항할 수 없었다. 조금만 더 거칠게 저항하거나 악다구니를 부리다가는 사상범으로 내몰려 어디론가 또다시 쥐도 새도 모르게 잡혀갈 시국이었다. 어머니와 선영은 장사할 물건을 담은 함지와 배낭을 짊어지고 휘청휘청 금방 쓰러질 듯한 모습으로 집으로 향했다. 때식거리를 찾으러 새운흥군 장마당으로 몰려갔던 인민들이 어머니와 선영처럼 보안원의 권총에 지레 겁을 먹으며, 보안원이 보이지 않을 만큼 돌아오다 더 걸을 힘이 없는지 철버덕 길바닥에 퍼질러 앉아 하늘을 우러러보며 통곡하다 하나둘 기절하기도 했다.

이런 장마당 풍경은 수령님 서거 소식이 울려 퍼진 이후 한 일주일간 계속되었다. 새운흥군 장마당뿐만 아니라 500여 개 공화국 장마당 전체가 폐쇄되었다는 소식이 자강도, 량강도, 함경도 인민들에게 알려져 인지되었던 1994년 7월 중순 이후부터는 새운흥군 내 당기관이나 행정기관 책임자들이 감히 상상도 하지 못할 일들이 터지기 시작했다. 제일 먼저 나타난 현상이 장기결근계를 제출하면서 1급 기업소인 운흥기계 연합소 3500여 명의 복무원들 중 30%에 이르는 1천 명 이상의 노동자들이 식량 배급 중단과 장마당 폐쇄 조치로 가족이 몇 며칠씩 굶다가 쓰러지는 모습을 차마 볼 수 없어 제각기 배낭 하나씩 둘러메고 식량을 구하러 어디론가 떠나버려 연락도 되지 않는 현상이 나타난 것이다. 3/4분기 내 생산목표를 달성해야 하는 공장장이나 부지배인, 총괄적 책임을 지고 있는 지배인의 입장에서는 피가 마를 지경이었다.

그다음은 수령님 서거 이후 밤만 자고 나면 터지는 도난사건이었다. 새운흥군 관내 1, 2, 3급 기업소와 그 기업소 소속 생산시설이나 군소 공장에서 구리동력선 절취 사건이나 고가의 정밀기계에 부착된 모터나 윤활유 펌프, 냉각펌프 같은 세트형 기계부품들이 밤새 분해되어 감쪽같이 사라졌다. 분해나 탈부착이 불가하거나 전체 부피가 그렇게 크지 않은 냉각펌프나 소형발전기 같은 연동형 보조 기기들은 숫제 기기 전체가 사라졌다. 어제 오후 퇴근 때까지도 멀쩡하게 돌아갔던 생산라인 주요 기기들이 하룻밤 자고 나면 감쪽같이 사라졌다. 공장 가동이 멈춘 야심한 밤에 누군가가 기계 전체를 탈착해 어디론가 반출해버린 것이다.

그뿐만 아니었다. 중국 딸보꾼이나 브로커를 통해 식량과 바꾸거나 물물교환이 가능한 정밀공구, 키트형 기계 유닛, 그런 기계류에서 생산된 완성품들이 야간경비를 서고 있는 밤중에도 감쪽같이 사라졌다. 지도원급 이상 간부들의 입장에서는 귀신 곡할 노릇이었다. 그 통에 새운흥군 관내 1, 2, 3급 기업소 산하 각급 기계공장들은 예고도 없이 공장 가동을 중단해버렸다. 표면적으로는 예상치 못한 기기 고장, 급작스러운 원자재 조달 지연, 연료나 전기부족 등으로 상급기관에 공장 가동이 중단된 원인을 보고하며 책임자들이 목숨을 이어나갈 길을 궁여지책으로 찾고 있었으나 사실은 30% 이상이 핵심 생산 노동자들의 '배 째라' 식의 무단결근에 이은 장기결근, 그다음 30%는 생산시설이나 주생산 기계의 세트형 기계 뭉치 탈착 도난이나 분해로 인한 무단 반출이 고장의 주원인이었다.

이 30%의 생산시설이나 주생산 기계의 유닛형 기계 세트 무단 탈착과 반출로 인한 공장 가동 중단으로 정남철 사로청위원장과 장평산의 출장 지역은 종잡을 수 없을 만큼 넓어지기도 했다. 어느 날은 공장장을 싣고 중국 단동으로, 어느 날은 부지배인과 사로청위원장을 대동하고 사라진 기계 세트를 생산하는 중국 헤이룽장성 무단장시로, 어느 날은 하얼빈으로, 또 어느 날은 중국 랴오닝성 선양으로 달려가 도둑맞은 기계나 탈착된 유압펌프 따위를 구하기 위해 운흥기계연합기업소 생산라인에 장착되어있는 기계 제작 본사를 찾아가 도둑맞은 자리 기계 유닛을 땜질할 기기 세트를 죽지 못해 구입해 오는 일이 식량을 물물교환해 오는 날보다 더 많은 달도 있었다.

그렇게 느닷없이 발생하는 도난사고를 암암리에 수습하기 위해 3~4일씩, 어느 때는 일주일 넘게 운흥기계연합기업소 간부들을 태우고 중국 땅을 돌아다니다 모처럼 집으로 퇴근하면 생장 로동자구아파트 1동 몇 세대와 2동 몇 세대 가족들이 불과 며칠 사이 몽땅 굶어 죽었다는 소식이 가족을 통해 들려왔다. 그때마다 평산은 까닭도 모르게 가슴이 벌렁거리며 답답해졌다. 어느 때는 자신도 모르게 눈꺼풀이 파르르 떨리며 괜히 긴장되고 불안해졌다. 대관절 이 숨 막히는 혼란의 시간이 언제나 끝날까? 기계부품을 구하러 중국으로 건너가 낯선 거리를 달려가며 보았던 중국 인민들의 자유롭고 풍족해 보이는 생활상이 새운흥군 주민들이나 공화국 인민들에게는 그저 그림의 떡 같이 느껴졌고, 평산의 눈에 보이는 중국 인민들의 활달하고 부유하게 사는 모습을 그의 두 눈으로 목격하고 보니 괜히 부아가 치밀었다. 우리 조선민주주의인민공화국은 '왜 중국처럼 개혁 개방을 하지 못하고 인민들을 굶겨 죽일까?' 하는 생각이 자꾸 의식세계 한 곳을 들쑤시며 그의 눈길을 자꾸 현실 비판과 불만의 늪으로 쏠리게 했다.

그런 혼란과 의심, 불안과 불만이 연속된 시간 속에서 삼복더위는 다 물러가고 어느덧 9월이 다가왔다. 수령님보다 먼저 장례를 치르지 말라는 당의 엄중한 지시 때문에 병사자와 아사자들이 있는 집에서는 주검에서 흘러내리던 시즙과 악취로 인해 가는 곳마다 숨통이 막힐 지경이었다. 그러다 아침저녁으로 불어오는 선선한 바람결에 구역질이 조금씩 주저앉을 즈음, 인민들의 목숨줄을 끊어버릴 듯한 비보가 또 전해졌다. '허기지고 힘들더라도 기다려 보라.' 하던 식량배급제가 당에서 새로운 방침이 내려올 때까지 완전히 중단된다고 했다. 허기지고 힘들더라도 기다려 보라 할 때는 그나마 희망적이었고 마지막 남은 구명줄 같은 것이었다. 그런데 '중앙당에서 새로운 방침이 내려올 때까지 배급은 완전히 중단되었다.'라는 당 세포의 단절성 확답은 10만여 새운흥군 인민들의 의식세계를 더 큰 절망과 충격의 구렁텅이로 몰아넣었다. 수령님 서거하자마자 이 무슨 말도 안 되는 소동인가? 무슨 대안이 있어야 할 게 아닌가? 식량 구하러 장마당에도 못 가게 막아놓고 이제 와서 각자도생으로 살길을 찾으라면 어쩌란 것인가?

　대놓고 말은 못해도 속으로는 '쳐죽일 놈들! 이럴 거면 장마당은 뭐 하려고 폐쇄했으며, 이제 와서 아무런 대책도 없이 제각기 수단껏 때식거리를 구해 목숨을 연명하라.' 하면 병석에 누워 계시는 우리 로친네(노친네) 미음은 뭘로 끓여 드리란 말인가? 수령님! 우리 새운흥군 인민들은 어카면 좋캇시오? 차라리 우리 인민들 모두를 큰물이라도 나게 해서 모두 익사시켜 죽여주시든지, 전쟁이라도 일으켜 칵 죽여 주시라요. 지난 40여 년간 조선로동당 노간부들이 수령님을 받들어 모시며 잘 유지해 왔던 국가배급제가 수령님 서거하신 지 얼마나 되었다고 벌써 당중앙(김정일의 이칭) 졸개들이 일케 무참하게 짓밟아 깔아뭉개며 새운흥군 10여만 인민들을 아사의 골짜기로 몰아넣고 있단 말입니까? 수령니임, 헐벗고 굶주린 우리 인민들 하늘나라에서라도 제발 좀 살펴봐 주시라요……?

　단말마의 비명 같은 식량배급중단 소식이 새운흥군 전역으로 전해지며 주민들의 불만과 입에 담지 못한 욕질이 최고조에 이른 9월부터 량강도 전역은 '저주의 눈물' 같은 비가 내리기 시작했다. 비는 하루 종일 시름시름 내리는 날도 있었고, 어느 날은 300밀리가 넘는 폭우로 변해 장대비처럼 쏟아부으며 근 보름간을 햇볕 한 번 볼 수 없게 했다. 식량을 구하러 황해도 재령벌 쪽으로 내려간 사람들은 7월 말경부터 미친 듯이 비가 퍼부어 재령벌 논벌 전체가 완전히 물속에 잠겨 금년 가을은 추수 때가 되어도 빈 쭉정이만 건질 것 같다고 했다. 신의주 쪽으로 식량을 구하러 간 사람들은 8월 중순부터 장대비가 쏟아져 신의주 곡창지대 전체가 물속에 잠긴 것은 물론 신의주 시가지마저 물속에 잠겨 건국 이후 최악의 수해가 났다고 그쪽 사정을 알려주었다. 그렇지만 어느지역에 홍수가 나건 말건, 일기예보 한번 해주지 않는 것이 공화국의 일상이었다. 누군가가 '7월에 황해도 재령벌에 홍수가 났다.' 하면 그런가보다 하고 자기 혼자 지레짐작만 하다 말았고, 또 누군가가 '신의주는 8월 중순부터 비가 와서 압록강 하류 전 지역이 물바다가 됐다.' 해도 '그런 일도 있었는가 보네.' 하며 꿀 먹은 벙어리처럼 인민들 삶에 보탬이되는 일기예보 한번 제때 해주지 않는 조선중앙방송만 속으로 격하게 욕질하며 겉으로는 아무 일 없었던 듯이 넘어가곤 했다.

그러나 새운흥군 전 지역이 몇 며칠간 퍼부은 폭우에 잠겨 황토물 세상이 되고, 압록강 지류인 운흥강, 룡포천, 오시천, 대동천 강물에 2~3일씩 잠겨있던 흙벽돌 집들이 물속에서 퉁퉁 불어 무너져 내려앉으면서 형체도 없이 강물에 떠내려 가버리자 꾹 다물었던 인민들의 입에서도 그때는 곡성이 터져 나오기 시작했다. 식량배급중단으로 며칠씩 굶어 물 피난도 가지 못하고 집안에서 홀로 배고픔과 싸우며 누워 있다가 무너져 내려앉는 흙벽돌 집과 함께 강물에 휩쓸려 어디론가 떠내려 가버린 집터는 물론 시신마저 찾지 못한 세대가 "이백 세대니 삼백 세대니……" 하며 통계조차도 어림할 수 없는 지경이 되고 말았다.

수십 년 만에 들이닥친 최악의 홍수 앞에 살림집이 무너져 내려앉고, 아사 직전까지 배고픔과 탈진의 현기증 때문에 옴짝달싹 못하고 누워 있던 가족들이 무너진 살림집과 함께 강물에 휩쓸려 흔적도 없이 어디론가 떠내려 가버려 시신마저 찾지 못하는 집들이 많았다. 운흥강이나 룡포천 옆 신작로를 따라 읍내까지 이어진 야산 비탈이나 평지에 서너 채씩, 어느 곳엔 네댓 채씩 하얗게 회벽으로 단장한 농촌 가옥들이 들어섰던 마을들은 숫제 마을 전체가 흔적없이 사라졌다. 집들이 들어섰던 그 자리는 수마가 할퀴고 간 뙈기밭처럼 구불구불 기다랗게 고랑을 이루며 깊게 움푹 파여 있는 곳도 부지기수였다.

몇 며칠간 수마가 할퀴고 간 량강도의 산과 들, 2~3일씩 홍수에 잠겼던 새운흥군 산촌마을과 읍내의 크고 작은 취락지구들은 도심을 삼켰던 흙탕물이 빠져나가자마자 이내 폐허로 변하고 말았다. 무너져 내린 가옥과 가내수공업 공장의 잔해들, 축사용 돼지우리와 닭집, 리마다 들어선 로동자구역 하모니카아파트나 1자형 연립 주택들이 들어섰던 취락지구에 필수적으로 들어서 있던 공동화장실, 농촌지원을 위한 거름 생산작업장, 축사나 영농용 거름 터 같은 자리에서 흘러나온 오·폐수와 10여만 명 새운흥군 군민이 하루 한두 차례씩 배설한 똥오줌이 마을을 삼킨 수마와 함께 변소구덩이에서 넘쳐 나와 새운흥군 전 지역에다 똥물을 퍼부어놓은 듯했다. 가는 곳마다 인분 냄새와 함께 파리가 들끓었고, 빗물과 똥물이 고인 곳마다 하루살이와 모기떼가 극성을 부리며 거적을 깔고 길가에서 노숙하는 인민들의 피를 빨았다.

그 지긋지긋하던 악취와 파리떼, 밤낮없이 피를 빨자고 달려드는 모기떼를 쫓으며 보낸 날이 일주일이나 되었을까? 인민반장이 병석에서 일어나 휘청거리는 몸으로 마을을 휘젓고 다니면서 물을 끓여 마시라고 했다. 그러다간 냇가의 맑은 물을 퍼와 한시바삐 마을 공동화장실에서 넘쳐 나온 똥 덩어리와 오·폐수부터 씻어내라고 아우성이었다. 하지만 입을거리, 먹을거리는 물론, 밤이슬을 막아줄 집마저 잃어버리고 길가에 거적을 깔고 노숙하는 인민들에게 그런 소리들이 씨가 먹히겠는가? 옘병 할! 일어설 기운도 없는데 물통 들고 물 길러 와 쓰러진 집터에 말라붙은 똥 덩어리부터 씻어내라고……버둥거릴 힘 있으면 저나 할 것이지, 오늘 밤에 죽을지 내일 새벽에 죽을지도 모를 우리보고 하라고…… 제길, 말라붙은 똥 덩어리 씻어낼 힘 있으면 풀뿌리나 캐러 다니겠다, 이 사리 분별없는 에미나이야!

드러내 놓고 말은 못하고, 거적에 드러누운 채로 죽이려면 죽여라는 식으로 그 무섭던 홍수 뒤끝의 배고픔과 허기를 참으며 열흘쯤 지났을 무렵부터 콜레라, 장티푸스, 파라티푸스에 걸린 환자와 사망자들이 속출하기 시작했다. 그러더니 10만여 인구가 운집한 새운흥군 군내 농촌 지역에서는 한 집 건너 두 집씩, 어느 리(里)에는 한 집 건너 네 집씩 가족해체 현상이 일어나기 시작했다. 길가에 노숙하다 콜레라나 장티푸스에 걸려 가족과 사별하고, 그때까지 운 좋게 죽을병 걸리지 않고 굶주림과 사투를 벌이든 나머지 가족들은 풀뿌리를 캐든 도둑질을 하든 낟알을 구해야만 하늘이 돌고 땅이 꺼지고 천지가 내려앉는 듯한 순간들을 이겨낼 수 있었다. 모기에게 피를 빨리면서도 밤에는 거적에라도 누워서 기아의 고통을 참아냈지만 해가 솟으면 햇볕과 함께 어지럼증까지 몰려와 그나마 누워서 뭉기적거릴 수도 없었다. 하루에 몇 차례씩 맹물이라도 끓여 입술을 적셔야만 입술의 터갈라짐과 갈증을 달래며 배고픔을 이겨 나갈 수 있었다. 평산의 가족은 그나마 미국 큰아버지가 보내준 달러의 힘으로 생장 로동자구아파트 2동 302호를 배정받아 홍수에 살림집이 잠기지 않아 가족과 생이별하는 슬픔과 길가에 거적을 깔고 노숙하는 고통은 피해갈 수 있었다.

그렇지만 식량배급중단으로 배고픔의 고통은 그들 가족 역시 피해갈 수 없었다. 제일 먼저 막내 철산이가 집을 나가 역전을 헤매고 다니면서 꽃제비가 되었다. 어머니와 여동생들은 배낭 속에 낱알을 담는 곡식 자루와 수건 따위를 쑤셔 넣고 비렁뱅이처럼 낱알을 구하러 집을 나가 며칠씩 돌아오지 않았다. 꽃제비가 되어 거리를 헤매던 철산이가 어쩌다 한 번씩 집에 들어와 보면 집안은 언제나 텅 비어 있었다. 평산 역시 직장의 식량소조원들과 같이 협동농장 지역을 돌아다니며 물물교환으로 식량을 구하러 다니던 시절이라 퇴근 후 집에 들어오는 날이 많지 않았다. 1995년부터 시작된 고난의 행군 시기 그들 가족은 그렇게 뿔뿔이 흩어져 살았다. 그러다 폐쇄된 장마당 단속이 완화되면서 제한적으로나마 생계를 이어나갈 장사가 허용되었다. 배낭 하나 둘러메고 식량을 구하러 집을 나간 어머니와 선영, 선옥이 집으로 돌아왔다. 그러나 철산은 그때까지도 꽃제비가 되어 중국에도 갔다 오고, 슬쩍슬쩍 도둑질도 하면서 꽃제비로 살아가고 있었다.

그즈음 량강도 백암탄광에서 노동자로 복무하던 장선실의 남편이자 평산의 매형인 이태곤이 갱도 붕괴사고로 매몰되어 38세의 나이로 숨졌다. 결혼해서 아이도 하나 태어나기 전에 남편이 죽어버리자 장선실은 제정신이 아니었다. 몇 며칠을 방안에 드러누워 통곡하던 선실은 목에서 피가 올라오자 미친 여자처럼 머리를 산발한 채 시집과 친정을 오가다 매형이 근무하던 직장에서 갱도 붕괴사고로 인한 사망처리가 완료되자 시집과도 이별한 채 배낭 하나 둘러메고 남편 친구 부인과 함께 황해도 재령벌로 식량을 구하러 간다고 집을 나간 이후 종무소식이었다. 그때 장선실의 나이 서른여섯이었다.

그 무렵, 배낭 속에 낟알을 담는 곡식 자루와 허름한 옷가지 따위를 쑤셔 넣고 비렁뱅이처럼 새운흥군을 떠나버린 주민들은 대다수가 범람한 강물에 살림집을 잃고 집터마저 찾지 못한 주민들이었다. 이들은 대부분 혜산시로 걸어갔다. 그리고는 중국으로 건너가는 혜산 다리 밑에서 거지처럼 스러져 있다가 밤이 되면 어둠을 틈타 두만강을 건너갔다. 강을 다 건너가면 혜산 다리 건너편 탑산 쪽으로 들어가 쓰레기 야적장을 뒤졌다. 그렇지 않으면 대홍단, 무산, 회령 쪽으로 걸어가 강둑에 몸을 숨기고 있다가 해가 지고 어둠이 내려앉으면 야음을 틈타 두만강을 건너 중국으로 건너갔다. 두만강변 공화국측 경비구역 요소요소에 국경경비대 소속 군인들이 철조망을 쳐놓고 국경을 지키고 있었으나 그때만 해도 "가족을 잃고 식량을 배급받지 못해 중국으로 식량 구하러 간다."라고 하면 빨리 식량을 구해 돌아오라고 격려해 주던 경비병들이 많았다. 이처럼 1995년부터 1998년까지 3년간 이어진 고난의 행군 시기는 공화국의 모든 사회제도와 질서가 무너져 뒤범벅된 암흑기처럼 대다수 인민들이 죽지 못해 몸부림치듯 목숨을 이어온 시기였다…….

돌이켜보면 정말 피눈물 나는 굶주림의 세월이었다. 그런데 그 피눈물 나는 굶주림의 세월이 아직도 끝이 보이지 않는다. 그러니 저 북녘땅의 남은 가족들에게는 어떤 삶을 권유해야 그나마 배고픔은 면하고 살 수 있을까?

평산은 자신의 가족을 북녘땅에서 이끌어내기 위해 오늘도 화진포 기지로 삐라를 날리러 가지만, 북에 남은 그 가족들에게 죽음을 각오하고 탈북을 권유하는 것은 먼 산을 향해 소리를 지르는 행위처럼 한순간 허망하고 부질없는 행동처럼 느껴지기도 했다. 그런 느낌이 밀려올 때마다 평산은 절로 한숨이 나오며 맥이 풀렸다. 생각할수록 지끈지끈 머리가 아프기도 했다. 평산은 아픈 머리나 좀 식히자며 라디오를 틀었다. 오후 2시 뉴스가 방송되고 있었다.

"중국 당국에 검거돼 강제 북송될 처지에 놓인 탈북자의 수가 얼마나 되는지 가늠하기조차 어려운 가운데 지난 1월과 2월에도 몽골 국경지역과 하남성 일대에서도 13명의 탈북자가 추가로 중국 공안에 체포된 사실이 밝혀졌습니다. 손미성 기자가 보도합니다."

뉴스를 전하는 앵커의 목소리가 물러가고 손미성 기자의 목소리가 흘러나왔다.

"중국은 지난 1997년 3월 14일 개막한 전국인민대표대회에서 형법을 개정, 〈국경관리방해죄〉를 신설했는데, 이 국경관리방해죄 신설로 밀입국이나 밀출국을 조직한 사람에게는 2년 이상 7년 이하의 징역형과 벌금이, 조직의 주모자에게는 7년 이상의 징역형 또는 무기징역형이, 밀입국자와 밀출국자를 운송해준 주모자에게는 5년 이하의 징역형이, 그리고 그 회수나 인원이 많을 경우에는 5년 이상 10년 이하의 징역형이 각각 선고된다는 게 신설된 국경관리방해죄의 주된 내용입니다.

RFA 자유아시아방송에 따르면, 이 법 개정으로 북한 주민이 중국으로 탈출해 지인의 집에 숨는 일, 한국으로 건너오기 위해 조력자나 브로커를 찾는 일이 낙타가 바늘구멍을 통과하는 일 만큼이나 어려워졌습니다.

뿐만 아니라 북한에서 두만강이나 압록강을 건너 중국으로 밀입국한 탈북자를 숨겨주거나 제3국으로 도피시킨 주모자에게는 중국 당국이 엄청나게 많은 벌금을 물게 해 살림이 거덜 나는 가정이 속출하고 있습니다.

이로 인해 탈북자가 북방루트인 중국-몽골 국경이나 남방루트인 베이징-쿤밍-미얀마-라오스-태국 국경을 넘어 한국으로 안착하기 전까지 중국 내 조선족 동포나 종교인들의 도움을 받으며 숨어서 은둔생활을 하는 일도 이제는 어려워져 북녘의 남은 가족들을 한국으로 데려오고자 고뇌하는 북한이탈이주민의 가슴에 깊은 시름이 쌓이고 있습니다……."

그렇지. 가슴에 깊은 시름이 쌓이고 있는 것이 아니라 밤마다 울고 있다고 해야 맞는 말이겠지……내가 두만강을 건너 헤이룽장성으로 도피할 때만 해도 도와주는 사람들이 많았는데……이젠 국경관리방해죄란 새로운 법이 생겨나서 저승사자처럼 탈북자들과 조력자들을 물고 늘어지니 목숨을 걸지 않고는 한국으로 건너오기도 여간 위험하지 않을 터인데 헤이룽장성 무단장시에 사는 선실 누나는 앞으로 어떻게 해야 하나……

또 하나의 깊은 고민에 싸인 채 평산은 송지호해수욕장 구간을 통과했다.

제7화

인연의 끈

제7화
인연의 끈

J 비뇨기과의원 주차장.

탑차를 주차해놓고 차에서 막 내려서는데 상의 윗주머니에 목줄로 매달아 놓은 손전화가 진동했다. 평산은 차 문을 잠그면서 손전화 폴더를 열었다. 고종사촌 형님의 목소리가 들려왔다.

"어디야?"

"병원주차장에 지금 막 도착했습니다."

"본관 3층 로비에서 기다릴 테니까 얼른 올라와."

"네" 하고 손전화 폴더를 접으며 뒤돌아보았다. 8층 본관 건물 옆으로 부속건물이 연달아 붙어 있는 J 비뇨기과의원은 부흥오거리 대로변에 있다. 네비게이터에 형님이 일러준 주소를 쳐넣고 집을 나섰을 때는 전문의 한두 사람이 운영하는 조그마한 개인 의원인 줄 알았는데 막상 주차장으로 들어와 차를 주차하고 보니 병원이 어마어마하게 커 보였다.

비뇨기과라는 것이 도대체 신체의 어느 부분을 진료하고 치료하는 곳인가를 알아보기 위해 평산은 어제저녁 컴퓨터를 켜고 공부도 할 겸 한번 살펴보았는데, 공화국에서는 듣지도 못하고 보지도 못한 곳이었다. 남자의 신장과 방광, 그 외 요도와 연관된 남성 생식기, 요로감염, 방광염, 신장암, 방광암, 전립선비대증, 전립선암, 남성무력증, 남성불임증 같은 증상과 연관된 신체 기관을 전문적으로 진료하고 수술한다고 설명해 놓았다. 전문 의학용어에 대한 상식이 부족해 여러 번 읽어봐도 그 말이 그 말 같고, 요로와 방광, 신장이 내 몸 어느 부위를 말하는지 정확히 이해도 되지 않았다. 근데 남성 생식기와 무력증이라는 말은 어디서 몇 번 들어본 말처럼 느껴졌다.

형님은 남성 생식기와 관련된 정자검사를 받기 위해 오늘 나를 이곳으로 불렀는가?

혼자서 그런 생각을 하면서 1층 회전문을 밀고 본관 안으로 들어갔다. 신선하고 향기로운 실내공기가 제일 먼저 그를 반겨주었다. 하지만 향기로운 실내공기가 코에 익숙치 않아 잠시 코를 벌렁거리며 1층 내부를 살피는데 엘리베이터 옆 안내데스크에 앉아있던 여성 안내원이 다가와 "어떻게 오셨냐?"고 물었다. 본관 3층 로비에서 기다리는 형님을 만나러 왔다고 했다. 안내원이 1번 엘리베이터를 타라고 알려주었다.

1번 엘리베이터 속으로 들어가 3층 버튼을 눌러놓고 문이 닫히기를 기다렸다. 문득 어제저녁 컴퓨터에서 본 사진 속 정자 모습이 떠올랐다.

우스웠다. 그리고 생전 처음 보는 정자 모습이 신기했다. 올챙이처럼 생긴 마름모형 머리 아래로 콩나물 같은 기다란 몸체를 드리우고 꼬물거리는 남성의 생식세포가 정자(精子)라고 했다. 이와 반대로 여성이 생성하는 생식세포는 난자(卵子)라고 했다. 그런데 정자라는 이 생식세포는 고환 속에 있는 정소의 정모세포에서 감수분열(減數分裂)하여 만들어진 뒤 수정관을 따라 정관 팽대부(精管膨大部)에서 대기하다 성관계나 자위 같은 행위를 할 때 음경이 자극을 받으면 정자가 정관을 통해 정액 속에 섞여서 남성의 귀두에서 배출된다고 했다. 인간의 정자는 사진에서 본 것처럼 올챙이 모양으로 생겼는데, 총 길이는 약 $40\sim50\mu m$(마이크로미터: 0.001mm), 폭은 약 $2\sim4\mu m$ 정도라고 했다. 정자의 전체 모습은 머리(두부), 중간(중편), 꼬리(미부) 부위로 나누어졌는데, 사정 후에는 단순히 꼬리를 좌우로 흔들며 나아가는 것이 아니라 나선형으로 헤엄치면서 난자가 있는 곳으로 전진한다고 했다.

근데, 정자는 고환 속 정소의 정모세포에서 감수분열하여 만들어진다는데, 나같이 한쪽 고환 적출 수술을 받은 사람은 정자가 어디서 만들어지는가? 형님은 한쪽뿐인 나의 고환이 두 몫의 역할을 잘하고 있는지, 못하고 있는지, 그것을 정확히 과학적으로 검사해 보자고 했는데 만약 한쪽뿐인 내 고환이 그 역할을 잘못하고 있으면 어떡하지? 만약 검사결과가 나쁘게 나오면 그땐 어떡하지……?

평소에는 한 번도 생각해 볼 수 없었던, 전혀 상상도 하지 못했던 새로운 고민거리가 생겨난 것 같아 병원에 온 것이 두렵기도 했다. 그러나 이런 것도 그가 성인이 되어가는 한 과정이라고 토닥여주던 형님의 깊은 마음과 정의(情誼)를 생각하며 3층에서 내렸다.

"여기야, 이쪽으로 와."

엘리베이터에서 내리자마자 3층 로비 환자 대기석에 앉아있던 형님이 먼저 알아보고 평산을 불렀다. 평산은 엘리베이터 문 옆에 '오후 8시까지 진료합니다.'라고 써놓은 배너 거치대 글귀를 살펴보며 고종사촌 형님 곁으로 다가갔다.

"회사에서 오는 길이야?"

"아뇨. 집에 들어가 샤워하고 속옷 갈아입고 왔습니다. 늦었어요?"

"조금. 퇴근 시간이라 차가 막혀 늦어지는가 했지……."

"차는 금방 잘 빠졌어요. 간석사거리 쪽에서 조금 지체하긴 했지만요."

"어서 들어가자. 조금 더 있으면 직장 퇴근하고 찾아오는 환자들 땜에 바빠질 거야……."

고종사촌 형님은 평산을 데리고 바로 원장실로 들어갔다. 하얀 가운을 입은 형님 또래의 말쑥한 50대 남자 의사의 가슴에 '원장 남승세'라고 적은 명찰이 달려있다. 평산은 꾸벅 고개를 숙이며 먼저 인사했다.

"안녕하세요."

"이쪽으로 앉으세요."

남승세 원장이 진료 책상 옆의 의자를 내밀었다. 평산은 남승세 원장이 앉으라는 의자에 앉아 숨을 가다듬으며 진료 책상 위를 살펴봤다. 이름도 모르는 의료기구 몇 개와 사람의 방광과 전립선 부위를 절개해놓은 인체 모형이 이채로웠다.

"신 사장은 장평산 씨 옆 의자에 앉아."

고종사촌 형님이 보호자 자격으로 옆자리에 앉았다. 남승세 원장이 진료 책상 위의 컴퓨터 모니터를 90도 정도 평산과 고종사촌 형님 쪽으로 돌렸다. 생각지도 않든 남자 생식기가 모니터 화면 속에서 불쑥 튀어나왔고, 원장이 컴퓨터 마우스 휠을 돌리자 이번엔 남자의 음낭과 고환 그림이 나타났다.

"오시기 전에, 장평산 씨가 얼마나 고통을 겪으며 한국으로 오셨는지, 그 사연은 형님을 통해 잘 들었습니다. 수많은 생사의 고비와 죽음의 문턱에서도 강인한 정신력으로 살아서 대한민국으로 오신 점 경의를 표합니다. 저는 부모님 슬하에서 고생없이 성장해 의사의 길을 걸어왔기 때문에 그런 역경이 닥쳐오면 장평산 씨처럼 강인하지 못했을 것 같아 장평산 씨가 우리 병원을 찾아온 환자가 아니라 강인한 투사 같은 생각이 들어 존경스럽다는 저의 생각을 말씀드리며 진료에 들어가겠습니다."

남승세 원장은 몹시 긴장하고 있는 평산의 얼굴을 바라보며 다른 환자들에게는 하지 않을 말을 길게 해주면서 평산의 마음부터 안정시켜 주었다. 그리고는 다시 모니터 속을 바라보며,

"여기 보이는 이 그림이 성인 남자의 음낭, 즉 옛날 어른들은 '부랄'이라고 부르죠. 그림처럼 이 음낭은 작은 달걀처럼 생긴 두 개의 고환과 그 고환을 덮고 있는 부고환, 그리고 정관으로 연결되어 있습니다. 그런데 장평산 씨는 어릴 적 그 보위원이라는 자의 발길질에 의해 이 음낭속의 한쪽 고환이 파열되어 음낭이 야구공 만하게 부어올라 고환암으로

전이되는 다급한 순간을 차단하기 위해 파열된 채로 화농된 한쪽 고환을 도려내는 수술을 받은 적이 있었다는 병력을 들었습니다. 그때가 장평산 씨 인민학교 2학년 때라니까 지금으로부터 27년 전입니다. 그때는 남북한이 지금보다는 더 어렵게 살 때고, 의료기술이나 시설 또한 아주 열악할 때라 요사이 같으면 상상도 하지 못할 정도로 원시적으로 고환 적출 수술을 했을 것이라 추정됩니다. 거기다 장평산 씨의 당시 처지 역시 좋은 의약품을 공급받으며 치료받을 수 있는 여건도 아니었으므로 수술을 맡은 담당 의사는 어떻게든 장평산 씨의 생명만 살려놓으려고 응급처치하듯 고환 적출 수술을 했을 것 같아 그 후의 임상 결과도 현재로선 많이 의문스럽습니다. 그래서 오늘은 장평산 씨 정액을 받아 정자검사부터 해보고자 합니다. 지금까지 제가 드린 말씀에 대해 질문 사항이나 궁금한 점은 없습니까?"

의사가 다시 평산의 얼굴을 바라보며 물었다. 평산은 고개를 저으며 "없습니다." 하고 대답했다. 의사가 다시 말을 이었다.

"장평산 씨, 탈북 후 한국에서 생활하신 기간이 6년이라고 하시니 이젠 한국 생활에 많이 익숙해졌겠으나 아직도 남성정자검사에 관해서는 좀 낯설게 느껴지거나 쑥스러운 생각도 들 것입니다. 하지만 이것이 우리 같은 남자들이 어른이 되어가는 한 과정이고, 성인이 되면 남자와 여자는 결혼생활을 통해 자녀 출산과 관련된 자기 몸 상태를 사전에 점검하고 건강상태를 잘 유지하고 있어야만 가정생활과 사회생활도 원만하게 할 수 있습니다. 긴장한 나머지, 너무 두려워하거나 쑥스러워하지 마시고 남자 간호사님이 안내해주는 대로 따라 하시며 정액부터 먼저 받아주세요."

원장이 문밖에서 대기하고 있던 남자 간호사를 불렀다. 청색 간호사 복장에다 가슴팍에 '류승원'이라는 명찰을 매단 남자 간호사가 얼른 문을 열고 들어와 평산을 원장실 밖으로 안내했다.

평산은 남자 간호사를 따라 원장실 반대편 복도를 따라 안으로 들어갔다. 채혈실, 초음파 검사실, CT 촬영실, 검사실, 배양실 같은 팻말이 붙은 방들을 지나 제일 안쪽 방으로 들어갔다.

"이쪽으로 들어오세요."

남자 간호사가 평산을 정액 채취실로 불러들였다. 평산은 남자 간호사를 따라 방 안으로 들어갔다. 창문 하나 없이 밀실처럼 꾸며진 방안에는 벽면에 대형 LCD 모니터가 매달려 있다. 모니터 반대편엔 환자가 편안하게 앉아서 벽에 걸린 모니터를 볼 수 있게 소파가 놓여 있다. 소파 옆에는 크리넥스 티슈 통과 소독된 종이컵 박스가 놓인 2단 탁자가 놓여 있고, 2단 탁자 곁에는 환자가 상의나 바지를 벗어 걸어놓을 수 있는 옷걸이가 놓여 있다.

"이 행거에 상의와 바지를 벗어 걸어놓고 소파에 편안히 앉아서 제가 틀어드리는 비디오를 보시다가 몸이 뜨거워지면 고객님의 손으로 음경을 마사지하세요. 한 5분 정도 마사지하시다 보면 정액이 사정될 거예요. 그때 음경 끝에다 이 종이컵을 갖다 대고 서너 차례 계속 힘을 줘 사정하세요. 한두 번 짧게 사정하면 정액이 부족해 검사를 끝까지 못할 수도 있어요. 그리고 사정이 끝나면 이 탁자 위의 티슈로 귀두를 닦은 다음 옷을 다 입고 탁자 옆의 이 버튼을 누르세요. 그러면 제가 다시 오겠습니다. 이 방은 출입문이 이중문으로 되어있고, 고객님께서 이 호출 버튼을 누르기 전까지는 누구도 들어오지 못하게 밖에서 제가 통제하고 있습니다. 질문 있습니까?"

설명을 마친 남자 간호사가 평산을 바라보며 물었다. 평산은 실내의 조명을 아늑하게 조정하는 남자 간호사를 바라보며 잠시 망설였다. 남자 간호사는 그사이에도 벽에 걸린 모니터 스위치를 돌려 비디오를 틀면서 실내조명을 조금 더 낮추어 아늑하게 조정했다. 잔잔한 음악과 함께 육감적이고 피부가 백옥같이 고운 젊은 여성이 샤워를 마치고 알몸에다 잠옷을 걸치며 두 젖가슴과 음모가 다 드러나는 모습으로 침실로 걸어가는 장면이 모니터에 나타났다. 평산은 자신도 모르게 옷을 벗은 여자의 모습에서 눈길을 떼지 못하고 있다가 뒤늦게 자신이 입고 있던 상의를 벗어 옷걸이에 걸며 남자 간호사에게 물었다.

"저어, 북한에서 탈북한 지 얼마 안 된 사람이라 남조선 의사 선생님들이 하시는 외국말이나 어려운 말을 잘 못 알아듣습니다. 조금 전에 말씀하신 음경은 뭘를 말하고, '마사지'라는 외국 말은 조선말로 무슨 뜻입니까?"

남자 간호사는 어눌하게 건네는 평산의 말을 들으며 "하, 이 사람 좀 봐?" 하는 시선으로 어이없는 표정을 지었다. 그러더니 "남자끼리니까 제가 직접 몸으로 보여 드리겠습니다." 하면서 히히히 웃으며 자신의 간호사 가운 아랫도리를 확 벗어 내렸다. 하얀 삼각팬티만 입은 남자 간호사의 두 다리가 나타났다. 무릎 아래 장딴지까지 털이 무성한 남자 간호사는 조금도 거리낌없이 자신의 삼각팬티를 밑으로 내리며 거무티티한

자신의 남자 생식기를 바나나를 쥐듯이 잡고는,

"제가 거머쥐고 있는 이 가지 같은 물건이 조금 전에 설명한 음경이란 것이고요, 마사지란 말은 이렇게 제 물건을 쥐고 부드럽게 밀었다 당겼다 하면서 자기 손으로 마찰운동을 하는 것을 마사지라 합니다. 남쪽의 사춘기 청소년들은 이 마사지를 속어로 '딸딸이'라 하기도 하고 '용두질'이라고도 합니다. 한자어로는 '수음(手淫)'이라 하고요. 북한에서는 뭐라고 해요?"

하며 물었다.

평산은 자신도 모르게 얼굴이 화끈해지는 것 같아 당황한 목소리로 "전, 기런 거 잘 모릅네다." 하며 얼른 남자 간호사의 아랫도리에서 눈길을 피했다. 순간, 남자 간호사는 '세상에, 백치같이 이런 순진한 사람도 다 있나?' 하는 표정으로 슬그머니 자신의 삼각팬티를 당겨 올렸다.

"마사지하다가 순간적으로 너무 좋아 정액을 종이컵에 받지 않고 그냥 카페트 바닥에 쏴버리면 저희 간호사들이 청소하기 참 곤란합니다. 명심하시고 꼭 종이컵에 쏴 주세요."

하면서 주의 사항을 말해 주었다.

그사이 모니터 속의 그 아리따운 여인은 탐스러운 두 젖가슴을 드러낸 채 목덜미에다 향수를 뿌렸다. 그리고는 거울 앞으로 다가가 두 다리를 벌린 채 자신의 음부를 비추어보며 생식기 음핵과 대음순에도 무슨 연고 같은 것을 짜내어 엷게 화장을 하는 듯한 포즈로 황홀한 표정을 지었다. 남자 간호사는 모니터 속 여인에게서 눈을 떼지 못하는 평산의 표정을 살피다 얼른 자리를 피해주었다.

평산은 남자 간호사가 이중문을 닫아주는 것을 확인하고는 자신도 모르게 "하아!" 하며 길게 들숨을 내쉬었다. 지극히 짧은 순간이었지만 거울에 비친 아리따운 여인의 생식기를 보는 순간 왜 그렇게 무언가가 가슴을 콱 치는 듯한 두근거림과 함께 눈에 가시가 박히는 것 같은 충격이 밀려왔을까? 아, 여성의 생식기는 저렇게 생겼구나⋯⋯하는 이채로움과 함께 눈을 찌르는 듯한 충격이 순간적이었지만 누군가가 자신의 가슴을 계속 치는 듯했다. 장선실 누나나 그 여동생들 같은 공화국 여성들의 생식기도 저렇게 생겼단 말인가? 어릴 적 냇가에서 여자애들이 물놀이를 하며 놀다가 주저앉아 오줌을 눌 때 보았던 유년시절 여아의 그것과는 전혀 다른 것 같아 자신이 이상한 요지경 속으로 계속 빨려 들어가고 있는 느낌이었다.

저 여자의 몸이 어케 저렇게 뽀얄까? 젖가슴도 중국에서 본 백도(白桃)처럼 저렇게 동글동글하고 탱탱해 보이지⋯⋯공화국 젊은 여성들은 저렇게 젖가슴이 큰 여자들을 한 번도 본 적이 없는데⋯⋯가슴띠(브래지어)로 꽁꽁 싸매어서 그런가? 아니, 중국에서도 저렇게 젖가슴이 큰 에미나이들은 보지 못했는데⋯⋯.

평산은 자신의 눈길을 한없이 끌어당기는 여체의 이채로움에 빠져들며 그만 정신 줄을 놓쳐버렸다. 그는 잠시 몽롱한 상태로 소파에 주저앉아 자신도 모르게 벌어진 입술을 헤헤 벌린 채 고개를 저었다. 이러면 안 되는데⋯⋯내가 갑자기 왜 이렇게 얼굴이 후끈거리며 입술이 마를까? 근데 여긴 왜 물이 없지? 자꾸 입술이 타는데⋯⋯.

요가를 하듯, 거울 앞에서 다리를 벌리고 자신의 신체 구석구석을 비춰보는 여인의 알몸을 지켜보다 평산은 혀끝으로 침을 짜내 입술에다 발랐다.

'바지와 팬티를 내리고 소파에 편안히 앉으세요.'

모니터 속 알몸 여인이 사라지면서 흰 글자로 안내문이 나왔다. 평산은 안내문에 끌려가듯 혁띠를 풀며 입고 있던 바지를 벗어 옷걸이에 걸었다. 그리고는 사각팬티 차림으로 소파에 편안히 앉았다. 사라졌던 알몸 여인이 다시 나타나며 남편인 듯한 남자의 와이셔츠 단추를 풀며 갖은 아양을 떨고 있었다. 남자가 얼른 옷을 벗고 알몸 여인과 함께 침대 위로 올라갔다…….

문득 정남철 사로청위원장과 함께 헤이룽장성 무단장시로 출장을 나가 큰 음식점에서 식사를 마치고 좀 쉬고 있을 때 남자 종업원이 들어와 태블릿으로 보여주던 포르노 동영상 생각이 났다. 그때는 사로청위원장과 같이 보며 눈치를 살피느라 자세히 보지도 못했고, 손바닥 만한 미니 태블릿 화면으로 봐서 그런지 부르주아 사회 에미나이와 젊은 사내새끼들은 구제할 수 없을 만큼 타락해버렸다는 사상적 경계심 때문에 오늘처럼 여성의 몸이 신비롭고 이채롭다는 생각은 없었다. 서로 입 맞추고, 애무하면서 부화질을 하는 영상을 봐도 개나 소가 생식을 위해 암컷을 올라타고 교배를 하는구나 하고 그냥 덤덤하게 보아넘겼을 뿐 오늘처럼 얼굴이 후끈거리거나 입술이 타는 듯한 갈증도 없었다.

근데 오늘은 왜 이럴까? 동영상을 보여주는 모니터가 크고 실내가 아늑해서 그런가? 왜 이렇게 온몸이 뜨거워지면서 벌거벗은 여자의 알몸이 아름답고 신비롭게 느껴지는가? 남조선으로 넘어와 6년 정도 살면서 그사이 나 자신이 변해버렸다는 말인가? 게다가 가슴은 왜 이렇게 두근거리고 입술이 타면서 나도 모르게 숨결이 가빠질까?

나도 결혼이라는 걸 하면 저 화면 속 남자처럼 아내와 같이 입맞춤을 하면서 밤새도록 사랑에 빠질 수 있을까? 마음은 이렇게 사랑에 빠져보고 싶은 심정이 간절한데 과연 나같이 한쪽 고환을 도려낸 사람도 그런 사랑이 가능할까? 만약 나 같은 사람은 그런 사랑을 상상도 하지 말아야 한다면 어떡하지……?

아니야, 형님은 분명 전쟁터에서 총상을 입고 한쪽 고환을 도려낸 사람도 결혼해서 아기 낳고 행복하게 살고있는 영화도 보았다고 하셨어……용기를 내자. 남조선은 공화국과 달리 의술이 발달해 북에서는 어쩔 수 없이 죽어야 하는 중병 환자도 남조선에서는 의료보험제도가 잘 돼 있어서 국민 모두가 그때그때 치료를 받으며 잘살고 있는 것을 내 눈으로 똑똑히 보고서도 내가 왜 이렇게 어벙한 생각만 하고 있는가? 어떻게든 살아보려고 수많은 난관을 이겨내며 생사의 고비를 넘어오던 그 시절을 생각하자. 나도 저 남자처럼 어딘가에 있을 내 배필을 만나 사랑에 빠지면서 행복하게 살 수 있어……. 절대로 약해지지 말자. 어떤 난관이 닥쳐와도 희망을 잃지 말고 용기를 내자. 내가 어떤 마음을 먹는가에 따라 사랑에 빠질 수도 있고 가정을 일구어 행복하게 살 수도 있어…….

"아아, 아아, 여보오……나, 어떻게……"

걷잡을 수 없는 혼란에 사로잡혀 깊은 심연에 빠져 있을 때 모니터 속 여인이 숨넘어가는 교성을 내뱉으며 침대 시트를 쥐어뜯었다. 그 순간, 평산은 참을 수가 없었다. 남자 간호사가 가르쳐주던 대로 한 손은 종이컵을 들고, 한 손으로는 자신의 생식기를 마사지하며 가쁜 숨을 내쉬었다. 그러다 어느 순간 자신의 몸 전체가 공중으로 붕 떠오르는 듯한 전율과 함께 아랫도리 그 어딘가에서 뜨거운 액체가 귀두 밖으로 주우욱 죽 두어 차례 세차게 쏟아져 나왔다…….

다음날 오후 2시.

중국 옌지 차오양촨공항(中國 延吉 朝陽川國際機場)을 이륙한 대한항공 KE118기가 인천국제공항 활주로에 착륙했다. 활주로를 빠져나온 항공기는 이내 계류장으로 이동해 보딩 브릿지가 설치되었다. 잠시 후 보딩 브릿지를 통과한 여행객들이 바삐 입국심사장으로 걸어갔다.

2층 입국심사장 쪽으로 걸어가는 여행객 중 절반은 중국 동북 3성을 여행하고 귀국하는 한국인들이었다. 이들은 입국심사장이 가까워지자 내국인 출구로 몰려갔다. 나머지 절반은 중국 옌지에서 한국으로 들어오는 제3국 관광객들과 중국 국적을 가진 조선족 동포들이었다. 이들은 모두 외국 여권 소지자들이라 외국인 심사대 앞으로 다가갔다.

길게 줄을 서 있던 외국인 심사대 앞에서 말쑥하게 신사복을 차려입은 60대 초반의 중국 조선족 동포 한 사람이 자기 차례가 되자 여권을 내밀었다. 여권을 살펴보던 심사원이 간체자로 쓴 조선족 동포의 이름이 이상한지 성명을 말해보라고 했다. 반질반질 윤이 날 만큼 이마가 훌렁 벗겨진 조선족 동포는 콧등까지 흘러내린 금테 안경을 밀어 올리며 심사원을 향해 "남궁득희(南宮得禧)"라고 또렷하게 자기 이름 넉 자를 대답했다.

"아, 성씨가 '남궁(南宮) 씨군요."

심사원은 성과 이름이 석 자인 조선족들만 봐오다 희성인 남궁 씨를 오랜만에 만나본다는 듯 고개를 끄덕이며 통과시켰다. 남궁덕희 씨는 심사대를 통과하자마자 신사복 상의 속주머니에 여권을 잘 챙겨 넣으며 짐 찾는 곳으로 향했다.

바이산(白山) 호텔 부지배인으로 십수 년간 재직하면서 이런저런 일들로 한국과 북한을 몇 차례 방문한 조선족 동포라 그는 대한민국 수도의 관문인 인천국제공항도 초행길이 아니었다. 그런데도 대한민국은 올 때마다 낯설고 새로워 보이는 느낌이 들었다. 몇 년 전 김포국제공항을 통해 한국에 처음 왔을 때도 대한민국의 수도 서울은 중국 옌지나 그의 혈족들이 많이 거주했던 조선민주주의인민공화국의 수도 평양과는 비교할 수가 없을 정도로 대한민국은 발전속도가 전광석화처럼 빨라 보였다.

햐아, 정말 대단하구나! 김포국제공항이 비좁아 서해 바다 섬 세 개를 까뭉개 인천국제공항을 새로 건설한다는 소식을 남조선으로 돈 벌러 갔다 온 조선족 동포들한테 들은 지가 불과 몇 년 전 같은데 그새 이렇게 초현대식 신공항을 완공해 사람을 정신 돌게 하다니……자본주의라는 게 과연 무섭긴 무서워…….

전동 컨베이어 벨트를 타고 1, 2, 3, 4, 5번 수하물취급소마다 계속 밀려 나오는 여행객들의 캐리어를 지켜보며 그는 혼잣말로 중얼거렸다. 그러다 자신이 오전에 옌지 차오양촨공항을 출발할 때 부친 회색 캐리어가 나오자 얼른 집어 들고 아래위를 살펴보았다. '남궁덕희'라고 한자로 이름을 기록한 태그도 그대로고, 미니 자물쇠로 잠가놓은 지퍼 잠금장치도 처음 그대로다. 그는 만족한 듯 묵직해 보이는 캐리어를 끌고 천천히 1층으로 내려가는 에스컬레이터 쪽으로 걸어갔다.

조심스럽게 1층으로 내려가는 에스컬레이터를 올라탄 그는 양복 옆주머니 속을 뒤적였다. 조그마한 종이쪽지 하나가 나왔다. 그 쪽지에는 〈인천광역시 남동구 간석동 주공아파트 5동 705호〉라고 적어놓은 사촌 조카 '남궁혁철'의 주소와 전화번호가 적혀 있다. 사촌 조카에게 직접 갖다 줄 가족들의 편지와 중국산 희귀약초 등이 든 손가방과 자신의 옷가지를 넣은 캐리어를 두 손으로 번쩍 들고 에스컬레이터를 내려섰다. 그리고는 공항 리무진 버스를 타기 위해 청사 밖으로 나왔다.

"보자, 인천 시내로 들어가는 리무진 버스는 어데서 타야 하나?"

안내판 앞에서 잠시 각 곳으로 향하는 리무진 버스 승차장을 살펴보던 그는 1번 승차장 쪽으로 걸어갔다. 어제저녁 전화로 인천공항에 내리면, 어느 쪽으로 나와, 몇 번 리무진 버스를 타고 동인천 역전에서 하차해, 택시를 타고 간석동 주공아파트로 가자고 하면, 택시 기본요금 얼마가 나온다는 소리까지 다 들었지만 예순을 넘어서면서부터는 명심해 들어도 잠자고 나면 그만 까맣게 잊어먹기가 일쑤였다. 그래서 조카와의 전화를 끊고도 "리무진 버스, 동인천, 간석동 주공아파트 5동 705호"라는 말들을 수차례 암기했는데도 자고 나서 두어 시간 비행기를 타고 오면서 그만 잊어버렸다.

그는 한 손에 들고 있는 종이쪽지를 들여다보며 1번 승차장 쪽으로 다가갔다. 마침 리무진 버스 옆문을 열어놓고 있는 운전기사한테 조카가 가르쳐준 대로 "동인천역 가는 버숩니까?" 하고 물었다. 운전기사가 그렇다고 고개를 끄덕였다. 그는 얼른 리무진 버스를 올라타고 상의 와이셔츠 주머니에 목줄로 매달아 넣어놓은 손전화 폴더를 열었다. 종이쪽지에 적힌 사촌 조카의 전화번호를 순서대로 누른 다음 통화버튼을 길게 눌렀다. 뚜우뚜 하고 몇 번 신호가 가더니 사촌 조카가 전화를 받았다.

"조칸가? 나 이제 조카가 가르쳐 준 대로 1번 승차장에서 동인천역 가는 리무진 버스 탔네."

"잘했시요, 삼촌아버지. 동인천 역전에서 내리면 지나가는 택시 붙잡고 간석동 주공아파트 가자고 하시요. 기러구, 간석동 주공아파트 5동 광장에 내리면 다시 전화 주시라요. 도착했다고서리. 기러면 제가 삼촌아버지 짐 받으러 내려가갓시요."

"동인천 역전에서 택시 타면 간석동 주공아파트까진 얼마나 걸리는가, 시간이?"

"넉넉잡고 20분이면 충분해요. 낮 시간대라 차가 밀리지도 않고서리."

"알았네. 고럼, 조금 후에 보세."

그는 손전화를 다시 와이셔츠 주머니에 넣고 의자에 등을 기대고 잠시 눈을 감았다. 그제사 긴장하며 비행기를 타고 먼 길을 날아온 피로가 몰려오는 것 같았다. 리무진 버스가 출발할 때까지라도 만사 잊어버리자고 생각했는데, 눈을 감고 있는 한쪽 귀로는 자신을 원망하는 안해의 목소리가 이명처럼 계속 들려왔다.

"당신, 조카네 가족 살리자고 미련 떨다가 우리 식구 다 죽는 꼴 봐야 정신 차리간?"

엊그제 안해가 역정을 내며 쏘아붙이던 말이었다. 북한에서 굶다 굶다 못 견뎌 두만강을 건너온 혈육과 인척을 뿌리치지 못해 숨겨준 조선족 지인이 공안(公安: 중국 경찰)에 붙잡혀가 신설된 '국경관리방해죄'를 뒤집어쓰고 가정 전체가 파산된 옌지 시내 어느 조선족 가정의 사례를 증거로 보여주며 1997년 제8기 전국인민대표대회(全人大) 5차회의 심의를 거쳐 공표된 국경관리방해죄의 엄격함을 두려워하는 말이었다. 아니할 말로, 이젠 중국 동북 3성 어느 지역에서라도 탈북자를 도와주거나 은닉시켜준 것이 이웃의 밀고로 공안에 들어가면 그 조력자도 지위 고하를 막론하고 파산되고 마는 사례를 중국 공안당국은 엄중한 처벌로 확실하게 보여주었다. 그통에 남궁덕희 씨 안해는 매일매일 불안과 공포에 떨며 안절부절못하는 처지였다.

사실, 중국 공안에 검거돼 강제 복송될 처지에 놓인 탈북자의 수가 얼마나 되는지 가늠하기조차 어려웠다. 조·중 국경 각 변방대 유치장엔 차고 넘치는 것이 탈북민들이라고 했다. 그 가운데 지난 1월과 2월에도 몽골 국경 지역과 하남성 일대에서 13명의 탈북자가 추가로 중국 공안에 체포된 사건이 옌볜일보에도 대문짝 만하게 보도되기도 했다.

아닌 게 아니라 새로 신설된 국경관리방해죄는 중국 조선족 사회를 공포의 도가니로 몰아넣었다. 기아에 허덕이다 식량이나 일자리를 구하기 위해 무단으로 두만강을 건너온 북조선 인민들을 대상으로 밀입국이나 밀출국을 조직한 사람에게는 2년 이상 7년 이하의 징역형과 벌금이, 조직의 주모자에게는 7년 이상의 징역형 또는 무기징역형이, 밀입국자와 밀출국자를 운송해준 주모자나 숨겨준 자에게는 5년 이하의 징역형이, 그리고 그 횟수(回數)나 인원이 많을 경우에는 5년 이상 10년 이하의 징역형이 각각 선고된다는 법 조항이 남궁덕희 씨 가족의 목숨줄을 조여오고 있는 심정이었다. 그들 가족은 조카 남궁혁철의 처와 자식 둘을 암암리에 옌지 시내 그의 집 지하 쪽방에다 숨겨주고 있었는데, 불행히도 남궁혁철의 처와 자식들이 야간에 공원에 바람을 쐬고 들어오다 이웃에게 들켜버린 것이다. 그때는 너무 당황한 나머지, 랴오닝성(요녕성) 서풍현에 사는 그의 둘째 형님 자식들이라 둘러댔다. 하지만 이웃들이 수상한 눈으로 계속 지켜보다 공안당국에 밀고해버리면 그의 가족들은 "아야!" 소리 못하고 국경관리방해죄에 걸려 10년 이하의 징역형과 가산을 몰수당하는 날벼락을 맞을 위기였다.

기가 막힐 일이었다. 인생 말년에 이 무슨 횡액인가 말이다. 그는 사촌 조카 식구들과 같이 공안에 끌려가는 모습만 상상하면 절로 오금이 저리며 현기증이 밀려왔다. 빨리 용단을 내리라고 언질을 준 안해의 말을 차일피일 미뤄온 것이 이런 화를 불러왔다는 생각이 들자, 남궁덕희 씨는 만사를 제쳐놓고 부랴부랴 사촌 조카를 만나러 온 것이다.

깊은 시름에 잠겨 잠시 존 것 같은데 리무진 버스는 그새 동인천역 앞에서 정차한다고 안내 방송을 했다. 남궁덕희 씨는 버스에서 내릴 채비를 하며 앞문으로 걸어 나왔다. 운전기사는 동인천역 앞에서 버스를 세우고 자기가 먼저 버스에서 내렸다. 그리고는 짐칸 옆문을 열고 자신이 받아 실은 남궁덕희 씨의 캐리어를 내려주었다. 얼른 캐리어를 받아 들고 남궁덕희 씨는 동인천역 광장 택시 승강장 쪽으로 걸어갔다. 그를 기다리듯 승강장 제일 앞쪽에 주차해 있던 택시 기사가 다가와 그의 캐리어를 받아 짐칸의 문을 열었다.

"남동구 간석동 주공아파트 5동으로 가주세요."

남궁덕희 씨가 행선지를 밝혔다. 택시 기사는 "네." 하고 고개를 끄덕이며 차를 출발시켰다. 택시가 동인천역 광장에서 좌회전 신호를 받아 배다리 방향으로 나아가자 남궁덕희 씨는 다시 리무진 버스를 타고 올 때처럼 차창 밖을 내다보며 어이없이 꼬여버린 사촌 조카의 인생 여정을 더듬고 있었다.

"인생지사 새옹지마라더니……."

아무리 생각해 봐도 이해가 되지 않았다. 20여 년간 북조선 국가안전 보위부라는 권력기관 속에서 승승장구하던 사촌 조카가 하루아침에 2천만 북조선 동포의 역적이 되어 두만강을 건너 야밤에 옌지 그의 집으로 찾아와 "삼촌아버지, 나 좀 숨겨 주시라요……." 하며 초주검이 된 몰골로 매달리던 2009년 12월을 잊을 수가 없었다.

이 무슨 마른하늘에 날벼락 치는 소린가 싶어 며칠간 읽지도 않고 처박아 둔 옌볜일보를 꺼내 뒤적여보았다. 그의 큰형님 혈족들이 살고있는 북조선이 2009년 11월 3일 오전 11시 5차 화폐개혁을 단행했다는 기사가 경제면에 큼직하게 실려있었다.

야들이 별안간 왜 또 돈 장난을 치는 거야?

남궁덕희 씨는 심하게 고개를 내저으며 못마땅한 표정을 지었다. 북조선을 내왕하는 옌지 조선족 상업부문 일꾼들이나 보따리 장삿꾼들이 "아마도 조만간 화폐개혁을 할 것 같다."라며 가지고 있던 북조선 돈을 달러나 위안화로 바꾸는 것이 경제적 손실을 최대한 줄이는 길이라는 말을 들은 지 이틀 만에 북조선은 최고인민회의 상임위원회 정령과 그 집행을 위한 내각 결정에 따라 전광석화처럼 화폐개혁을 단행해버렸고, 2009년 12월 6일까지 구화폐를 신화폐로 교환해 준다는 기사가 눈에 들어왔다.

화폐개혁 목적은 인플레이션 억제, 재정 확충, 시장 활동 억제를 통해 계획경제를 복원하여 북조선 당국의 사회적 통제력을 회복하는 것이라고 옌볜일보는 전해주었다. 그러나 남궁덕희 씨는 북조선이 하는 짓거리가 당최 마땅찮았다. 당중앙(김정일의 이칭)의 아비 시절인 1947년 12월에는 토지개혁과 화폐개혁으로 북조선 인민들의 생산수단과 화폐 재산을 신화폐로 교환해 준다는 명목으로 몰수하다시피 빼앗더니 그 아들놈은 제 아비보다 더 몰참스럽게 북조선 인민들의 재산을 나꿔챈다는 생각이 들어 북조선 지배층들이 순전히 날도둑놈 집단 같다는 생각이 들었다.

무스기 '나라'라는 것이 백성의 삶을 보장하면서 잘 먹여 살릴 궁리를 하지는 못하고 배급도 제대로 주지 못하면서 그 장사해서 한 푼 두 푼 알뜰히 모아 숨겨둔 돈까지 화폐개혁이라는 명목으로 몽땅 뺏어 착복하면서 인민들을 또다시 거지떼처럼 국경을 넘도록 만들어……이건 아니야, 이건 정말 나라를 이끌어가야 할 사람들이 할 짓이 아니야…….

남궁덕희 씨는 북조선 최고지도자라는 자가 '박남기'라는 조선로동당 계획재정부장이라는 자를 허수아비처럼 전면에 내세워놓고 당중앙이라는 자가 뒤쪽에 물러앉아 권력을 휘두르며 밀어붙이는 제5차 화폐개혁이 인민들한테 맞아 죽을 짓을 그들 스스로가 찾아서 하는 것처럼 느껴져 다시 신문을 뒤적였다.

신권으로 교환해 주는 지폐는 북한돈 5,000원권, 2,000원권, 1,000원권, 500원권, 200원권, 100원권, 50원권, 10원권, 5원권 등 아홉 종류의 지폐와 1원권, 50전권, 10전권, 5전권, 1전권 등 다섯 종류의 주화를 현금일 경우 100:1의 비율로, 은행에 저금해 놓은 돈의 경우는 10:1의 비율로 교환해 주고 있다고 하니, 이것이 날도둑질이 아닌가 싶어 더욱 기가 찼다.

신권으로 교환해 주는 금액 한도도 가관이었다. 최초에는 1가구당 10만 원으로 한다고 하더니, 북조선 동포들이 사생 결단을 하듯 극렬하게 반발하고, 알뜰살뜰 모아놓은 돈을 신권으로 몽땅 교환해 주지 않고 북조선 공민 한 사람당 5만 원, 1가구당으로는 20만 원으로 한도를 높여준다고 해도 주민들의 반발과 소동은 멈추지를 않았다. 한 가구당 20만 원이라는 그 한도는 장마당에서 장사하는 사람들이나 북조선을 내왕하며 보따리장사를 하는 옌지 거주 조선족들한테는 아닌 게 아니라 어린아이 궁둥이에 붙은 밥풀떼기 하나 떼어먹는 격이었다. 어지간한 장사꾼들도 수백만 원을 가지고 있고, 소위 '돈주'라고 불리는 사람들은 수천만 원씩 돈을 굴리며 500여 개 북조선 장마당을 돌아가게 하는데 겨우 20만 원씩만 교환해 준다고 하니 이게 말이 되는가? 신권 교환 한도를 높여 달라고 빌고, 사정하고, 매달리며 신소해 봐도 돌아오는 것은

'반동'과 '역적'이라는 말뿐이고, 며칠씩 보안서에 끌려가 생고생을 하고 나온 인민들이 모아놓은 돈 전부를 불살라버리고 자살하거나 갈가리 찢어 두만강이나 압록강 강물에 던져버리고 어디론가 자취를 감춰버렸다. 그러자 수령님의 초상이 그려진 구권 지폐를 갈가리 찢어버린 것은 위대하신 수령님의 권위를 갈가리 찢어발기는 반동행위이고, 지도자 동지의 지도이념에 반항하는 역적 행위라며 그들은 색출 검거하라고 또다시 체포지시를 내리는 권력층의 낯짝에다 똥물이라도 끼얹어주고 싶을 만큼 절로 분노가 치밀어올랐다. 들려오는 말을 들어보면 그런 사람들 대다수는 자신이 가지고 있던 위안화나 달러를 밑천으로 해서 장사를 하기 위해 중국 동북 3성으로 도피하거나 남조선으로 내려가기 위해 그 앞잡이 노릇을 해주는 브로커를 찾아 어디론가 떠나 버렸다는 소문도 자자했다.

그런데 이게 어찌 된 일인가? 12월 중순이 되니까 김대장(김정일의 이칭) 하사금이라 하면서 생각지도 않던 돈이 나왔다. 농민과 광부들에게는 15,000원을 분배해 주고, 군관들에게는 월급을 100%씩 인상해 주었다. 그러면서 식량 판매를 국영상점에서만 하도록 했다. 일반 장마당에서는 일체 식량 판매를 못하게 했다. 이 지시를 어기고 장마당에서 암암리에 식량 판매를 하는 사람들은 모두 반동 죄를 덮어 씌어 잡아들였고 판매하던 식량은 전량 압수했다. 그러면서 중국 위안화나 미국 달러를 일절 사용하지 못하게 단속했다.

그러나 이런 단속도 한계가 있었다. 북조선 안전원들과 보위원들을 전국 500여 개 장마당으로 내보내 단속을 벌여도 일반 장마당에서의 식량 거래는 단절되지 않았다. 내보낸 안전원들이나 보위원들조차 굶어 죽을 지경이라 그들도 절박한 현실과 정당히 타협하고 말았다. 평양의 최고지도부가 그토록 원했던 충성심은커녕, 규율과 질서마저 대책 없이 풀려버린 지 오래되었다. 일사불란한 사회통제는 요원하기만 했다. 장마당을 단속하러 나간 안전원들이나 보위원들도 '좋은 게 좋다'는 식으로 절박한 현장과 한통속이 되어버리는 경우가 태반이었다.

거기다 국가가 시키는 대로 국영상점에 식량을 구매하러 가면 숫제 식량이 없거나 있다 해도 가족 전체가 필요한 양만큼 식량을 구입할 수가 없었다. 돈이 있어도 식량을 구입할 수가 없는 상황이 되자 끝장에는 다시 장마당으로 나와 암암리에 외화로 식량을 거래하면서 목숨줄을 이어가는 사람들이 늘어났다. 보안원들이 그렇게 단속하고 각급 행정기관과 당기관 일꾼들이 나서서 설득해도 당국의 지시사항들은 오뉴월 핫바지 방귀 새는 격이었다.

사회적 혼란과 무질서가 한동안 계속되었다. 금방 폭동이라도 일어날 것 같았다. 옌볜일보는 큰형님네 혈족들이 사는 북조선 소식을 하루도 빠지지 않고 보도했다. 돌아가는 상황이 위험해 보이기 짝이 없었다. 이런 상황을 보다 못한 북조선 행정당국은 2010년 1월 1일을 기해 북조선 내 500여 개 장마당 전체를 완전히 폐쇄하며 장마당에서의 상행위를 전면 금지하도록 또다시 지시를 내렸다.

그렇다고 해서 장마당에서 목숨줄을 이어가던 북조선 인민들 대다수가 고분고분 행정 당국의 지시를 따를 리가 만무했다. 어제까지도 살아있던 노인네들이 끼니를 잇지 못해 자고 나면 시신으로 변해 있는 인민들의 절박한 현실을 평양의 최고지도자와 그 수하들은 몰라도 너무 모른다는 논평이 옌볜일보의 사설란을 장식했다. 불평불만을 늘어놓으며 죽이려면 죽여라는 식으로 나자빠지는 인민들이 하루가 다르게 늘어났다. 그들을 모두 붙잡아 감옥에 처넣을 수는 없다면서 사촌 조카는 시국의 위태로움을 예의 주시하며 자신의 신변을 걱정했다.

이건 또 무슨 말인가 싶었는데 그 궁금증은 이내 풀렸다. 2010년 1월 20일이 되자 재정경제부장 박남기가 해임되었다는 기사가 옌볜일보에 떴다. 1월 28일이 되자 김영일 내각총리가 평양 시내 인민반장들 앞에서 화폐개혁 문제에 대해 사과를 했다는 기사도 떴다.

허허허. 이 무슨 객쩍은 소린가 싶었는데 사실이었다. 옌볜일보의 심층 기사에는 '비록 특권층 거주지역인 평양에 한정해서 한 사과라지만 이 공식적인 사과는 북조선에 조선로동당 1당독재체제가 들어선 이래 정권의 대리인이 인민들 앞에서 공식적으로 사과한 사례는 사상 초유의 일로 기록되었다고 옌볜일보는 논평했다.

그러면서 더욱 웃기는 일은 2010년 2월 1일을 기해 북한 행정 당국이 그렇게 안전원을 투입해 단속해왔던 장마당 단속을 전국적으로 그 통제를 풀면서 외화사용금지를 해제했다는 기사가 또다시 옌볜일보 경제면을 장식했다. 북조선을 내왕하며 보따리장사를 해온 옌지 거주 조선족들은 대환영이라며 벅수를 쳤지만 돌아서서는 "이제사 자들이 정신을 차렸구나……." 하면서 조소를 금치 못했다. 남궁덕희 씨도 북조선 돌아가는 시국이 어린아이들 장난같이 느껴져 자꾸 조소가 터져 나왔다.

그런데 웬걸, 2010년 1월 20일 자로 해임된 박남기 재정경제부장을 잡아갔다는 소식이 들려왔다. 그러더니 며칠 뒤에는, 그 박남기와 연줄이 닿아 있는 피붙이나 수십 년간 그의 지시를 받으며 승승장구한 수하 부하들마저 암암리에 체포령이 떨어졌다면서 사촌 조카가 초주검이 된 몰골로 야밤에 두만강을 건너 옌볜까지 도망와서 자신을 좀 숨겨 달라고 매달렸다.

그리고 한 달이나 되었을까? 2010년 3월 12일에는 전 로동당 재정경제부장 박남기 외 김태영 재정경제부부장 등 경제부문 일꾼 100명에 대한 총살이 강건군관학교에서 집행되었다는 소식이 사촌 조카의 인맥을 통해 옌지까지 전해졌다. 말하자면 전 조선로동당 재정경제부장 박남기에게 경제개혁 실패의 책임을 물어 처형했다는 것이다. '재주는 곰이 부리고 돈은 되놈이 챙긴다.'라는 말은 있어도 인민들의 현금 재산을 몰수하기 위해 화폐개혁 지령은 당중앙인가 뭔가 하는 자가 내리고, 그 화폐개혁 실패에 대한 인민들의 불평불만을 잠재우기 위한 표면적인 희생양으로 박남기와 그 수하 부하 100명을 총살형으로 처형함으로써 실패한 제5차 화폐개혁의 후유증은 일단락되었는 줄 알았다.

그러나 그것으로 끝난 게 아니었다. 박남기와 그 가족은 물론, 박남기 수하 부하들 100명을 처형한 후에도 사촌 조카와 같이 나라 밖으로 달아나 꼭꼭 숨어버린 박남기 수하 부하들마저 일망타진하기 위해 보위부가 계속 설치고 다녔다. 사촌 조카는 도리없이 대한민국 돈 200만 원을 들여 탈북전문 브로커를 앞세워 지난해 대한민국으로 달아나 간신히 목숨은 구했다.

사촌 조카가 이제는 죽음의 그늘에서 벗어나는가 싶었는데 그동안 죽느냐 사느냐 초주검이 된 채로 고뇌하던 조카에게 이번에는 위암이라는 몹쓸 병이 종합신체검사에서 발견되었다. 멸문지화의 횡액도 한스러운데 조카의 인생 여정에 어찌 그런 가혹한 시련이 또 닥쳐오는가 말이다. 다행히 대한민국 국립암센터에서 수술을 받은 뒤부터는 하루가 다르게 경과가 좋아진다는 소식은 들었지만 뭐라고 입을 열며 사촌 조카 처자식의 목숨이 경각에 달렸다는 비보를 또 전해주어야 좋을지 남궁덕희 씨는 머리가 무거웠다.

　"손님, 여기가 간석동 주공아파트 5동 광장입니다."

　택시 운전기사가 눈을 감고 있는 남궁덕희 씨를 돌아보며 말했다. 시트의 등판에 온몸을 기댄 채 깊은 수심에 잠겨있던 남궁덕희 씨가 그제사 상체를 일으키며 차창 밖을 내다봤다. 택시가 정차하자 단복(체육복) 차림의 50대 남자가 택시 곁으로 다가왔다.

　"어, 저게 누군가? 조카 같은데?"

　차창 밖을 내다보던 남궁덕희 씨가 다가온 사촌 조카를 알아보며 얼른 택시에서 내렸다.

　"삼촌아버지, 먼길 오시느라 고생 많으셨습니다."

　남궁혁철이 삼촌의 두 손을 맞잡으며 인사를 했다. 덕희 씨는 사촌 조카의 손을 놓지 못한 채 반가운 표정을 지었다.

　"조카! 얼굴이 어째 이렇게 반쪽인가?"

　"위암 수술하고 나면 누구나 다 한동안은 음식을 먹지 못해 체중이 빠져요."

"그래도 그렇지, 너무 심하잖아. 전번에 택배로 보내준 상황버섯은 잘 받았는가?"

"네. 수술하고 나와서 음식을 전혀 먹지 못하고 있을 때 그 버섯을 주전자에 넣고 끓여서 밥 대신 끼니로 마셨어요. 그때는 몸무게가 10kg 넘게 빠졌는데 요새는 그래도 좀 불었시요."

"허허, 위암 수술한 사람들은 음식을 자기 양껏 먹지 못하고 조금씩 자주 먹는다는 말은 들었어도 이렇게 얼굴이 수척해 보일 수가 있는가?"

"이젠 많이 좋아졌시요. 어서 제 사는 아파트로 올라가시라요."

사촌 조카의 얼굴을 바라보면서 계속 안타까운 심정을 감추지 못하던 남궁덕희 씨가 깜박 잊은 듯 그제사 뒤돌아봤다. 택시 기사는 트렁크를 열고 덕희 씨의 캐리어를 들어내고 있었다. 덕희 씨가 다가가 택시비를 지불하며 캐리어를 건네받았다.

"그 캐리어 이리 주세요."

남궁혁철이 덕희 씨가 끌고 오던 캐리어를 받아 705동 아파트 중앙 현관 쪽으로 다가갔다.

"이 아파트는 남조선에서 마련해준 아파트인가?"

"네. 북에서 탈북한 사람들에게는 남조선 정부가 가족 단위로 거주지를 마련해 주는데, 저는 탈북자들이 함께 집성촌을 이루고 사는 논현동 아파트는 싫다고 했어요."

"하긴 함께 모여 살다 보면 승강기 속에서도 악연끼리 맞닥뜨릴 수도 있지. 아파트란 곳이⋯⋯."

"알아보니까 남조선 곳곳에 마련된 탈북자 집성촌 거주자들 명단이 북조선 보위부에 죄다 들어와 있다는 소리가 들려 남조선도 내가 숨죽이고 살 곳은 못 되는구나 하는 생각이 들어 이쪽으로 왔어요. 나중 제 안까이와 아이들도 중국에서 데리고 오면 여기서 살려고요."

"잘 생각했네. 자네 처한테서도 연락이 왔던가?"

"네. 어젯밤에도 통화했시요. 요사이는 잡혀갈까 봐 무서워서 집 밖에도 나갈 수 없고, 하루하루가 피가 마르는 심정이라면서 옌지 정기호 구조사 전에 다른 데로 거처를 옮겨 달라고 울더라구요. 삼촌아버지한테 무슨 피해가 가기 전에 빨리 남조선으로 갈 수 있는 길을 알아봐 달라고 하면서요. 그렇지만 전화상으로 너무 긴 말은 할 수 없어서 삼촌아버지 만나면 다른 방도를 찾아볼 테니 너무 불안해하지 말고 조금만 참아달라고 달랬시요."

"요사이는 중국 공안당국이 현상금을 뿌려대며 탈북자들을 떼거리로 잡아들여 북송시키는 시절이라 탈북민 숨겨주고 있는 옌지 시내 조선족들도 비상시국이야. 자네 숙모 역시 초주검이 되어 있고서리……."

"엘리베이터 내려왔시요. 얼른 올라가서 그 문제부터 의논해 보자구요."

두 사람은 엘리베이터를 타고 7층으로 올라왔다. 아파트 서북쪽으로 길게 통로가 나 있는 복도식 아파트라 오후가 되면 기울어진 햇살이 좋았다. 남궁혁철은 705호 출입문 앞으로 다가가 다이얼씩 출입문 도어를 열었다.

"날래 들어오시라요."

넋을 잃은 사람처럼 복도식 통로에 멍하니 선 채로 아파트 주변의 시가지를 내려다보던 덕희 씨가 그제사 705호 출입문 안으로 들어섰다.

"아, 아파트가 밖에서 보는 것하고는 전혀 다르네. 거실도 넓고 출입문하고 베란다 유리문이 마주 보고 있어 바람도 잘 통하고……. 남조선에선 북조선 사람들이 탈북해 대한민국으로 입국하면 모두 다 세대주들한테 이런 아파트를 한 채씩 주는가? 아니면 조카처럼 북한에서 높은 자리에 있던 사람들한테만 이런 아파트를 마련해주는가?"

"탈북하기 전 공화국에서 어떤 직위에 있었느냐, 남조선에 어떤 정보나 물질적 자산을 제공해 주었느냐에 따라 대우가 달라집디다. 실례를 들면 리웅평이 같은 북조선 조종사는 남조선 공군에 자기가 몰고 온 비행기를 갖다 바쳤기 때문에 엄청난 특혜를 받았고, 저같이 끌려가 처형당할 위기에서 살기 위해 도피해온 탈북자들한테는 남조선 정부에서 법으로 마련해놓은 정착지원규정에 따라 대우가 조금씩 차이가 있습디다. 거처용 살림집, 정착지원금, 일하고자 하는 탈북자들한테 맞는 직장 알선, 자신이 원하면 대학교육까지 마칠 수 있는 입학 특혜와 학자금 지원, 그 외 정착교육이 끝나고 이남화되기까지 일정 기간 신변 보호 조치는 다 똑같고요……하나원에서의 정착 교육이 끝나면 자신이 살고 싶은 거주지 결정은 제비뽑기 형식으로 탈북자들이 다 함께 모여 기수별로 추첨을 하기 때문에 운 좋은 사람은 서울이나 수도권 지역에 당첨될 수도 있고, 운 나쁜 사람들은 서울에서 먼 지방으로도 당첨될 수 있고요. 저는 서울에 거주하고 싶다고 희망지역을 적어냈는데, 그 당시 서울을 희망하는 탈북자들이 워낙 많았기 때문에 떨어졌고, 제2 희망지역은 인천으로 했는데 마침 탈북자들 집성촌인 논현동 휴먼시아 범마을 아파트 단지도 들어갈 자리가 없어서 나 혼자 뚝 떨어져 이곳으로 들어왔어요."

덕희 씨는 조카가 이곳으로 정착한 사연을 전해 들으면서 혼자서 고개를 끄덕였다.

"그거, 어떻게 보면 시원섭섭할 테지만 한편으로 시각을 바꿔서 바라보면 오히려 더 나을 수도 있네그려. 북조선 각 곳에서 탈북한 사람들이 함께 모여 살다 보면 '이 사람은 어떠하고 저 사람은 어떠했다.'라고 과거사를 들먹이며 과거의 인연들과 마주치기 마련인데 조카처럼 북조선 인민들을 본의 아니게 괴롭힌 권력기관에서 복무해온 사람들은 어딜 가나 악연은 있게 마련이야. 왜냐면 남조선이란 이곳도 사람 사는 곳이니까⋯⋯. 아니할 말로 돌아가신 큰아버지가 북조선 항일 빨찌산 1세대를 따라 평양으로 들어가 그들 뒤에 줄을 섰기 때문에 큰형님 일생은 물론 그 자식들인 조카 역시 국가안전보위부 같은 특수 권력기관에서 복무하며 핵심계층으로 살 수 있었으나 우리 아바지처럼 중국 땅에 그대로 눌러살았으면 우리 집안에 큰아버지 같은 큰 인물이 나올 수 있었겠는가? 어쨌건, 지나간 큰아버지 시대나 조카가 북에서 살아온 반평생은 떵떵거리며 잘 살았지 않았는가? 인생지사 새옹지마라고 너무 좌절하거나 실망하지 말고 옌지에 숨어 있는 자네 처자식을 하루 빨리 대한민국으로 도피시켜 자네와 합가하도록 하게⋯⋯. 지금 중국은 두만강을 건너와 조선족들 집에 숨어 사는 탈북민들을 색출하려고 현상금을 내걸고 조선족 가옥들을 가가호호 이 잡듯이 호구조사하고 다니는 시국이라 자네 처자식들의 운명이 하룻밤 자고 나면 어떻게 바뀔지 아무도 몰라.

여태껏 자네 작은오마니가 애써 숨겨주고 거두면서 자네 가족이 하루라도 빨리 합가하기를 고대해 왔던 그 공로는커녕 우리 집도 요새는 풍전등화처럼 위태롭네. 탈북자들 잡으러 다니는 중국 공안대가 우리 집으로 들이닥치면 내 인생도 그만 끝나버리니까 말일세. 인생 말년에 쇠고랑 차고 전 재산 압류당해 벌과금 물어줘야 할 처지이니 자네 작은오마니 보기에도 요새 내 꼴이 말이 아니고…….”

“죄송합니다, 삼촌아버지. 제가 전혀 생각지도 못했던 위암으로 수술을 받느라 본의 아니게 삼촌오마님과 삼촌아바지께 너무 큰 심려와 위기를 안겨 드린 점 무슨 말로 용서를 빌어야 할지 모르갔습네. 어저께 삼촌아바지 전화 받고 곰곰 생각해 봤는데 제 안까이와 자식들을 남조선으로 피신할 수 있도록 마지막으로 한 번만 더 도와주십시오. 브로커한테 건네줄 돈은 삼촌아바지 명의로 숨겨놓은 비자금 통장과 인장을 이번에 같이 드릴 테니까 삼촌아바지가 이 비자금을 모두 인출해 쓸 만큼 쓰시면서 부로커를 교섭해 주시라요. 그리고 나머지 비자금 중에 일천 달러만 빼서 제 안까이 손에 쥐어주시라요. 제가 건너온 남방루트를 타고 한국으로 오려면 수중에 돈이 있어야 위기를 만났을 때 돈으로 수습하면서 다른 진로를 개척할 수 있지 그렇잖으면 제 안까이가 은철이와 은희를 데리고 무사히 대한민국으로 도피할 수 없습네.”

“요사이는 남조선 돈으로 두당 300만 원은 브로커한테 건네주어야 안전을 보장받을 수 있다네. 조카가 태국으로 건너간 남방루트를 이용해 대한민국으로 도피할 때와는 달리 옌지 브로커 시장 정세도 그간 많이 바뀌었다네…….”

"잘 알고 있습네다. 저도 이곳 하나원에서 정착 교육을 받으면서 옌지에서 탈출해온 보위부 출신들을 만나 봐서 그쪽 사정을 어느 정도는 알고 있습네다. 하루가 다르게 살벌해지는 옌지 정황을……."

"알았네. 그럼 조카가 대한민국에 들어와서 새로 개설한 은행 계좌는 없는가?"

"매달 생활비 지원받는 남조선 은행 계좌가 있긴 합니다만 그건 왜 필요하십네까?"

"브로커 교섭하고 자네 처한테 달러로 바꿔 비상금 건네주고 남는 돈은 죄다 조카 남조선 은행 계좌로 넘겨주려고 그러네. 자고 나면 돌변하는 시국이라 나한테도 어떤 변화나 고난이 닥칠지 아무도 모를 상황인데 그 돈의 출처가 돌이킬 수 없는 악연의 증거로 돌변할 수도 있네……."

"아, 제가 미처 그건 생각지 못했시요. 기렇다면 나머지 돈은 저의 생활지원비 계좌로 전부 넣어주시라요. 기러면 역(逆)으로 제가 남조선 은행에서 삼촌아바지 계좌로 송금해드리면 그 돈을 인출해서 삼촌오마님께 좀 건네주시라요. 그동안 저와 제 가족들을 위해 얼마나 가슴 태우며 많은 애를 쓰셨습네까. 말하지 않으셔도 그 고통 잘 압네다……."

덕희 씨는 그제야 좀 안심이 되는지, 남궁혁철이 갖다 놓은 오렌지 주스를 꿀컥꿀컥 마셔댔다.

한 시간 후.

남승세 원장은 검사실에서 올라온 정자검사데이터를 종합해보며 심각한 표정을 지었다. 전혀 예상하지 못했던 검사결과보고서 속의 데이터를 환자와 그 보호자인 친구에게 어떻게 설명해 주어야 '충격을 최소화할 수 있을까?' 하고 혼자 생각에 잠겨있다 평산의 고종사촌 형님부터 먼저 불렀다. 보호자 대기실 소파에 앉아 신문을 뒤적이던 고종사촌 형님이 먼저 남자 간호사를 따라 원장실로 들어왔다.

"신 소장, 정자검사결과를 결혼도 하지 않은 동생분한테 곧이곧대로 밝혀드려야 하나? 아니면 신 소장한테만 그대로 보여주고, 동생분한테는 약을 좀 먹으며 한 1년간 치료를 하는 게 좋겠다고 가볍게 이야기해 주는 게 좋은가?"

신 소장은 남승세 원장의 질문에 순간적으로 가슴이 쿵 내려앉는 기분이었다. 어제 동생과 같이 정액검사를 받으러 올 때와는 전혀 다른 기분이다. 오지랖 넓게 괜히 정자검사까지 받아보자고 동생을 설득시켰나? 순간 그런 생각이 밀려와 후회감도 들었으나 검사 당사자인 아우에게 무엇을 조금이라도 감추거나 둘러대서는 안 된다는 생각이 들어,

"그래서는 안 돼. 우선은 좀 걱정이 되더라도 본인이 정확하게 자신의 몸 상태를 받아들일 수 있게 사실 그대로 설명해 줘. 왜, 많이 심각해?"

하며 재차 물었다. 이번에는 남승세 원장이 한발 물러서는 표정이었다.

"2~3주 후쯤 한 번 더 검사해 본 다음 최종적인 결론을 내리는 것이 합당하겠지만 이번 검사결과는 좀 심각해. 35세의 미혼 남성들한테서는 거의 볼 수 없는 '절대 무정자증' 상태야."

"그래? 어릴 적 고환을 다친 후유증이 큰가 보네."

"이건 전문의들끼리 참고하는 조견표인데, 정액검사결과 정자수가 1ml당 6천만 개 정도면 정상적이고, 4천만 개 이하는 정자감소증, 2천만 개 이하는 희소정자증, 1백만 개 이하는 무정자증, 50만 개 이하는 절대 무정자증으로 판단하는데, 장평산 씨 경우는 50만 개 이하 '절대 무정자증'으로 나와. 앞으로 계속 이런 결과가 나오는지 한두 번 더 검사해 봐야겠으나 현재로선 혈액검사 데이터가 문제야."

"혈액검사 데이터가 어떤데?"

"배양과 반응검사까지 마쳐봐야 확실하겠으나 1차로 나타난 데이터를 살펴보면 고환암 증세가 보여. 초기 때는 통증이나 특이 증상이 전혀 나타나지 않기 때문에 환자 본인도 자각할 수 없어. 전문의들도 초음파 검사나 CT 촬영을 해보기 전엔 문진만으로는 어느 부위에 이상이 있는지 알아낼 수 없고……."

"그럼 이왕 검사받으러 온 김에 초음파 검사도 받아보면 어떨까? 내 아우가 회사 내에서 간석2동 담당 팀장을 맡고 있어 평일 날 자리를 비울 수 있는 시간이 많지 않아."

"알았어. 그러면 평산 씨한테 정액검사결과가 좋지 않고 그 원인을 찾기 위해 초음파 검사가 필요하다고 알려줄 테니까 신 소장은 바쁘면 이만 돌아가도 돼."

"그렇게 하지. 내가 나가면서 아우한테 초음파 검사까지 받아 봐야 된다고 말하고 갈 테니까 남 원장이 잘 좀 살펴줘."

신 소장이 원장실을 나간 후 남자 간호사를 따라 장평산이 원장실로 들어왔다.

"어서 오세요. 어제 저희 병원에서 정액 채취하시면서 불편한 점은 없었습니까?"

"처음에는 좀 부끄럽고 남감했습니다. 태어나서 처음 해보는 검사라……."

"결혼해서 2~3년간 부부생활을 하신 기혼자들도 야한 동영상 보며 정액 채취하라고 하면 거부감부터 먼저 보이는 분들이 많은데 평산 씨 입장에서는 오죽이나 놀라고 난감했겠습니까? 근데, 어제 채취한 정액 검사 결과도 기대 이하지만 혈액검사 결과 의문점이 발견되어 오늘도 수고를 좀 해주셔야 합니다. 마음 단단히 먹고 한 단계 더 깊이 들어가 봅시다."

그러면서 남승세 원장은 모니터를 평산 쪽으로 돌리며 마우스를 움직였다. 모니터 화면 속에서 현미경으로 확대한 세 그룹의 정자 군(群)이 나타났다. 원장이 말했다.

"여기 보이는 세 그룹의 정자 군 중 1번 정자 군은 〈정자의 모양〉을 현미경적으로 보여주는 그림입니다. 성인 남자의 정자를 현미경으로 확대해 보면 이렇게 올챙이처럼 머리 부분, 몸통 부분, 꼬리 부분으로 나누어진 모습을 볼 수 있습니다. 이 그림 중 좌측 그림은 정상적인 정자의 모습을 보여주는 그림이고, 우측 꼬리가 안으로 꼬부라지며 머리가 옆으로 비틀어진 정자는 비정상적인 정자 모습입니다."

평산은 모니터 화면 속을 지켜보면서도 머릿속으로는 '남승세 원장이 나에게 무슨 말을 하려고 이런 그림까지 보여줄까?' 하며 다시 마우스 휠을 돌리는 원장의 손끝을 지켜보았다.

"이것은 〈정자의 운동 상태〉를 보여주는 현미경적 그림입니다."

"현미경적 그림이라고 하셨는데 '현미경적'이란 말이 무슨 뜻입니까?"

"아, 제가 미처 설명을 못 드렸군요. 의학은 아주 오랜 옛날부터 실험실의 연구학자나 일선에서 저같이 의료업에 종사하는 의사들의 임상보고에 의해 수천 년 동안 발전해 왔는데 17세기에 들어와 사람이 육안으로는 볼 수 없었던 아주 작은 병균이나 인체 세포를 현미경이 발명되고 난 뒤부터는 볼 수 있게 되었어요. 사람의 정자 역시 육안으로는 그 생김새가 어떻게 생겼는지 볼 수 없었습니다. 그러나 현미경을 통해서는 그 모습을 볼 수 있게 되었습니다. 그때부터 의학계에서는 〈육안적 관찰〉과 〈현미경적 관찰〉로 구분해서 말하는데, 평산 씨가 궁금해하는 현미경적(顯微鏡的)이라는 용어는 현미경을 통해서만 볼 수 있을 만큼 아주 작은 병원체나 인체 세포를 가리키는 말입니다. 이해가 됐습니까?"

평산은 고개를 끄덕였다. 원장이 다시 설명을 이어나갔다.

"이 〈정자의 운동성〉 그림에서 왼쪽 그림은 정상적인 정자가 꼬리를 좌우로 균형감 있게 움직이면서 일직선으로 전진하는 반면, 오른쪽의 비정상적인 정자는 꼬리와 몸통이 에스(S) 자처럼 구부러진 채로 몸통과 꼬리를 움직이면서 시곗바늘이 돌아가는 것처럼 원형을 그리면서 나아가고 있습니다."

평산은 〈정자의 운동성〉 그림에서 정상적인 운동성을 보여주는 정자와 비정상적인 운동성을 보여주는 그림을 비교하면서 그 차이점을 찾아내려고 두 그림을 눈여겨보다 그 차이점을 발견한 듯 고개를 끄덕였다.

원장이 다시 설명을 이어나갔다.

"이 현미경적 그림은 〈정자의 개수〉를 보여주는 그림입니다. 왼쪽의 정상적인 정자는 1ml당 6천만 개 이상의 정자가 서로 몸체를 부딪치며 활동성을 보여주는 그림이고, 오른쪽의 비정상적인 정자는 2천만 개 이하의 정자들이 희소정자증을 보여주는 그림입니다. 이 〈정자의 개수〉를 보여주는 그림에서 정상적인 정자와 비정상적인 정자의 차이를 이해할 수 있겠습니까?"

"네. 왼쪽 정상적인 정자는 빽빽한 느낌이 들 정도로 정자 숫자가 많아 보이는데 오른쪽 비정상적인 정자는 그 수가 워낙 적어 보이네요."

"맞습니다. 그럼 이번에는 어제 채취한 평산 씨의 정자를 한번 비교해 보겠습니다."

원장이 마우스 휠을 돌리면서 또 하나의 현미경적 정자 그림판을 띄웠다.

"이 현미경적 그림판에서 왼쪽의 그림판은 조금 전 평산 씨가 정자의 수가 아주 적어 보인다는 1ml당 2천만 개 이하의 희소정자증을 보여주는 그림이고, 오른쪽은 평산 씨의 정자 수를 보여주는 현미경적 그림판입니다. 자세히 보시고 소감을 말씀해 주세요."

평산은 원장이 시키는 대로 좌측의 비정상적 정자 수를 나타내는 그림과 오른쪽 자신의 정자 수를 보여주는 그림판을 들여다보다 이마를 찡그렸다. 눈알이 아플 정도로 자세히 들여다보아도 자신의 정자 판에는 손으로 세어도 셀 수 있을 만큼 정자 수가 듬성듬성 보였다.

"어떻습니까? 차이점을 찾아낼 수 있겠습니까?"

"제 그림판은 정자가 아주 듬성듬성해 보이네요."

"맞습니다. 왼쪽 그림판도 아까 설명한 것처럼 1ml당 2천만 개 이하의 희소정자증을 보여주는 비정상적 그림인데, 평산 씨의 그림판은 희소정자증을 보여주는 그림판과도 비교할 수 없는 1ml당 50만 개 이하로 나타나는 〈절대 무정자증〉으로 나왔습니다. 검사결과가 미혼의 30대 중반 남성에게서는 좀처럼 보기 드문 검사결과입니다. 앞으로도 계속 이런 결과가 나오는지 한두 번 더 검사는 해봐야겠지만 현재로선 혈액검사 결과가 더 의문스럽습니다."

"혈액검사 결과는 어떠한데요?"

"결과를 말씀드리기 전에 먼저 한 가지 물어보겠습니다. 혹 최근에 들어와 배꼽 아래나 서혜부(鼠蹊部: 사타구니) 쪽에 통증이나 무거운 느낌을 자각한 적이 없었습니까?"

"글쎄요. 무거운 택배 상자나 부피 큰 화물을 차에 올릴 때 아랫배에 힘을 주면서 들어 올리면 사타구니 음부 쪽에 뜨끔뜨끔한 느낌이 밀려올 때가 몇 번 있었습니다."

"그런 자각 증상을 비뇨기과에서는 고환암의 초기증세로 진단을 내릴 수도 있습니다. 이럴 경우는 가랑이와 복부 쪽의 그 뜨끔뜨끔한 증상을 확인하기 위해 우선 음낭 초음파 검사부터 해서 그 자각 증상의 원인부터 찾아내야 합니다. 그렇지 않고 그대로 미루거나 방치하면 후일 고환암이라는 무서운 질병을 맞게 될 확률이 높습니다. 말기에는 온몸으로 전이되니까요. 이미 알고 계신지는 모르겠으나 고환암이란 정자와 남성 호르몬을 생산하는 고환에 생긴 악성종양을 말하는 것입니다. 남성이 없는 여러 악성종양 중 약 1% 정도를 차지하는 비교적 보기 드문 질환이긴 하지만 15세에서 35세 사이의 젊은 남성에게는 가장 흔하게 나타나는 종양 중의 하나이기도 합니다. 이 질환을 빨리 치료하지 않으면 거세당한 옛날 환관들처럼 자식을 낳지 못하게 되는 〈남성 난임〉에 빠지게 됩니다. 의학계에 보고된 남성 난임의 직접적 원인은 여러 종류의 질환으로 인해 남성의 생식기인 고환에서 건강한 정자를 충분히 만들 수 없는 정자 형성 장애를 갖게 된다는 것입니다. 제 말이 평산 씨한테는 좀 충격적으로 들릴지 모르겠으나 그 원인을 찾아내기 전까지 미리 겁부터 먹을 필요는 없습니다. 그래서 조금 전 형님과도 상의했는데 오늘 병원에 검사결과 보러 오신 김에 고환 초음파 검사도 해봐야겠다고 말씀드렸습니다. 그러니 남자 간호사를 따라 초음파 검사실로 들어가 한 30분만 누워계시다 돌아가세요. 저도 뒤따라 들어가겠습니다.”

정자검사결과가 좋지 않다는 말에 평산은 머리가 무거웠다. 자신의 몸 상태를 모르고 있었을 때는 정자 수가 1ml당 50만 개 이하로 나타나든, 그 이상으로 나타나든, 그는 모르는 일이었고, 딴 세계 이야기처럼 신경도 쓰지 않고 살아왔다. 그런데 막상 〈절대 무정자증〉이란 검사결과를 받고 보니 자신은 정상적인 35세의 평범한 남성이 아니고 비정상적인 인간일지 모른다는 위축감 때문에 기분이 더러웠다. 거기다 혈액검사 결과까지 고환암 증상이 보인다면서 음낭 초음파 검사까지 해보자고 한다. 이걸 뿌리치고 병원을 나가버려야 하나? 아니면 형님과도 상의했다고 하니 이왕 정자검사결과를 보러 온 김에 초음파 검사까지 받고 가야 하나? 순간적으로 어떻게 해야 좋을지 갈피를 잡을 수 없을 만큼 머릿속이 혼란스러워 원장실을 나와 문 앞에서 멍하니 서 있는데 첫날 정액 채취실에서 자신의 생식기를 꺼내 용두질하는 법을 몸소 보여준 그 남자 간호사가 다가왔다.

"많이 우울하시죠? 지금은 꿀꿀한 생각 때문에 만사가 귀찮고 뿌리치고 싶겠지만 꾹 참고 원장님이 권하신 대로 따라 하시면 틀림없이 해결책이 나올 겁니다. 힘드시더라도 한 30분만 침상에 가만히 누워계시면 다 끝나는 검사니까 무서워하지는 마세요. 초음파 검사라는 게 원래 사람 몸에 주사 구멍 하나 내지 않고 말 그대로 초음파로만 하는 검사라 고통이나 후유증 같은 것은 전혀 없는 비침습(非侵襲) 검삽니다."

"정말 한 30분만 가만히 누워 있으면 끝나는 검삽니까?"

"네, 초음파 검사는 사람의 피부에 상처를 내거나 긴 주삿바늘을 몸속으로 찔러넣어 인체 조직을 떼 내어오는 그런 침습검사와는 달리 침상에 가만히 누워계시기만 하면 의사가 몸속으로 초음파를 보내서 돌아오는 음파로 질병의 원인과 결과를 찾아내는 무통증검삽니다. 걱정 마시고 저를 따라오세요."

그래. 한 30분 정도 가만히 누워 있기만 하면 끝난다니까 형님께 근심을 안겨드리는 일은 하지 말자. 고통도 없다니까.

혼란한 마음을 달래며 평산은 남자 간호사를 따라 초음파 검사실로 들어갔다. 초음파 검사기 앞에 환자가 누울 수 있는 침상이 하나 놓여 있다. 그 옆에는 잡다한 의료기기들을 가지런히 늘어놓은 이동식 테이블이 눈에 들어왔다. 비침습검사라 해놓고 설마 저런 대형 주사기와 날카로운 칼날로 내 몸 사타구니 어딘가를 째거나 찌르지는 않겠지…….

쳐다보기만 해도 몸서리가 쳐지는 대형 주사기를 바라보고 있는데 남자 간호사가 말했다.

"신발 벗고 이 침상에 반듯이 누우세요. 머리는 이쪽으로 향하게 하고요."

평산은 남자 간호사가 시키는 대로 침상으로 올라가 반듯이 누웠다. 그의 눈길이 향하는 천장에는 여러 개의 무영등이 원형을 그리며 매달려 있다. 남자 간호사는 그 무영등 전체를 당겨 내려 평산의 고환과 서혜부를 비출 수 있게 높이를 조정했다. 그리고는 그 무영등 불빛을 막아주듯 평산의 얼굴에다 안대를 덮어씌웠다.

"혁대 풀고 바지를 무릎 아래까지 내리세요."

혁대를 풀고 엉덩이를 이쪽으로 들었다 저쪽으로 들었다 하면서 내키지 않던 바지를 천천히 벗어 내렸다. 보다 못한 남자 간호사가 다가와 평산의 바지를 양말 벗기듯 밑으로 확 당겨 내렸다.

"팬티까지 다 벗어야 합니다. 젤(gel) 바르게 빨리 벗으세요."

어릴 때 어머니가 똥 기저귀를 갈아주었을 때, 그리고 부랄이 야구공만하게 부어올라 고환적출수술을 받았던 시기 외에는 타인이 자기 바지를 벗겨 내린 기억이 없는 듯한데 남자 간호사는 평산의 생식기를 가려주고 있는 사각팬티마저 밑으로 훑어내리며 두 다리를 어깨너비만큼 벌리라고 했다.

대관절 뭘 하길래 속 팬티까지 다 벗기는 건가?

평산은 무영등 불빛 아래 거웃과 음경까지 다 드러내놓은 채 어깨너비만큼 두 다리를 벌리고 누워 있는 자신의 몰골을 그려보니 세상에 그런 꼴불견이 없을 것 같다. 창피스럽고 민망해서 도로 팬티를 끌어 올리며 초음파 검사실을 뛰어 나가버리고 싶은 심정이었다. 헌데 남자 간호사는 벌거벗은 아랫도리 위로 무엇을 덮어씌우는 것 같았다.

"아이구, 이건 아주 듬직하네요. 정말 훌륭합니다."

빠끔하게 음낭만 드러나게 해놓고 나머지 거웃이 무성한 치골 부위와 서혜부를 수건 같은 덮개 천으로 가리는 것 같았다. 창피스러움을 참지 못해 진땀을 흘리는 곤혹스러운 의식세계와는 달리 그의 음경은 오랜만에 시원한 바깥바람을 마셔서 그런지 평산의 의지와는 달리 불뚝 일어서며 성을 내었다. 남자 간호사는 바나나를 움켜쥐듯 음낭 옆으로 성낸 음경을 꾹 눌러 옆으로 눕히며 가리개로 덮어주었다.

하필이면 이 순간에 이것이 왜 자꾸 성을 내며 일어서는가?

평산은 자신의 음경이 가리개 천으로 천막을 치듯 자꾸 일어서려는 통에 환장할 지경이었다. 이 염치도 없고 눈치도 없는 것아! 가만히 좀 자빠져 있어라. 한 번도 이런 경험이 없는 그는 수치스럽기도 하고 당황스럽기도 해서 만감이 교차하는데 생각지도 않던 낯선 여자 의사 목소리가 들려왔다.

"미스터 류. 이 환자 젤 발랐어?"

남승세 원장과 함께 초음파 검사실로 들어온 초음파 전문의가 물었다. 남자 간호사는 아직 환자의 음낭에 젤은 바르지 못했다고 고개를 저었다.

"내가 바를 테니까 어서 전원 넣어. 초음파기 워밍업 되게……."

초음파 전문의는 마스크와 고무장갑을 끼고 젤 통을 들고 왔다. 한 손으로 평산의 음낭 밑을 바치며 젤 통을 눌렀다. 미끈미끈하고 점성이 있는 무색의 젤이 일정량 평산의 음낭 위로 흘러내렸다. 전문의는 곁에서 초음파 프로브(probe)를 들고 대기하고 있는 남자 간호사에게 젤통을 넘겨주며 오른손으로 평산의 음낭 전면에다 마사지하듯 부드러운 손놀림으로 젤을 발랐다. 그러면서 남승세 원장과 눈길을 마주쳤다.

'이 환자, 외고환 맞아요? 음낭 오른쪽이 표피뿐이에요?'

남승세 원장이 엄지와 검지로 동그라미를 만들어 보이며 맞다고 응수했다. 초음파 전문의는 무슨 말이지 그제사 알겠다는 듯 고개를 끄덕였다. 그리고는 의료용 타월로 덮어놓은 평산의 회음부까지 젤을 찍어 넣어 음낭 밑에서 회음부까지 미끈미끈할 정도로 젤을 발라 마사지했다.

평산은 어금니를 꽉 깨물었다. 너무나 긴장한 탓인지 숨도 제대로 쉬지 못하고 누워 있다가 여성 전문의의 오른손이 항문 가까이 다가오자 자신도 모르게 상체를 비틀며 움찔했다.

"아, 움직이면 안 돼요. 좀 썰렁한 느낌이 들더라도 가만히 누워 계셔야 돼요. 젤 다 바르고 나면 바로 초음파 검사 들어갈 거예요."
하며 남자 간호사가 들고 있던 초음파 프로브를 받아 쥐고 평산의 음낭 위를 가볍게 문지르며 초음파를 내보내기 시작했다. 그러자 모니터에 초음파 영상이 형성되면서 평산의 음낭 속 고환이 거무스름하게 윤곽을 드러내기 시작했다.

제길, 살다 살다 내 참 별 희한한 꼬락서니도 다 겪네그려. 이게 대관절 뭐야? 아랫도리를 홀랑 벗겨 여자 의사 앞에 다 넘겨주고……성인 남자는 이런 수모까지 다 겪어야 어른이 된단 말인가? 어릴 적 남궁혁철 그놈한테 군홧발에 차이면서 부랄만 다치지 않았어도 내 몸이 이렇게 망가지지는 않았을 뿐 아니라 이런 치욕적인 수모와 고통도 당하지 않았을 것 아닌가? 쳐죽일 놈! 생각할수록 이가 갈리고 열이 치받네…….

내가 그놈을 어떻게 짓씹어 먹어야 오늘의 이 수모와 부끄러움을 다 떨쳐버릴 수 있을까? 조금 전 무언가 뜨뜻하게 느껴지던 건 이제 보니 초음파기구가 아니라 여자 의사의 손이었단 말 아닌가? 제기랄, 이 여자 전문의는 내 사타구니와 부랄 밑에까지 계속 무슨 찐득찐득한 구르무(화장품용 크림) 같은 것을 발라대더니 이제는 무얼 하는 거야? 무슨 밀대 같은 것으로 부랄 밑을 계속 밀어대는 것 같은데…….

초음파 프로브를 잡고 한동안 평산의 한쪽뿐인 고환을 스캔해 대던 전문의가 부고환 쪽으로 프로브를 갖다 대며 고개를 잘래잘래 흔들었다. 무언가 안 좋다는 표정이다. 남승세 원장도 모니터상에 나타나는 초음파 영상을 눈여겨보며 끄덕끄덕 고개를 흔든다. 이 환자, 결혼해서 자식 낳고 살려면 부부가 엄청난 노력을 퍼부어야 되겠는데요……경제적 준비도 단단히 해 놔야 될 것 같고요……근데 이건 또 뭐야? 하나뿐인 고환에 조그마한 종양 덩어리가 보이네? 2기는 넘어선 것 같고 3기 같은데……하기야 3기 정도는 성실하게 치료하면 나이가 있으니까 절망적인 상황은 아니지만……근데, 이런데도 이 환자는 전혀 자기 몸의 이상을 자각하지 못했단 말인가요?

하긴 고환암이란 게 전혀 자각 증상을 느끼지 못하다가 어느 날 갑자기 툭 불거지는 의외성이 강하니까 이해는 된다마는 참 안타깝네…….

남승세 원장은 평산의 고종사촌 형님 보기가 자꾸 난감해지는 기분이라 쩝 하고 쓴 입맛을 다셔 댔다…….

중국 헤이룽장성(黑龍江省, 흑룡강성) 무단장시(牡丹江市, 목당강시) 경박호 풍경구.

봄날의 긴긴 해가 오후 일곱 시를 넘어서자 경박호 서쪽 하늘 밑으로 빠져든다. 누런 황토물이 넘실거리는 경박호 보트장도 한산해진 느낌이다. 그러나 보트장에서 반 마장쯤 떨어진 〈조선식당려관〉은 아직도 저녁을 먹으러 들어온 관광객들로 홀이 꽉 차 있다.

장선실은 조리실에서 마지막 주문상을 차려 밖으로 내보내며 머릿수건을 풀어 이마를 훔친다. 그러다간 조리실 창문을 통해 바깥을 내다본다. 고급 승용차와 오토바이 몇 대가 줄지어 서 있는 남쪽 마당 가에서 브로커 김씨가 손전화를 꺼내 전화를 거는 모습이 눈에 들어온다.

"이곳까지 왔으면 날래 식당으로 들어오지 않고 무스기 전화를 저래 오래 하누. 여섯 시까지 오겠다던 사람이."

혼자서 중얼거리며 머릿수건을 다시 덮어쓰는데 앞치마 호주머니에 넣어둔 손전화가 진동했다. 선실은 얼른 손전화를 꺼내 폴더를 열었다.

"아지마이, 나요."

"왔으면 날래 들어오지. 마당에서 전화를 하요? 얼굴이 빤히 보이는 거리에서."

"괜한 생각인지는 모르겠으나 누군가 내 뒤를 따라 다니며 정탐하는 느낌이 들어 아까 도착했는데도 의도적으로 들어가지 않았소. 많이 기다렸소?"

"그럼. 약속했는데 사람이 오지 않으니까 신경 쓰이지. 날래 들어오지 않고서리 계속 그러고 서 있을 거요?"

"네. 지금은 들어가지 않겠소. 더 어두워지면 아홉 시에 경박폭포(鏡泊瀑布) 옆 삼나무 아래에서 좀 만납시다. 몽골로 떠나기 전에 각자에게 꼭 전해드려야 할 말도 많으니까요."

"깜깜한 아홉 시에 경박폭포까지 왜 올라가요. 그러지 말고 폭포 아래 소공원 나무 평상에서 잠깐 봐요."

"그것도 좋고요. 떠나기 전에 혹시 심경의 변화는 없는가 싶어 전화했으니 그리 알고 가겠소."

"심경의 변화는 무슨……."

하면서 다시 바깥을 내다보니까 김씨는 그새 부르릉하며 오토바이를 타고 내달리는 뒷모습만 보였다. 뭐가 잘못돼 가나? 선실은 고개를 갸우뚱하며 마지막 내보낸 밥상의 빈 그릇이 퇴식구를 통해 다시 들어오기를 기다리며 퇴근 준비를 했다.

닷새 후면 이 식당도 그만두어야 하는데 지배인한테 뭐라고 둘러대야 하나?

선실은 지난 4년 동안 땀 흘려 일한 이곳마저 떠나야 한다고 생각하니 가슴 한 곳이 쩡! 하고 금이 가는 것 같다. 세상 그 어느 곳도 영원히 깃들 수 없고, 만난 사람은 반드시 헤어지게 된다고는 했지만 자식들마저 이별하고 이곳을 떠나야 할 며칠 후의 일들이 가슴을 미어지게 한다.

무슨 업보를 짊어지고 이 세상에 태어났기에 나 같은 여자는 이렇게 이별도 많고 못 잊을 사람도 많을까? 후유…….

꺼질 듯 한숨을 내뱉으며 선실은 눈앞에서 아른거리는 첫 남편 이태곤의 얼굴을 그려본다.

닷새 후면 그이가 떠난 지 6주기가 되는데…….

결혼해서 아이도 하나 태어나기 전에 남편 이태곤이 백암탄광 갱도 붕괴사고로 매몰되어 38세의 나이로 고인이 되어버렸다. 비보를 듣고 선실은 제정신이 아니었다. 몇 며칠을 방안에 드러누워 통곡하던 선실은 목에서 피가 올라오자 미친 여자처럼 머리를 산발한 채 시집과 친정을 오가다 갱도 붕괴사고로 인한 남편의 사망처리가 완료되자 시집과도 이별한 채 배낭 하나 둘러메고 남편 친구 부인과 함께 식량을 구하러 간다는 말 한마디를 남기고 집을 나와 혜산으로 향했다. 그때 선실의 나이는 서른여섯이었다.

중국으로 건너오자마자 그녀는 중국 측 두만강 강가에 매복하고 있던 인신매매꾼들에게 붙잡혀 인민폐 4,000위안(한화 480,000원)에 팔려가는 몸이 되었다. 도착하고 보니 지린성(吉林省) 화룡현(和龍縣) 어느 한족 집이었다. 인신매매꾼에게 4,000위안을 주고 그녀를 산 그 한족 남자는 나이 50쯤 돼 보이는 배불뚝이 알코올 중독자였다. 2년 전 아버지가 돌아가시고, 홀어머니와 함께 살고 있던 그 한족은 "너는 내가 4,000위안을 주고 사 온 여자야." 하면서 그날 밤부터 몸 시중을 들라고 했다. 그래도 그녀는 못 들은 척하며 두 무르팍에 고개를 묻고 굳은 듯이 앉아 있었다. 한족 남자는 식식거리며 자신의 혁대를 풀어 사정없이 후려치기 시작했다. 그러면서 그녀가 입고 있던 옷을 벗기며 올라탔다. 선실은 그 한족을 밀어내며 거부하다 보니 입고 있던 옷이 다 찢어지고 온몸이 상처투성이가 되었다. 그래도 한족은 짐승처럼 달려들며 그녀의 속옷마저 벗기려고 했다. 그녀는 달려드는 그 남자의 팔뚝을 지끈 깨물어버렸다. 우당탕거리던 방안에서 갑자기 숨넘어가는 비명이 터져 나오자 건넌방에 있던 한족의 노모가 방망이를 들고 들어와 한족의 어깻죽지와 등짝을 사정없이 내리쳤다. 팔뚝을 물려 고통스러워하던 한족이 이번에는 자기 노모를 향해 미친 듯 소리치며 문밖으로 어머니를 밀어냈다. 그리곤 그도 방을 나가버렸다.

머리는 산발한 듯 다 흘러내렸고, 걸치고 있던 윗도리와 바지마저 다 찢어져 다시 입지도 못한 채 방 한쪽 구석에 쪼그리고 앉아 흐느끼고 있으니까 한족의 노모가 입지 않던 옷가지를 들고 들어와 우선 몸에 맞는 것을 골라 입어보라고 시늉했다. 선실은 허름한 몸빼바지와 스웨터로 몸을 가린 채 흘러내린 머리를 추슬러 올려 묶었다.

그날 밤은 그렇게 아무것도 먹지 못한 채 울면서 뜬눈으로 밤을 보냈다. 이튿날 아침이 되니까 노모가 둥근 쟁반에다 입쌀밥 한 그릇과 고깃국 한 그릇, 그리고 나물 무침 두 종지를 담아 들고 왔다. 선실은 염치불구하고 그 밥상을 받아 게눈 감추듯 다 비웠다. 두만강을 건너오기 전부터 먹은 것이라곤 물뿐이었다. 만 이틀을 굶은 뒤에 고깃국에 말아 먹어보는 입쌀밥 맛은 공화국에서는 한 번도 느껴보지 못한 황홀한 맛이었고, 어떡하든 살아보고 싶은 의욕을 샘솟게 했다. 그런 생각을 하자 그냥 죽어버리고 싶고, 온 세상이 지옥같이만 느껴졌던 이 세상이 자신한테만 그렇지 다른 사람한테는 지옥 같지 않을 것 같다는 생각도 들었다.

어떡하든 이곳을 빠져나가야 한다고 다짐하는데 방문이 벌컥 열렸다. 고개를 들고 보니 팔뚝에 붕대를 감은 배불뚝이 그 한족이었다.

"빨리 나와, 미친년아!"

한족이 또 그녀를 우악스럽게 방 밖으로 떠밀어냈다. 선실은 떠밀려서 방 밖으로 나왔다. 어제는 주위가 어두워서 보지 못했는데 바깥 대문을 열고 안으로 들어오면 집 내부가 기역자처럼 생긴 집이었다. 문간 쪽으로 방 한 칸과 부엌이 달렸고, 안쪽에 노모가 거처하는 큰 방과 중간 마루가 있는 오래된 고옥이었다.

"빨리 데리고 가! 꼴도 보기 싫으니까."

한족 남자가 소리치자 그를 따라 들어온 조선족 인신매매꾼들이 선실의 아래위를 훑어보며 실쭉 웃었다.

"공안에 넘기면 바로 집결소로 끌려갈 텐데 돈 한 푼 없이 강 건너온 년이 왜 그렇게 성깔을 부렸어? 가자. 네 소원대로 공안에 넘겨 줄 테니……."

실쭉실쭉 웃으며 다가오던 조선족 인신매매꾼 한 사람이 선실의 등 뒤에서 그녀를 와락 껴안았다. 그러자 다른 매매꾼이 선실이 소리치지 못하게 녹색 천 테이프로 입을 처발라버렸다. 그리고는 그녀의 손과 발목에다 가는 밧줄을 감으며 옴짝달싹 못하게 결박했다. 주머니에서 인민패 3,000원을 꺼내 그녀가 보란 듯이 한 닢 두 입 세어 보이다 한족 남자에게 건네주었다.

"넌 이제 3,000위안 주고 내가 반품받은 거야. 하룻밤 만에 1,000위안 손해 본 것도 약이 오르는데 자꾸 소리치고 사람 깨물면서 지랄할 거

야? 아니면 내가 시키는 대로 조용히 따라올 거야? 빨리 선택해? 공안
에 넘겨버리기 전에…….”

선실은 이들이 정말 자신을 공안에 넘겨버릴 것 같아 세차게 고개를
조아리며 땅바닥에 주저앉았다.

“제발, 살려주세요. 이젠 소리치지 않고 시키는 대로 할게요. 제발,
공안에만 넘기지 말아요. 제발, 제발…….”

“정말 시키는 대로 할 거야?”

“네. 시키는 대로 할 테니까 제발 공안에만 넘기지 마요.”

손과 발이 다 묶인 채 선실은 함께 따라온 다른 조선족 인신매매꾼들
에게 또다시 5,000위안에 팔렸다. 그들은 낮에는 검문을 피하기 위해
어느 개인 집에 숨어 있다가 밤에만 검문소가 없는 시골길을 선택해 어
디론가 달리기 시작했다. 이틀간 달려오면서 그들이 지껄이는 이야기를
들어보니까 처음 만나 사납게 겁을 주면서 윽박지르던 매매꾼들과는 달
리 중국 공안에는 넘기지 않을 것 같았다. 그녀가 숨을 제대로 못 쉬어
괴로워하자 소리 지르지 못하게 발라놓았던 녹색 천 테이프도 떼어주었
고, 손목과 발목을 묶어놓았던 밧줄도 느슨하게 풀어주었다. 소변이 마
렵다고 하자 한적한 길가에다 차를 세우고, 그들이 이만치 물러나 있을
테니까 차 문을 열어 한쪽을 가리면서 길에다 소변을 보라고 일러주기
도 했다.

그러면서 이번에 팔려가는 한족 남자는 40대 중반에 한족 여인과 한
번 결혼한 경력이 있는 남자라고 했다. 그런데 여자가 결혼한 지 1년 만
에 폐병에 걸려 죽어버렸다고 했다. 그래서 북조선에서 굶어 죽지 않기

위해 두만강을 건너온 젊은 여성들 중 자신과 함께 살며 자식만 하나 낳아주면 정식으로 혼인신고를 해서 그와 같이 해로할 수 있게 해주겠다는 약속을 내걸고 재혼할 여자를 수소문하고 있다고 했다.

그 한족 남자가 사는 곳은 헤이룽장성(黑龍江省, 흑룡강성) 무단장시(牡丹江市, 목당강시) 번화가에서 10여km 정도 떨어진 한적한 농촌 마을이라고 했다. 완전한 사유재산은 아니지만, 경박호에서 멀지 않은 곳에 선대로부터 물려받은 논밭전지도 많고, 집도 대궐같이 큰 기와집에서 살고 있다고 했다. 나이는 50대 중반이고, 결혼 전에는 경박호에서 유람선 관리인으로 재직했다고 했다. 문화혁명 때 집안사람들이 죄다 끌려가 처형될 때 부모를 잃고 외롭게 성장해오다 한 여자를 사귀게 되어 결혼했는데 불행히도 그 여자가 병사하는 통에 실의에 빠져 한때는 폐인처럼 살아온 전력도 있다고 했다. 그렇지만 성정이 온순하고 교양있는 한족이니까 사납게 굴지 말고 그 남자가 하자는 대로 고분고분 따르면 그 한족 남자도 진정으로 선실을 아끼며 사랑해 줄 것이라고 했다.

잠잠히 인신매매꾼들의 말을 듣다 보니 자신을 다시 팔아넘기기 위해 거짓으로 꾸며서 늘어놓는 감언이설이기는 하여도 전부가 거짓말은 아닌 것 같은 생각도 들어,

"만약 그 남자와 함께 살면서 아이를 하나 낳아 재혼하게 된다면 제가 북조선 여자라도 공안에 끌려가지 않나요?"

"고럼. 한족과 정식 재혼신고하고 자식 낳고 사는데 에미나이를 북조선 여자라고 공안에 처넣으면 중국 공안이 한 가정을 파산 내는 격인데 중국 공안이 설마 자기네 백성을 그렇게까지야 하겠어? 우리도 중국법

을 잘 몰라서 변호사 찾아가 돈 주고 물어봐야 정확히 알 수 있는 일이
긴 하지만……암튼, 그런 문제는 그 남자가 당신 같은 에미나이를 재혼
상대자로 받아들인 후엔 생각해 볼 문제이지, 그 한족 남자가 당신을 좋
아할지 안 할지도 모르는 이 판국이라 우리도 자신있게 약속할 수 없는
일이지……"

선실을 팔아넘기려고 오만 말을 다 둘러대는 매매꾼들의 말을 반은
믿고 반은 거짓이라고 생각하며 이틀 밤을 달려가 처음 만나본 그 한
족 남자는 기대했던 것보다 훨씬 건장해 보였고 죽은 남편처럼 첫인상
이 자상해 보였다. 그 먼 지린성(吉林省) 화룡현(和龍縣)에서 열차나 고속도로
를 이용하지 않고 검문을 피하기 위해 고생을 감수하며 시골길로만 달
려와 공안으로부터 선실을 추적받지 않게 해주어서 우선 안심이라며 한
족은 만족해했다. 그러면서 자기 집까지 선실을 무사히 안내해준 데 대
해 고마움을 표시하며 선실의 몸값 5,000위안에다 1,000위안을 더 얹
어 6,000위안으로 계산해 주었다. 인신매매꾼들은 감지덕지한 표정으
로 굽신거리며 물러갔다.

"이방으로 좀 들어와 보시오."

인신매매꾼들이 물러가자 한족 남자가 통역해주는 조선족 노파와 같
이 선실을 방안으로 불러들였다. 조선족 노파가 다시 통역했다.

"당신을 여기까지 데려다준 그 사람들이 당신 이름도 모른다고 합디
다. 우리 서로 통성명을 하며 이름부터 알고 지냅시다. 저는 이곳에서
태어나 줄곧 이곳에서만 살아온 림관해(林官海)이외다. 젊었을 적부터 경
박호 유람선 관리를 하면서 살아왔기 때문에 〈유람선 림씨〉라고도 부

릅니다. 나이는 올해 쉰하나(51세)고요. 저 방에 가면 안해의 사진이 걸려 있는데 폐를 앓던 안해는 결혼한 지 1년 만에 심하게 각혈을 하다가 쓰러져 사별했습니다. 안해가 죽은 지 올해로 11년째 됩니다. 제가 마흔 되는 해 안해를 만나 결혼했으니까요……."

선실은 통역을 맡은 노파에게 자기소개를 했다.

"저는 해방 전 북조선 평안도에서 대지주로 살아오신 할아버지의 출신 성분 때문에 전 가족이 악질반동분자로 내몰려 회령관리소로 격리되어 살다가 돌아가신 김일성 수령님의 대사면령을 받고 1992년 4월 량강도 새운흥군으로 이사와 살다가 거기서 남편을 만나 혼인했습니다. 근데 남편은 불행하게도 결혼한 지 1년도 안 되어 갱도 매몰사고로 사망했습니다. 그 후 먹고 살기 위해 장사도 하고 농사일도 하며 하루하루 근근이 살아왔는데 식량배급마저 중단되며 각자도생하라는 당의 지시에 따라 식량을 구하러 중국으로 건너왔습니다. 북조선에선 풀뿌리도 캐 먹을 것이 없었어요. 올해 저의 나이는 서른여섯 살이고요, 이름은 장선실입니다. 이런 저를 거두어 주시고 버리지 않으신다면 선생님을 성심성의껏 받들며 열심히 살아보겠습니다."

"그럼 지금까지 아이도 하나 낳아보지 못했소?"

통역을 맡은 조선족 노파가 물었다.

"네. 죽은 남편과 결혼해서 살은 기간은 10달가량 되지만 남편이 야간작업하는 날은 제가 집을 지켜야 하고, 제가 야간작업하는 날은 남편이 집을 지켜야 하는 형편이라 실제로 한 이불을 덮고 자면서 함께 밤을 보낸 날은 손가락으로 꼽을 만큼 몇 밤 되지 않았습니다."

통역을 맡은 조선족 노파가 잠시 한족과 대화를 하다가 다시 선실을 바라보며,

"참으로 안타깝고 눈물겨운 삶이었군요. 우리 서로 힘을 내어 아팠던 지난날을 덮어주며 정답게 지내봅시다. 무엇이든 당신이 힘들어하고 싫어하는 것은 하지 않을 테니까 오늘은 먼 길 오느라 고단하실 터인데 부엌 옆에 조그마한 욕실이 마련되어 있습니다. 깨끗이 씻고 이 방에서 혼자 편안히 쉬세요. 저는 저쪽 방에서 자겠습니다⋯⋯."

그렇게 동거가 시작되어 달포가 지났을 무렵 유람선 림씨가 조선족 통역을 데리고 싱글벙글 웃으며 집으로 들어와 신분증 하나를 내놓았다. 펼쳐보니 선실이 조선족 여자로 둔갑해 있었다. 선실은 너무 좋고 믿어지지 않아 정색을 하고 물었다.

"선생님, 이걸 어떻게 만드셨어요?"

조선족 노파가 통역했다.

"중국이라는 나라가 아직도 행정적으로는 어수룩한 데가 많아요. 돈만 좀 집어주면 가짜 신분증과 외국에 나갈 수 있는 려권도 일주일 정도면 만들 수 있으니까요. 당신과 함께 어디를 같이 좀 다녀오고 싶어도 당신이 늘 불안해하고 꺼리니까 내가 안타까워서 시청사에 근무하는 친구한테 돈 좀 집어주고 사람은 죽었는데 사망신고가 되지 않은 어느 조선족 여인의 신분증에다 당신 사진을 붙여 새로 발급받았어요. 그러니까 당신은 오늘부터 〈장선실〉이 아니라 헤이룽장성 치치하얼시(齊齊哈爾) 출생 조선족 〈리옥화〉로 개명하시오. 북조선 량강도 출신 장선실보다 헤이룽장성 치치하얼시 출생 조선족 리옥화로 사는 것이 훨씬 자유롭고

주변 사람들의 따가운 눈길도 잠재울 수 있을 거요."

선실은 그날 밤 유람선 림씨가 그렇게 믿음직스럽고 고마울 수가 없어서 그의 가슴에다 얼굴을 묻고 얼마나 울었는지 모른다. 첫 남편 이태곤과 사별하고 남자의 가슴에 자기 얼굴을 파묻고 거리낌없이 울어보긴 처음이었다. 그렇게 믿음이 사랑이 되고, 사랑이 존경이 되면서 진정으로 가슴을 열다 보니 배 속에 아이가 들어섰다. 아이를 가진 지 280여일 만에 첫아이를 낳고 보니 아들이었다. 유람선 림씨는 그 첫아이를 안고 그렇게 좋아할 수가 없었다. 림씨는 그 첫아이의 이름을 림하신(林夏新)이라고 지었다.

가정이라는 것이, 또 가족이라는 것이 이런 것이구나 하고 행복감을 느낄 때 선실은 또 둘째 아이를 낳았다. 두 살 터울로 낳은 둘째도 아들이었다. 림씨는 그 아이의 이름을 가을에 낳았다고 림추신(林秋新)이라고 명명했다.

그렇게 유람선 림씨한테 6,000위안에 팔려와 아이 둘을 낳아 키우는 사이 6년이라는 세월이 흘렀고, 선실의 나이 어느덧 마흔두 살이 되었다. 아들 둘 낳아 키우는 사이 너무 행복해서 그랬을까? 아니면 사랑했던 새 남편 림씨를 너무 믿어서 그랬을까? 선실은 림씨와 같이 6년을 함께 살아오는 동안 남편한테 정색으로 재혼신고를 해 달라고 한 번도 말을 한 적이 없었다. 간단한 생활용어만 중국 말로 전할 수 있었을 뿐 정색으로 재혼신고를 해 달라는 말을 중국 말로 할 줄 몰랐다. 그렇다고 통역해주는 조선족 노파를 사이에 넣어 자신의 신변 안전을 보장해 달라고 다시 요구할 수는 없었다. 조금 더 기다리면서 유람선 림씨가 그것마저 해결해 줄 때를 기다리는 것이 더 현명하다고 생각했다. 절대 빈곤과 기아에 허덕이다 어느 날 갑자기 기아와 자아비판이 없는 중국이라는 딴 나라에서 너무 행복하게 살아서 그랬을까? 왜 그런 것을 차일피일 미루고만 살았을까 하고 정신을 차리고 보니 그녀가 림씨와 동거했던 6년이라는 그 세월 동안 그녀의 조국 북조선은 국제적으로 너무 나쁜 나라로 낙인찍혀 있었고, 그 낙인 찍힌 나라와 국경을 맞대고 있던 중국은 자꾸 말썽을 부리는 북조선 때문에 골머리를 앓으면서 대국다운 면모를 잃어버리고 함께 잔인해지면서 엄격해졌다. 국경관리방해죄라는 것을 새로 만들어, 동북 3성을 비롯해 중국 전역을 구걸하며 다니는 30여만 명의 북한이탈주민들을 수백만 공안을 풀어 이 잡듯 체포하며 자국의 소수민족으로 살고있는 조선족들마저 탈북민을 도와주거나 숨겨주면 가차없이 감옥에 처넣으며 그들의 가산마저 벌금이라는 이름 아래 차압해 거덜내며 조선족 가정들을 파산시켰다.

그 바람에 유람선 림씨는 그만 마음이 변해버렸다. 이젠 자신의 대를 이을 아들도 둘이나 낳았겠다, 재혼 신고하면 장선실이라는 북조선 거렁뱅이 여자에게 자신의 사유 재산권도 절반 이상 이양해야 한다는 현실적 혼인법과 부딪쳐 갑자기 재혼신고가 하기 싫어지는 것이다. 자신의 입으로 내뱉은 약속이 감언이설이 되고 말아도 그냥 이대로 사는 데까지 살면서 자신의 사유재산을 자기 명의로 묶어놓는 것이 늙마를 위해서도 더 좋을 것 같은 생각이 들어 차일피일 미루기만 했다. 그렇지만 선실의 입장에서는 두 아이가 하루가 다르게 성장하고, 큰 아이를 유치원에 입학시켜 정규교육을 받게 하려면 그들이 먼저 합법적인 가정을 이루어야 두 아이의 진로에 제약이 없다는 사실을 알고부터는 남편 림씨가 너무 우유부단해 보였다.

"내년엔 하신(夏新)이를 유치원에 입학시켜야 하는데 어쩔 생각이세요? 아직 출생신고도 되어있지 않은 아이를요?"

"이젠 국경관리방해죄라는 법도 새로 생겨나고, 중국 천지가 컴퓨터라는 것으로 전산망을 만들어놨기 때문에 내가 〈리옥화〉라는 여자와 혼인신고를 하게 되면 가짜 조선족 신분증을 만들어준 친구와 내가 함께 감옥에 가게 되었고, 그렇다고 〈장선실〉이라는 여자와 혼인신고를 하게 되면 당신의 근본이 밀입국자가 되어요. 그리고 나는 밀입국자를 보호하고 숨겨준 죄인이 되어 우리 두 사람 다 감옥에 가면서 가정이 깨지는 꼴이 되니 우리 이쯤에서 갈라서면 어떻겠소? 아이들은 어미가 강제 북송되어 홀아비인 내가 키우는 것으로 둘러대면 한두 해 늦어지더라도 차차 교육을 받은 기회는 주어지지 않겠소?"

"그러면 당신은 나를 공안에다 신고할 생각이오. 강제 북송되도록 하기 위해?"

"그럼 어쩌겠소? 좋은 방법 있으면 말해보오. 당신은 자꾸 혼인신고해 달라고 안달인데?"

"그럼 내가 당신한테 혼인신고해 달라고 안달하지 않으면 어쩔 생각이오?"

"변호사한테 해결방법을 의뢰해 놨으니까 무슨 해결책이 나올 때까지 기다려 볼 작정이오. 생각해보오. 신설된 국경관리방해죄라는 것이 너무 엄해서 이젠 세상이 옛날과는 달라졌단 말이오. 자꾸 들썩거리고 떠들면 우리 두 사람 다 죽게 된다는 말이오. 이젠 내 말 알아듣겠소?"

그랬다. 신설된 국경관리방해죄라는 것이 너무나 무섭게 그들의 삶을 조여오기 때문에 남편 림씨를 붙잡고 안달을 부릴 수도 없었다. 그런데다 하루가 멀게 동북 3성으로 숨어든 탈북민들이 공안원들에게 붙잡혀 북조선으로 넘겨지고 있었다. 그 숫자가 얼마나 되는지 헤아릴 수도 없다. 만약 누군가가 탈북자에게 내건 현상금에 끌려 그녀를 밀고하거나 그녀를 조선족 여자로 둔갑시켜준 남편 친구가 자신의 신변 안전을 위해 은근슬쩍 그 정보를 다른 사람에게 넘겨주어 버리면 그녀만 족쇄를 차고 북조선으로 끌려가야 할 처지였다.

그런 문제로 두 달을 고민하던 그녀는 어느 날 자신을 찾아온 조선족 딸보꾼 〈딸딸이아지마이〉를 만났다. 딸딸거리며 달리는 3륜 오토바이를 타고 날쎄게 달리는 사람이라 해서 그녀를 아는 사람들은 모두 다 딸딸이아지마이라 불렀는데 어느 날은 선실이 조리사로 일하는 〈조선식당려관〉으로 밥을 먹으러 왔다가 그녀를 불러냈다. 딸딸이아지마이가 좀 걷자고 해서 인근 공원으로 천천히 걸어가는데 손에다 조그마한 책자 하나를 쥐어주며 내일 다시 오겠다고 하고 떠나갔다. 식당으로 돌아와 조리실에 혼자 있을 때 그 책자를 펼쳐보았는데, 그 책자 속에 생각지도 않던 동생 평산의 이야기가 게재돼 있었다.

이거이 뭐냐? 내가 중국으로 건너와 소식 끊고 있을 때 평산이 야는 남조선으로 내려갔다는 말인가? 대관절 어캐 된 거야?

갑자기 온몸에 전율이 밀려오면서 가슴이 두근거렸다. 순간적으로 온몸의 기운이 쫙 빠지면서 가만히 서 있지도 못할 만큼 두 다리가 후들거렸다. 선실은 조리실 간이의자에 털썩 주저앉으며 물을 한 모금 마셨다. 입술이 바짝바짝 타면서 자꾸 목이 잠겼다. 그녀는 거듭거듭 물을 삼키며 다시 소책자를 펼쳤다.

이 사진은 또 뭐야?

소책자를 한 장 한 장 넘기며 읽어 나가다 '미국에 계시는 사촌형 장동기 목사도 만나고, 일란성 쌍둥이로 태어나신 큰고모와 둘째 고모, 그리고 큰고모와 둘째 고모 슬하의 고종사촌 형제들도 만나 함께 포즈를 취한 장평산 씨'라는 사진 설명을 읽으면서 선실은 하도 이상한 느낌이 들어 '우리한테 미국에 계시는 장동기 목사나 큰고모와 둘째 고모가 있었던가?' 하며 잠시 눈을 감고 해묵은 기억을 더듬었다. 자아비판에 시달리고, 사는 데 바빠 지난 일들을 깡그리 잊어버린 채 살아왔으나 곰곰 옛 기억을 더듬고 더듬어 보니 아버지의 이야기가 떠오르고, 그 이야기 속에 섞여 있었던 아버지의 남자 형제와 여자 형제들 그리고 그 윗대 어른들의 이야기도 되살아났다.

공화국에서는 때식거리를 구하러 중국으로 건너간 사람들을 죄다 싸잡아 조국을 배반한 배신자들이라며 관리소로 추방하는데 남조선에선 이렇게 혈육과 일가친척이 만나 서로 정답게 살 수 있다는 말이 아닌가? 근데 나는 왜 여태 평산이처럼 남조선으로 내려갈 생각을 못하고 여기서 돈 벌어 조국으로 들어가 이실직고하고 로동단련대 들어가 몇 달 고생하고 나올 거라는 생각만 했을까? 근데 중국에서 유람선 림씨와 동거하며 아이도 둘이나 낳았다고 실토하면 되놈의 씨까지 받아 아이까지 낳았다고 나의 자궁을 손가락으로 들쑤시며 찢어발겨 버릴 것 같은

데 내가 그런 고통과 수모를 참아내면서 살아남을 수 있을까?

안돼. 공화국 사정을 모를 때는 몰라도 두세 번씩 공화국으로 붙잡혀 가서 죽어 나가기 직전에 다시 두만강을 건너온 사람들 이야기를 다 듣고도 내가 지금 무슨 그런 미친 생각을 하고 있는 거야. 나는 이제 공화국으로는 돌아갈 수 없어. 어떻게든 중국 공안들이 들이닥치기 전에 몽골로 넘어가 남조선으로 달아나야 남동생 평산이도 다시 만날 수 있어. 공화국으로 돌아가 봐야 아바지 오마니도 안 계시고…….

자신이 남조선으로 내려갔다는 소식이 북으로 전해지면 현재 공화국에 살고있는 선옥, 선영, 철산이가 또 옛날처럼 보위부에 끌려다니며 고통을 당할지 몰라도 나는 이태곤이 하고 혼인하면서 출가외인이 된 몸이라 동생들도 결혼 후 누나 소식은 한 번도 들은 적이 없다고 딱 잡아떼면서 슬기롭게 위기를 넘길 수 있을 거야…….

선실은 혼란스러운 마음을 그렇게 추스르며 퇴근했다. 조선식당려관에서 경박폭포 소공원 나무 평상까지는 10분이면 닿을 수 있는 거리니까 9시까지는 충분히 도착할 수 있을 거야. 선실은 주머니에 넣어놓은 손전화를 꺼내 시간을 보면서 천천히 발걸음을 옮겨놓았다.

제8화

공멸의 환(幻)

제8화

공멸의 환(幻)

택배 화물 송장철을 배달 순서대로 다 정리해 책받침 폴더에 꽂아놓고 차에 시동을 걸려는데 상의 주머니에 넣어둔 손전화가 요란하게 울었다. 평산은 운전대 키 박스에서 손을 떼며 전화를 받았다. 소장님 전화였다.

"상차 끝났어?"

"네. 지금 막 출발하려고 합니다."

"마침 잘됐군. 나가기 전에 나 좀 보고 가."

"네. 바로 올라가겠습니다."

평산은 다시 탑차에서 내려 소장실로 걸어갔다. 상철 형이 운전석에 앉은 채로 고개를 내밀며,

"장평산, 오늘 불금(불타는 금요일)인데 천안삼거리 집에서 머릿고기 수육

으로 목에 기름칠 좀 하자."

하며 소주잔을 원샷 하는 시늉을 했다. 평산은 싱긋이 웃으며 고개를 저었다.

　"저, 오늘 누굴 좀 만나야 하는 날이라 곤란해요. 3065차 종포 형과 불금 보내세요."

　"요새, 너 왜 그래. 무슨 고민 있어?"

　"조금요. 북에 있을 때 우리 가족과 내 인생을 망가뜨린 웬수놈을 만났는데, 이 철천지원수 같은 놈을 어떻게 때려죽여야 잘 죽였다고 소문이 날지 고민이 많습니다."

　"그래? 내가 좀 도와줘?"

　"한번 해본 소립니다. 어서 출발하세요."

　"알았어. 몸조심해."

하며 상철 형은 부르릉 하고 탑차에 시동을 걸었다. 평산은 상철 형의 탑차를 비켜서며 2층 소장실로 올라갔다.

　"앉아."

　소장이 펼쳐놓은 결재철을 닫으며 책상에서 일어나 다탁이 놓인 소파로 다가왔다.

　"어제, 동창회 모임이 있어 남승세 원장을 만났는데 너 요새 병원에 오지 않는다던데……?"

　소장이 다탁 옆에 놓인 음료수 박스에서 비타500 두 병을 꺼내어 "마셔." 하며 한 병을 평산에게 내밀었다.

　"네."

"왜 그랬어?"

"금방 죽을 병도 아닌데 급하게 매달릴 일은 아니잖아요."

"무슨 소리야? 더 나빠지기 전에 빨리 수술받으면 완치 확률이 95% 이상이라는데."

"아랫도리 홀랑 벗고 그 병원 침상에 드러눕기만 하면 저도 모르게 부랄이 야구공 만하게 부어오르며 사경을 헤매던 어린 시절이 떠올라 미쳐버릴 것 같습니다."

"그래. 형도 그 심정 모르는 바는 아니다. 그러나 사람이 어떻게 자기 감정이나 기분대로만 사니? 때로는 괴롭고 힘들더라도 자기 자신을 다독거리면서 이성적으로 세상사를 풀어나가야지."

"형님의 깊은 마음을 모르는 바는 아닙니다. 하지만 저도 미치겠습니다. 아니 할 말로, 결혼이고 뭐고 다 포기하고 사는 날까지 독신으로 살면 되지 그게 뭐 그리 대숩니까?"

"너, 무슨 말을 그렇게 막하니? 그러다 고환암 증세가 전신으로 전이되면 그때는 걷잡을 수 없는 위기가 온단 말이야!"

"그때는 달리는 기차라도 들이받으며 죽어버리면 그만이죠. 뭐 골치 아프게 이것저것 생각합니까? 악질반동 지주 새끼는 3대에 걸쳐 씨를 말려 죽여야 한다는 놈들도 있는데……."

"너, 무슨 말버릇이 그래? 우리 오마니가 너 하나 잘못될까 봐 지금 이 순간도 얼마나 고심초사하고 계시는데 그런 막말을 해?"

소장의 목소리가 높아졌다. 평산은 순간, 아차! 하는 생각이 들며 눈앞이 캄캄해지는 심정이었다. 그는 두 손으로 얼굴을 가리며 그만 흑흑 흐느끼기 시작했다.

"형님, 제가 잘못했습니다. 용서해 주십시오. 저도 미칠 것 같은 이 심정을 어떻게 할 수가 없어 그만 막말을 하고 말았습니다. 형님과 고모님의 깊은 마음도 헤아리지 못하고……."

소장은 고개를 숙이고 흐느끼는 동생이 안쓰러워서 못 견딜 지경이었다. 그는 입술이 타는 것 같아 앞에 놓인 비타500 음료수 뚜껑을 열어 한 모금 마시며,

"그래, 사람들은 저마다 남한테 드러내놓고 싶지 않은 가슴 속 깊은 상처나 치유할 수 없는 내적 트라우마를 안고 고통스럽게 살아가는 사람이 많다. 더구나 형이나 너는, 우리가 태어난 조국이 남북으로 갈라진 시기에 태어나 성장기를 거쳐온 사람들이라 누구보다 가슴 속 깊은 상처가 많은 세대인데, 내가 잠시 너의 아픈 마음을 헤아리지 못하고 흥분했구나. 택배 배달 일이 바쁘니까 병원 치료 문제는 일단 잊어버리고, 오늘 급히 마쳐야 할 일만 생각하며 업무에 매진해. 병원 치료 문제는 후일 조용한 시간에 다시 의논해보자."

"네. 이만 나가보겠습니다."

평산은 얼굴이 화끈거려 얼른 자리에서 일어나 소장실을 나왔다. 층계를 타고 1층 바닥으로 내려오는데 두 다리가 후들거렸다. 1층 층계 끝에서 손잡이를 잡고 상차대 쪽을 바라보며 잠시 서 있었다. 상차대와 주차장에 주차해 있던 20여 개 동 탑차들이 다 배달 현장으로 떠나고, 그의 탑차만 이만치 물려놓은 주차장 한쪽에 서 있었다. 평산은 탑차가 서 있는 곳까지 천천히 발걸음을 옮겨놓으며 길게 숨을 내쉬었다. 자신

도 모르게 가슴이 쿵쾅거리며 이마에 진땀이 치솟았다.

왜 그랬을까? 뭘 잘못했다고 형님한테 그런 막말까지 했을까?

생각할수록 자기 자신한테 화가 나고, 달려가는 기차라도 들이받으며 이 세상 어리론가 사라져버리고 싶은 심정이었다.

내가 미쳤어. 이 모든 것이 오늘 그놈한테 배달해야 할 국제택배 때문일지도 몰라.

평산은 아침에 상차 하면서 본 남궁혁철의 국제택배를 떠올렸다. 송장 화주 기록란에는 〈복철순〉이라는 가명으로 적혀 있었지만, 그 택배 상자는 중국 옌볜에서 도착한 남궁혁철의 국제택배가 틀림없었다. 그리고 그것을 확인하는 순간, 평산은 오늘 그놈과 얼굴을 마주칠 때 때려죽여야 한다고 마음먹었다. 오늘을 놓치면 언제 또 그놈을 다시 만날 수 있을지 미지의 그날은 기약할 수 없었다. 근데, 왜 그놈을 죽이기 전에 내면의 들끓는 내 심증을 밖으로 드러내며 형님한테 엉뚱하게 화를 냈을까? 수십 년 이를 갈며 참아온 원한과 복수심이 너무 사무쳤기 때문에 내가 순간적으로 폭발했단 말인가?

평산은 오늘 하루 배달해야 할 택배 송장철 속에서 남궁혁철에게 택배 상자를 건네주고 화주 서명을 받아야 할 국제택배 송장을 빼내 폴더의 제일 위에 올려놓았다. 송장을 내려다보면서 오늘 그놈을 때려죽여야 한다고 생각하니 갑자기 온몸에 전율이 밀려오면서 또다시 가슴이 쿵쾅거렸다. 평산은 쿵쾅거리는 가슴을 가라앉힐 듯 지긋이 어금니를 깨물며 잠시 혼자 생각에 잠겼다.

그놈을 죽이면 나도 죽어야 하는 것이 세상 이치다. 근데, 그놈은 과연 내 목숨을 걸고서라도 죽여야 할 가치가 있는 놈인가? 며칠 전 컴퓨터를 뒤적거리며 밤새도록 찾아보아도 대한민국은 〈사적 제재〉를 허용하지 않는 나라였다. 그런데, 대한민국 형법은 과연 내가 간곡히 호소한다고 나 대신 그놈을 처단하며 우리 가족과 나의 원한을 속 시원히 풀어줄 수 있을까? 사형제도마저 여론에 떠밀려 시행하지 못하고 있는 것이 내가 알아본 대한민국의 실상인데…….

어떻게 하지? 내가 만약 그놈을 죽이고 나도 함께 죽어버리면 이남에 계신 형님이나 고모부 내외분께 어떤 좋지 않은 불이익이 생기지는 않을까? 내가 대한민국으로 넘어와 하나원에 있을 때, 한눈에 나를 알아봐 주시고 이날 이때까지 돌보아주신 고모부님 내외 분과 형님께 나로 인한 불이익만 생기지 않는다면 나는 내 부모 형제의 한 서린 원한을 풀어주기 위해서도 내 한목숨 정도는 기꺼이 버릴 수 있다. 내가 우리 아버지 오마니 사이에서 태어난 5남매 중 장남 아닌가? 내가 탈북자동지회에 가담해 삐라와 소책자를 최소 1억 장 이상 북녘으로 날려 보냈는데, 북의 우리 가족들은 분명히 삐라에 박힌 내 사진과 기사를 봤을 것이다. 그리고 그 기사를 본 이후부터는 줄곧 남조선으로 넘어올 기회를 찾고 있을 것이다. 그러니 미지의 어느 날 남조선으로 넘어올 내 형제자매를 위해서도 내 한 몸 그놈을 죽이는데 내던져도 후회는 없을 것이다. 이 눈치 저 눈치 보지 말고 오늘 당장 그놈을 해치우자. 자꾸 이것저것 생각하면 머리만 복잡해질 뿐 죽도 밥도 되는 것이 없을 것이다. 해치우자. 그놈의 대갈통을 박살 내며 이 피 끓는 가슴 속 원한을 풀어보자…….

평산은 불같이 일어나는 내면의 광증(狂症)에 떠밀리듯 간석2동 배달 구역을 향해 내달렸다. 탑차에 한 차 가득 실어놓은 택배 상자들을 주소지마다 찾아가 배달해주다 보니 어느덧 오후 2시가 넘었다. 그는 간석시장 주차장에 탑차를 주차해놓고, 시장으로 들어가 백반을 시켜 늦은 점심을 먹으며 간석1동 팀장에게 전화를 걸었다.

"종포 형, 평산입니다. 통화 가능해요."

"음. 점심 먹고 있어. 넌?"

"전 이제 먹으러 들어왔어요. 배달 물량 많이 남았어요?"

"아니, 오늘은 많지 않았어. 왜 그래?"

"아, 그러시면 간석2동 집화(集貨) 좀 해주세요."

"좋지. 생각지도 않던 돈이 생기는데……왜? 무슨 일 생겼어?"

"네. 전화상으로는 말씀드리기가……암튼, 형이 빨리 끝난다니까 제 구역 집화 좀 맡아줘요."

"알았어. 불금 날 한잔 마실 돈까지 보태주고……고마워."

"그럼 믿고 전화 끊겠습니다."

점심 밥상을 물리고는 다시 남궁혁철에게 국제택배가 도착했다고 전화를 걸었다. 남궁혁철은 마침 마침 집에 있었다. 그는 오후 3시에서 4시 사이, 택배 상자를 배달해주며 〈화주 수령확인〉 서명을 받아야 한다고 설명하며 외출 계획이 없느냐고 물었다. 남궁혁철은 외출 계획이 없다고 했다. 평산은 정확히 오후 3시 30분경 방문하겠다고 약속했다.

"커피 한잔해요. 오늘은 점심이 늦었네요?"

"네. 회사에서 좀 늦게 나와서 코스를 돌다 보니 늦었네요. 사장님,

이 시장 안에 철물점이 어디쯤 있어요?"

"저기, 주차장 건너편에 있잖아요. 건축 자재와 스티로폼 높이 쌓아둔 집 말이에요."

평산은 음식점 주인이 타준 커피를 후후 불어 한 모금 마시며,

"맨날 시장을 들락거리면서도 그 철물점을 눈여겨보지 못했네. 점심 잘 먹었습니다."

하며 만 원짜리 지폐 한 장을 내밀었다. 식당 주인이 거스름돈 4,000원을 내주었다. 평산은 바로 철물점으로 향했다.

"계십니까?"

물건을 사러 왔다는 소리를 건네며 문을 열고 들어가니 선실 누님을 많이 닮은 여주인이 나왔다. 여주인은 갈색 안경을 밀어 올리며 철물점 내부를 살피는 철산에게 물었다.

"무엇을 드릴까요?"

"오함마나 도끼자루로 사용하는 물푸레나무 자루 있습니까?"

"네. 이쪽으로 오세요."

여주인이 출입문 쪽으로 평산을 안내했다. 따라가 보니 중국에서 들여온 물푸레나무 자루와 그와 유사한 오함마 자루들이 한 다발 좋게 진열돼 있다. 평산은 직경 35mm에 길이 900mm 가량 되는 물푸레나무 오함마 자루 한 개를 빼냈다. 손잡이를 잡고 오함마를 휘두르듯 공중에다 휘둘러보니까 '휘익 휘익' 바람이 일면서 허공을 갈랐다. 만족스러웠다. 그는 다시 물푸레나무 오함마 자루를 다른 사람이 알아보지 못하게 외피로 입힐 파이프 보온용 부직포 1미터, 그 부직포로 물푸레나무 자

루를 덮어씌워 칭칭 감을 수 있게 청색 면 테이프도 한 개 샀다.

"모두 얼마예요?"

"자루 6,000원, 테이프 1,500원, 부직포 1,000원, 모두 8,500원이 네요."

철산은 물건값을 지불하고 주차장으로 돌아왔다. 탑차 뒷문을 열어 놓고 부직포로 물푸레나무 자루에다 외피를 입히듯 감싼 뒤 청색 면테 이프로 손잡이 부분과 밑부분, 그리고 중간 부분을 테이핑해 택배 물품 처럼 위장했다. 그리고는 남궁혁철에게 전달할 택배 상자 밑에다 대고 함께 들어보았다. 누가 봐도 배달해야 할 택배 물품을 포개놓은 것처럼 보일 뿐 남궁혁철의 뒤통수를 가격해 때려죽일 무기로는 보이지 않았 다.

이젠 준비가 끝났다 싶었다. 외피를 덮어씌운 물푸레나무 자루를 들 고 칼을 휘두르듯 허공을 휘둘러보니 자신도 모르게 관리소에 감금되 어 있던 피눈물 나던 시절이 떠올랐다. 지팡이처럼 물푸레나무 몽둥이 를 들고 다니며 아이 어른 할 것 없이 뒤통수와 등판, 엉덩이와 장딴지 를 휘둘러 대든 그 매질에 얼마나 많은 수용자들이 죽을 듯이 비명을 질 러댔던가? 어디론가 달아나지 못하게, 강제로 죄수복을 입혀놓은 수용 자들이 그 야만스러운 매질에 얼마나 많은 비명을 토해내며 자지러졌던 가?

근데, 그 지옥 같았던 시절을 남궁혁철이란 놈은 기억이나 하고 있을 까? 내가 오늘 그놈을 보리타작 하듯 이 물푸레나무 오함마 자루로 결 딴을 내 놓을 것이다. 죽어서 저승에 가서도 잊지 못하고 이를 갈면서 짓씹어 먹을 놈! 30분 후에 당도할 테니까 오늘이 네놈 뒈지는 날인 줄 알고나 있어라. 갈가리 찢어 까마귀밥이 되도록 산지사방 흩뿌려도 한이 풀리지 않을 놈, 선영아, 선옥아, 너희들을 짐승처럼 내몰며 몽둥이질하던 그 보위지도원 웬수 놈을 오늘 이 오빠가 대갈통을 바수어 놓을 테니 너희들도 그동안의 한을 다 풀고 그 시절은 이제 영원히 잊어버려라…….

　마약에 취한 사람처럼, 사무쳐오는 울분과 주체할 수 없는 광증(狂症)에 떠밀리면서 평산은 거칠게 차를 몰았다. 간석시장 주차장에서 간석동 주공아파트 5동 주차장까지, 3km 남짓한 거리를 어떻게 차를 몰고 달려왔는지 기억조차 나지 않았다. 그는 아파트 주차장에 도착하자마자 화주 수령확인을 받을 송장을 책받침에 끼워 운전석에서 내렸다. 뒷문을 여니 짐칸에 달랑 국제택배 박스 하나와 조금 전 간석시장에서 구입한 물푸레나무 오함마 자루가 부직포로 감싼 채 위장돼 있다. 그는 왼손에다 물푸레나무 자루를 놓고 그 위에다 택배 상자를 올려 들어내며 탑차의 뒷문을 잠갔다. 에어컨을 켜놓은 운전석에 앉아 약속한 방문 시간에 맞추어 밖으로 나오니 오후의 햇살이 유난히 따갑다. 그는 목에 두른 수건으로 흘러내린 땀을 훔치며 시계를 봤다. 오후 3시 27분. 5동 현관 앞에서 엘리베이터를 타고 7층으로 올라가면 전화로 약속한 시각에 남궁혁철을 만날 수 있을 것 같다.

　23층에 머물러 있던 엘리베이터는 올라가는 버튼을 누르자 금세 1층으로 내려와 문을 열었다. 23층에서 탄 듯한 아주머니 두 분이 평산을 보며 "우리 집에 오는 택배예요?" 하며 물었다.

평산은 웃음 띤 얼굴로,

"아닙니다. 705호에 가는 택뱁니다."

하고 대답하자 "네. 수고하세요." 하면서 두 아주머니가 엘리베이터에서 내렸다. 평산은 꾸벅 고개를 숙여 인사하며 엘리베이터에 올라탔다.

7층으로 올라가는 상승 버튼을 눌러놓고 무심코 엘리베이터 내부 거울에 비친 자신의 모습을 바라봤다. 콧등까지 흘러내린 갈색안경 너머로 보이는 왼쪽 의안 눈동자가 오늘따라 더 새카맣게 보이는 것 같다. 불빛을 받아서 그런가? 오른쪽 눈동자와 판이하게 차이가 나는 왼쪽 의안을 감출 듯 흘러내린 안경을 밀어 올렸다. 고환암 3기 진단을 받은 뒤부터는 세상만사가 다 귀찮게 여겨져 면도마저 하지 않았더니 구레나룻이 시커멓다.

"매일매일 고객을 상대해야 하는 팀장들은 자기 용모에도 신경을 쓰세요. 비록 회사 유니폼을 입고 고객을 맞이하지만 늘 웃음 띤 얼굴로 고객과 마주하며 먼저 인사를 건네세요. 여러분이 웃으면서 건넨 인사 한마디가 고객들의 마음을 움직여 택배 화물 집화로 되돌아온다는 것을 잊지 마시고 오늘도 활기차게 파이팅 합시다." 하고 회사를 나왔건만 평산은 자신의 얼굴이 오늘따라 더 침울해 보였다. 수염도 깎지 않은 얼굴은 병석에 누워 있다 뛰쳐나온 환자처럼 초췌하고, 표정은 무엇에 쫓기는 사람처럼 불안해 보였다.

가르마도 보이지 않을 만큼 뒤엉킨 머리칼을 위로 쓸어올리며 안경을 반듯하게 새로 끼는데 엘리베이터가 "7층입니다." 하며 상승을 멈췄다. 평산은 바닥에 내려놓았던 택배 상자를 챙겨 엘리베이터에서 내렸다. 복도처럼 아파트 뒤쪽으로 길게 나 있는 통로를 따라 705호 출입문 쪽으로 바삐 걸었다. 시야에 들어오는 먼 산의 수목이 짙푸르다. 한여름의 후끈한 바람결이 잦아질 때마다 어디선가 들려오던 매미 울음소리가 더 높게 들려오는 것 같다. 눈 아래로 내려다보이는 아파트단지 조경수들을 바라보다 평산은 705호 출입문 초인종을 눌렀다.

"계세요? 택뱁니다."

출입문 안으로 향해 크게 소리쳤다. 다른 집들은 이렇게 초인종을 누르면서 택배가 왔다고 소리치면 금방 무슨 반향이 오는데 이 705호는 올 때마다 사람을 기다리게 했다. 평산은 순간적으로 짜증이 확 치밀었지만 들고 있던 택배 상자를 통로바닥에 내려놓고 다시 초인종을 눌렀다.

"안 계십니까? 택뱁니다."

"기다리시오. 나갑니다."

상의 유니폼 주머니에 넣어놓은 국제택배 송장 폴더를 꺼내며 화주 수령확인 서명을 받을 준비를 하는데 안에서 무슨 소리가 들려왔다. 평산은 왼쪽 팔뚝 필기구 주머니에 꽂아놓은 볼펜을 빼내 눌렀다 올렸다 하며 긴장한 표정을 감추고 있는데 빼꼼하게 출입문이 열렸다.

"국제택배라 수령확인 서명을 해주셔야 합니다."

하며 송장 폴더를 들어 보였다. 남궁혁철은 몹시 귀찮은 표정이면서도 마지 못해 밖으로 나왔다. 오늘도 자다가 나왔는지, 잠옷 차림이고 머리칼은 제멋대로 뒤얽혀 있다.

"여기요. 이 칸에 서명해주시면 됩니다."

평산은 송장 폴더를 남궁혁철 앞으로 내밀며 화주 수령확인란을 손가락으로 짚어주었다. 남궁혁철은 그렇게 길게 설명하지 않아도 다 안다는 듯 송장이 꽂혀있는 책받침을 받아 서명란에다 〈복철순〉이라고 가명으로 서명했다. 평산은 그가 서명을 마치고 내미는 송장 책받침을 받아 주머니에 넣고, 다시 허리를 구부려 바닥에 내려놓았던 택배 상자를 들어 올려 그의 눈동자를 지켜보며 내밀었다. 남궁혁철은 택배 상자를 받아 가슴 안으로 껴안으며 오른손으로 출입문 손잡이를 붙잡고 문을 닫으려고 등을 돌렸다.

평산은 그 순간을 놓치지 않았다. 오른발로 출입문 안쪽을 막으며 돌아서는 남궁혁철을 현관 안쪽 신발장 벽 쪽으로 온 힘을 가해 왈칵 떠밀어버렸다. 남궁혁철이 고꾸라지듯 신발장 벽 쪽으로 밀려가다 처박혔다. 그 순간, 평산은 출입문을 왈칵 열어제끼며 바닥에 내려놓은 물푸레나무 자루를 집어 들고 현관 통로에 처박힌 채 신음을 내뱉고 있는 남궁혁철 곁으로 다가섰다.

"너 뭐야?"

현관 신발장 벽에 처박혀 이마가 찢어진 남궁혁철이 단말마의 비명을 지르며 엉금엉금 기어서 현관 안쪽 거실로 달아났다.

"사람 살려! 사람 살려!"

남궁혁철은 거실로 달아나면서도 계속 발악하듯 소리쳤다. 그때 활짝 열어놓은 현관 출입문이 도어크로저의 인력(引力)에 의해 자동으로 닫히면서 "사람 살려!"라고 악다구니 치는 남궁혁철의 비명을 차단했다. 평산은 현관 출입문이 저절로 닫히는 걸 확인하고는 신발을 신은 채 거실로 들어갔다. 남궁혁철은 "사람 살려!"라고 악다구니를 치면서 그가 누웠던 소파 방석을 쳐들었다. 평산은 얼른 다가가 물푸레나무 자루로 그의 등짝과 어깻죽지를 사정없이 연거푸 몇 대 후려쳤다. 남궁혁철이 앞으로 푹 고꾸라지면서 숨넘어가는 신음을 내뱉었다. 평산은 남궁혁철이 숨넘어가는 괴성을 내지르며 몸부림치는 모습을 지켜보다,

"남궁혁철! 내가 누군지 알겠나?"

하며 소파에 엎어져 신음하고 있는 그의 엉덩짝과 등줄기를 물푸레나무 자루로 연거푸 후려쳤다. 엎어져서 사지를 비틀며 신음을 토하든 남궁혁철이 고개를 들며,

"너, 누구냐? 정체를 밝혀 봐."

하면서 안경을 벗기는 평산을 이마를 찡그리면서 쏘아봤다.

"이래도 모르겠냐? 난 27년 전 네놈이 군홧발로 낭심을 걷어차 고환 수술을 받고 평생 장애자로 살아온 장평산이다. 아직도 나를 모르겠는 가?"

남궁혁철이 눈을 찌푸려 평산을 뚫어질 듯이 지켜보다,

"연사군에서 추방된 장용욱의 아들?"

"그래, 내가 바로 장용욱의 장남 장평산이다. 인민학교 2학년 어린애를 군홧발로 걷어차 나를 평생 외불알 장애자로 만든 그날 밤도 기억하느냐?"

"용서해줘. 나도 그날 이후 많은 후회를 하며 고통을 겪었다. 절대로 너한테 개인적인 원한이 있어서 그랬던 것은 아니었다. 끝도 없이 밀려오는 추방자들의 신원파악과 상부의 내려먹이기식 지시사항에 지쳐

서 순간적으로 나 자신이 폭발한 거다. 절대로 너한테 개인적인 원한이 있어서 그랬던 것은 아니었다. 이렇게 빈다. 그날의 내 잘못을 용서해 줘…….”

남궁혁철은 두 손을 모아 비비면서 사시나무 떨듯 떨었다. 신발장 현관 벽에 부딪히면서 찢어진 그의 이마에서는 계속 선혈이 흘러내렸다. 평산은 남궁혁철의 입에서 ‘순간적으로 폭발한 거다.’라는 말이 나오자 갑자기 독이 오른 표정으로 눈을 부라리며 들고있던 물푸레나무 자루를 휘둘렀다.

“교활한 놈! 개인적인 원한은 없었다고……그걸 말이라고 하느냐? 개인적인 원한이 없었다는 놈이 일 년 내내 물푸레나무 지팡이 들고 다니면서 우리 아바지 오마니 같은 로친네와 처녀 아이들 아랫도리와 등짝을 그렇게 개 잡듯 후려치며 몸부림치게 했냐? 오늘, 그 사람들이 그 당시 얼마나 아팠는지 너도 한번 맞아봐라…….”
하면서 평산은 발작적으로 그의 어깻죽지와 몸통을 내려쳤다. 남궁혁철이 사지를 비틀면서 숨넘어가는 비명을 내질렀다. 그러다 다시 평산을 쳐다보며,

“나, 얼마 전 일산 국립암센터에서 위암 수술받고 나와 음식도 먹지 못한 채 항암치료 받으러 다니는 병자다. 제발, 제발…….”
하면서 두 손 모아 울부짖으며 용서를 빌었다.

평산은 그 말을 듣는 순간 ‘남궁혁철이 왜 다 죽어가는 놈처럼 얼굴이 반쪽이 되었지?’ 하는 의문이 풀리면서 남궁혁철에게 자신의 얼굴을 보라고 벗어놓은 안경을 다시 꼈다. 그 순간, 남궁혁철이 돌아앉으며 소

파 방석 밑에 감춰두었던 호신용 가스총을 찾아들고 평산을 향해 방아쇠를 당겼다. 딸각하는 소리와 함께 뿌연 액체가스가 쏴아! 하는 바람 소리를 내며 분사되었다. 안경을 다시 끼고 정면을 바라보는 순간 왼쪽 의안 쪽으로 맵고 독한 가스가 밀려오는 것 같아 순간적으로 허리를 수구려 옆으로 피하며 물푸레나무 자루로 가스총을 들고 비틀거리는 남궁혁철을 향해 또다시 내리쳤다. 그 순간, 남궁혁철은 물푸레나무 자루에 손목을 맞고 가스총을 떨어뜨리며 벌렁 나자빠졌다. 평산은 얼굴을 비켜 간 가스총 최루액을 마시며 재채기와 기침을 토해냈다.

앞이 보이지 않았다. 맵고 독한 최루가스가 밀려오며 계속 재채기와 기침이 치솟았다. 호신용 가스총을 떨어뜨리며 뒤로 벌렁 나자빠진 남궁혁철도 심한 재채기와 기침을 내뱉으며 엉금엉금 베란다 쪽으로 기어갔다. 그는 베란다로 나가면서도 연방 자지러질 듯 잔기침을 쏟아냈다.

평산도 마찬가지였다. 앞이 잘 보이지 않고 기침이 치솟아 목에 두르고 있던 수건으로 콧물과 진땀을 닦으며 고통스러워했다. 그때 베란다로 기어나간 남궁혁철이 허리쯤 오는 베란다 철제 울타리 난간에 기대어 바깥 맑은 공기를 마시며 토해 대다 "사람 살려! 사람 살려!" 하고 옆집을 향해 비명을 질러댔다.

"저 웬수 놈을 죽여야 한다. 저놈이 이웃의 도움을 받으며 살아나서는 안 된다. 내가 어떻게든 저놈을……."

끙끙 앓고 있던 평산이 사력을 다하듯 고개를 들었다. 혼미할 정도로 치솟듯 재채기와 기침이 조금씩 잦아드는 듯했다. 전혀 앞이 보이지 않던 시야도 뿌옇게 트이면서 남궁혁철이 아파트 베란다 철제 울타리 난간에 기대어 이웃을 향해 "사람 살려! 사람 살려!" 하고 발악하듯 외치고 있는 모습이 어렴풋이 눈에 들어왔다. 평산은 이 순간을 놓치면 모든 것이 수포로 돌아간다는 막다른 생각에 빠지며 물푸레나무 자루를 집어 들고 베란다 쪽으로 다가갔다. 베란다 철제 울타리 난간에 기대어 바깥을 내다보며 사람 살려 달라고 외치던 남궁혁철이 인기척을 느끼며 몸을 돌렸다.

평산을 최루가스를 마시고 기진맥진해 있었던 터라 물푸레나무 자루로 남궁혁철의 정수리를 후려칠 수가 없었다. 그는 90cm 정도 되는 물푸레나무 자루 양 끝을 잡고 베란다 철제 울타리 난간에 등을 기대고 저항하는 남궁혁철의 목울대 밑을 짓누르며 그의 숨통을 틀어막았다. 베란다 철제 울타리 난간에 등을 기대고 사력을 다해 저항하던 남궁혁철이 허리가 꺾이면서 베란다 밖으로 나가떨어질 지경이 되었다. 그런데 물푸레나무 자루 양 끝을 두 손으로 잡고 목울대 밑을 계속 짓눌러 대는 평산의 팔 힘에 짓눌려 두 발이 베란다 바닥에서 떨어져 몸뚱이 전체가 베란다 난간 밖으로 나가떨어지게 생겼다.

남궁혁철은 베란다 철제 울타리 위에서 난간 밖으로 떨어지지 않으려고 사지를 버둥거리다 평산의 상의 유니폼 어깻죽지 쪽을 움켜쥐며 매달렸다. 평산은 자신의 두 어깻죽지 옷깃을 남궁혁철이 움켜쥐고 매달려 있는 모습이 자신의 목을 조이는 것으로 느껴졌다. 그는 숨 막히고 답답한 이 순간을 모면해야 남궁혁철의 명줄을 끊어놓을 수 있다는 생각에 온 전신의 힘을 두 팔에 모아 "아악!" 하고 용을 쓰듯 물푸레나무 자루를 밑으로 짓눌렀다. 그 순간 두 사람의 몸이 한 몸처럼 얽히며 베란다 철제 울타리 난간 밖으로 허공을 가르며 아파트 아래로 떨어졌다.

한 4~5초나 시간이 흘렀을까?

멀리서 매미 우는 소리가 들려오던 주공아파트 5동 705호 남쪽 베란다 밑 화단 옆에서 '퍼벅!' 하고 큰 곡식 자루 떨어지는 소리가 들리며 사위는 한순간 고요해졌다.

그러고 얼마나 또 시간이 흘렀을까?

5동 705호 남쪽 베란다 밑 화단 주위로 수많은 사람들이 몰려들면서 와글와글 웅성거리는 소리가 들려왔다. 삐이요옹 삐이요옹 경적을 울리면서 앰뷸런스 달려오는 소리도 들려왔다. 왱에앵 왱에앵 사이렌 울리는 소리를 내며 경찰차 몇 대가 한꺼번에 여기저기서 달려오는 소리도 들려왔다. 휘이익 호루루, 삐이익 호루루, 귀청 떨어지게 호루라기 불어대는 소리도 들려왔다. 순식간에 몰려든 구경꾼들을 추락사고 현장에서 멀리 밀어내기 위해,

"주민 여러분, 조사가 끝날 때까지 사고 현장 보존을 위해 폴리스라인(policeline : 경찰통제선)을 설치해야 합니다. 빨리 뒤로 물러서 주십시오. 이쪽으로 다가오면 사고 조사 요원들이 아무 일도 못합니다. 빨리 좀 물러나 주십시오. 이 봐, 꼬마! 경찰관 아저씨가 말하는 소리 안 들려? 빨리 물러나……."

하면서 메가폰을 들고 소리치는 경찰들의 목소리가 거칠어졌다.

"705호 도우미아줌마 말 들어보니까 저기 잠옷 바람으로 떨어진 사람은 지난해 북한에서 탈북해온 사람인데, 금년 봄에 위암 수술받은 사

람이래. 그래서 음식도 고양이밥처럼 조금씩, 하루에 일곱 번을 먹는대……."

"저기 KGB택배 유니폼 입은 사람은 논현동 범마을 아파트 탈북자 아파트에 사는 사람이래……."

"706호와 그 아래층 사람 이야기 들어보니까 위에서 우당탕거리는 소리도 들리고, 매캐한 최루가스 냄새도 풍겨오고, 사람 살려, 사람 살려, 하는 비명도 몇 차례 들려오더니 저렇게 두 사람이 같이 705호 베란다에서 떨어졌대……."

"옛날부터 무슨 원한 관계가 있었던 사람들인가? 자유를 찾아 남쪽으로 내려왔으면 서로 도와가면서 의좋게 살아야지 왜 자기들끼리 서로 치고받고 싸우면서 우리 아파트단지를 피 칠갑으로 만들어. 아파트값 떨어지게……."

"그럼, 서로 잘났네, 못났네, 시비하면서 박 터지게 싸우다 보면 나중엔 둘 다 죽게 되는 것이 세상 이친데, 왜 공멸(共滅)할 짓을 저 죽을 줄 모르고 하는지 나는 알다가도 모르겠다니까……."

"사람이 계속 열 받다가 눈깔 뒤집어지면 너나없이 한순간에 저 꼴 난다니까. 나는 정말, 남북이 요새처럼 서로 삿대질하며 서울을 불바다로 만들겠다느니, 평양을 이 지구상에서 영원히 사라지게 하겠다느니, 하면서 입에 담지 못할 극언까지 쏟아내다 어느 쪽이 도발하고, 그 도발을 응징한답시고 또 한쪽이 포격을 해대다 나중엔 저 꼴 날까 싶어 오금이 다 저린다니까. 뉴스 보다 보면……."

우우 모여 서서 경찰 조사 요원들이 시신 두 구를 수습해 앰뷸런스에 실어 보내고, 선혈이 낭자한 화단 보도블록 위에 흙을 퍼 덮으며 폴리스 라인을 치는 모습을 지켜보며 아파트 주민들이 주고받는 말은 끝이 없이 이어졌다······.

다섯 달 후, 인천 K 병원 영안실에 냉장 보관되어 있던 두 사람의 시신은 중국에서 몽골 루트를 통해 탈북한 장선실과 남궁혁철의 부인에게 인수되어 사망 처리되었다. (끝).

– 랜섬웨어가 침투한
드라이브를 열어 보며

랜섬웨어가 침투한 드라이브를 열어 보며

인천일보에 2년간 연재한 장편소설 〈하늘 강냉이〉 (연재명:, 인구의 고향)를 종이책으로 묶어 출간(2000년 8월)한 이후부터 조금씩 쓰기 시작한 〈애드벌룬〉은 200자 원고지 1,600장가량 되는 장편소설로 2019년 8월경 초고를 완성했다. 그때는 한 작품에만 매달려 있으면 작품 속에 내가 빨려 들어갈 것 같아 〈석공의 피〉라는 일본을 배경으로 하는 장편소설도 함께 써 오고 있었다. 한 달은 애드벌룬, 그다음 달은 석공의 피, 이런 식으로 소설을 잡지에 연재할 때처럼 두 작품을 번갈아 쓰면서 일본도 장기 취재 형식으로 여러 번 다녀왔다. 〈애드벌룬〉의 배경이 되는 만주와 두만강의 지형지세를 살펴보기 위해 중국 연변인민출판사에 재직했던 조선족 출신 문인들의 안내를 받으며 역사의 현장이 된 곳을 내 두 발로 몇 차례 답사했다. 특히 연변인민출판사에서 출간한 《조선말사전》 상하권을 500질 수입하면서 〈도문〉에서 탁송한 화물이 〈속초항〉으로 들어오는 경로와 속초항에서 컨테이너에 실려 북한의 〈원산항〉으로

운송되는 현대와 기아산 중고차가 북한의 육로를 따라 두만강 강변까지 이동되어, 야간에 밀무역 부로커들에 의해 강폭 10여 미터 정도의 두만 강 물길을 건너 중국 측 강둑으로 밀반입되는 정황을 내 두 눈으로, 발로 확인하기 위해 두만강 상류·중류·하류를 오르내리던 시절도 있었다. 물론 1980년대 후반 내가 〈하늘 강냉이〉를 쓸 때의 이야기지만.

1976년 중편소설 〈갱(坑)〉으로 제11회 세대(世代) 신인문학상을 수상하고 등단한 이후 나는 가족의 생계와 5년간 위암을 앓으신 아버지 병원비 마련을 위해 선뜻 전업 작가의 길로 들어서지 못했다. 계속 직장생활을 하면서 직장에서 요구하는 방송 논설과 교양프로그램 원고만 하루에 30매씩 긁어대며 정작 내가 쓰고 싶었던 글은 내내 미루어오기만 했다.

그런 사이 등단 시 반짝했던 나의 문명은 묻혀버렸으나 그 당시 내가 앓고 있었던 작가적 고통은 책상 위에 원고지를 올려놓고 파카21 만년 필에다 잉크를 채우고 나면 극도의 긴장감과 함께 가슴이 뛰었다. 심한 날은 가만히 앉아 있는데도 이마에 진땀이 흘러내렸다. 이런 긴장감과 원고지 공포증을 극복하려고 나는 방송국에서 4년간 그야말로 기계처럼 원고를 생산해냈다. 그러면서도 머리에 별로 가진 것 없이 시작한 작가 생활의 늦마를 위해 진정으로 내가 쓰고 싶었던 작품은 내 머리통이 잡다한 경험과 지식으로 넉넉해질 때까지 미뤄왔다.

그사이 올해 서른아홉 살인 아들아이가 제 어미 배 속에 있을 때 아버지가 돌아가셨고, 어머니는 내가 회갑이 되던 해에 돌아가셨다. 아버지 어머니가 돌아가신 후부터는 기계처럼 원고를 써야 했던 직장생활도 그만두었다. 늘 가진 것 없이 가난하게만 느껴졌던 내 머리통도 장년기의 내 친구들처럼 똥배가 나올 만큼 제법 잡다한 지식으로 가득 찼다 싶어 그동안 미뤄놓았던 작품들을 두려움 없이 써 왔는데 전혀 생각지도 못했던 불상사가 발생했다.

정확히 2019년 9월로 기억한다. 내가 부족한 육체적 운동량을 보충하기 위해 다큐멘터리 영상제작에 재미를 느끼며 2016년 서울 용산전자상가에서 본체만 250만 원을 주고 고사양으로 제작한 컴퓨터 속으로 〈랜섬웨어〉라는 정체불명의 국제 헤커들이 쳐들어와 한글 파일을 비롯해 여러 형식의 파일들을 전부 암호화해 놓고 영문으로 안내문을 보내왔다. 그 영문 안내문을 〈구글 번역기〉에 붙여넣고 번역해보니 "암호화해 놓은 한글 파일 외 다른 파일들을 원상태로 돌리고 싶으면 이메일 주소와 함께 연락하면 암호를 푸는 방법을 알려주겠다."라는 연락이 왔다. 연락해 보니 "비용이 5천만 원이 소요되니 돈이 마련되는 대로 다시 연락하면 일주일 내로 내 컴퓨터 속의 모든 파일을 원상태로 암호를 풀어주겠다."라고 했다.

너무나 어이가 없어 이곳저곳 알아보니 인천 남동산단 내 몇몇 기업은 주요 산업 생산기기 도면들을 암호화해 수억 원이 하룻밤에 날아갔다 하면서 통탄하고 있었다. 그 사람들에 비하면 나의 경우는 조족지혈에 불과했으나 나 혼자 있으면 목에 피가 넘어오는 심정이었다. 나같이 글을 써서 나오는 원고료와 인세로 생계를 이어가는 가난뱅이 작가에게 당시 5천만 원이라는 돈은 천문학적인 숫자였다. 다행히 오래된 내 창작 노트에는 내가 작품을 구상할 때부터 들고 다니며 메모해놓은 인물 구성도나 단원별 스토리 구성을 대략적으로 짜놓고 1990년대 초부터 컴퓨터로 글을 쓰기 시작해 설사 나한테 현금 5천만 원이 있다 해도 나는 남동산단의 대표이사들처럼 그런 정체불명의 해커조직들과 눈물을 삼키며 협상하지는 않았을 것이다.

자식들아, 내 목에 칼이 들어와도 그건 안되는 거야.
일언지하에 노(no)를 선언하며 내 컴퓨터의 C 드라이브를 비롯해 D, E, F 드라이브를 열어 랜섬웨어에 걸린 폴더 속 파일들의 제목들을 하나하나 살펴보며 목록을 만들다 보니 그동안 컴퓨터를 새로 맞춘 이후 3년간 내 노동력이 투입된 수백 개의 파일들을 하루 일당으로 따져봐도 족히 2억 원어치는 넘을 것 같았다. 밥이 넘어가지 않았고, 컴퓨터만 쳐다보면 울화통이 치밀어 처음 한 달 동안은 컴퓨터를 바라보지도 않았다. 일을 해도 노트북으로만 했을 뿐 아예 랜섬웨어가 침투한 데스크탑 컴퓨터는 건드리지도 않았다.

그런데 긴급히 영상을 편집해야 할 주문이 들어왔다. 이거야 정말 야단이었다. 풀에이치디(FHD) 해상도로 긴급히 만들어야 하는 영상은 랜섬웨어가 침투한 데스크탑 고사양 컴퓨터를 이용하지 않으면 불가능했다.

도리없이 데스크탑 컴퓨터의 2테라용 C, D, E, F 하드 드라이브를 모두 떼 내고 새로운 하드를 장착해 영상편집을 마친 뒤 치밀어오르는 울화통을 다스리다 못해 나자빠져 있었는데, 이 능지처참을 해도 시원찮을 놈들이 나를 약 올리듯 2019년 11월 또다시 내 컴퓨터로 쳐들어와 그 사이 작업해 놓은 파일들마저 암호화해 놓고 이메일로 되지도 않은 협상을 제의해 왔다. 그 이후 나는 이메일과 인터넷을 이용하는 컴퓨터와 순전히 창작만 하는 컴퓨터를 분리해놓고 인터넷 선이 연결되지 않은 데스크탑 컴퓨터에서만 장편소설 〈애드벌룬〉을 수기로 메모해놓은 창작 노트를 펼쳐보며 2023년 12월에 마침내 두 번째로 이 작품을 완성하게 되었다. 분노가 치밀어 한동안 글 쓰는 것도 접어두고 고소설이나 한문소설 번역을 해보다가 그것도 짜증 나면 일본과 중국을 왔다갔다하며 남의 나라 산천경개를 카메라에 담느라 많은 시간을 허비했으나 재집필을 하는데 소요된 시간이 만 4년 넘게 걸렸다. 근데, 최근 방송되는 뉴스를 지켜보다 보니 이래저래 경제제재를 당하던 북측의 소행이라는 뉴스가 얼마나 신빙성이 있는지는 몰라도 내 그놈들을 죽을 때까지 잊지 못할 것이다.

힘들게 마친 애드벌룬은 올해 마흔두 살 되는 내 딸아이의 20여 년 전 질문에서 시작되었다. "아빠, 북한은 어쩌다가 공산주의 국가가 되어 오늘에 이르렀어요? 그리고 월남귀순용사, 북한이탈귀순용사, 북한이탈귀순동포, 북한이탈주민, 탈북민, 탈북자, 새터민의 정확한 의미와 차이점은 뭐예요?" 이 넉넉치 못한 지면에다 어설프게 개념 정립이 되어 있는 말들을 상세히 설명하기는 어렵다. 그렇지만 러시아(1990년)나 중국과 수교하기(1992년) 전에는 북한 주민이 요사이처럼 제3국을 경유해 한국으로 입국하는 경우는 지극히 드물었다. 귀순자 대부분이 자유를 찾아 군사분계선을 넘어 남쪽으로 넘어왔기 때문에 〈월남귀순용사〉라 불러왔다. 그들의 정착지원에 관한 법률이 입법되고 난 다음에는 〈북한이탈귀순용사〉라 불러왔다. 그때만 해도 대부분의 월남자들이 북한의 군사분계선 지역에서 복무했던 〈민경부대〉 출신이라 〈귀순용사〉라는 말이 의미상으로 적합했다. 그러나 그 이후 민경부대에서 복무했던 군인들이 제대해서 직장생활을 하다가 먹고살기 힘들고 닥쳐온 그들 나름의 고난을 극복할 방안이 없자 목숨을 걸고 과거 자신이 근무했던 군사분계선 지역의 허술했던 철조망 지역을 야간의 어둠을 이용해 넘어온 것이 계기가 되어 〈북한이탈귀순동포〉라는 말이 생겨났다. 자신의 의지로 남쪽으로 귀순해온 북한 주민들이기 때문에 군인을 대상으로 했던 〈북한이탈귀순용사〉라는 말과는 법률적, 의미적으로도 차이가 있다.

여기까지가 내가 인천일보에 연재했던 〈하늘 강냉이〉 1, 2권의 배경이고 주제다. 북한은 남한과 달리 산지가 많고 평야가 적다. 그 때문에 그들의 "생명을 연명시켜주는 하늘 같은 식량 배급 절대량"을 충족하기 위해서는 가축 사료나 산업용 곡물까지 포함해 대략 연간 600만 톤의 식량이 있어야만 하루 세끼의 끼니 문제가 해결된다. 그러나 자연재해 없이 풍작을 거둔다 해도 북한의 농업역량으로는 감자, 고구마 같은 뿌리식물류 농작물을 전부 포함해 400~450톤 이상의 식량 생산은 불가능하다. 그 생산량으로는 1년 중 3개월 이상은 식량 배급을 못하는 것이다. 부족한 식량을 메우기 위해서는 중국을 비롯한 다른 국가에서 100~150만 톤 이상의 식량을 수입해야만 북한 주민들을 〈미공급의 고통(식량배급 중단에 의한 배고픈 고통)〉에서 해방시킬 수가 있다.

　이것이 북한 주민이 타고난 숙명이다. 그런데 냉해나 홍수가 해갈이 형식으로 범람한 1980년대 중반 이후 1990년대 중반까지는 북한의 식량 생산량이 황장엽(전, 조선최고인민회의 외교위원장, 권력 13위) 회고록에 따르면 연간 250만 톤까지 떨어진 해가 있었고 통상 300만 톤 이쪽저쪽에서 머물렀다는 것이다. 그러니 1년에 4~5개월은 부족한 식량을 수입에 의존해야만 배급할 수 있고 배급받는 주민들은 생명을 연명해 나갈 수 있다. 그런데 1980년대 중반부터 김일성이 사망한 1994년 7월까지 북한의 곡창지대는 2년에 한 번꼴로 들이닥친 홍수에다, 또 홍수가 없는 해는 냉해가 덮쳐 논벌에 꽂아놓은 벼 포기는 빈 쭉정이만 불어오는 가을바람에 건들거리는 실정이었다. 거기다 김정일 시대부터 김정은 시대에 이르는 기간 동안 북한은 핵을 개발하면서 미국의 주도 아래 장기간 경제제재를 당해왔다.

　문단 등단 직후 고인이 된 최광열 선생님으로부터 문학수업을 다시 받을 때 한국현대문학은 남북 분단으로 인해, 특히 〈한국현대소설문학의 공간적 반쪽현상〉과 〈왜소성〉을 발견, 이를 극복하는 소설을 쓰기 위해 나는 소설을 구상할 때부터 공간적 배경은 늘 남쪽과 북쪽을 동시

설정했고, 그 공간 속에서 살아가는 사람들의 생각과 행동들을 소설로 그려왔다. 북한지역은 쉽게 가볼 수 없는 땅이지만 나의 작중 소설 공간에서는 제외하지 않았다. 그러나 현실 속의 북한은 지난 70여 년 동안 우리가 가볼 수 없는 금단의 지역이었다. 이런 현실적 정황을 문학적으로 극복하기 위해 나는 직장을 자유의 소리방송, 북한연구소, 통일부, 북방사회연구소 등에 적을 두고 40년 넘게 군사분계선 너머 북한지역을 지켜보며 사회문화부문을 집중적으로 연구해 왔다. 이렇게 긴 시간 동안 북한을 연구해오면서 내가 배운 교훈은 "뿌린 대로 거두고 행한 대로 얻는다."라는 말을 무슨 심오한 진리처럼 믿어왔다.

이제 〈북한이탈주민〉이라는 용어의 의미를 〈북한이탈귀순동포〉라는 법률용어와 구분해보려고 한다. 소련은 2차 세계대전 말기 북한지역을 친소비에트 공산국가로 만들기 위해 소련 제2 극동군 예비대 소속 25 군을 웅기·경흥·나진·청진·함흥·원산 등지의 조선반도 북변 항구 도시를 대상으로 기습 상륙전을 펼치며 북한 전역을 불과 십여 일 만에 완전히 점령했다. 그리고는 〈조선인민에게〉라는 포고문을 발표하며 군정을 시작했다. 소련 군정의 최종목표는 38 이북지역의 친소비에트 정부 수립이었다. 그리하여 새로운 점령군으로 변한 소련군과 그들의 비호를 받으며 신흥 지배세력으로 군림한 항일 빨찌산 1세대들은 김일성을 전면에 내세워 소련 군정이 요구하는 공산정권을 탄생시켰고, 〈조선민주주의인민공화국〉이라는 공산국가를 건설해 밖으로는 38도 선을 기준으로 대한민국과 대치하는 국면을 만들었고, 내부적으로는 북한지역의 농경지와 그 외 생산수단으로 활용되어온 산업시설 전량을 조사해 1946년 3월 5일 전광석화처럼 토지개혁을 강행하며 국유화했다.

토지개혁의 주요 골자는 제일 먼저 일본인과 친일파 토지를 무조건 몰수하는 것, 둘째는 조선인 지주와 종교단체 소유 토지도 몰수하는 것. 셋째는 5정보 이상 토지를 소유한 자경농 토지도 모두 농민위원회가 무상몰수하는 것. 넷째는 그렇게 무상 몰수한 토지는 실제로 그 지역에서 오래도록 농사를 지어온 농민들 식구 수대로 환산해 무상으로 도로 나누어주는 것. 다섯째는 그동안 지주와 소작인 간의 해묵은 고리채도 토지개혁 시기를 기점으로 모두 취소한다는 것. 여섯째는 그동안 일본인들이 관리해 오던 관개시설과 산림 전부를 국유화하는 〈토지개혁법안〉을 기안해 소련 군정청의 군사력을 등에 업고 강제로 밀어붙였다. 그로 인해 자자손손 수천 년 동안 이어져 온 토지 등 생산수단의 사유재산제가 종말을 고하며 국유화되었다. 이 시기 수많은 북한의 대지주와 자경농 농민들이 토지를 버리고 암암리에 북한을 탈출해 남한으로 내려왔다. 이런저런 사연으로 그대로 남은 잔여 주민들은 주인이 밥을 줄 때까지 기다리며 낑낑거리는, 이른바 "목줄에 묶인 개" 신세가 되었다. 그리고 핵심 지배층은 4년 후 소련과 스탈린의 동의 아래 6.25를 일으켰다.

그로부터 3년 후인 1953년 7월 27일 휴전협정이 체결되었고, 5년 후인 1958년 5월 30일 조선로동당 중앙위원회 상무위원회에서 〈반당·반혁명 분자와의 투쟁을 전당적·전인민적으로 전개할 데 대하여〉라는 5 · 30 결정을 공표하며 중앙당집중지도사업을 북조선 전역에서 대대적으로 실시했다. 이때 중앙당에서 내려온 〈집중지도그루빠(소조)〉는 북한 주민 전체를 핵심계층, 동요계층, 적대계층으로 대분류했고, 3등분 한 대분류를 다시 51개 부류로 세분류했다. 그때 중앙당 집중지도 구루빠가 가려낸 북한의 적대계층은 320여만 명에 이르렀다. 그중 6천여 명은 죄질이 매우 나쁘다며 인민재판을 통해 바로 처형했고, 나머지 310여만 명의 적대계층 중 7만여 명은 내각 결정 149호에 따라 38도선에서 가장 먼 산간벽지로 추방했는데 그 추방지역이 평북도, 자강도, 량강도, 함북도 지역의 산간벽지나 오지였다.

그런데 1980년대 후반부터 식량 배급이 미친년 널뛰듯 2~3달씩 건너뛰고 김일성 사후 김정일 시대에는 조선로동당에서 별도 지시 있을 때까지 먹고사는 문제는 "각자도생하라." 하면서 식량 배급을 중단했다. 이때 생겨난 말이 〈북한이탈주민〉이다. 식량이나 일자리를 구하기 위해 중앙당 〈집중지도그루빠〉가 38도 선에서 멀리 떨어진 평북도, 자강도, 량강도, 함북도 구역의 산간벽지로 추방한 주민들이 제일 먼저 두만강이나 압록강을 도강해 북한지역을 이탈하기 시작했다. 대략 1백만 명 이상이 북한을 이탈해 중국 동북3성을 비롯해 몽골, 동남아 지역까지 떠돌며 끼니 문제를 해결할 돈을 벌거나 혼자서 짊어지고 갈 만큼 식량을 구해 북한으로 돌아간 주민도 많았다. 일부는 한국에서 건너간 종교단체 선교사나 한국대사관의 도움을 받아 대한민국으로 들어와 정부 합동조사기관의 조사를 받고 공식적으로 대한민국 국적을 취득한 사람을 그동안 〈북한이탈귀순동포〉 또는 〈새터민〉으로 불러왔다. 그러자 과거에 대한민국으로 들어온 〈북한이탈귀순동포〉는 그렇다면 "헌터민이냐?"라는 이의제기가 일어나 요사이는 〈새터민〉이라는 용어는 특별한 경우 외는 거의 사용하지 않는다.

그렇지만 방송이나 신문지상을 보면 〈북한이탈귀순동포〉라는 용어나 〈북한이탈주민의 보호 및 정착지원에 관한 법률〉이라는 말이 너무 길고 번거로워서 〈새터민〉이라는 말을 현상 응모하여 찾아냈는데 그 용어마저 〈헌터민〉이라는 말에 질타를 당하면서 〈탈북민〉·〈탈북자〉·〈북한이탈주민〉이라는 용어가 어느 때부터 〈북한이탈귀순동포〉라는 법률용어 대용으로 사용되고 있는데 모두가 의미상으로는 틀린 말이다. 〈탈북민〉·〈탈북자〉·〈북한이탈주민〉이라는 용어는 모두 대한민국 국적은 물론 외국 그 어느 나라 국적도 취득하지 못하거나 자발적으로 취득하지 않은 채 중국, 몽골, 유럽, 동남아시아 등지의 여러 나라를 떠돌고 있는 30~50여만 명의 북한이탈주민을 지칭하는 용어다. 그리고 이번에 내가 재집필한 장편소설 〈애드벌룬〉은 1945년 광복 이후부터 김정은 시대가 시작되는 2011년까지를 시간적 배경으로 하고 공간적 배경은 남북한 지역과 중국 동북3성 지역을 동시 수용하고 있다.

이 소설은 옥산장씨 31대손이자 평안북도 대지주였던 정진관 일가가 1946년 3월 5일 소련 군정청이 전광석화처럼 실시한 토지개혁을 기점으로 멸문지화를 당하면서 가족 전체가 뿔뿔이 흩어지고, 종신제 정치범수용소에 감금되어 있던 주인공 가족이 김일성 시대 말기, 북한 당국이 해외에 거주하는 동포들을 대상으로 그들과 혈연관계에 있는 북한 주민을 찾아내어 〈외화벌이 사업〉을 대대적으로 전개할 때 회령 22호 관리소에서 풀려나 〈고난의 행군〉 시절 두만강을 건너 중국으로 건너가 도피 생활을 하다가 제3국을 경유해 대한민국으로 들어와 정부합동조사기관에서 조사를 받으며 적어낸 주인공의 자술서에 따라 조사관이 자술서 내용을 사실 확인하는 과정에서 먼저 남쪽으로 피신해 와 있던 큰 고모와 둘째 고모 그리고 고종사촌 형제들을 두루 만나고, 그들의 도움을 받으며 순조롭게 남쪽 사회에 정착하면서 북에 두고 온 어머니, 여동생과 남동생을 탈북시키기 위해 목숨 걸고 애드벌룬을 날리는 단체에 가담해 기동대장으로 활동하는 이야기다.

초고를 쓸 때보다 시간도 많이 걸리고 힘도 들었으나 내가 생각해도 대놓고 거금을 요구하며 협상을 제의해 온 정체불명의 해커들의 의도를 일언지하에 걷어차며 다시 쓰기를 결심한 것이 아주 잘한 일처럼 생각된다. 초고보다도 구성이 더 단단하고 리얼리티도 살아있다는 점이 만족스럽다. 그리고 이 소설에 핫플레이스로 등장하는 〈새운흥군〉이라는 지명은 북한의 〈운흥군〉이라는 행정구역에서 작가가 새로 내온 상상의 공간이므로 이 세상 그 어느 곳을 뒤적거려보아도 〈새운흥군〉이라는 지역은 없다는 점을 알려 드린다.

아무쪼록 이 이야기가 우리 딸이나 아들 같은 젊은 세대들에게 그동안의 북한을 이해하는 데 도움이 되고, 천신만고 끝에 대한민국 사회에 정착해 지난날의 고통을 위로받고자 하는 3만 5천여 북한이탈귀순동포들에게 한 가닥 희망을 안겨주는 창작물이 되기를 기원해본다.

2024년 4월 1일
인천광역시 부평구 함봉산 기슭에서
저자 서 동 익 드림

장펑산 가족의
추방 내력과 시기

KBS TV 이산가족찾기 생방송이
주인공 가족에게 미친 영향

1. 장평산의 아버지 장용욱은 1937년 평안북도 룡천군 대지주 옥산 장씨 31대손 장진관의 막내아들로 태어나 형과 누님들의 사랑을 받으며 고생없이 성장했다.

2. 그러다 1946년 3월 북한의 토지개혁 당시 불로지주의 아들로 판명되어 생사의 위기에 몰렸으나 둘째 형이 아버지의 유서대로 조상 대대로 물려받은 토지 전부를 농민위원회에 자발로(자기 스스로) 갖다 바치면서 용서를 빌어 간신히 죽음의 위기에서 벗어나 1953년 7월 27일 휴전협정 체결 당시까지 평안북도 룡천군 협동농장에서 농장원으로 살아왔다.

3. 그러나 1958년 5월 30일 조선로동당 중앙위원회 상무위원회에서 〈반당·반혁명 분자와의 투쟁을 전당적·전인민적으로 전개할 데 대하

여)라는 5·30 결정에 따라 중앙당집중지도사업이 북조선 전역에서 대대적으로 실시될 때 중앙당에서 내려온 〈집중지도그루빠(소조)〉에 의해 장평산의 큰아버지가 그때까지 〈실종〉 상태로 있었다는 점, 진남포에 살던 큰고모 내외와 둘째 고모 가족 전부가 해방 후와 6.25 후에 월남한 사실이 밝혀져 월남자 가족이라는 점, 평산의 할아버지 장진관 씨가 참회하는 유서와 함께 모든 전답을 농민위원회에 갖다 바쳤으나 해방 전에는 대대로 대물림해 온 대지주였다는 점이 모두 문건으로 명명백백하게 밝혀져 적대계층으로 분류되었다.

4. 당시 조선로동당 중앙당 집중지도구루빠가 가려낸 북한의 적대계층은 320여만 명에 이르렀다. 그중 6천여 명은 죄질이 매우 나쁘다며 인민재판을 통해 바로 처형했다. 나머지 310여만 명의 적대계층 중 7만여 명은 내각 결정 149호에 따라 산간벽지로 추방되었는데 그때 평산의 둘째아버지 장용덕과 아버지 장용욱은 평안북도 도(道) 보위부 소속 보위원들이 심야에 떼거리로 몰려와 어디론가 강제이주 시켰는데 그곳이 함경북도 연사군 삼포리였다. 그때 평산의 둘째아버지 장용덕은 24살, 아버지 장용욱은 21살, 막내고모 장용화는 19살 때였다. 소련 군정청에 여러 차례 불려다니며 공산당원들한테 지독하게 시달려서 인사불성이 된 채로 사경을 헤매며 병중에 있었던 할머니도 그때는 구사일생으로 병환이 호전되어 생존해 있었다. 하지만 주인공 장평산은 그때까지도 이 세상에 태어나지 않았다…….

5. 그로부터 14년 후인 1972년 5월 아버지 장용욱(35세)은 함경북도 연사군 삼포리 작업반장 딸인 최임순(30세)과 혼례를 올렸고, 그로부터 4년 후인 1976년 연사군 삼포리 상단산 계곡 오두막에서 장평산이 태어났다.

6. 8년 후인 1984년 9월 평산이 인민학교 2학년 올라가던 어느 날 그는 아버지 어머니가 가림복 차림으로 찍어놓은 사진을 보고 '이거 언제 찍은 거야?' 하고 물었다. 그때 그의 어머니 최임순 씨가 "1972년 5월 네 아버지하고 결혼할 때 찍은 기념사진이야." 하면서 누나, 평산, 셋째 선영을 불러놓고 이상한 말을 했다. "어쩌면 우리 가족이 연사군 삼포리에서 또 어디론가 쫓겨가야 할지 모르니 갑자기 떠나가더라도 빠뜨리지 않고 바로 들고 갈 수 있도록 책보자기와 옷 보따리를 잘 챙겨두라." 하고 말했다. 그 말이 이상하게 들렸던지 평산의 누나가 "왜 우리가 또 쫓겨가야 되는데?" 하고 되물었다. 그러자 오마니가 "보위부에서 찾아온 사람들이 아버지를 불러낸 뒤, 남조선 KBS TV가 1983년 이산가족찾기 생방송을 했는데 거기서 큰고모와 둘째 고모가 서로 만나 얼싸안고 울고 있는 모습을 사진에 담아 들고 와서 보여주며 조사할 것이 있으니까 보위부까지 좀 가자."라고 해서 소환되어 갔다. 그 당시 상단산 아랫골에 살던 둘째아버지 장용덕과 장평산은 그의 가족 중에 큰고모 장용임(장동기 목사와 이란성 쌍둥이. 1928년생)과 둘째 고모 장용순(1931년생)이 그들 선대의 가족 구성원이었다는 사실을 처음 알게 되었다.

7. 그런데 보위부에 불려갔던 평산의 아버지 장용욱이 돌아와서 "남조선 KBS TV와 라디오 방송 때문에 우리는 또다시 함경북도 온성군 독재대상구역으로 추방될지 모른다."라는 말을 했다. 그때 평산의 누나 장선실(1974년생)이 "온성군 독재대상구역이 무어냐?" 하고 물었다. 그러자 평산의 아버지 장용욱이 "해방 전 지주 가족, 월남자 가족, 6.25 전쟁 당시 치안대 소속 가족들만 별도로 추방해 가두어 놓은 지역이 특별독재대상구역"이라고 설명해 주었다. 그 설명을 들은 장선실이 다시 "왜 우리가 그곳으로 추방되어 가야 하느냐?"라고 물었다. 그러자 아버지 장용욱이 "신의주학생의거사건 때 실종된 큰아버지가 나타났다."라며 "남조선 KBS TV와 라디오 방송이 이산가족찾기 생방송을 하면서 중국 라디오 방송의 도움으로 여태 실종상태로 묻혀 있던 큰아버지까지 찾아내어 헤어진 지 30여 년 만에 3남매가 서로 상봉할 수 있게 만들어주어 남조선에서는 지금 눈물바다를 이루고 있다."라고 부연 설명을 해주었다. 장평산의 형제들은 그때까지 큰아버지 장동기(1928년생), 큰고모 장용임(1928년생), 둘째고모 장용순(1931년생) 등 그 세 사람의 얼굴도 본 일이 없었는데. 정말 억이(氣가) 막혀 말이 나오지 않았다. 그렇지만 한 달 후인 1984년 10월 장평산의 가족은 함경북도 연사군 삼포리에서 추방되어 함경북도 회령시 22호 관리소로 실려 갔다. 그때 평산의 가족은 둘째아버지네 가족과도 헤어졌다. 그때가 1984년 10월 15일이었다.

8. 그로부터 8년이 흐른 1992년 4월, 김일성의 생일인 태양절을 맞아 "대규모 사면을 실시한다."라는 소식이 관리소 내에 퍼졌다. 그래도

평산의 가족은 그런가 보다 하면서 달다 쓰다 말 한마디 없이 하루하루를 보냈다. 그런데 태양절 하루 전날인 1992년 4월 14일 그들 가족을 감시하던 보위원이 아버지를 불렀다. 아버지 장용욱이 보위부 사무실로 찾아가 보니 그들 가족을 그렇게도 고통스럽게 하던 보위부 지도원이 이주명령서를 내놓으며 "장아바이 가족은 그동안 어버이 수령님 시대에 단행된 대사령과 다르게 이번에는 관리소 내에서 모범적인 생활과 로동태도를 보인 수인들을 대상으로 특별대사면이 이뤄졌소." 하면서 4월 15일 태양절 오전 10시, 화물자동차가 그들 가족과 세간 집물을 실으러 갈 테니까 오늘 중으로 새운흥군 청년거리 로동자구아파트 2동 302호로 이사 갈 준비를 하라고 알려 주었다.

"지도원 동지! 살다 보니 태양절을 맞아 수령님의 은덕을 받는 날도 있습네다. 수령님의 은덕을 이 목숨 다하는 날까지 잊지 않갔습네다. 정말 고맙습네다."

하면서 평산의 아버지 장용욱은 너무 기뻐서 어쩔 줄을 몰라 하며 흐느끼면서 집으로 돌아와 가족들에게 보위부 사무실에서 들은 말을 전했다.

"아바지. 지난해 대사면을 받고 우리보다 먼저 이곳을 떠나간 작업반 동무들의 말을 들어보니까 지난해 이주명령서를 받은 회령관리소 내 12가구는 모두 해외에 친척을 둔 세대주 가족들이라는 말입네다. 기러니까 우리 가족이 새운흥군으로 이주를 마치고 나면 필시 새운흥군 보위부에서 보위 지도원이 나와 우리 가족 전체에게 새로운 과제와 분공을 제시하면서 전 가족이 어버이 수령님과 지도자 동지께 모범이 되고 실제적으로 눈에 보이는 성과를 내면서 충성을 바치라는 당적 과제가 떨어진다 이 말입네다."

9. 아니나 다를까, 그들 가족이 1992년 4월, 새운흥군 청년거리 로동자구아파트 2동 302호로 이사를 마치고 달포나 지났을까? 예상했던 대로 새운흥군 보위부 보위지도원이 찾아와 KBS TV와 라디오 방송이 이산가족찾기 생방송을 하면서 중국 라디오 방송의 도움으로 수십 년 동안 실종상태로 묻혀 있던 큰아버지까지 찾아내어 헤어진 지 30여 년 만에 3남매가 서로 상봉할 수 있게 만들어주어 남조선에서는 지금 눈물바다를 이루었다는 소식과 미국 플로리다 주 탈라헛시(Tallahassee) 거주 장용복 박사가 KBS TV 생방송 이후 북한의 혈육을 찾기 위해 막냇동생 장용욱(평산의 아버지)에게 보낸 편지 두 통을 내밀었다.

그 편지를 받고 평산의 아버지 장용욱은 1992년 5월 "……지나간 수십 년 세월 동안 어려움도 많았으나 당의 보살핌으로 5호 농장원으로, 그 이후 정치범관리소 관할 탄광의 광부로 죽지 않고 잘살아 왔다."라며 보위지도원이 시키는 대로 답장을 썼다. 그리고 그 수십 년 세월 동안 헤어져 살고 있었으나 큰형님(정동기 목사)의 실종으로 가족들 전체가 받지 않아도 될 고초도 많이 받았고, 의심도 많이 받았으며, 그런 가정적인 풍파로 인해 "전 가족이 가슴에 사무치는 한과 세 끼니조차 이어가지 못할 만큼 최근 들어와서는 가난에 시달리고 있는데, 되돌아보면 이 모든 수난과 아픔이 큰형님이 신의주학생의거사건을 주동한 후 소련군의 체포망을 피해 중국 상하이를 경유해 미국으로 도피한 것이 우리 가족

수난의 이유가 아닐까 생각합네다."라며 보위부 지도원이 짚어주는 대로 현실적인 고뇌도 몇 줄 적어넣었다. 그리고 편지 끝머리에다 "가족의 아픈 상처를 달래고 그동안의 멍든 가슴을 풀어주기 위해서라도 형님께서 여유가 되신다면 경제적으로 보탬이 될 수 있게 해외에서 외화를 좀 송금해주시면 안해와 자식들에게 늘 죄지은 심정으로 살아가는 이 아우에게 큰 힘이 될 것 같습니다."라며 끝을 맺었다.

10. 외화를 송금해 달라는 그 말은 참으로 마음에 내키지 않았으나 보위원이 시키는 대로 자필로 편지를 써서 보위부 지도원에게 전해주고 난 뒤 한 달이나 지났을까? 1992년 6월, 미국 플로리다 주 탈라헛시(Tallahassee)에 거주하던 장용복 박사로부터 미화 5,000불이 송금되었다. 큰형님 장용복 박사는 그 편지에다 자신이 송금한 달러를 받는 즉시 답장을 하면 그가 안심하고 다시 미화 5000불을 더 송금하겠다고 약속했다. 그러면서 장용복 박사는 "만약 아우의 일거수일투족을 감시하면서 중간 심부름 역할을 해주는 보위부 지도원과 같이 중국과 조선민주주의인민공화국의 국경연계선인 중국 훈춘(琿春)이나 도문(圖們)까지 나올 수 있는 기회를 아우가 직접 만들 수 있다면 전화로 그 날짜를 정확히 알려주면 내가 직접 비행기를 타고 훈춘이나 도문으로 날아가겠다."라는 편지가 도착했다. 그러면서 장용복 박사는 "나는 조선사람으로 이 세상에 태어났으나 현재는 미국 국적을 가진 미국 국민이므로 대한민국 서울이나 중국 베이징, 도문, 훈춘, 그 어느 지역이든 여행이 가능하다."라고 알려 주었다.

그 편지가 도착한 후 새운흥군 보위부에서는 중앙당으로부터 하달된 지도자 동지의 외화벌이사업 분공을 완수하기 위해 평산의 아버지 장용욱이 상상도 할 수 없었던 일을 '김정일 장군님의 특별배려'라는 명분으로 도와주었다. 그 첫 번째가 미국 플로리다 주 탈라헛시(Tallahassee)에 거주하는 장용복 박사와의 국제전화 통화였다. 평산의 아버지 장용욱은 새운흥군 보위부로 찾아가 보위원이 연결해 준 국제전화로 30여 년 만에 큰형님 장용복 박사의 음성을 들으며 가족 소식을 전했다. 그리고 보위부가 미리 상봉 날짜를 잡아준 대로 "다가오는 8.15 해방절 날 중국 훈춘호텔까지 큰형님 장용복 박사를 만나러 가겠다."라고 상봉 의사를 직접 육성으로 전했다.

11. 1992년 8월 15일, 그렇게 형제간의 첫 상봉이 47년 만에 이루어진 후 평산의 가족은 새운흥군 청년거리 로동자구아파트에 사는 주민들로부터 선망의 대상이 되었다. 미국 플로리다 주에서 신약을 개발해 미국 100대 갑부 반열에 오른 재력을 가진 큰형님을 두었다는 소식이 지방 당기관에서 행정기관으로, 행정기관에서 보위부와 보안서까지 전파되면서 악질반동 지주 새끼로 저주받아온 장평산은 새운흥군 록화사업소 시체처리반 운전공에서 운흥기계연합기업소 운전공으로 새 직장을 배치받을 수 있었다. 물론 그의 어머니가 중국산 색TV를 뇌물로 고이긴 했으나 정치범수용소에서 갓 나온 악질반동분자 지주 새끼인 장평산이 록화사업소 시체처리반 3급 운전공으로 첫 직장을 배치받은 것은 새운흥군이 생겨난 이후 처음 있는 일이었다. 또 장평산의 막냇동생 장

철산이도 그 당시는 사리원교화소 죄수 신분으로 큰 공사장과 중노동 건설장으로 불려 다니며 강제노동으로 하루하루를 보냈다. 그때 어머니 최임순 씨가 미국의 큰 시숙(장철산의 큰아버지) 장용복 박사가 보내준 달러 뭉치를 가지고 사리원교화소로 찾아가 뇌물을 고이며 형 장평산처럼 사리원교화소 내 트럭 운전공 조수로 일할 수 있도록 일자리를 옮겨 주었고, 그렇게 사리원교화소 생활을 끝마치고 나와서는 바로 3급 운전공 면허증을 취득한 후 그의 형이 첫 직장으로 배치받은 새운흥군 록화사업소 시체처리반 운전공으로 일할 수 있게 또다시 일자리를 배치해 주었다. 그만큼 큰아버지 장용복 박사가 미국에서 보내주는 달러는 조선민주주의인민공화국 외화벌이사업 시기와 맞물려 그들 가족의 운명과 팔자를 바꿔 놓았다. (편집자)

작품 해설

다큐멘터리 같은 리얼리티와 기법들

강 성 천(문학평론가)

1. 독자에게

관생顴省하옵고.

저는 한창 잘나갔던 적도 있었지만 이제는 문단에서 잊힌 평론가 강성천올시다. 서동익 작가님이 어찌 기억하시고 출간할 작품의 해설을 부탁하셨네요. 이제 무뎌진 작품분석력과 문장력으로 억지를 부린다면 작품에 누를 끼칠 것 같아 고사했지만 재차 청탁하셨습니다. 잊힌 평론가에게 청탁하신 것이 고마워 수락하고 말았습니다.

이 글은 편지글처럼 씁니다. 작품론이 아니며, 작품해설이라고 하기에도 부족합니다. 그냥 『애드벌룬』 독후의 인상을 정리하는 데 조금 도움을 드리고자 쓸 뿐입니다. 본 소설을 읽기 전에 이 글을 먼저 읽으신다면 효과적인 감상에 좀 더 보탬이 되겠지만요.

2. 『애드벌룬』의 시작 톺아보기

작가가 작품의 첫 한두 문장, 아니 첫 부분을 집필하는데 유독 고심한답니다. 마음에 들지 않아 원고지를 구겨버리고 다시 쓰기를 반복한다네요. 그만큼 시작을 중시하는 게지요. 요즘은 원고지 대신 컴퓨터 자판을 두들겨 입력하겠지만 여전히 고치기를 거듭하겠지요. 그러니 독자도 소설의 시작 부분을 의미심장하게 읽어야죠. 시작에는 암시와 상징, 소설의 모티프(motif)가 숨어 있기도 합니다. 모티프란 작품의 주제와 핵심 내용에 관련된 것으로서 작품 안에 반복적으로 나타나는 요소를 말합니다. 『애드벌룬』의 시작은 어떠했지요? 모티프도 찾아봅시다.

100여 미터 남짓한 산봉우리 다섯 개가 서쪽 바다를 가로막으며 우뚝 솟아 있다. 이곳 사람들은 이 다섯 개의 산봉우리를 오봉산(五峰山)이라 불렀다. 오봉산은 해안의 동서 방향으로 길게 녹지축을 이루며 방벽처럼 뻗어 나갔다.

이렇게 시작되었지요. 그다음 논현동(論峴洞)과 바로 옆의 호구포(虎口浦), 논현포대와 '휴먼시아 범마을 아파트단지'를 서술 스케치했지요. 그리고는 북한이탈귀순동포 집성촌이 조성된 이후부터 "〈휴먼시아 범마을 아파트단지〉는 국내 언론으로부터도 여러 차례 조명을 받은 바 있다."면서

아마 202동 2008호일 것이다.

로 아주 짧은 문장 하나를 단독 단락으로 처리, 스포트라이트처럼 강조하고 있습니다. 바로 주인공 장평산의 거처죠.

오봉산(원경遠景)→논현동→논현포대(일명 호구포대, 중경中景)→휴먼시아 범마을 아파트 202동 2008호(근경近景), 이렇게 지역이 지명유래와 함께 소개되었습니다. 흔히 볼 수 있는 영화 시작의 장면 처리 같잖아요. 카메라는 먼저 원경을 잡습니다. 다음 중경 논현동과 호구(논현)포대를 줌으로 당겨 잡은 다음 카메라는 휴먼시아 범마을 아파트 202동 2008호 안으로 들어와 여기저기를 기웃거립니다. 그다음 주인공 장평산의 기상起床과 화장실에서의 행위를 담아내지요.

> 사내는 아직도 잠이 덜 깬 듯 거울에 비친 자신의 모습을 멀거니 바라보다 거시기를 꺼내 양변기 속을 조준해 오줌발을 내갈겼다. (중략)
> 평산은 자신의 거시기를 툭툭 털어 사각팬티 속으로 집어넣었다. 탱탱하게 부풀어 있던 오줌보가 잠깐 사이에 홀쭉해진 느낌이다. 몹시 개운했다. 팬티를 끌어 올리며 세면대 거울 앞으로 다가왔다. 그리고는 버릇처럼 의안(義眼: 인조안구) 삽입 수술을 받은 왼쪽 안구 눈꼬리 밑을 유심히 살펴보았다.

위의 인용문을 독자 여러분은 예사롭지 않게 읽었어야 했는데 아마 가볍게 스쳤을 겁니다. 장평산의 '거시기'와 '의안'은 과거 삶, 그 고난의 흔적이며, 이 작품의 주요 사건과 주제에 연관되어 있는 모티프입니다. 뿐만 아니라 비극적 결말의 동인動因이기도 합니다. 이렇게 소설 시작 부분은 중요한 것들을 은밀히 품고 있답니다. 치밀한 작가일수록 시작 부분을 허투루 빚지 않습니다. 그래서 우리는 시작을 톺아보아야 한답니다.

3. 서사 전개의 기법 – 다큐멘터리 영화, 희곡의 기법

앞에서 '영화 시작의 장면 처리', 즉 원경에서 중경, 근경으로 카메라를 옮겼다고 했었지요. 그에 맞춰 원경에는 먼 근대사의 과거를, 근경에는 현대사의 과거와 현재를 교차시키며 역순행적으로 서사를 전개해 놓았습니다. 그리고 제1화 「인천 범마을, 2010년 3월」, 제2화 「평북 룡천, 1946년 3월」, 제3화, 「임진각, 2010년 3월」, 제4화 「량강도 운흥군, 2012년 5월」과 같은 식의 소제목은 마치 다큐 드라마의 제목 붙이기를 연상시키네요.

제5화 「남과 북, 닮은 듯 낯선 모습」의 첫 문장 "KGB택배 인천 남동영업소 수산동 집하장.", 제6화 「27년 만의 조우」의 첫 문장 "인천광역시 남동구 간석동 주공아파트 5동 주차장.", 중간에 "량강도 새운흥군 새운흥읍 청년거리 로동자구아파트 2동 앞마당.", 제7화 「인연의 끈」 첫 문장 "J 비뇨기과의원 주차장."으로 되어 있었지요. 이것은 마치 시나리오의 장면 지시어 같다는 생각이 들지 않던가요?

제5화에서 남한의 현재 장평산의 활동과 북한의 장철산(평산의 동생)의 사건을 동시에 대조해 보였죠. 장평산이 어떻게 남한 실정에 적응해 나가고 있는가를 보여 줌과 동시에 동생 철산의 눈을 통해 본 북한의 실상을 겹쳐 놓습니다. 제6화에서도 그런 장면 처리가 나타납니다. 장평산의 생업활동(택배운송)을 하는 동일한 시각에 북한 "량강도 새운흥군 새운흥읍 청년거리 로동자구아파트

2동 앞마당"으로 옮겨가 장철산의 어머니 장례식을 서술 묘사하고 있지요. 이어 "이 시각, 평산은 휴먼시아 범마을 아파트단지 앞 상가 골목에다 탑차를 세웠다."로 이야기는 다시 남한 장평산으로 옮겨 오네요. 그리하여 평산의 신체적 약점, 어릴 적의 고환 제거 수술을 고종사촌 형에게 고백하는 장면을 펼쳐 보입니다. 이런 대비·대조는 영화의 동시장면 처리를 연상케 하네요. 스크린을 반으로 나눠 같은 시간, 다른 공간에서 두 인물의 액션을 함께 보여주는 방법 말입니다. 이렇게 현재의 남북 상황을 동시에 함께 보여주고 있는 것은 작가의 의도(다큐 드라마, 영화의 기법)임이 분명합니다.

그뿐 아니라 지명과 주변 시설까지 실명으로 하고 있습니다. 단 '새운흥군'은 작가가 설정한 상상의 공간이지만 북한의 실정이 사실적으로 치밀하게 그려져 있습니다. 특히 실재하고 있는 아파트 단지명, 주인공의 근무처("KGB택배 인천동남영업소"), 일반 업소와 상점명('공립호구포어린이집', '논현제일교회', '굿모닝할인마트' 등), 탈북인 단체명까지도 실명을 차용하고 있음은 이 소설이 다큐멘터리 같은 분위기를 자아내는 데 일조하고 있다고 봅니다.

앞서 원경의 공간에서는 먼 근대사의 과거를 담았다고 했는데 어떤 과거인지 봅시다. 장평산은 고모부 생신 축하 케이크를 사 들고 오봉산 약수터 입구의 고모님 댁으로 갑니다. 이 공간은 처음으로 잡았던 원경에 해당됩니다. 작가는 원경에 위치한 공간적 배경에서 1946년 신의주학생의거 전후를 중심으로 대지주 장 씨 가문의 붕괴와 가족 해체를 펼쳐 보입니다.

과거의 길고 광범위한 서사를 요약할 경우 대체적으로 이야기 서술로 정리한답니다. 경우에 따라서는 등장인물의 대사를 통하여 제시해 나가다가 "그의 이야기를 정리하여 요약하면 대체로 다음과 같다" 하는 식으로 서술하기도 합니다. 『애드벌룬』 제2화에서는 고모부와 장평산의 대화를 이어가게 합니다. 평산의 대사는 고모부의 긴 대사를 유도하는 역할을 하지요. 등장인물의 대사를 길게 활용하는 게 이 소설의 특징 중 하나입니다. 그럴 경우에는 종종 희곡의 한 장면을 읽고 있는 것 같은 느낌도 받습니다.

참고로 제2화에서 장평산의 기억으로 조금 보태기도 했지만 주로 고모부의 대사 형식을 빌려 전개한 장 씨 가문의 과거사가 어떠했는지 기억을 소환해 보죠. 2차 세계대전 종전 직전부터의 국제정세와 더불어 소련 공산당청과 북조선공산당의 탄압, 폭정, 토지 징발, 여자 겁탈과 같은 숱한 만행이 적나라하게 펼쳐졌잖아요. 이 중심에 신의주학생의거에 관련이 있는 대지주 장씨 집안의 멸문지화 과정이 자리하고 있습니다. 그 이후에도 해방 전 지주 가족, 월남자 가족으로서 '독재대상구역'으로 추방되어, 정치사상범 수용소에서 말할 수 없는 핍박을 당했지요. 따라서 이 소설은 우리의 근현대사를 배경으로 한 장씨 집안의 가족사라 하겠습니다.

4. 남·북에 대한 작가의 거리감

수필과 서정시와는 달리 소설은 작가가 작품 속에 숨어 있답니다. 꼭꼭 숨어 있어도 독자는 작가와 만날 수 있지요. 작가의 대리인인 주동인물과 문장의 어조(톤tone)에 작가의 속마음이 살짝 베여 있으니까요. 따라서 작가가 어느 인물과 상황에 대해서는 가깝게 다루고, 또 어떤 인물과 상황에 대해서는 멀리 취급하는지를 눈치 챌 수 있답니다. 바로 작가와의 거리감입니다. 가깝다는 것은 긍정적 시각으로 보는 것이요, 멀다는 것은 부정적·비판적 시각으로 부각시킨다는 것입니다. 그런데 작가와 대상과의 거리감을 파악할 수 있는 수단이 오직 어조뿐인 경우라면 일반 독자들은 그 거리감을 알아내기가 난감할 수도 있습니다. 남북을 객관적으로 다루려는 소위 분단소설, 탈북귀순동포 소설에서는 더욱 그렇습니다. 그러나 『애드벌룬』의 독자 여러분은 누구나 쉽게 알 수 있었을 겁니다. 작가의 대리인인 주동 인물들의 대사와 의식을 통해 노골적으로 선명히 드러내 보였으니까요. 북한에 대한 거리감은 북조선공산주의 체제, 이데올로기, 공산당원들의 횡포, 참혹하리만큼 궁핍한 경제에 대한 비판이랍니다.

남한에 대한 작가의 거리감은 장평산의 주변 인물들, 특히 직장동료들에서 나타나지요. 그들은 모두 따뜻하고 인간적입니다. 가까운 긍정적 거리죠. 다 그런 것은 아닙니다. 대북 전단 사업을 방해하는 세력에 대해서는 부정적으로 나타났지요. 더 있죠. 평산이 남한 사회에 적응해 가는 과정에서의 고충, 즉 언어문화에 대해서는 부정적인 시각을 분명하게 드러내 보였습니다. 예증할 수 있는 부분을 인용해 보죠.

이제 영어와 한국말이 함께 붙은 안내판이나 간판을 봐도 가슴이 떨린다거나 막막한 느낌은 그렇게 심하게 밀려오지 않는다. 그렇지만 얼마 전까지만 해도 그는 굿모닝할인마트나 굿모닝정육점 같은 간판을 보면 저절로 가슴이 답답해왔다. 저곳에서는 무얼 파는 곳인지, 정육점은 분명히 고깃간 같은데 거기다 굿모닝은 왜 붙여놓았는지, 쳐다보기만 해도 얼굴에 열이 뻗쳐오르면서 남조선 인민들로부터 자신이 계속 조롱을 당하고 있다는 느낌도 들었다.

이런 거부감을 더 강하게 느낄 때도 있었지요. "공화국에서 살 때 보위부 사무실 앞을 지나갈 때처럼 저절로 온몸이 자지러들면서 그들과 자신은 영원히 상종하지 못할 단절의 벽 같은 것에 가려져 있다는 생각"을 했고, "얼토당토 않는 공포감"에 자신도 모르게 몸을 떨기도 했고, "막막한 수렁 속으로 끌려 들어가는 듯해 그냥 땅바닥에 풀썩 주저앉고 싶을 때도 많았다."라는 장평산의 고백이 그 점을 말해줍니다.

5. 주제 찾기와 얼개

독자 여러분은 이 소설의 주제가 뭐라고 생각하시나요?

작가는 주제를 쉽게 드러내는 경우와 숨기는 경우가 있답니다. 전자는 계몽주의 소설이 대표적입니다. 인물의 대사를 통해서, 아니면 전지적 시점자視點者가 직접적 서술을 통해서 전달합니다. 후자는 깊숙이 숨겨놓았기 때문에 찾기가 어렵습니다. 보물찾기 비밀지도처럼 말입니다. 주제를 깊이 숨겨놓아도 찾을 수 있는 방법을 소개하겠습니다.

작가가 고심하는 것 하나가 바로 제목 설정입니다. 고심한다는 것은 곧 중요하다는 게지요. 제목은 내용과 밀접합니다. 그것은 내용을 함축

한 은유이거나 상징일 수 있습니다. 그러므로 제목을 붙들고 숙고하면 주제에 접근할 수 있답니다. 본 작품에서 대북전단을 매단 애드벌룬을 날리는 행사는 인민의 도탄을 외면한 북조선의 왕조 같은 체제와 인민 인권을 파괴하는 공산당을 비판하는 것이지요. 25개 단체의 대북전단 사업은 북한을 붕괴시킨 뒤 정치적 세력을 쟁취하겠다는 것이 아니라 탄압받으며 고난을 함께했던 동포애의 발로라 하겠습니다. 특히 애드벌룬을 날려 보낸 뒤 장평산의 외침(방백)을 인용해 봅니다.

> "선영아! 선옥아! 철산아! 오빠가 남녘땅에 살아있다. 오로지 그것을 희망 으로 삼고 우리 다시 만나는 날까지 살아만 있어 다오. 오빠가 얼른 돈 모아 너 희들 데리러 갈게……."
> (중략) 그렇게라도 소리치며 동생들의 이름을 불러보니 자신에게도 의좋게 함께 지냈던 동생들이 있고, 그런 동생들을 낳아준 부모님이 있었다는 사실이 새삼 되새겨졌다. 그리고 그런 감정들은 자신의 몸에 겹겹이 쌓여 있던 외로 움을 순간적이나마 덜어주면서 눈물마저 말라버린 외눈박이 눈에 주르르 뜨 거운 눈물을 흐르게 했다.

평산이 애드벌룬을 날려 삐라를 뿌리는 것은 북한 체제 전복, 민주화 목적보다는 북한에 남아 있는 가족에게 자기 소식을 전하고, 다시 만나 려는 집념의 행위요, 가족애입니다.

주제 찾기의 쉬운 방법 또 하나는 바로 무엇이 반복되는지를 살피는 일입니다. 작가가 반복하는 것은 강조법이랍니다. 작품에서 강조되는 것은 주제와 아주 밀접합니다. 『애드벌룬』에서 가장 많이 반복되어 나타나는 것은 뭘까요? 애드벌룬 날려 보내기 행사, '의안'과 적출수술 받은 '고환', "반동분자 새끼는 수령님의 교시대로 삼족을 멸해야 한다." 입니다. 이것들은 평산의 신체적 결함을 유발시킨 요인이며, 모티프로서 실가는 데 바늘 간다는 식으로 상호 밀접하게 연결되어 있습니다. 작품 얼개의 주요 줄기이기도 합니다. 이 줄기를 더듬어가 봅시다.

장평산과 원수 남궁혁철과의 관계에서 야기된 사건의 전개가 비극적 결말을 초래하는 것이 『애드벌룬』의 서사 중에서 가장 굵은 줄기입니다. 평산은 지주의 손자이고, 남궁혁철은 공산주의 종(중앙당의 '졸개')—"20여 년간 북조선 국가안전보위부라는 권력기관 속에서 승승장구하던", 호가호위하다 토사구팽당한 평산의 원수죠. 두 사람이 남한에서, 그것도 인근 지역에서 조우하여 함께 죽는다는 사건은 우연이 아니라 개연성蓋然性이 충분합니다. 작가는 그럴 수밖에 없다는 필연성도 확보해 두었습니다.

창작에 임하는 작가에게는 자유와 구속이 함께 있습니다. 등장인물의 성격 부여와 배경설정에는 자유가 보장됩니다. 그러나 특정 성격의 인물이 설정된 상황에 처할 때 사건이 발생하는데 작가 임의로 그 사건을 빚어낼 수 없습니다. 임의로, 작가 마음 가는 대로 사건을 만들어낸다면 이는 작위적이고 개연성과는 멀어질 겁니다. 그래서 이때 작가는 개연성과 필연성에 구속되어야 합니다. 사실주의 소설, 특히 자연주의 소설에서는 그래해야 합니다. 다큐멘터리 같은 소설은 두말할 나위도 없겠지요.

원수 남궁혁철이 어떻게 인천 간석동 주공아파트 705호에 살게 됐는지 해명되어야 이 얼개의 개연성이 확보됩니다. 그 과정을 함께 따라 가 봅시다.

북조선 화폐개혁이 실패로 돌아가자 '중앙당'은 책임을 박남기 재정경제부장에 떠넘기고 그 수하와 세력을 살해 처벌하지요. 이에 연루된 수하 남궁혁철에게도 체포령이 떨어집니다. 남궁혁철은 북한을 이탈, 중국 옌볜 삼촌아버지(중국 국적 조선족) 집으로 찾아와 구원을 요청했고, 그의 도움으로 탈북하여 국가가 마련해 준 간석동 주공아파트 5동 705호에 자리 잡게 되었습니다. 개연성이 충분하죠.

평산의 남궁혁철에 대한 복수극, 즉 비극적 결말을 제8화 「공멸의 환(幻)」이라는 제목이 없다면 둘의 화해를 예상했을 수도 있겠네요. 분단소설을 다독한 독자라면 말입니다. 만약 그런 결말을 만들어냈다면 이것은 작가의 임의적이고 작위적일 가능성이 높지요. 이것이야 말로 작가의 자유권 남용일 수도 있답니다. 독자 여러분, 비극적 결말의 빌미를 되돌려 봅시다. 그러면 비극적 결말이 될 수밖에 없다는 필연성을 이해하실 겁니다.

평산의 가족은 〈적대계층〉으로 분류되어 함경북도 회령시 22호 관리소(정치범 수용소)로 강제이주 됩니다. 강제이주 후 얼마 되지 않은 인민학교 2학년 때 비극의 단초가 되는 사건이 발생합니다.

"그런데 왜 악질반동 지주 네 할애비 이름 적는 칸에다 네 애비 이름 적었어? 관리소에 온 지 얼마나 됐다고 벌써부터 병신 짓 하며 반항하는 거야? 너 한번 죽어볼래?"

"아닙네다. 잘못했습네다. 다시 쓰겠습네다. 선생님, 한 번만 용서해 주시라요."

"용서? 너 같은 악질반동 지주 새끼는 수령님의 교시대로 3대에 걸쳐 씨를 말려 죽여야 해. 똑바로 못 서!"

하면서 보위원은 발작하듯 평산의 낭심과 아랫도리를 군홧발로 걷어찼다. 평산은 순간적으로 밀려오는 낭심의 고통을 참지 못해 푹 고꾸라지면서 대굴대굴 뒹굴었다. 그러다 자신도 모르게 정신을 잃고 까무러쳤다.

그러다 5일째 되던 날, 평산은 급기야 수술실로 옮겨졌지요. 그래야만 고환암을 유발할 수 있는 급성고환염을 치료할 수 있고 생명도 건질 수 있다는 관리소 의사의 처방에 따라 야구공 만하게 부어오른 음낭을 절개해 고환을 적출했지요. 그 폭력 사건으로 평산은 결국 절대 무정자증과 고환암 3기에 이르게 되었습니다. 이 귀결은 자포자기의 심적 요동을 낳고 비극적 결말(복수)을 부추겼다고 볼 수도 있습니다. 독자 여러분, 제가 왜 이런 짐작을 할까요? 그 보위원 남궁혁철의 폭행이 평산에게 어떤 악행인지 생각해봅시다. 그것은 공산주이 이데올로기, 그 종(앞잡이)들의 잔악한 횡포입니다. 이 횡포는 단순한 린치가 아니라 인생의 원초적(근원적) 삶과 행복을 파괴한 악행이죠. 그 근원적 삶의 행복이란 시집 장가들어 아들딸 낳아 기르면서 알콩달콩 사는 것 아닐까요. 평산은 이런 행복을 무의식적으로 꿈꾸고 있었다고 봅니다. 장평산이 좋아 늘 즐겨 듣는 하동진의 노래 「사랑을 한번 해보고 싶어요」 노랫말 내용을 참고하면 수긍이 갈 겁니다. 그 행복의 요건 중 하나가 건강한 신체, 생식기 아닌가요? 이런 요건 상실을 확인하고, 생명의 위험(고환암 3기)을 진단받은 사람이 자신의 인간다운 삶과 행복을 파괴한 원수를 만났을 때 어떤 비극적 결말이 놓일지 예측 가능할 것입니다. 복수 아닐까요?

장평산은 어떻게 의안을 하게 됐죠? 남궁혁철 같은 존재가 있는, 진저리치게 싫은 북조선을 탈출해 몽골 국경의 철조망을 넘을 때 일입니다. 일행이 긴박감과 두려움에 철조망을 놓아버린 실수로 왼쪽 눈이 깊게 찔리고 말았지요. 도피 중이라 치료받지 못하다 귀순 후 정부합동조사기관과 관계기관의 주선으로 의안 삽입수술을 받았잖아요. '의안'도 하나의 모티프로서 비극적 결말과 무관하지 않다고 봅니다.

주정적(主情的) 인생관의 삶을 살아온 평산이 원수를 만났는데 독자 여러분이라면 어떻게 하시겠소?

　　배고픔을 참지 못해 두만강을 건널 때는 저승에 가서라도 "저놈을 찾아 원수를 갚고 말 테다." 하고 후일을 기약하며 도강을 했으나 이렇게 자유로운 남조선 땅에서 저놈을 다시 조우(遭遇)하게 되었으니 나에게도 철천지원수를 갚을 기회가 오지 않았는가? (중략) 아바지, 저놈을 어케 할까요? 망치로 대갈통을 박살내어 죽일까요, 아니면 회 뜨는 사시미칼로 저놈의 불알을 갈가리 난도질해서 죽일까요? 빨리 대답 좀 해주시라요…….

와 같이 제6화에서도 필연적 결말을 위해 그런 예비 장치를 해 두었네요.

이 작품의 비극적 결말은 무엇을 뜻할까요? 이데올로기의 폭력이 낳은 비극입니다. 좀 다른 의미를 부여할 수도 있을 겁니다. 작가의 고역도 눈치챌 수 있습니다. 그것은 두 사람의 죽음을 두고 이웃들이 하는 푸념에 숨어 있습니다.

> "사람이 계속 열 받다가 눈깔 뒤집어지면 너나없이 한순간에 저 꼴 난다니까. 나는 정말, 남북이 요새처럼 서로 삿대질하며 서울을 불바다로 만들겠느니, 평양을 이 지구상에서 영원히 사라지게 하겠다느니, 하면서 입에 담지 못할 극언까지 쏟아내다 어느 쪽이 도발하고, 그 도발을 응징한답시고 또 한 쪽이 포격을 해대다 나중엔 저 꼴 날까 싶어 오금이 다 저린다니까. 뉴스 보다 보면……."

소설 구성상 구속력 때문에 결말을 비극으로 만들었지만 작가의 시국에 대한 현실 인식으로는 공멸을 염려하고 있지는 않은가 합니다. 남궁혁철은 북한의 이데올로기 대리인, 그 상징입니다. 남한 사회에 적응하여 순탄하게 일상을 꾸려가는, 주정적 인생관을 가진 장평산은 남한의 간접적인 대리인으로 볼 수 있을 것입니다. 이들의 죽음으로 미래의 남북한 관계가 암울함을 작가는 암시했을지도 모릅니다. 제8화의 제목 「공멸의 환(幻)」, '幻'의 의미에 유의할 필요가 있다고 봅니다. 幻의 자전字典 의미는 '변하다', '미혹하다', '허깨비'입니다. 그러고 보면 제8화의 제목에 작가의 걱정이 배여 있는 듯합니다.

이제 정리해 봅시다. 단편이 단일한 주제라면 장편의 주제는 단일 이상이랍니다. 이 소설의 주주제主主題는 공산주의 이데올로기 횡포에 의해 인간다운 삶과 행복이 파괴됨으로써 빚어진 비극입니다. 부주제副主題는 가족애라 할 수 있을 겁니다. 부주제를 주주제에 합쳐도 상관없겠습니다. 그리고 유기적이고 치밀하게 잘 짜인 얼개를 갖춘 작품이라 하겠습니다.

6. 작가의 전문성

현장 답사를 강조해서 흔히들 소설은 발로 쓴다고 합니다. 그래야만 작품의 사실성을 얻을 수 있을 것입니다. 서동익 작가는 그것을 위해 "〈애드벌룬〉의 배경이 되는 만주와 두만강의 지형지세를 살펴보기 위해 중국 연변인민출판사에 재직했던 조선족 출신 문인들의 안내를 받으며 역사의 현장이 된 곳을 내 두 발로 몇 차례 답사했다."라고 '작가의 말'에서 언급했습니다.

제4화 「량강도 운흥군, 2012년 5월」과, 애드벌룬을 날리기 위해 화진포로 가는 도중 장평산의 회상(제6화)으로 전개된 참혹한 인민들의 현실이 자세하고도 생생하게 그려져 있었습니다. 다큐멘터리에서 볼 수 있는 그런 리얼리티는 어디에서 오는 걸까요? '작가의 말'에서 밝힌 다음과 같은 노력의 산물일 것입니다.

북한지역은 쉽게 가볼 수 없는 땅이지만 나의 작중 소설 공간에서는 제외하지 않았다. 그러나 현실 속의 북한은 지난 70여 년 동안 우리가 가볼 수 없는 금단의 지역이었다. 이런 현실적 정황을 문학적으로 극복하기 위해 나는 직장을 자유의 소리방송, 북한연구소, 통일부, 북방사회연구소 등에 적을 두고 40년 넘게 군사분계선 너머 북한지역을 지켜보며 사회문화부문을 집중적으로 연구해 왔다.

제5화에서 자세하게 드러낸 택배업무와 관련된 전문적 지식, 대북전단을 날려 보내는 일에 관한 과학적인 지식과 정보에 아마 여러분은 놀랐을 겁니다. 서동익 작가는 해당 직종과 단체에서 근무해 본 사람이 아닌가 하는 생각이 들 정도로 말입니다.

이상과 같은 답사와 전문성과 자료수집 등에 기인한, 세밀하고도 사실적인 묘사와 통계의 서술로 이 장편소설이 다큐가 아닐까 착각할 만합니다. 아무튼 연구하고 답사하고 폭넓게 자료 수집한 열정이 노년老年의 노작勞作을 창출했다고 단언합니다.

7. 감상感想의 자유

감상에는 자유가 보장되지요. 이는 감상이 주관적일 수 있다는 뜻입니다. 독자들 중에는 저의 해설을 두고 '내가 감상한 바와는 다르네.'라고 생각하실 수 있을 겁니다. 물론 그럴 수 있습니다. 저의 서신 내용이 논리적 뒷받침이 부족하여 객관성 획득에 취약했을는지도 모릅니다. 그런데 서로 달라도 상관없습니다. 예술작품은 자유로운 감상으로, 감상자의 인식에 따라 최종적으로 완성되는 것이니까요. 결국 한 예술작품의 완성은 천의 얼굴을 한다고 볼 수 있지요. 천의 얼굴 중에는 못난이도 있고 미인도 있을 것입니다.

독자 여러분, 예술을 가까이합시다. 그중 소설 감상은 큰돈 들이지 않고 즐길 수 있는 오락이랍니다. 재미와 즐거움만 있는 게 아닙니다. 슬픔과 카다르시스도 있지요. 그리고 뭔가 배울 수 있고, 깨닫고, 슬기로움을 얻어 삶을 바르게 할 수도 있습니다.

이 글이 역작*加佐*에 누가 되지 않을지 염려하면서 딱딱하고 재미없는 편지글 읽어주신 독자 여러분께 감사드립니다. 건승하시길 빕니다.

2024년 6월 20일

서동익(徐東翼)

소설가. 북한전문가.

저자 서동익은 1948년 경북 안강(安康)에서 태어나 향리에서 성장기를 보내다 1968년 해군에 지원 입대하여 7년간 현역으로 복무했다. 만기 전역 후, 6.25 한국전쟁 휴전협정 체결 후 남북관계와 북한 동포들의 삶을 연구해오다 1997년 국가정보대학원을 수료했다.

1976년 중편소설 《갱(坑)》으로 제11회 세대신인문학상을 수상하고 문단 등단 후 고인이 된 최광열 선생님으로부터 문학수업을 다시 받으며 남북 분단으로 인한 《한국현대소설문학의 공간적 반쪽현상》과 《왜소성》을 발견, 이를 극복하는 장편소설을 집필하다 북한 동포들의 일상적

라이프스타일과 생활용어 속의 정치용어, 경제용어, 은어 등에 막혀 실패했다. 이후 직장을 대북전문기관인 자유의 소리방송(전문집필위원), 통일부(학술용역), 국방일보(객원논설위원), 인천남동신보(주간 겸 논설위원), 사)북방문제연구소(연구이사 겸 부소장) 등에서 근무하며 40여 년간 북한을 연구해 왔다.

주요 북한연구 저서로는 《북에서 사는 모습(북한연구소, 1987)》, 《인민이 사는 모습 1, 2권(자료원, 1996)》, 《남북한 맞춤법 통일을 위한 사회주의헌법 문장 연구(사단법인 북방문제연구소, 2007)》, 《남북한 맞춤법 통일을 위한 조선로동당 규약 문장 연구(북방문제연구소, 2007)》 외 다수 논문이 있다.

문학창작집으로는 서동익 소설집 《갱(坑, 자료원, 1996)》, 장편소설집 《하늘 강냉이 1~2권(자료원, 2000)》, 《청해당의 아침(자료원, 2001)》, 《퇴함 1~2권(메세나, 2003)》, 《장군의 여자 1~2권(메세나, 2010)》, 서동익소설집 《아버지의 정인(JMG, 2022)》 등이 있으며, 장편소설 《청해당의 아침》이 1960년대 한국의 문화원형과 전후 세대의 삶을 밀도 있게 묘사한 작품으로 선정되어 2010년 6월 1일부터 한 달간 KBS 라디오 드라마극장에서 드라마로 제작되어 국내는 KBS AM 972khz로, 국외는 KBS 한민족방송망을 타고 중국 동북3성 · 러시아 연해주 · 사할린 · 일본 · 미국 등지로 방송된 바 있다.

고소설 편역(번역) 작품집으로는 저자 불명 한문소설 《강도몽유록(OLIN, 2013)》, 윤계선 한문소설 《달천몽유록(2013)》, 임제 한문소설 《원생몽유록

(2013)》, 신광한 한문소설 《안빙몽유록(2013)》, 저자 불명 한문소설 《수성궁몽유록(2013)》, 《피생명몽록(2014)》, 김시습 한문소설 금오신화 전집 내 《용궁부연록(2015)》, 《남염부주지(2015)》, 《취유부벽정기(2015)》, 《이생규장전(2015)》, 외 《인현왕후전(2015)》, 《계축일기(2015)》, 《최치원전(2015)》, 신채호 원저 《조선상고사 1, 2권(2018년)》, 《조선사연구초(2019년)》, 《조선사론(2019년)》, 《독사신론(2019년)》 등이 있다.

또 한국 근현대 소설문학의 징검다리 역할을 한 신소설 현대어 편역 작품집으로는 이인직 신소설 《혈의 누(2020)》, 《귀의 성 1, 2권(2020)》, 《은세계 1, 2권(2020)》, 《치악산 상, 하권(2020)》, 장지연 신소설 《애국부인전(2021)》, 이해조 신소설 《구마검(2021)》, 《모란병(2021)》, 《빈상설(2021)》, 《원앙도(2021)》, 《자유종(2021)》, 《화의 혈(2021)》, 구연학 신소설 《설중매(2022)》, 안국선 신소설 《금수회의록(2022)》, 《공진회(2022)》, 최찬식 신소설 《추월색(2022)》, 《안의 성(2022)》, 《금강문(2022)》 등이 있다.

그동안의 창작활동으로 《제11회 세대신인문학상(1976)》, 《제8회 인천문학상(1996)》, 《남동구민상(1996)》, 《인천광역시문화상(2004)》, 《남동예술인상(2011)》 등을 수상했다. ●

서동익 장편소설
애드벌룬

2024년 07월 10일 1판 1쇄 인쇄
2024년 07월 15일 1판 1쇄 발행

지은이   서 동 익
펴낸이   김 송 희
펴낸곳   JMG(자료원, 메세나, 그래그래)

우편 | 21444
주소 | 인천광역시 부평구 하정로 19번길 39, 가동 B01호(십정동)
전화 | (032)463-8338(대표)
팩스 | (032)463-8339(전용)
홈페이지 www.jmgbooks.kr

출판등록 | 제2015-000006호(2010. 08. 09)

ISBN 979-11-87715-16-0   03810

ⓒ 서동익, 2024. Printed in Korea

본 도서는 인천광역시와 (재)인천문화재단의 후원을 받아 '2024 예술창작지원사업'으로
선정되어 발간되었습니다.